Über dieses Buch

Ein Junge verlässt mit 14 Jahren sein Elternhaus und schließt sich 1861 den Unionstruppen an.

Am Ende des Bürgerkrieges strandet er in Texas und kommt mit dem Rindertreck im Jahr 1868 zurück nach Kansas. Dort verdingt er sich als Deputy und später als Bodyguard.
Er erschießt über ein Dutzend Widersacher, was ihn eines Tages zum Umdenken bringt und eine Wende in seinem Leben einleitet.

Ich bedanke mich bei meiner Frau, meinem größten Fan und gleichzeitig meiner größten Kritikerin, für ihre unermüdliche Arbeit am Manuskript und die schöpferischen Diskussionen.

PETER ECKMANN, geboren 1947, lebt im Niederelbe-Dreieck in der Nähe von Cuxhaven.
Ingenieur der Verfahrenstechnik, schreibt unter dem Pseudonym Allan Greyfox Wildwest- und Detektivromane.
Jahrelange Praxis mit dem Schießen von echten Waffen und insbesondere das „Western-Action-Schießen" haben ihm ausreichend Kenntnisse über die Waffentechnik seiner Bücher vermittelt.

Allan Greyfox

Vom Herumtreiber zum Gunfighter

© 2016 Peter Eckmann
Herstellung und Verlag:
BoD – Books on Demand, Norderstedt.
ISBN: 978-3-7412-9195-1
Version: 3

Inhalt

Abschied vom Elternhaus	6
Der junge Herumtreiber	20
Der junge Soldat	36
Der Halbinsel Feldzug	52
Vom Antietam zum Rappahannock	74
Gefangener bei den Konföderierten	79
Von Chattanooga nach Atlanta	95
Shermans Marsch ans Meer	116
Der Krieg ist vorbei	125
Mit der Eisenbahn nach Pittsburgh	140
Smoky City	157
Raub der Lohngelder	179
Auf dem Mississippi unterwegs	198
New Orleans	243
Der Trail von Texas nach Kansas	282
Der Marshall von Abilene	315
Die Union Pacific	325
Der Bodyguard	347
Der Deputy	366
Nachwort	388

Abschied vom Elternhaus

Kansas, April 1861, nicht allzu weit von der Staatsgrenze zu Missouri entfernt. Missouri ist seit einigen Jahren ein Mitglied der Staatenunion der Vereinigten Staaten von Amerika, Kansas ist erst seit kurzem ein vollwertiger Bundesstaat.

Ein milder Wind weht über die Ebene und trocknet die Nässe der letzten Tage. Ein junger Mann sitzt an der Böschung des Arkansas River und sieht seinem Pferd beim Trinken zu. Der junge Mann hat noch ein Kindergesicht, er ist vierzehn Jahre alt, hat aber bereits die Statur eines kräftigen Mannes. Er ist jetzt seit drei Tagen unterwegs. Fast jeden Tag gab einem heftigen Streit mit dem Vater. Nun hat er sich, am Abend vor drei Tagen, eines der beiden Pferde aus dem Stall genommen, außerdem einen Sattel, Decke, Kochgeschirr und eine Wachsjacke. Für seine Mutter hat er noch einen Zettel hinterlegt. Wegen der Mutter, die er sehr liebt und verehrt, wäre er gerne zu Hause geblieben. Der Vater ist jedoch, in seinem Zorn und seiner mitunter unbändigen Wut auf alles und jeden, immer schwerer zu ertragen.

Nun war es einmal zu viel. Er hatte wieder einmal schwere Schläge bekommen. Seine Mutter hatte noch versucht, den Vater zur Vernunft zu bringen, aber sie blieb, wie immer in diesen Fällen, erfolglos. Er glaubt, die Schläge des Vaters noch zu spüren, so heftig sind sie gewesen.
Das Pferd trinkt jetzt nicht mehr. Es hebt seinen Kopf und zupft an den saftigen Gräsern der Flussböschung. Der Junge, er heißt Mickey Callaghan, verspürt Hunger. Das Brot, das er von den Eltern stibitzt hatte, hat er gestern Abend aufgegessen

und nun knurrt ihm der Magen. Er sieht nachdenklich zu seinem Pferd. So einfach möchte er es auch haben, Wasser und Gras. Er hat sich für solche Fälle eine Angelschnur und einen Haken mitgenommen. Etwas skeptisch sieht er sich den träge dahinfließenden Fluss an. Ob hier wohl Fische leben, die sich fangen lassen? Er steht auf und sucht nach einem Wurm für seinen Haken. Nach einer Weile entdeckt er einen geeigneten unter einem Stein am Ufer. Ein passender Ast als Rute ist schnell gefunden, nun muss nur noch ein Fisch anbeißen. Nach einer ewig erscheinenden halben Stunde, zupft etwas an der Leine. Unser junger Mickey zieht die Leine aus dem Wasser, es hat etwas angebissen, es ist ein ziemlich kleiner Fisch. Mickey zückt sein Messer und zerteilt den Winzling. Nach Entfernen des Kopfes, des Schwanzes und der Hauptgräte bleibt kaum noch etwas übrig, es wird nicht reichen, um satt zu werden.

Mickey liegt im Gras und sieht in den Himmel. Irgendwie muss er auf andere Weise zu etwas Essbarem kommen, vom Angeln kann er sich nicht ernähren, jedenfalls nicht ohne fischreiches Gewässer und ohne bessere Angelkenntnisse. Er schwingt sich auf sein Pferd und reitet weiter Richtung Osten, immer am Arkansas River entlang. Es ist ein schmaler, staubiger Weg, auf dem er reitet, ist es etwa ein Postweg? Bisher ist ihm noch niemand begegnet. Sein Pferd geht im langsamen Schritt, Mickey ist in Gedanken versunken. Ein paar hundert Yards entfernt erblickt er ein paar Gebäude. Mit unverändert langsamer Gangart trottet sein Pferd den Weg entlang darauf zu. Es sind die Gebäude einer Farm, ein Haupthaus und ein Stall. Es schließt sich ein großes Feld an, auf dem der Weizen schon einen Meter hoch steht. Es ist niemand zu sehen, Mickey will mit seinem Pferd schon vorbeireiten, da fällt sein Blick auf einen Hühnerstall, der an das Stallgebäude grenzt.

Ein Huhn! Das wäre jetzt etwas, an einem Huhn ist genug zum Sattwerden dran, sie sind leicht zu fangen. Mickey steigt ab und sieht sich um. Es ist keiner zu sehen, ist vielleicht niemand zu Hause? Er geht auf den Auslauf der Vögel zu. Es sind etwa zwanzig Hühner auf dem Hof zu sehen, einige Tiere sind wohl auch im Stall. Der Hof ist mit Maschendraht umgeben, in dem sich eine Tür befindet. Mickey sieht sich um und öffnet dann das Gatter. Laut gackernd laufen die Hühner auseinander. Mickey läuft hinter ihnen her und hat schließlich ein Huhn am Flügel erwischt. Laut gackernd schlägt es mit dem anderen Flügel und pickt mit dem Schnabel. Mickey hatte nicht erwartet, dass es so schwierig werden würde, ein einziges Huhn zu fangen. Kurz entschlossen dreht er dem Huhn den Hals um, dann gibt es keinen Mucks mehr von sich.

„Hände hoch!", erklingt eine tiefe Stimme hinter ihm. Er hebt die Hände, das Huhn noch in der einen und dreht er sich um. Eine Flinte ist auf ihn gerichtet, sie gehört zu einem Mann, der etwa zwanzig Yards von ihm entfernt steht.
„Lass das Huhn fallen und komm hierher!"
Die Stimme klingt entschlossen und duldet keinen Widerspruch. Mickey lässt das tote Huhn fallen und geht langsam auf den Farmer zu. Der Mann ist etwa Ende dreißig, er trägt alte, geflickte Kleidung und hat einen kurzen, schwarzen Bart. Das Haar reicht ihm bis auf die Schulter, es ist am Kopf aber schon recht dünn.
„Wieso vergreifst du dich an meinen Hühnern?"
Mickey sieht betreten zu Boden. Er hatte noch nie etwas gestohlen und jetzt ist schon der erste Versuch danebengegangen.
„Ich habe Hunger", sagt er nur.
Wütend funkelt ihn der Farmer an. „Aha! So einfach ist das. Und dann denkst du, der alte Willard hat ja genug Hühner, dort holst du dir Eines, oder wie?"

Mickey stottert. „Nn-nein, nein, ich dachte nur, weil ja niemand da war.... Ich habe ja nur Hunger. Heute habe ich mir einen Fisch gefangen, das hat nicht ausgereicht."
„So! Und warum klopfst du nicht an die Tür und fragst ganz einfach?"
Mickey sagt nichts mehr, auf die Frage weiß er keine Antwort. Auf die Idee ist er nicht gekommen.
Der Mann kommt näher und sieht ihm ins Gesicht. „Du bist ja noch ein Junge!", ruft der Farmer verblüfft. „Dabei hast du eine Figur wie ein Kerl! Wie alt bist du?"
„Vierzehn", sagt Mickey leise. „Ich wollte doch nur ein Huhn...."
Der Mann blickt ihn jetzt etwas versöhnlicher an, senkt dann die Mündung der Flinte. „Komm mit ins Haus, geh' aber langsam vor mir her!"
Mickey dreht sich um und geht zur Tür voraus. Der Farmer ruft zur Tür gewandt: „Helen! Komm mal und sieh, wen ich hier habe!"
Kurz darauf wird die Tür geöffnet und eine Frau sieht heraus. Sie ist klein, aber kräftig, hat ein freundliches Gesicht und lockiges, blondes Haar, das sie zu einem Knoten hochgesteckt hat. Sie trocknet sich die Hände an einem Handtuch ab. Erstaunt sieht sie den Jungen vor der Tür stehen, dahinter steht ihr Mann mit der Flinte in der Hand.
„Ich habe ihn bei den Hühnern gefunden. Er wollte eines stehlen - zum Essen."
Seine Frau sieht Mickey an. „Was willst du jetzt mit ihm machen?"
„Wir werden ihm zu essen geben, dafür muss er aber arbeiten. Was hältst du davon, Helen?"
„Ja, das klingt gut. Ich ahne schon, wo du ihn einsetzen möchtest, er sieht ja sehr kräftig aus." Dann blickt sie Mickey etwas

freundlicher an. „Du Armer. Wieso bist du denn alleine unterwegs?"
Mickey sieht sie nur stumm an. Auf so eine Frage ist er nicht vorbereitet. Er ist auch noch nicht weit von zu Hause fort, vielleicht ruft man den Sheriff oder schickt ihn wieder zurück.
„Komm erst einmal herein!" Sie geht vor und Mickey folgt ihr schüchtern. Er erfährt, dass sie zwei Mädchen haben, die für ein paar Tage bei dem Onkel in der Nähe zu Besuch sind.
Mickey darf am Abendbrot teilnehmen. Er darf sich zum ersten Mal seit Tagen richtig satt essen. Die Frau des Farmers sieht ihm dabei mit mütterlichem Interesse zu. Dann beginnt Mister Willard zu erklären: „Am Ende meiner Ranch ist noch ein großes, mit hohen Bäumen bewachsenes Gelände. Ich habe dort schon angefangen zu roden. Ohne Hilfe dauert es aber sehr lange, deshalb kommst du eigentlich im richtigen Augenblick. Der Deal ist so: Du kannst bei uns schlafen und du bekommst zu essen, dafür musst du mir bei der Arbeit auf der Ranch helfen. Wenn du das nicht willst, dann hole ich den Sheriff."
Was soll Mickey dazu sagen? Diese Sache hat er sich eingebrockt, nun muss er es auslöffeln.
Der Farmer sieht ihn an. „Wo kommst du her, ich glaube, ich habe dich schon mal gesehen."
„Meine Eltern wohnen in der Nähe von Wichita. Mein Vater baut dort Getreide an und züchtet auch ein paar Pferde."
„Hm." Der Farmer überlegt. „Und warum bist du von zu Hause fortgelaufen?"
Mickey sieht nach unten. Seine Gedanken kreisen um sein Elternhaus, um seine geliebte Mutter und um seinen gewalttätigen Vater. Und er ist jetzt ganz alleine, ganz auf sich gestellt mit seinen vierzehn Jahren. Ein paar Tränen kullern über seine Wangen.
„Sieh mal", sagt Mrs. Willard, „nun hast du ihn mit deiner Fragerei zum Weinen gebracht!"

Langsam und mit stockender Stimme fängt Mickey an zu erzählen. „Meine Mutter habe ich sehr gern, sie hat mich auch regelmäßig im Lesen, Schreiben und Rechnen unterrichtet."
„Das ist mehr, als unsere Kinder können", sagt die Farmersfrau. „Die Mädchen sind noch etwas jünger als du, sie können erst ein wenig lesen."
Mickey erzählt von seinem Vater, der Weizen anbaut und nach anfänglichen Schwierigkeiten damit ganz gut leben kann. Außerdem hat er einen Hengst und drei Stuten, die es ihm erlauben, eine kleine Pferdezucht zu betreiben. Und Mickey hat nun eine der drei Stuten, ohne Zustimmung des Vaters, mit sich genommen.
Der Farmer nickt nachdenklich. „Ich kann jetzt nachvollziehen, warum du dein Zuhause verlassen hast. Dass du dein Pferd quasi gestohlen hast, könnte dir noch Ärger einbringen."
„Was sollte ich sonst machen? Zu Fuß komme ich nicht weit, außerdem kann mein Vater das verschmerzen. Er hat noch drei Fohlen, die sind bald groß genug." Mickey hat bei der Arbeit auf dem elterlichen Hof viel über den Umgang mit Pferden gelernt. Er ist sehr aufmerksam und wissbegierig.
„Warum hat dich dein Vater denn geschlagen?", will die Farmersfrau wissen.
Mickey zuckt mit den Schultern. „Dafür brauchte er keinen Grund, einfach so, wenn er sich geärgert hat." Mickey überlegt einen Moment. „Früher ist er friedlicher gewesen. Seit ein paar Jahren wird er immer unerträglicher. Vielleicht hat er Sorgen, von denen ich nichts weiß."
Heute Abend kann Mickey in einem der Betten der beiden Kinder der Farmer schlafen. „Wenn meine beiden Mädchen wieder zurück sind, dann musst du mit dem Stroh im Stall vorliebnehmen." Mrs. Willard lächelt ihm noch zu, bevor sie das Zimmer ihrer beiden Mädchen verlässt.

Am nächsten Morgen geht es früh los. Es ist noch nicht ganz hell draußen, als die Farmersfrau Mickey weckt. Zuerst weiß er gar nicht, wo er sich befindet. Langsam fällt ihm alles wieder ein und er ist froh, aber auch besorgt, um seine ungewisse Zukunft. Er setzt sich zu dem Farmerehepaar und bekommt einen Teller mit Haferbrei, dazu ein Glas Wasser.

„Du sollst mir helfen, Bäume zu roden. Das ist schwere Arbeit und ich bin froh, dass du so ein kräftiger Junge bist", erklärt ihm der Farmer. Nach dem Frühstück reiten er und Mickey an das Ende des Farmgeländes. Mister Willard weist auf ein Waldstück. „Dort standen etwa einhundert Bäume. Die Hälfte davon habe ich schon selbst gerodet. Mit deiner Hilfe und der deines Pferdes werden wir den Rest rasch entfernen können."

Der Farmer schlägt zuerst mit der Axt eine Kerbe ein Drittel tief in einen Baum. Dann wird die Säge angesetzt und der Baum soweit durchgesägt, bis er zu fallen beginnt. Zusammen mit Mickey können sie die Säge gemeinsam handhaben, das geht erheblich schneller als allein, dann muss fast alles mit der Axt geschlagen werden. Mit Säge und Axt werden die Äste entfernt, wobei Mickey gut mithelfen kann. Anschließend wird der weitgehend kahle Stamm mit einem der beiden Pferde zum Farmhaus gezogen, wo sich ein großer Stapel bereits gerodeter Bäume befindet. Der verbliebene Stumpf wird mühsam ausgegraben. Mit Axt und Säge werden die freigelegten Wurzeln gekappt, der Rest wird mit den beiden Pferden herausgezogen. Die Zeit geht schnell vorbei, ehe Mickey es sich versieht, ist es Mittagszeit. Die Farm ist nicht groß, sodass der Farmer und Mickey auf ihren Pferden zur Ranch zurückreiten.

„Der Junge ist eine große Hilfe", sagt Mister Willard zu seiner Frau, als sie das Haus betreten. „Einen Helfer wie ihn hätten wir schon viel früher haben sollen."

Mickey freut sich über das Lob. Nach der schweren Arbeit schmeckt selbst das einfache Essen großartig. Nach dem Mittag wird das Roden der Bäume fortgesetzt. Die Arbeit ist schwer und Mickey, als auch Mister Willard, läuft nach einiger Zeit der Schweiß in Strömen vom Gesicht und am Rücken hinunter. Spät am Abend wird die Arbeit beendet. Nach dem Essen fällt Mickey wie ein Toter ins Bett und schläft tief bis zum Morgen.

Drei Tagen später werden die beiden Mädchen, Sally und Caroline, von ihrem Onkel wieder zurückgebracht. Sie sind zwölf und zehn Jahre alt, wie ihre Mutter haben sie blonde Haare und Sommersprossen. Mickey stellt sich ihnen vor und gibt beiden die Hand, schüchtern sehen sie sich dabei an. Mickey fühlt weich eine kleine Mädchenhand in seiner großen Pranke, dann entschlüpft ihm das Händchen und beide Mädchen laufen schnell davon. Er hört sie dann im Nachbarraum flüstern und kichern.

Der Farmer als auch Mickey haben ihre Arbeit eingestellt und die Erwachsenen sitzen auf der Terrasse und unterhalten sich.

„Mickey, komm doch mal her und setzt dich zu uns!", ruft ihn Mister Willard.

Mickey tut, wie ihm geheißen. Der Onkel, bei dem die Töchter zu Besuch waren, sitzt auch bei ihnen. Er ist der Bruder von Helen Willard und ist mit einer Frau im Nachbarort verheiratet. Er heißt Wilkinson mit Nachnamen. Sie haben selbst drei Kinder und mitunter besuchen sie sich gegenseitig, wie auch dieses Mal. Der Onkel mustert ihn neugierig. „Sag mal, wo kommst du her?"

Mickey sieht ihn etwas misstrauisch an. Warum will er das wissen? Aber der Onkel, Albert wird er genannt, lächelt und sieht ihm offen ins Gesicht.

Nach anfänglichem Zögern erzählt Mickey bereitwillig von seinem Weg hierher. Er beichtet seinen Versuch, ein Huhn zu stehlen.

„Der Lärm hätte selbst Tote aufgeweckt", sagt Mister Willard und lacht. „Und nun habe ich einen tüchtigen Gehilfen."
Onkel Albert mustert ihn nachdenklich. „Kann es sein, dass ein Harry Callaghan dein Vater ist?"
Mickey ist erschrocken. Ist es so leicht zu erkennen?
Onkel Albert sieht ihm ins Gesicht. „Mein Junge, du bist ja ganz blass geworden! Keine Sorge, ich erzähle es niemandem."
Er tätschelt Mickey beruhigend die Hand. „Dein Vater ist bei niemandem beliebt, im Gegenteil. Ich kann verstehen, dass du nicht länger bei ihm leben wolltest."

Mister Willard und sein Schwager diskutieren die letzten Neuigkeiten. Erstaunt hört Mickey, dass Kansas erst seit einem Vierteljahr zu den amerikanischen Bundesstaaten gehört, vorher war es ein »Territory« ohne politische Befugnisse.
Albert Wilkinson freut sich. „Jetzt kann ich den Wahlmann für den nächsten Präsidenten wählen."
Sein Schwager nickt dazu. „Bei der Übernahme als Staat ist festgelegt worden, dass in Kansas das Halten von Sklaven nicht erlaubt ist. Ich bin sehr froh über diese Entscheidung."
Mickey folgt genau den Worten der beiden Männer. Von Sklaven hat er schon mal gehört, er hat auch schon mal einen Mann mit schwarzer Hautfarbe gesehen, aber mehr weiß er nicht darüber. Deshalb fragt er: „Gibt es hier denn Sklaven?"
Albert Wilkinson kennt sich politisch sehr gut aus. „Nein, heutzutage nicht mehr, das ist jetzt verboten. Obwohl ein paar Weiße noch schwarze Hausangestellte haben werden."
Mister Willard erinnert sich: „Kannst du dich noch an das Blutbad erinnern, dass dieser Brown hier vor fünf Jahren angestellt hat?"
„Und ob!", antwortet sein Schwager. „John Brown war ein Fanatiker. Er hat mit seinen Söhnen und ein paar Anhängern hier

in Kansas fünf Sklavenbesitzer hingerichtet. Es hat lange gedauert, bis man ihn gefasst hatte, um den Strick ist er nicht herumgekommen."
Mickey hört das und es schaudert ihn. Es hat immer wieder Berührungen mit Indianern gegeben, an die er sich erinnert. Bis vor sechs Jahren war es Weißen nicht erlaubt, in Kansas zu siedeln, da Kansas als Land für die Indianer reserviert bleiben sollte. Aber auch diese Regel wurde, wie so viele andere, die man mit den Indianern vereinbart hatte, nicht eingehalten. Seine Eltern sind mit ihm kurz nach der Freigabe der Besiedelung von Kansas, aus Ohio hierhergekommen. Mit den zurückgebliebenen Indianern gab es dann immer wieder kleine Kämpfe, auch Viehdiebstähle. Mit der Zunahme der weißen Siedler und Rancher wurden diese Übergriffe weniger. Dass es Kämpfe von Sklavenhaltern mit Sklavengegnern und deren jeweiligen Sympathisanten gegeben hat und noch gibt, hatte er nicht gewusst.

Spät am Abend verabschiedet sich Albert Wilkinson. Danach sitzen der Rancher, seine Frau und Mickey noch auf der Bank vor dem Haus. Eine Weile sagt niemand etwas, dann beginnt der Rancher: „Wenn du möchtest, kannst du so lange bei uns bleiben, wie du magst."
Mickey strahlt über das ganze Gesicht. Hier gefällt es ihm, alle Mitglieder der Familie sind untereinander und auch zu ihm sehr nett. „Das ist schön. Ich hatte es schon gehofft, traute mich aber nicht, zu fragen."
„Und das mit dem Huhn und dem Sheriff, das ist auch vergessen", der Farmer grinst.
Mickey ist glücklich, so glücklich wie schon lange nicht mehr.

Die nächsten Tage sind, wie alle anderen, mit viel Arbeit ausgefüllt. Der Farmer und Mickey kommen gut voran, pro Tag entfernen sie etwa vier Bäume. Nachts schläft Mickey jetzt im Stall, es gefällt ihm, im warmen Stroh zu liegen.

„Wenn wir hier fertig sind, kannst du das neu gewonnene Land pflügen, damit es rechtzeitig für die Wintersaat fertig ist."

„Klar, wird gemacht."

Er freut sich, dass seine Arbeit anerkannt wird und er auch selbstständig handeln darf.

Die beiden Mädchen werden von Helen Willard im Haus beschäftigt. Sie müssen fegen, sie helfen in der Küche und im Stall. Mickey gegenüber sind sie sehr schüchtern, nur gelegentlich sprechen sie mit ihm.

Eines Tages wird es Mickey zu dumm. Er sitzt in der Küche und isst gerade den letzten Rest Eintopf aus seinem Teller. Die Mädchen sitzen beide vor ihrem Essen und gucken auf den Tisch.

„Caroline, Sally! Warum geht ihr mir immer aus dem Weg?"

Die Ältere, Caroline, wird rot im Gesicht und guckt nach unten. Die Mutter steht am Herd und beobachtet amüsiert das Gespräch. Sally rührt mit der Gabel auf dem Teller herum. Dann sieht sie hoch und versucht sich mit einem Lächeln. „Das tut mir leid, wir kennen keine Jungs, mit denen wir spielen können. Und du bist so groß!"

Mickey lächelt sie an. „Ich tue euch doch gar nichts. Im Gegenteil, ich könnte euch helfen."

Dann wendet er sich an Sally, die das Gespräch zwischen ihm und ihrer Schwester interessiert, aber schüchtern verfolgt.

„Ihr seid doch beide nette Mädchen und braucht euch nicht zu verstecken, auch du, Sally."

Sally lächelt zaghaft und blickt auf den Tisch.

Die Farmersfrau mischt sich in das Gespräch: „Die Mädchen haben leider keinen Bruder. Unser erstes Kind war ein Junge, er ist kurz nach seinem ersten Geburtstag gestorben. Ich habe den Mädchen von dem Bruder erzählt, aber sie kennen ihn natürlich nicht."

Mickey ist betroffen. „Oh, das tut mir leid. Ich wollte da nichts aufrühren."

„Du konntest es nicht wissen. Das ist jetzt auch schon vierzehn Jahre her, es ist passiert, kurz nachdem wir hier in den neuen Staaten angekommen waren."

Der kommende Sonntag ist ein wichtiger Tag für die ganze Familie Willard. Im Nachbarort Rock Spring ist dann Markt, die ganze Familie wird dorthin fahren. Morgens werden sie die Kirche besuchen, danach ist Sonntagsschule für die Kinder, die Männer besuchen währenddessen die Landwirtschaftsausstellung. Die Frauen sind auch nicht untätig, sie verkaufen ihre selbst hergestellten Backwaren, auch bieten sie Würste und andere Kleinigkeiten auf kleinen Ständen zum Verkauf an.

Die Mädchen sind schon ganz aufgeregt. William Willard wendet sich an Mickey: „Es ist besser, wenn du hierbleibst. Das hat zwei Gründe: Erstens sind jetzt unruhige Zeiten und zweitens besteht die Möglichkeit, dass du in Rock Spring erkannt werden könntest."

„Was meinen Sie mit unruhigen Zeiten?"

„Wir haben seit dem 12. April Krieg in Amerika. Die Südstaaten haben das Fort Sumter in South Carolina angegriffen. Nun herrscht zwischen den Staaten im Süden und denen im Norden Krieg."

Mickey ist überrascht. Unter Krieg kann er sich kaum etwas vorstellen, höchstens Kämpfe mit Indianern, davon hat er die Erwachsenen schon erzählen hören. „Betrifft uns das auch?"

William Willard überlegt kurz, und erklärt dann: „Ich weiß diese Dinge nur aus der Zeitung. South Carolina ist weit entfernt, aber der nächste Staat in der Union der Konföderierten ist schon Arkansas, das ist nicht weit von hier."

Die Familie Willard steigt auf ihren Wagen. Der Farmer führt die Zügel, er schnalzt mit der Zunge, dann zieht das Pferd an. Mickey sieht dem Wagen hinterher, die Mädchen drehen sich um und winken ihm zu. Sie haben beide ihren Sonntagsstaat an und sind ungeheuer stolz mit ihren hübschen Kleidern und den Schleifen im Haar. Dann sehen sie wieder nach vorne und schwatzen mit ihren Eltern.

Mickey ist jetzt vier Wochen bei den Willards. Er hätte es kaum besser treffen können. Nachdenklich steigt er auf sein Pferd und reitet das kurze Stück bis zu ihrem gerodeten Land. Einige Bäume stehen noch, er will von dem zuletzt geschlagenen Baum noch die Äste entfernen und ihn dann mit seinem Pferd zu den anderen Stämmen bringen. Er teilt sich seine Arbeit ein, heute ist Sonntag, da will er es gemütlich angehen lassen.

Am späten Abend kommen die Willards zurück, es fängt bereits an, dunkel zu werden. Mickey hilft dem Vater beim Abschirren des Pferdes, mit denen kennt er sich aus. Auch wenn ihm sein Vater nichts beigebracht hat, der Umgang mit seinen Pferden hatte ihm immer viel Freude bereitet. Jedes Tier ist anders und hat seinen eigenen Charakter. Wenn man das beachtet, hat man schon zur Hälfte gewonnen.

Die Stimme von William Willard reißt ihn aus seinen Gedanken. „Ich fürchte, ich habe schlechte Nachrichten für dich."
„Was ist passiert, habe ich etwas angestellt?"
„In gewisser Hinsicht, ja. Heute auf dem Markt hat mir mein Schwager gesagt, dass du wegen Pferdediebstahls gesucht wirst."
Mickey wird plötzlich ganz schlecht, sein Magen zieht sich krampfhaft zusammen.

„Aber so wie ich unseren Sheriff kenne, kümmert er sich nicht um den Diebstahl eines Pferdes durch einen Sohn. Der hat genug in seinem County zu tun."

Mickey ist ganz benommen vor Schreck. Und wenn der Sheriff doch kommt? Oder ein anderer Vertreter des Gesetzes? „Was soll ich tun?", fragt er hilflos.

„Mit Pferdediebstahl ist nicht zu spaßen. Falls doch jemand kommt und dich fassen sollte, möchte ich nicht in deiner Haut stecken. Wir könnten dich natürlich eine Weile verstecken, aber das Allerbeste wäre, wenn du die Staatsgrenze nach Missouri überschreiten würdest, dort hat der Sheriff keine Befugnis mehr."

Mickey ist erschrocken. Er würde gerne hierbleiben, und jetzt so eine weite Reise?

Mister Willard sieht seine Bestürzung. „Ich würde dich gerne behalten, du bist mir eine große Hilfe. Aber für dich wäre das nicht sicher. So weit entfernt ist Missouri nicht, bis zur Grenze sind es etwas über einhundert Meilen. Das kannst du, wenn du dich etwas beeilst, mit deinem Pferd in drei Tagen schaffen."

Mickey seufzt und nickt zu den Worten. „Wenn Sie meinen, ich würde lieber hierbleiben."

Der Farmer fährt fort. „Wir machen das so: Meine Frau packt dir noch für ein paar Tage etwas zu essen ein, dann kannst du morgen früh fortreiten." Er ruft seine Frau: „Helen, komm doch mal her!"

„Einen Moment, ich bügle gerade!"

Es klappert, als sie das Bügeleisen auf den Herd stellt, dann kommt sie herein. „Was gibt es, Bill?"

William erzählt ihr, dass Mickey sie beide wieder verlassen wird.

„Oh nein! Hat sein Vater herausgefunden, wo er jetzt ist?", entfährt es ihr. Ihr Mann erklärt seiner Frau die Umstände, die Mickeys Abreise nötig machen. Die Farmersfrau sieht Mickey traurig an. „Wir fingen gerade an, dich zu mögen." Sie lächelt ihn an.

Mickey kann nichts sagen, er hat einen Kloß im Hals.

William Willard bittet sie, Proviant für ihren Mickey einzupacken.

„Ja, natürlich, er hat sich auch etwas Lohn verdient", erwidert seine Frau und streicht Mickey das lange schwarze Haar aus der Stirn.

Der Farmer sitzt noch eine Weile mit Mickey am Tisch und zeichnet ihm eine Skizze für den Weg nach Missouri. „Du kannst noch eine Weile am Arkansas entlang reiten. Ab Winfield musst du dich Richtung Osten halten. Du musst versuchen, alle Städte, die über einen Telegrafen verfügen, zu meiden, denn dort könnte ein Steckbrief von dir sein."

Mickey nickt, er versucht sich so viel wie möglich einzuprägen. Sorgfältig, wie einen Schatz, steckt er die Zeichnung ein. Sie wird ihm in den nächsten Tagen eine große Hilfe sein.

Der junge Herumtreiber

Es hat zu regnen aufgehört. Mickeys Haare tropfen vor Nässe, seine Wachsjacke hat ihn am Körper trocken gehalten. Es ist später Nachmittag, es ist an der Zeit, einen Unterschlupf für die Nacht zu suchen. Er befindet sich in einer großen, grasbewachsenen Ebene. Wie die Wellen eines Meeres sieht das im Wind wogende Gras aus. Nur an den Flüssen stehen gelegentlich einzelne Bäume. Ein Unterschlupf ist hier nicht zu erkennen, ein Zelt wäre jetzt gut, oder wenigstens eine Plane. Langsam reitet er weiter, immer auf der Suche nach einem kleinen Versteck.

Den Arkansas River hat er seit über einem Tag verlassen, die Grenze nach Missouri muss jetzt greifbar nah sein.

Da, hinter einem kleinen Hügel ist etwas, das ist weder Baum noch Busch. Er hält mit seinem Pferd darauf zu. Dann erkennt er, dass es sich um eine kleine, verfallene Hütte handelt. Die Wände sind aus Holz und stehen noch, dass Dach ist eingebrochen. Na ja, denkt er, besser als nichts. Er sattelt sein Pferd ab, das auch gleich zu grasen beginnt und sieht sich die Hütte an. Sie hat eine Tür, die sich noch öffnen lässt. Drinnen liegt viel Abfall und ein Teil des Daches. Unkraut wächst bereits darauf. Er zerrt den Unrat aus der Hütte und ebnet den Platz unter dem noch vorhandenen Dach, er nimmt seinen Sattel und legt ihn auf den Boden. Die Decke kommt darüber, dann sieht es als Nachtlager ganz brauchbar aus. Mickey setzt sich hin und inspiziert zum wiederholten Mal den Inhalt des Beutels, den ihm Mrs. Willard mitgegeben hat. Es ist nicht mehr viel, es wird gerade noch für heute Abend reichen. Morgen muss er sich Arbeit suchen, damit er etwas zu essen bekommt.
In der Nacht schläft er recht gut. Es regnet nicht mehr, nur von dem kleinen Baum neben der Hütte fallen immer wieder ein paar Tropfen herab.
Der Morgen dämmert bereits, als Mickey unter seiner Decke hervorkriecht und nach draußen geht. Der Boden ist taufeucht, in den Senken hängt noch Nebel über dem Gras. Da sieht er in der Ferne, etwa einhundert Yards entfernt, eine Bewegung. Es sind vier Pferde, die dort im Nebel hinter den Büschen stehen. Einige Männer sind in der Nähe der Tiere. Sie haben keine Uniform, sondern bunt zusammengewürfelte Kleidung. Aber Waffen haben sie alle, so viel kann er erkennen. Er geht hinter die Hütte, um nicht bemerkt zu werden, und hält sein Pferd dort fest.
Plötzlich hört er ein Geräusch hinter sich. Er dreht sich um und sieht in den Lauf eines Gewehres.
„Hände hoch!", herrscht ihn ein junger Mann an. Er trägt eine schwarze, halblange Jacke und hat rotblonde Haare. Unter dem

tief in die Stirn gezogenen Hut funkeln ihn blaue Augen gefährlich an. Erschrocken lässt Mickey die Zügel seines Pferdes los und hebt beide Arme.
„Bist du ein Rebell?"
Mickey schluckt. Er weiß nicht, was der Mann von ihm will.
„Was ist ein Rebell? Ich bin bloß ein Junge."
Der Mann mit der Waffe tritt näher an ihn heran und sieht ihn dann erstaunt an. „Wen haben wir denn da? Du bist ja tatsächlich noch ein Junge!" Er lacht und senkt den Lauf seines Gewehres, das er bis eben noch auf Mickeys Brust gerichtet hatte.
„Von weitem siehst du aus wie ein Mann. Wie alt bist du?"
Mickeys Schreck lässt langsam nach. „Ich bin vierzehn, ich werde bald fünfzehn."
Der Mann stellt sein Springfield Gewehr mit der Schulterstütze auf den Boden und reicht ihm die Hand.
„Ich bin Samuel Bruhnke. Meine Freunde und ich sind auf dem Weg zur Musterung. Weil wir uns hier im Grenzgebiet zu den Staaten der Konföderation befinden, haben wir gedacht, wir sehen mal nach dem Rechten."
Mickey weiß nicht, was er dazu sagen soll. Wovon spricht dieser Mann? Aber jetzt scheint keine Gefahr mehr von ihm auszugehen, und er erwidert sein freundliches Lächeln.
„Wo willst du hin?"
„Ich suche Arbeit, damit ich Essen bekommen kann."
Samuel Bruhnke denkt einen Moment nach. „Okay, ich habe da eine Idee. Komm erst einmal mit zu meinen Freunden." Der Mann und der Junge steigen auf ihre Pferde, Mickey folgt ihm zu der Senke, in der er die vier Pferde gesehen hat.

Die vier Männer mustern ihn neugierig. Sie sind zwischen zwanzig und fünfundzwanzig Jahre alt. Ihre Haare sind zerzaust und geben ihnen ein verwegenes Aussehen. „Wen hast du

denn da aufgegabelt, Sam?", fragen sie ihren Freund, der sich später als Anführer der Gruppe herausstellt.
„Das ist nur ein großer Junge, der Arbeit sucht. Ich habe auch schon eine Idee, wie wir ihm helfen können."
„Soll er zu deinen Verwandten nach Springfield?", fragt einer der vier.
„Ja, meine Mutter betreibt dort mit meiner jüngeren Schwester den General Store, die können eine kräftige Hand gebrauchen."
„Und was soll er jetzt hier bei uns?"
„Er soll mit uns kommen, bis zum Abzweig nach Springfield, den Rest findet er alleine."
Mickey wird von den Männern in die Mitte genommen. Während des Ritts wird er wieder gefragt, wo er denn herkäme. Er erfährt, dass er sich jetzt in Missouri befindet, nicht allzu weit von den »Sklavenstaaten« entfernt. Die Männer stoßen das Wort »Sklavenstaaten« mit Hass hervor, so wie man von Abschaum spricht. Mit Sklavenstaaten meinen sie Arkansas und Tennessee. Er erfährt, dass man sich hier in Missouri im Zwiespalt befindet. Die meisten Bewohner lehnen Sklavenhaltung ab, während der Gouverneur und ein Großteil des Parlamentes Freunde der Südstaaten sind. Sie selbst sind natürlich überzeugte Gegner der Sklavenhaltung, wie sie immer wieder beteuern. Sie folgen dem Aufruf von Präsident Lincoln, sich freiwillig zum Bürgerkrieg zu melden, und sind nun auf dem Weg zur Musterung. Ihr Anführer Samuel Bruhnke und einer der vier Freunde haben deutsche Wurzeln.
„Wir haben jetzt viel von uns erzählt, jetzt lass mal was von dir hören!", fordern sie ihn auf.
Mickey fühlt sich wohl in der Gruppe. Zu Anfang wurde er misstrauisch begutachtet, jetzt sind die Männer freundlich und aufgeschlossen. Hier in Missouri fühlt er sich vor Verfolgung sicher und braucht sich nicht mehr zu verstecken.

Er erzählt, dass er sein Zuhause verlassen hat. Er erwähnt die Probleme mit seinem Vater, er erzählt auch, dass er das Pferd ohne zu fragen mitgenommen hat.
„Da war dein Vater natürlich zornig. Dass der Sohn fort war, hat ihn nicht gestört, aber dass eines der Zuchtpferde fehlte, hat ihn in Wut gebracht!"
Der große Blonde hat offensichtlich ähnliche Erfahrungen hinter sich. Er lacht grimmig. „Jetzt will er das Pferd natürlich wiederhaben, das kann ich mir gut vorstellen."
Bald haben sie den Abzweig nach Springfield erreicht. Es ist ein kleiner, aber gut erkennbarer Weg, in den sandigen Boden haben sich einige Wagenspuren eingegraben.
Samuel Bruhnke zeigt mit der Hand nach Norden. „Hier entlang musst du reiten, bis nach Springfield sind es etwa fünf Meilen. Dort meldest du dich im General Store." Als er Mickeys fragenden Gesichtsausdruck sieht, fügt er noch hinzu: „Meiner Mutter gehört der Laden. Sage ihr, dass dich Samuel schickt, dann wird man dir helfen."
Mickey nickt, dann verabschieden sich die Männer von ihm und wünschen ihm viel Erfolg. Sie ziehen in den Krieg, den furchtbarsten Krieg, den Amerika je erleben sollte, jeder vierte Soldat wird ihn nicht überleben. Aber das weiß noch keiner von ihnen. Gut gelaunt und überzeugt von ihrer Aufgabe ziehen sie lachend und scherzend weiter.

Mickey folgt dem angegebenen Weg und sieht nach einer halben Stunde die Häuser der Stadt. Es ist die größte Stadt, die er bisher gesehen hat. »Springfield« steht auf der Tafel am Anfang, Einwohnerzahl 1321. Aufmerksam reitet er die Hauptstraße entlang und beobachtet die Häuser an beiden Seiten. Auf den Straßen und den hölzernen Bürgersteigen ist viel Betrieb. Neugierig sieht Mickey sich um. Karren kommen ihm entgegen, vor ihm steht eine Kutsche. Von weitem kann er den hohen Giebel eines Geschäftes erkennen. »General Store« ist dort in gelben Buchstaben zu lesen. Dort angekommen, steigt er ab, bindet sein Pferd an der Haltestange fest und sieht sich schüchtern um. Er kommt sich sehr fremd vor, die Menschen in der Umgebung sehen zu ihm hin und mustern ihn neugierig. Er gibt sich einen Ruck und betritt den Laden, eine kleine Klingel an der Tür läutet mit hellem Ton.

Vor der Ladentheke steht eine Frau, die von einem jungen Mädchen bedient wird. Mickey steht im Hintergrund und traut sich nicht zu sprechen. Nach einer kleinen Weile ist die Dame fertig, sie steckt ihren Einkauf, Mehl und Hefe, in die mitgebrachte Tasche und geht an Mickey vorbei.
Das junge Mädchen sieht hoch und blickt Mickey an. „Was kann ich für Sie tun?", fragt sie mit einer hellen, klaren Stimme. Das Mädchen ist hübsch, sehr hübsch sogar. Sie hat blaue Augen und lange blonde Haare, die zu einem Kranz geflochten sind. So ein schönes Mädchen hat Mickey noch nie gesehen. Er vergisst alle zurechtgelegten Worte und druckst herum.
„Ich, äh, ich wollte fragen..."
Als das Mädchen ihn aufmunternd anlächelt, bekommt er erst recht kein Wort heraus.
„Möchten Sie etwas kaufen?", fragt das Mädchen, sie ist etwas älter als er, vielleicht sechzehn Jahre.
„Ich, nein. Ich – ein Samuel Bruhnke schickt mich. Ich soll hier nach Arbeit fragen."
„Du kommst von Samuel? Samuel ist mein großer Bruder."
Sie reicht ihm ihre Hand, es ist eine kleine Hand, die in der großen Hand von Mickey verschwindet.
„Ich heiße Evelyn. Meiner Mutter gehört das Geschäft und ich helfe ihr. Warte doch einen kleinen Moment, ich komme gleich wieder."

Sie verschwindet durch eine Tür im Hintergrund, Mickey sieht ihr hinterher. Einen Moment später kehrt sie mit ihrer Mutter wieder zurück. Die ist eine schlanke Frau, etwa Ende vierzig. Sie trägt die roten Haare wie ihre Tochter zu einem Kranz geflochten. Sie mustert ihn mit freundlichen Augen und reicht ihm die Hand.

„Guten Tag, Ich bin Bridget Bruhnke. Mir gehört der General Store. Ich habe gehört, mein Sohn Samuel schickt dich?"

Mickey erwidert ihren kräftigen Händedruck. „Ich heiße Mickey Callaghan. Ich bin Ihrem Sohn heute Morgen begegnet. Ich habe ihm gesagt, dass ich Arbeit suche und er hat mich an Sie verwiesen."

„Ja, das ist richtig. Seitdem mein Mann die Zeitung hier im Ort herausgibt, führe ich das Geschäft mit meiner jüngsten Tochter alleine. Wir können einen kräftigen jungen Mann wie dich gut gebrauchen."

Es kommen zwei Kunden in den Laden. Evelyn wendet sich ihnen zu. Mrs. Bruhnke bittet Mickey nach hinten in ihr Büro. Er versucht noch kurz einen Blick von Evelyn zu erhaschen, dann folgt er der Geschäftsfrau nach hinten. Im Büro setzt sie sich hinter den Schreibtisch und Mickey nimmt mit einem Hocker vorlieb.

„So, nun erzähl mal!", fordert sie Mickey auf.

Und Mickey beginnt mit seiner Geschichte. Er berichtet kurz von seinem Elternhaus, von seiner Flucht mit dem von seinem Vater gestohlenen Pferd und der Begegnung mit Samuel Bruhnke heute Morgen.

Mickey erfährt von ihr, dass sie noch vier weitere Kinder hat. Die sind jetzt so alt, dass sie ihre eigene Familie haben, nur Evelyn ist ihr geblieben. Ihr Mann ist mit seiner Zeitung, dem Springfield Explorer, so beschäftigt, dass er im Geschäft keine große Hilfe mehr ist. „Wir können deshalb einen kräftigen Mann gebrauchen. Das Abladen und Aufladen der Wagen, das

fällt uns doch recht schwer." Sie mustert ihn sorgfältig. „Wie alt bist du, mein Junge?"
„Ich bin vierzehn Jahre", sagt Mickey. „Ich werde im März aber schon fünfzehn", fügt er eilig hinzu.
Mrs. Bruhnke lächelt über seinen Eifer. „Okay, wir versuchen es mir dir. Du kannst hier im Haus schlafen, in einem der Betten der Kinder, die nicht mehr hier wohnen. Gearbeitet wird von morgens bis abends, je nach Bedarf. Du bekommst frei zu essen. Ein Gehalt gibt es nicht. Wenn wir mit dir zufrieden sind, sehen wir weiter."
Mickey nickt dazu. So gefällt es ihm, er ist ohnehin nicht in der Lage, irgendwelche Forderungen zu stellen.
„Hast du etwas bei dir?", fragt Bridget Bruhnke.
Mickey braucht nicht lange zu überlegen. „Nein, nur das, was das Pferd auf seinem Rücken trägt."
Mrs. Bruhnke lächelt. „Was du zuerst benötigst, ist noch etwas zum Anziehen. Es kann sein, dass dir etwas von der Kleidung meiner Söhne passen könnte. Du hast ja die Größe von einem Mann."
Mickey bekommt das Zimmer gezeigt, auch sein Pferd erhält einen Platz in dem großen Stall, der sich hinter dem Geschäft befindet.

Am Abend kommt Heinrich Bruhnke, der Mann und Vater der Familie nach Hause. Er ist groß, seine Augen strahlen immerzu und laden einen zum Lachen ein. Mickey schließt ihn sofort in sein Herz. Wenn doch nur sein Vater so gewesen wäre! Zu seiner großen Überraschung erfährt er, dass Bridget Bruhnke die ältere Schwester von William T. Sherman ist. Mickey hat noch nicht von ihm gehört, aber Heinrich Bruhnke, der von vielen hier Henry gerufen wird, erzählt ihm die Geschichte seines berühmten Schwagers. Er war seit 1859 Präsident der Militärschule in Alexandria in Louisiana und ist

seit zwei Wochen Kommandeur des 13. Infanterieregiments der Nordstaaten.
Mickey hört ihm erstaunt zu. Der Zeitungsmann kann mitreißend erzählen und ist offensichtlich politisch sehr interessiert.
„Dann ist der Samuel Bruhnke, den ich getroffen habe, sein Neffe?"
„Ja, genau so ist es. Ich bin Deutscher, wie viele hier in Missouri, deshalb haben einige unserer Kinder deutsche Namen."
Die nächsten Tage im General Store beginnen mit viel Arbeit. Das Lagerhaus ist völlig überladen, weil es an stabilen Regalen fehlt. Das Holz dazu liegt schon bereit, die beiden Frauen haben keine Zeit und sind auch nicht kräftig genug, alle Waren umzulagern. Für Mickey ist das genau die richtige Arbeit.
An den Abenden erklärt ihm Heinrich Bruhnke von den neuesten politischen Entwicklungen. Er hat Freude an dem aufgeweckten Jungen und es gefällt ihm, wie schnell er die Informationen verarbeitet. Das Thema heute Abend ist die Sklaverei. Mickey kennt keine Sklaven und kennt auch nicht die besonderen Demütigungen, die diese Menschen in den Südstaaten erleiden müssen.
„Ich habe dir ein Buch mitgebracht. Ich habe gehört, dass du lesen kannst, dann ist dieses hier sehr gut geeignet."
Er gibt Mickey ein Buch in einem grauen Einband und einem blassen Bild auf der Vorderseite. Es hat den Titel: »Uncle Tom's Cabin« (Onkel Toms Hütte), er blättert ein wenig darin herum.
Heinrich Bruhnke sieht ihm zu und erklärt: „Das Buch ist von Harriet Beecher Stowe, es ist sehr beeindruckend geschrieben und beschreibt, nach meinen Kenntnissen, die Sklaverei sehr genau."
Mickey ist sehr begierig darauf, in dem Buch zu lesen, gleich morgen in der ersten Pause will er hineinsehen.

Mit Evelyn, der Tochter des Hauses, versteht er sich immer besser. Er geht ihr zur Hand, wann immer das sinnvoll ist und sie zögert nicht, ihn als kräftige und kluge Hilfe einzuspannen. Eines Tages fragt sie ihn: „Mickey, hast du schon einmal eine Freundin gehabt?"
Er schüttelt heftig den Kopf. „Wo denkst du hin, ich bin doch noch ein Junge. Vielleicht größer als andere, aber dafür bin ich noch nicht alt genug."
Sie sieht ihn an und lächelt. „Ja, das ist schade. Du müsstest vier oder fünf Jahre älter sein, dann wärst du eine gute Partie. Du hast alles, was ein Mann braucht. Du bist groß und kräftig, du siehst gut aus und hast eine Menge Charme."
„Meinst du wirklich?", fragt Mickey erstaunt. Bisher waren ihm diese Art Qualitäten nicht aufgefallen.
„Warte nur ab, eines Tages werden dir die Mädchen nachlaufen."
Mickey lacht, der Gedanke kommt ihm noch sehr unwirklich vor. „Und du, hast du gar keinen Freund?"
„Doch, ich kann ihn nur nicht so oft sehen, wie ich möchte. Vor zwei Wochen ist er in die Armee der Nordstaaten eingetreten, seitdem sehe ich ihn gar nicht mehr. Aber der Krieg wird bald vorbei sein, hat er gesagt, und darauf freue ich mich jeden Tag."

Das Buch, das er von Heinrich Bruhnke zum Lesen erhalten hat, wird die nächsten Tage zu seiner Lieblingslektüre. In jeder freien Minute holt er es hervor und liest wieder einige Seiten. Eines Tages hat er es durchgelesen und gibt es dem Vater der Familie zurück. Der will natürlich wissen, wie es ihm gefallen hat.
„Was sagst du zu dem Buch, kannst du dir so etwas vorstellen?"

Mickey überlegt eine Weile an der Antwort. „Es ist so schlimm, wie dort mit den Negern umgegangen wird, das kann man sich kaum vorstellen."
„Glaube mir, mein Junge, das ist genau so, wenn nicht noch schlimmer."
Mickey muss daran denken, was ihm die Mutter beigebracht hat. Alle Menschen sind gleich, egal welcher Religion sie angehören oder welche Hautfarbe sie haben. Früher kannte er nur Indianer als Menschen mit anderer Hautfarbe, nun gehören offenbar auch Neger zu dieser Gruppe. Mickey sieht ihn mit großen Augen an. „Sollte man nicht etwas dagegen unternehmen?"
Heinrich Bruhnke nickt entschieden. „Ja! Man sollte nicht, man muss!" Dann fällt ihm etwas ein. „Kannst du eigentlich schießen?"
„Nein, das hat mir bisher niemand beigebracht."
Heinrich Bruhnke denkt eine Weile nach. „Wenn du etwas gegen die Sklaverei tun willst, musst du in die Nordstaatenarmee eintreten. Du erreichst zwar noch nicht die Altersgrenze von achtzehn Jahren, du siehst aber so aus, als wärst du alt genug. Außerdem bin ich hier der Bürgermeister, das kriegen wir hin."
Er schmunzelt und fügt hinzu: „Wenn du jetzt noch schießen könntest, dann nimmt man dich auf jeden Fall. Und deshalb",
- er zögert einen Moment - „ich habe einen Bekannten, der kann dir den Umgang mit Waffen beibringen. Ich werde ihn in den nächsten Tagen einmal fragen."
Mickey ist schwer beeindruckt. Er wird also schon für einen richtigen Mann gehalten und soll jetzt sogar Schießen lernen. „Ja, das möchte ich gerne können", er nickt mit leuchtenden Augen.

Nach wenigen Tagen schon beginnt die Ausbildung. Der Mann, der ihm das Schießen beibringen soll, ist mittleren Alters, er hatte schon im Befreiungskrieg von Kalifornien gegen die Mexikaner gekämpft. Er heißt Morgan Karniggle, er ist einen Kopf kleiner als Mickey und sieht ihn mit ständig zwinkernden Augen an. Er spricht nicht viel, hat aber ein scharfes Auge für die Fehler, die Mickey macht. Zuerst lernt er mit dem Gewehr umzugehen, einem Springfield Vorderlader.
„Springfield?", fragt Mickey, „hat es etwas mit diesem Ort zu tun?"
Morgan Karniggle schmunzelt. „Nein, das ist nur zufällig so. Das Gewehr kommt aus der Waffenfabrik in Springfield im Bundesstaat Massachusetts. Wir sind hier in Springfield in Missouri."
Das Gewehr wird über die Mündung mit einer Papierpatrone geladen. Sie besteht aus der Kugel, der Pulverladung und ist mit Papier umgeben. Mickey muss die Papierhülle in die Hand nehmen und sie mit den Zähnen aufreißen. Dann schüttet er das Pulver aus der Papierhülle oben in den Lauf, knüllt das Papier zusammen und stopft es hinterher. Zuletzt wird die Kugel in den Lauf gesteckt und alles wird mit dem Ladestock nach unten geschoben. Zuletzt wird das Zündhütchen aufgesetzt und der Hahn gespannt. Mickey stellt sich sehr geschickt bei den Handgriffen und beim Zielen an. Das Laden geht ihm noch etwas langsam von der Hand.
Morgan lacht ihn an. „Wenn du schnell werden willst, musst du in einer Minute drei Schüsse, gut gezielt, mit Treffer auf 300 Yards zustande bringen."
Mickey stöhnt. „Das ist doch gar nicht zu schaffen!"
„Doch, das ist es. Du bist auf dem richtigen Weg, ich hatte noch keinen Schüler, der sich so geschickt angestellt hat."
„Tatsächlich? Sie wollen mich hochnehmen!"
„Nein, nein, du wirst schon sehen, mach nur weiter so."

Und es kommt so, wie es der alte Hase Morgan Karniggle vorhergesagt hatte. Mickey übt fast jeden Abend für ein bis zwei Stunden. Schließlich schafft er sogar vier Schüsse pro Minute und trifft einen Eimer aus 400 Yards Entfernung. Mit vor stolz geschwellter Brust dreht er sich zu Morgan um.
Der nickt, seine Augen zwinkern noch schneller vor Begeisterung. „Siehst du, ich habe es doch gesagt. Nun wird man sich beim Militär um dich reißen."
Mickey strahlt vor Freude über das Lob.
„Ab morgen werde ich dir das Schießen mit dem Revolver beibringen. Das hat auch seine Tücken, aber das zeige ich dir schon."

Von Heinrich Bruhnke erhält er immer wieder Stoff zum Nachdenken. Und immer ist es der Konflikt Nord- gegen Südstaaten, der besonders hier in Missouri zu spüren ist.
Mit charismatischer Mimik und überzeugender Argumentation erzählt er dem jungen Mickey von der Barbarei in den Sklavenstaaten und bestärkt ihn in dem sicheren Gespür für gute und schlechte Menschen, das ihm seine Mutter vermittelt hat.
„Glaube mir, junger Mickey, das System der Südstaaten wird, früher oder später, wegen schlechterer Leistungsfähigkeit zu Grunde gehen, mit oder ohne Krieg. Die Feudalherrschaft, die sich nur mit Hilfe von ausgebeuteten Menschen aufrecht hält, noch dazu ohne jede Weiterentwicklung, wird aus Amerika verschwinden." Erschöpft hält er inne, beseelt von seiner eigenen Rede.
„Werden die Nordstaaten denn siegen?", fragt Mickey.
„Tja, mein Junge, um das zu beantworten, müsste ich Prophet sein. Das Problem ist, das die Nordstaaten den Südstaaten zwar zahlenmäßig und wirtschaftlich überlegen sind, die Südstaaten

haben jedoch die besseren militärischen Führer. Deshalb tippe ich auf einen lange dauernden Krieg, ganz im Gegensatz zu der vorherrschenden Meinung. Ich hoffe natürlich, dass ich mich irre."

In den nächsten Tagen lernt Mickey mit einem Revolver zu schießen. Morgan Karniggle hat ihm zum Üben einen Perkussionsrevolver von Colt mitgebracht.
„So, mein Junge, das hier ist eine ganz neue Waffe, wie sie jetzt verwendet wird. Es gibt dafür fertige Patronen, die eine Papierhülle mit Kugel und Pulverladung haben, so wie bei dem Gewehr. Die Patronen haben das Kaliber .44. Gezündet wird wie bei der Springfield mit Zündhütchen, die hier außen aufgesetzt werden." Er macht eine Pause und überlegt: „In der Army wird nicht mit Revolvern geschossen. Ich bin aber mal gespannt, wie du mit einer mehrschüssigen Kurzwaffe umgehen wirst."
Mickey hält die Waffe in der Hand und mustert sie eingehend.
„Wofür ist denn dieser Hebel hier?", fragt er und zeigt auf einen Hebel unterhalb des Laufes.
„Das ist der Ladehebel. Mit ihm wird die Papierpatrone in die Bohrung der Trommel gepresst. Es ist wie bei der Springfield, nur geschieht das hier sechs Mal hintereinander. Man kann die Trommel auch komplett herausnehmen und sie durch eine vorher gefüllte ersetzen."
Mickey staunt, von weitem sieht es so einfach aus. Wenn man genau hinsieht, erkennt man, wie mühsam das Schießen damit ist.
„Wer bezahlt das eigentlich alles, die Waffen und die Munition und so?", fragt Mickey.
Morgan schmunzelt. „Das meiste kommt von Henry, die Waffen gehören mir und meine Zeit schenke ich dir." Er macht eine Pause und fügt dann hinzu: „Dir etwas beizubringen

macht mir besonders viel Freude. Ich hatte noch nie so einen gelehrigen Schüler."

Mickey freut sich über das Lob. So viel hintereinander hat der alte Morgan noch nie mit ihm gesprochen.

Das Schießen mit dem Revolver ist wie mit dem Gewehr, nachdem die Handgriffe eingeübt sind, geht es immer besser. Mickey kann jetzt eine Trommel in weniger als einer Minute laden. Auch das Schießen geht recht gut. Immer wieder hat Morgan mit ihm das Ziehen aus dem Holster geübt.

„Den Griff des Revolvers musst du im Schlaf finden", so lehrt ihn Morgan. „Du fasst ihn mit den Fingern, mit dem Daumen spannst du beim Ziehen den Hahn. Und immer die Augen auf das Ziel gerichtet!"

Mickey macht das gut, Morgan ist sehr zufrieden. Zuerst muss er den Revolver bis in Augenhöhe halten und über Kimme und Korn das Ziel anvisieren.

„Wenn das klappt, dann kannst du anfangen, aus der Hüfte zu schießen. Das geht schneller, weil du sofort schießen kannst, du musst jedoch lernen, instinktiv zu zielen."

Eine Woche später kommt Heinrich Bruhnke auf seinem Pferd zu dem Übungsplatz, um sich die Fortschritte von Mickey anzusehen. „Hierher zu finden ist nicht schwierig", grinst er den Lehrer und dessen Schüler an. „Die Schüsse sind bis nach Arkansas zu hören."

Mickey freut sich, dass er dem geschätzten Lehrmeister in Politik seine Schießkünste vorführen darf. Er gibt zwei Schüsse mit dem Springfield Gewehr ab, dann demonstriert er seine erstaunliche Geschicklichkeit mit dem Revolver.

Heinrich Bruhnke ist sichtlich beeindruckt. „Morgan, was hast du aus unserem kleinen Jungen gemacht?"

Morgan schmunzelt und zwinkert mit seinen wasserblauen Augen. „Das ist nicht nur mein Verdienst. Mickey hat einen siebten Sinn für den Umgang mit den Waffen. In ein, zwei Jahren wird er einer der besten Schützen sein, die wir kennen."
Mickey strahlt vor Freude. Das Lob der beiden Männer macht ihn zwar verlegen, aber ihn erfüllt wilde Freude, bei dem Gedanken, dass er etwas wirklich gut kann. Sein Vater hat ihn niemals gelobt, es gab immer nur Tadel und Schläge. Wie Morgan Karniggle es ihm beigebracht hat, reinigt er anschließend beide Waffen. Mit Hilfe eines langen Stabes schiebt er ein angefeuchtetes Reinigungstuch durch den Lauf der Springfield und ebenfalls beim Revolver, anschließend kommt ein kleiner ölgetränkter Lappen zum Einsatz.
Die beiden Männer sehen gelegentlich zu ihm hin und unterhalten sich dabei. Heinrich Bruhnke fragt seinen erfahrenen Freund: „In den letzten Tagen sind so auffallend viele Truppen in der Gegend um Springfield, wie schätzt du das ein?"
Morgan wiegt sein fast haarloses Haupt und sagt dann: „Wir werden früher mit dem Krieg zu tun haben, als wir befürchtet haben. Es lagern hier in Springfield nach meiner Einschätzung unter dem Kommandeur Nathaniel Lyon etwa sechstausend Mann."
„Du meine Güte, da müssen wir das Schlimmste befürchten!"
„Das sehe ich auch so", gibt ihm Morgan Recht. „Wir können nur hoffen, dass die Zivilbevölkerung so wenig wie möglich von dem Krieg mitbekommt."

Mickey hat beide Waffen gereinigt und eingeölt und wendet sich den beiden Männern zu. Heinrich Bruhnke mustert seinen Schützling mit einer Sorgenfalte auf der Stirn. „Es sieht fast so aus, als wenn deine Schießkünste eher gefordert werden, als uns lieb ist. Präsident Lincoln hat jetzt schon zum zweiten Mal in

den letzten Wochen die Einberufung von 500.000 Freiwilligen gefordert. Und der Kongress hat vor kurzem zugestimmt."
Mickey hört das mit Sorge, aber zugleich mit Freude. Zum einen fiebert er einem unbekannten Abenteuer entgegen, zum anderen wird er neue Menschen kennenlernen. Dass ein Krieg mehr ist, als nur Abenteuer, sondern Lebensgefahr und Strapazen, wird er bald erkennen.

Der junge Soldat

Mickey ist Soldat. Plötzlich ging alles ganz schnell. Sein väterlicher Freund Heinrich Bruhnke hat seinen Einfluss als Bürgermeister von Springfield bei der Musterung eingesetzt. Dazu kam die zurzeit starke militärische Bedrohung durch die Truppen der Nord- und Südstaaten in unmittelbarer Nähe von Springfield. Das von der Regierung geforderte Mindestalter von achtzehn Jahren ist nicht nur bei ihm nicht eingehalten worden. Mickey sieht manchen jungen Soldaten, der dieses Alter bestimmt noch nicht erreicht hat. Sein hünenhafter Wuchs, das Erbe seines Vaters, hat die Musterungskommission über sein wahres Alter getäuscht. Als Henry Bruhnke seine großartigen Schießkünste erwähnte, war die Einberufung beschlossen.

Es ist Mitte Juli 1861, Mickey und viele andere junge Männer, werden mit dem Zug nach Fort Bellefontaine gebracht. Dort sollen ihm, wie seinen Kameraden, militärische Grundbegriffe beigebracht werden. Der Zug besteht aus fünf Personenwagen, alle Plätze sind besetzt. Selbst auf den Plattformen zwischen den Waggons sitzen und stehen junge Männer. Viel wird nicht gesprochen, alle sehen ein wenig blass aus und mustern ängstlich die vorbeiziehende Landschaft und die mitreisenden Rekruten.

Einige Männer, es sind meistens die Älteren von ihnen, reden laut und geben sich selbstsicher. Mickey kommen sie ein wenig wie Angeber vor.

Alle Soldaten sind noch in Zivil gekleidet. Im Fort Bellefontaine, es liegt in der Nähe von St. Louis, hat Mickey gehört, sollen sie mit Uniformen und Waffen ausgerüstet werden.

Ein Lieutenant kommt in den Wagen. Er sieht adrett aus in seiner blauen Uniform und dem feschen Hut. Ein Säbel vervollständigt seine Ausstattung. Er sieht sich aufmerksam um und fixiert einige der jungen Soldaten, die sich eben noch so lautstark unterhalten haben, mit festem Blick aus dunklen Augen. Schnell kehrt Ruhe ein, dann beginnt er zu sprechen:

„Meine Herren! Ich bin Lieutenant Hudson. Ich bin der Zugführer in ihrer Ausbildungskompanie. Ich werde Ihnen jetzt einige Informationen mitgeben. In zwei Stunden werden wir Saint Louis erreichen, wir steigen dann alle aus und Sie werden sich hinter mir aufstellen, immer vier in einer Reihe - ist das klar?" Er sieht sich kurz um und mustert seine bunte Schar. „Wir werden dann die vier Meilen zum Fort zu Fuß zurücklegen." Wieder mustert er die Gruppe seiner Zuhörer. „Hat jemand eine Frage?"

Keiner sagt etwas, etwas scheu sehen sich die jungen Leute um. Mickey fällt jetzt auch keine Frage ein, vielleicht ist auch besser, nicht zu fragen, man könnte eventuell dumm auffallen.

Dann meldet sich doch jemand. „Bekommen wir heute noch etwas zu essen?"

Aus einigen Ecken kommt ein leises Kichern. Mickey denkt auch, so eine Frage stempelt einen gleich als verfressen ab. Doch der Lieutenant nickt nur, und antwortet dann: „Essen wird heute Abend noch ausgegeben. Es gibt Bohnensuppe für alle, auch für mich." In seinem hart erscheinenden Gesicht erscheint kurz ein Lächeln. Mit zackigen Schritten geht er weiter in den nächsten Wagen, um seine Botschaft auch dort zu verbreiten.

Mickey fühlt sich nicht wohl in diesem Haufen völlig fremder Menschen. Nachdem der Lieutenant den Wagen verlassen hat, beginnen alle durcheinanderzureden. Alle sind älter als er, er fühlt sich ein bisschen wie ein Fremdkörper.

Allmählich nähern sie sich Saint-Louis, die jungen Männer drängen sich an den Fenstern, und versuchen etwas zu erkennen. Die Rufe mischen sich mit dem Lärm der Räder zu einem fast schmerzhaften, unangenehmen Krach. Mickey bleibt schüchtern im Hintergrund und hält seine Wachsjacke fest. Sie ist das Einzige, was er mit sich führt. Die meisten der Mitreisenden haben kleine Taschen oder Beutel dabei.

Der Zug fährt in den Bahnhof von Saint-Louis ein. Dampf von der Lokomotive wallt an den Fenstern vorbei und laut quietschen die Bremsen. Mit einem kurzen Ruck kommt der Zug zum Stehen. In einem wüsten Durcheinander trampeln die Männer zu den Türen und strömen auf den Bahnsteig. Mickey hält seine Wachsjacke fest, um sie in dem Getümmel nicht zu verlieren, schließlich steht er draußen auf dem Bahnsteig. Mehrere Corporale in blauer Uniform versuchen sich mit lauter Stimme durchzusetzen. Schließlich haben sich mehrere Gruppen gebildet, die sich draußen vor dem Bahnhof aufstellen. Mickey hat sich zu einem Haufen gesellt und steht nun im Gedränge zwischen ihnen. Ein Mann in Uniform stellt sich lautstark als Gruppenführer vor und fordert sie auf, sich in Reihen zu vier Mann nebeneinander aufzustellen. Nach einigem Getümmel und Gedränge gelingt ihnen das.

Mickey bemerkt einen Mann auf einem Pferd, der vor dem Haufen der jungen Männer steht und sich die langsam aufbauende Ordnung verfolgt. Es ist der Lieutenant, der schon durch den Zug gekommen war. Er wartet noch einen Moment, bis auch jetzt wieder Ruhe eingekehrt ist und ruft ihnen dann mit

kräftiger Stimme zu. „Meine Herren! Willkommen in Saint-Louis! Sie werden jetzt mir und ihrem jeweiligen Gruppenführer folgen. Bis zum Fort Bellefontaine sind es etwa vier Meilen. Wenn sie zügig ausschreiten, werden sie es in einer guten Stunde schaffen. Wegen der knappen Versorgung mit Transportwagen können wir ihnen den Fußweg nicht ersparen. Im Fort werden sie alle mit ihren Musterungsunterlagen registriert und einer Gruppe zugewiesen." Er macht eine Pause und sieht kurz seine Gruppenführer an.
„Marsch, Marsch!"
Er setzt sein Pferd an die Spitze und reitet voran. Die angehenden Soldaten setzen sich auch in Marsch. Zuerst geht der Schritt etwas unbeholfen, aber nach ein paar hundert Yards haben die meisten ihren Tritt gefunden. Es sind über zweihundert Männer, die jetzt in vier Gruppen zu je etwas über fünfzig Mann ihren Gruppenführern folgen. Einige Ältere sind auch dabei, wie Mickey jetzt feststellt. Es sind eben Freiwillige, die nimmt man so, wie sie kommen. Es sei denn, sie sind behindert oder zu jung. Mickey ist durch die Musterung geschlüpft, weil er nicht aussieht, als wäre er zu jung. Irgendwie hat Heinrich Bruhnke seine Finger mit im Spiel gehabt.

Der Marsch geht über einen staubigen Weg. Es ist am Nachmittag, die Sonne hat sich hinter einer Wolke versteckt, sodass die Hitze gerade auszuhalten ist. Die Männer schwitzen, einige schimpfen über den Fußmarsch, die Blicke der Corporale bringen sie jedoch zum Schweigen. Mickey geht flotten Schrittes zwischen seinen Genossen her. Er ist groß und kräftig, sodass ihm dieser Marsch leichtfällt. Nur durstig ist er, er hofft, dass es im Fort etwas Wasser geben wird.
Sie erreichen endlich den Stützpunkt. Es sind über zwanzig langgestreckte Baracken aus Holz und einigen größeren Häusern, die von einer hohen Palisade umgeben sind. Die jungen

Männer sehen sich neugierig um. Das soll also ihr Zuhause für die nächsten vier Wochen sein?
Lieutenant Hudson schwingt sich von seinem Pferd und tritt vor den recht ungeordneten Haufen junger Männer. „Meine Herren! Sie befinden sich jetzt im Fort Bellefontaine, Ihrer Heimat für die nächsten vier Wochen. Sie erhalten hier im Schnelldurchlauf eine Grundausbildung, dann werden Sie nach ihren Wünschen und unseren Erfordernissen aufgeteilt."
Er sieht über den Haufen hinweg und sieht kurz auf einen Zettel, den er in der Hand hält.
„Zuerst werden Sie bei uns registriert und bekommen Ihr Zimmer zugewiesen. Es kommen acht bis zehn Personen auf ein Zimmer. Ich wünsche Ihnen viel Glück!"
Er nickt noch kurz und geht dann mit raschen Schritten zu einem der größeren Holzbauten hin.
Mit viel Geschrei und Hilfe der Unterführer wird eine lange Schlange gebildet, deren Anfang sich im Verwaltungsgebäude befindet. Mickey steht fast ganz hinten, er ist noch zu schüchtern, um sich vorzudrängen, wie es so viele andere gemacht haben. Geduldig wartet er darauf, dass er an die Reihe kommt.
Ein alter Sergeant sitzt hinter einem Tisch und hat ein Buch vor sich, in dem er Eintragungen vornimmt. Mickey reicht ihm seinen Musterungsbescheid. Der Sergeant blickt kurz darauf und sieht dann zu Mickey hoch.
„Du bist also Mickey Callaghan?"
„Ja, Sir!"
Mickey hatte eine Weile Gelegenheit, die Männer, die vor ihm an der Reihe waren, zu beobachten. Das »Sir« musste hinter jedem Satz sein, und stramm stehen musste man auch. Andernfalls bekam man sofort eine heftige Zurechtweisung.
„Du bist achtzehn Jahre alt?"

Der Feldwebel sieht zu ihm hoch und mustert ihn eindringlich. Mickey wird ganz weich in den Knien. Wenn das jetzt nicht klappt, ist alles vorbei.

„Ja, Sir!", ruft Mickey mit lauter Stimme, die noch nicht ganz aus dem Stimmbruch heraus ist.

Der Sergeant murmelt etwas vor sich hin, dann fragt er: „Du kommst aus Missouri?"

„Nein, Sir! Ich komme aus Kansas, Sir!"

Der Unteroffizier notiert das in seinem Buch. „Du meldest dich bei Corporal Jefferson, der befindet sich vor Block C."

„Ja, Sir!" Das letzte »Sir« hat der Sergeant nicht mehr mitbekommen, er sieht schon zu dem nächsten Rekruten hin. Mickey verlässt den Raum in der gleichen Richtung, in der ihn die Männer vor ihm verlassen haben. Vor dem Holzhaus sieht er sich um. Auf allen Baracken sind große Schilder mit aufgemalten Buchstaben, eine von ihnen ist mit C gekennzeichnet. Das muss es wohl sein, er geht hinüber und sieht sich unter all den Männern, die dort herumstehen, um. Dann findet er einen Mann mit Uniform und den Ärmelabzeichen eines Unteroffiziers. Er rafft seinen letzten Mut zusammen und spricht ihn an.

„Sir! Sind sie Corporal Jefferson?"

Der Angesprochene dreht sich um. Er ist ein junger Mann, vielleicht Mitte zwanzig, er hat einen blonden Bart und einen ebensolchen Schnurrbart. Es mustert Mickey kurz mit seinen blauen Augen.

„Ja. Du hast ihn gefunden, Soldat." Er zeigt mit der Hand auf eine Gruppe, die vor ihm steht. „Stelle dich dazu, es gibt gleich weitere Befehle."

„Ja, Sir!", ruft Mickey sicherheitshalber noch und stellt sich dann zu der Gruppe Männer. Es ist ein recht gemischter Haufen, mit ihm sind es jetzt sieben. Jeder mustert unauffällig den anderen, niemand traut sich jetzt zu sprechen. Nach ein paar

Minuten kommt ein achter Mann dazu. Corporal Jefferson sieht auf eine Liste und dreht sich dann zu den Männern um.
„Meine Herren! Für die nächsten vier Wochen bin ich ihr Gruppenführer. Sie erhalten von mir die Grundbegriffe der militärischen Ordnung wie Befehle und Dienstgrade. Sie werden lernen, wie sie marschieren müssen und wie sie sich in der Gruppe und in der Kompanie verhalten müssen. Weitere Ausbildung, wie Schießunterricht, erhalten sie später in ihrer Einheit. Ich zeige ihnen jetzt ihr Zimmer. Sie haben etwas Zeit, um ihre Mitbringsel unterzubringen, dann werde ich sie zum Essen führen."
Corporal Jefferson geht dann vor ihnen in die Baracke hinein. Es ist ein großer Raum, der mit dünnen Holzwänden in einzelne Zimmer unterteilt ist. Corporal Jefferson geht in einen der Räume und bittet seine Gruppe, ihm zu folgen.
In dem Zimmer stehen acht schmale Spinde. Acht karge Holzbetten, je zwei übereinander, stehen an zwei Wänden. An einer Wand ist ein kleines Fenster, es geht auf den Hof des Forts hinaus.
Die jungen Männer stehen etwas nervös da, als der Corporal das Zimmer verlassen hat. Sie mustern sich schüchtern, dann beginnt der mutigste von ihnen: „Okay, ich mach mal den Anfang. Mein Name ist Thomas. Ich komme, wie wohl die meisten hier, aus Missouri."
Damit hat er den Damm gebrochen. Alle schütteln sich die Hände und stellen sich gegenseitig vor. Auch Mickey wird freundlich in den Kreis aufgenommen. Er ist der zweitgrößte von ihnen, aber auch der Jüngste, wie er nach vorsichtiger Einschätzung der Kameraden feststellt. Der größte ist ein kräftiger Kerl, etwa Ende zwanzig. Er stellt sich mit Johnny vor und macht einen selbstsicheren Eindruck. Das ist die Erfahrung des Lebensalters und der Gewissheit, dass er kaum einen Gegner zu fürchten hat.

Am nächsten Tag werden sie eingekleidet. Die Kleiderkammer ist auf dem Gelände des Forts untergebracht. Mickey erhält eine dunkelblaue Jacke, eine blaue Hose und eine blaue Kappe. Dazu Unterzeug und Stiefel, auch ein Tornister, der wasserdichte Knapsack, gehört dazu. Stolz geht er frisch eingekleidet über den Platz zurück zu seiner Unterkunft. Wenn ihn nur jemand in dieser schönen Uniform sehen könnte! Ihm fallen für einen Moment seine Eltern ein.
An den nächsten Tagen gibt es viel theoretischen Unterricht. Es geht um Dienstgrade, Uniformen, Rangabzeichen, Einteilung der Truppen, Signale der Trompeter, und so fort. An manchen Abenden sitzen die jungen Männer zusammen und fragen sich gegenseitig ab. Der militärische Drill wird geübt, immer und immer wieder. Das Aufstellen, Marschieren, viele Stunden hintereinander. Es ist jetzt mitten im Sommer, an manchen Tagen läuft den Männern der Schweiß in Strömen am Leib hinunter.
Morgens waschen sich die Soldaten draußen auf dem Hof an einem langen Trog. Handtücher und Seife werden von der Armee gestellt. Neben Mickey wäscht sich Thomas, einer seiner Zimmergenossen. Mickey findet, dass er der Netteste seiner Kameraden ist. Er ist etwa Mitte zwanzig, kräftig und schlank und etwa zwei Zoll kleiner als Mickey.
Thomas schmunzelt und sieht Mickey zu, wie er sich abtrocknet. „Mit Bartwuchs hast du noch kein Problem, oder?", dann lacht er über Mickeys erschrockenes Gesicht. „Keine Sorge, ich erzähle es nicht weiter. Sag mal, wie jung bist du?"
Mickey antwortet leise: „Vierzehn, aber bitte nicht weitersagen."
„Nein, von mir erfährt keiner etwas. So jung hätte ich dich nicht eingeschätzt, du siehst aus, wie achtzehn oder neunzehn."

Er sieht Mickey scharf ins Gesicht. „Nein, eher doch wie vierzehn, dein Gesicht ist ja glatt wie ein Kinderpopo", dann lacht er wieder, nimmt sein Handtuch und geht mit Mickey zusammen zum Block zurück.

Die vier Wochen Grundausbildung gehen dann doch schnell vorbei. Die Männer aus dem Block C werden sämtlich der Armee unter dem neu ernannten Brigadegeneral McClellan zugeordnet.

Corporal Jefferson kommt während ihrer kurzen Mittagspause zu den Männern in ihr Zimmer. Er wird von seinen Soldaten mit Fragen bestürmt.

„Ja, so sieht es aus. Im Krieg wird man dahin gesteckt, wo man benötigt wird, nicht dorthin, wo man möchte." Er macht eine Pause und überlegt kurz. „Der neue General soll eine große Armee aufbauen, die Potomac Armee. Sie werden dort eine weitergehende Ausbildung bekommen, und dann werden wir die Südstaaten hoffentlich bald besiegen."

„Werden wir zusammenbleiben?", fragt ein Kamerad von Mickey.

„Das ist möglich, aber verlassen Sie sich nicht darauf. Ich vermute, dass wir, so wie wir jetzt zusammen sind, weiter ausgebildet werden. Aber richten Sie sich auf alles Mögliche ein."

Er lächelt seine Rekruten an und fährt fort: „Ich bin zum Zugführer befördert worden, bleibe ihnen aber erhalten."

Seine Männer johlen vor Freude. Corporal Jefferson, jetzt Sergeant, ist sehr beliebt bei ihnen.

Sergeant Jefferson lächelt und freut sich über seine Rekruten. Dann fügt er noch hinzu: „In den nächsten Tagen werden wir in Richtung Washington aufbrechen, denn dort ist die Potomac Armee stationiert."

Er winkt mit der Hand und verlässt dann die jungen Männer. Sofort bricht wildes Stimmengewirr los. Alle fragen sich, was ihre Versetzung wohl bringen wird, und versuchen ihre Ungewissheit mit Fragen und lautem Denken zu beruhigen.

Und wieder geht es mit der Bahn weiter, diesmal Richtung Washington, zum Potomac Fluss. Das Fort heißt »Ethan Allen«, es dient neben weiteren Forts der Verteidigung Washingtons und der Ausbildung der Soldaten für die Potomac Armee. Der Zug besteht jetzt aus geschlossenen Güterwagen, die Türen sind offen, es weht etwas Wind durch die aufgeheizten Wagen. Die Soldaten liegen und sitzen auf dem Boden oder auf ihrem Gepäcksack. Die allgemeine Stimmung ist recht entspannt, die Männer haben nun schon in die Armee hinein geschnuppert, etwas völlig Neues wird jetzt nicht kommen. Eine gewisse Anspannung und Neugierde aber bleibt, wie es jeder Umzug mit sich bringt.

Das Fort Ethan Allen hat einen eigenen Gleisanschluss. Die Männer steigen aus und folgen ihren Zug- und Gruppenführern im Marsch. Erstaunt sehen sich die jungen Soldaten um. Das Fort ist eine riesige Anlage, der Durchmesser beträgt etwa eine halbe Meile. Es ist umgeben von hohen Erdwällen, auf denen Wachen patrouillieren. Eine große Anzahl von Baracken steht auf dem Gelände, ausreichend für mehrere zehntausend Soldaten.

Das Zimmer, in dem sie jetzt untergebracht werden, ist größer als das im Fort Bellefontaine, dafür sind sie jetzt neunzehn Soldaten in einer Gruppe, einer Squad. Ihr Gruppenführer kommt zu ihnen, es ist Sergeant Jefferson. Die, die ihn schon von früher kennen, sind erleichtert. Er ist gerecht und tüchtig, das ist mehr, als man über manch anderen Vorgesetzten sagen kann. Auf dem blauen Ärmel seiner Uniformjacke prangt der nagelneue Winkel mit den drei Stegen, mit hellblauem Untergrund für die Infanterie.

„In einer halben Stunde, um fünf, gibt es eine Ansprache von unserem General. Wir treffen uns alle dazu auf dem Exerzierplatz, neben dem Flaggenmast. Und für alle ganz deutlich: Wenn der General etwas sagt, dann antworten wir ganz laut mit »Ja, Herr General«! Ist das klar?"

Die neuen Privates (Rekruten) haben sich in Gruppen auf dem Exerzierplatz versammelt. Die Zug- und Gruppenführer kontrollieren die Aufstellung, sie warten alle auf den General. Mickey ist ganz aufgeregt, General, das hört sich so richtig nach Kampf und Abenteuer an. Und dann kommt er, er wird noch von vier weiteren Offizieren begleitet. General McClellan, genannt Mac, ist ein Mann Mitte dreißig, mit sorgfältig gestutztem Bart und kurzem und vollem Haar. Er stellt sich vor die Gruppe aus etwa fünfhundert Soldaten. „Guten Tag, meine Herren!

„Guten Tag, Herr General!", schallt es ihm entgegen.

„Sie befinden sich hier im größten Fort der Union. Sie werden hier ihre Feindausbildung erhalten, das heißt, Sie werden den Umgang mit den Waffen lernen und wie Sie sich im Gefecht zu verhalten haben. Der Leiter der Ausbildung ist First Sergeant Hutchinson." Er tritt einen Schritt zurück und sieht dem weiteren Ablauf aus der Distanz zu.

Ein Offizier in mittleren Jahren mit der Uniform des First Sergeant tritt vor. Er hat einen kurzgeschnittenen Vollbart und schwarze Haare. Sein Säbel glänzt in der Sonne.

„Ich bin First Sergeant Hutchinson. Ich bin Ihr Leiter der Waffen- und Gefechtsausbildung. Ab morgen beginnt die Ausbildung bei ihren Unterführern. Gleich nach dem Frühstück treffen wir uns alle im Zelt".

Er zeigt mit der Hand hinter sich, etwa zweihundert Yards weiter steht ein großes Zelt.

„Dort erhalten Sie eine Einführung, danach werden Sie auf ihre Gruppen aufgeteilt und Sie erhalten die weitere Ausbildung von Ihren Corporalen. General McClellan wird uns heute noch verlassen und andere Teile seiner Division aufsuchen." Er macht eine Pause. „Wir abschieden uns dazu von unserem General mit: »Auf Wiedersehen, Herr General«. Ist das klar?" Er gibt ein Zeichen mit der Hand und alle, beziehungsweise fast alle, rufen im Chor: „Auf Wiedersehen, Herr General!"
General McClellan nickt gönnerhaft und geht dann mit drei von seinen Adjutanten wieder zurück in das Hauptgebäude des Forts. First Sergeant Hutchinson bleibt zurück und gibt seinen beiden Kompanien noch ein paar Verhaltensmaßregeln.
Schon zwei Tage später werden die einzelnen Gruppen am Vorderladergewehr ausgebildet. Mickey kennt das Gewehr schon, es ist das Springfield Gewehr, mit dem er schon mit Morgan Karniggle geübt hatte. Seine Kameraden in der Gruppe kennt er fast alle. Es sind, bis auf einen, dieselben wie schon im Fort Bellefontaine. Der Neue ist klein, blass und ein schwächlich aussehender junger Mann von vielleicht achtzehn Jahren. Er stellt sich als Archibald vor. „Archie!" , rufen ihm die Kameraden zu, und ab sofort wird er so genannt.
Als Mickey an der Reihe ist, und die Waffe mit der Papierpatrone füllt, fühlt er sich sofort in seinem Element. Als er dann in das einhundert Yard entfernte Ziel genau ins Schwarze trifft, sieht ihn der Ausbilder erstaunt an.
„Hallo, das ging ja sehr schnell. Und dazu ein genauer Treffer. Sie haben früher schon geübt, oder?"
Mickey strahlt, so hat er sich das immer erhofft. „Ja, ich hatte einen guten Lehrmeister."
„Ja, das kann man merken", dann wendet er sich an den Rest der Gruppe. „Jetzt will ich nur noch solche Treffer sehen, wie bei Soldat Callaghan!"

Seine Kameraden sehen ihn an, die meisten zeigen Bewunderung in ihren Blicken, bei zweien scheint es jedoch mehr Neid zu sein.

Am Abend auf ihrem kargen Zimmer scharen sich alle um Mickey, einige klopfen ihm auf die Schulter.

„Mensch, Mickey, du schießt wie ein junger Gott. Wo hast du das gelernt?"

Mickey platzt vor Stolz. Nicht alle teilen die Freude der Kameraden, einer von ihnen, ein junger Mann Mitte zwanzig, sieht mit zusammengekniffenen Augenbrauen zu ihm hin. Es ist Frank Tyler, er kommt wie Mickey aus Kansas. Bisher war er der Wortführer in der Gruppe und derjenige, der in allen Dingen den Ton angab. Jetzt steht Mickey im Mittelpunkt, jedenfalls im Moment, und das gefällt ihm gar nicht. Er nimmt seinen Tabakbeutel und setzt sich nach draußen auf die Bank, ihm ist das Getue um diesen jungen Kerl zuwider. Es wird sich schon zeigen, wer auf Dauer der Bessere ist, denkt er.

Jeden Tag werden die jungen Soldaten gedrillt. Exerzieren, Angriff, in Stellung gehen. Wobei jeweils immer in zwei Reihen geschossen wird. Eine Reihe schießt im Knien, die anderen im Stehen. Auf Kommando werden dann die Gewehre neu geladen, zwanzig schnelle Schritte voraus und wieder Stellung und wieder schießen. So vergeht die Zeit. Säumige Soldaten, die ihr Gewehr nicht schnell genug laden, müssen mit einem Hagel an Flüchen seitens der Ausbilder rechnen. Der Umgang mit dem Bajonett wird auch geübt. Auf Gestellen sind alte Matratzen und Strohsäcke festgebunden. Mit aufgepflanztem Bajonett müssen sie darauf zulaufen und mit all ihrer Kraft das lange Messer mit dem Gewehr in das Stroh stoßen, herausziehen und weiter zur nächsten Attrappe. Am Abend sind die jungen Männer völlig erschöpft. Den ganzen Tag, stehen, laufen, springen, hocken, aufstehen, das erschöpft selbst kräftige Männer.

Die nächsten drei Tage ist für die Kompanie eine Übung vorgesehen. Deshalb steht für heute Abend noch viel Arbeit auf dem Programm. Die Rucksäcke werden gepackt, drei Wagen wurden für drei Tage mit Zelten und Lebensmitteln beladen. Früh am Morgen geht es los, die Sonne versteckt sich hinter einer dichten Wolkendecke, das hält die Hitze der Sonne ab, dafür sieht es aber sehr nach Regen aus. Die Männer stellen sich gruppenweise auf, ihre Unterführer inspizieren ihre Ausrüstung auf Vollzähligkeit. Jetzt wirken die Rucksäcke noch vergleichsweise leicht, aber die geschätzten fünfzig Pfund werden sich noch bemerkbar machen. Dazu kommt die Springfield mit ihren zwanzig Pfund. Der Marsch beginnt, es ist jetzt sieben Uhr. Mickey fühlt sich noch wohl und schreitet munter aus.

Am Nachmittag um vier Uhr ist der Fußmarsch zu Ende. Nur eine Pause hatten die Soldaten in der Zwischenzeit gehabt, nun sind sie fix und fertig. Mickey spürt seine Füße in den Stiefeln, es fühlt sich an, als hätte er Marschblasen. Er ist froh, dass er den schweren Rucksack endlich ablegen kann. Im Laufe des Marsches schien er ständig schwerer geworden zu sein, kurz vor Schluss war das Gewicht kaum noch auszuhalten. Aber bis zur Pause gibt es noch zu tun. Die Soldaten müssen ihre Zelte aufstellen, jede Gruppe teilt sich eines der aus gelblichem Baumwollstoff hergestellten Behausungen. Jetzt sind es nur zwei Nächte, die sie darin zubringen müssen, im nicht mehr allzu fernen Einsatz können es mehrere Wochen werden. Am Küchenwagen scharen sich die Ersten, die fertig sind. Aus einem dampfenden, mit Holz befeuerten Kessel, gibt es Bohnensuppe. Die Soldaten stehen in einer langen Schlange und halten ihren Blechteller in der Hand. Mit missmutigem Gesicht gibt der Soldat, der jetzt zum Küchendienst eingeteilt ist, das Essen aus. Auch Mickey bekommt seinen Teil. Er setzt sich, zusammen mit den Kameraden, auf den Boden und löffelt hungrig die nicht richtig heiße Suppe in sich hinein. Die Suppe ist nicht besonders geschmackvoll, aber nach einem Tag marschieren fragt niemand danach.

Während sie essen, fängt es an zu regnen. Erst langsam, dann immer stärker. Schnell isst Mickey seinen Teller leer und geht rasch zu ihrem Zelt zurück. Vier seiner Kameraden sitzen schon darin und sehen missmutig nach draußen.

„Vielleicht greifen die Südstaatler bei Regen nicht an", vermutet einer der Männer und grinst dann zu den anderen hin.

„Wir werden sie schon von Weitem an ihren Schirmen erkennen", sagt ein Anderer und seine Kameraden fallen in sein Lachen ein.

Ihr Gruppenführer Sergeant Jefferson kommt zu ihnen und hockt sich dazu. Er mustert seine Männer und fragt: „Gab es heute irgendwelche Probleme?"

Seine Männer sehen sich gegenseitig an und schütteln dann den Kopf. Dann meldet sich Mickey. „Für einen Tag war das noch in Ordnung, aber der schwere Rucksack könnte bei mehreren Tagen für manchen von uns ein Problem werden."

Dabei blickt er einen neuen Kollegen an, er sieht gar nicht gut aus. Immer wieder hatte er beim Marschieren das Gewehr von einer Hand in die andere gewechselt.

Sergeant Jefferson nickt dazu. „Ich fürchte, das werden wir nicht ändern können. Bei größeren Entfernungen werden wir nach Möglichkeit die Bahn benutzen. Aber wir sind eben die Infanterie, und das bedeutet marschieren."

In der Nacht schlafen die Männer auf und unter den Decken, die sie mitgebracht haben. Der Boden ist hart und sie spüren jeden Stein. Am Morgen hat der Regen aufgehört, es ist überall nass. Von den Bäumen tropft noch Wasser und die Wege und Wiesen sind übersät mit Pfützen. Am Ende des Tages sind sie von oben bis unten schmutzig und durchnässt. Immer wieder müssen sie hocken und aufstehen, manchmal durch Büsche kriechen. Ab und zu entweicht manchem ein Fluch, das hilft ein bisschen. Mickey leidet ebenso unter den Strapazen, wie seine Kameraden. Aber er ist jung und kräftig und konzentriert sich auf die Befehle der Anführer.

Jedes Manöver geht einmal zu Ende, so auch dieses. Mit müden Beinen und lahmen Knochen erreichen sie das Fort Ethan Allen. Ihre Kleidung ist eingedreckt, sodass der nächste Vormittag mit Wäschewaschen ausgefüllt ist. Außerdem müssen die Gewehre gereinigt werden. Die Corporale kontrollieren die Waffen sehr genau und bestrafen Nachlässigkeit mit viel Zusatzarbeit.

Es ist Winter geworden, es ist November 1861. In einem Vierteljahr wird Mickey fünfzehn Jahre alt werden. Einzelne schwarze Barthaare wachsen ihm jetzt, die er stolz mit seinem Rasiermesser abschabt. Sein Stimmbruch ist jetzt kaum noch erkennbar, er hat nun eine tiefe, kräftige Stimme. Auch ist er zwei Zoll größer geworden. Noch passt ihm seine Uniform, aber über kurz oder lang, muss sie wohl ausgetauscht werden. Sein Selbstbewusstsein hat sich immer mehr gefestigt. Er merkt, dass er trotz seiner Jugend, den meisten anderen überlegen ist. Er schießt schneller und besser, er ist kräftig und behände. Er lernt auch schneller als die meisten anderen und hat eine rasche Auffassungsgabe. Am meisten freut es ihn, dass er auch von älteren Kameraden aus den anderen Gruppen immer mehr Anerkennung erfährt.
Der Winter bringt viel Schnee in die Gegend um Washington. Trotz der Unbill des Wetters gehen die Übungen immer weiter voran. Die Soldaten beherrschen ihr Handwerk sehr gut. Sehr zur Freude des Ausbilders, First Sergeant Hutchinson, der hinter seinem Rücken »Hutch« genannt wird.

Es gibt Geld. Der Zahlmeister des Forts hat für heute Zahltag angesetzt. Auch Mickey bekommt etwas, er hatte gar nicht mit Sold gerechnet, da er doch ein Bett hatte und verpflegt wurde. Er erhält 26 Dollar für die letzten zwei Monate. Freudestrahlend hält er das Geld in der Hand und zählt es immer wieder nach. Noch nie in seinem Leben hat er eigenes Geld besessen. Er steckt die Scheine in einen Beutel, den er in seinem Schrank verwahrt.

Der Halbinsel Feldzug

Der Winter ist noch nicht ganz vorbei, da werden die jungen Soldaten zum ersten Mal mit dem Krieg konfrontiert. Es ist Anfang März, das Gelände um den Potomac River ist mit einer dünnen Schicht Schnee bedeckt. Der Himmel ist voller grauer Wolken, ein kalter Wind bläst um die Baracken herum. In wenigen Tagen wird Mickey fünfzehn Jahre alt werden, doch hier weiß das niemand und keiner interessiert sich dafür.
Die Männer sind marschbereit, sie sind vollgepackt mit ihrem Rucksack, zusätzlichen Decken und ihrem Vorderladergewehr. Ihre hübsche blaue Uniform wird von grauen Wintermänteln verdeckt. Auf dem Potomac liegen fünfundzwanzig große Dampfschiffe und fast einhundert Lastkähne. Der Marsch vom Fort zum Potomac dauert eine Viertelstunde, dann werden die Gruppen über Holzstege auf die Schiffe verteilt. Mickey sieht mit großer Überraschung die vielen Boote. Auf dem Potomac wimmelt davon, sodass das andere Ufer nicht zu sehen ist. Die Nordstaaten transportieren eine Armee von über einhunderttausend Mann, alle werden aus der Gegend um Washington und des Potomac zusammengezogen. Herzklopfen kommt in ihm hoch, als er die vielen Schiffe und die unüberschaubare Schar an Soldaten sieht, ein undeutliches Gefühl von Gefahr

bemächtigt sich seiner und verdrängt vorübergehend Neugier und Abenteuerlust.

Im Zwischendeck ist es fast dunkel, es herrscht drückende Enge und die Luft ist zum Schneiden dick, gefüllt mit dem Geruch nach Schweiß und Moder. Plötzlich kommt lautes Geschrei aus dem Heck des Schiffes. Dort sind anscheinend Ratten gesehen worden und die Soldaten versuchen, sie mit ihren Bajonetten zu erledigen. Mickey steht mit seinen Kameraden eingepfercht neben vielen anderen. Laute Befehle dringen durch die Luken zu ihnen herunter.
Etwas verunsichert versuchen sie, durch die wenigen Öffnungen an der Decke etwas zu erkennen. Jetzt wird eine Luke ganz aufgeschoben, ihr Kompaniechef kommt zu ihnen herunter. Es ist Lieutenant Hudson, er ist mit ihnen versetzt worden. Er bleibt am Ende der Treppe etwas erhöht stehen. Er räuspert sich, um sich Gehör zu verschaffen.
„Achtung! Sie werden jetzt auf dem Seewege zur Halbinsel bei Fort Monroe befördert. Es wird ihr erster echter Einsatz sein. Ich empfehle ihnen dringend, dass Sie sich an ihr Gelerntes erinnern und sich strikt an die Befehle halten. Für die Missachtung der Befehle gibt es harte Strafen!"
Stille tritt nach seinen Worten ein. Jetzt wird es ernst, das ist jedem klar. Mit klopfendem Herzen sieht Mickey zu dem Lieutenant auf der Treppe hoch, irgendwie ist es doch nicht lustig. Ihr Offizier spricht noch ein paar aufmunternde Worte:
„Kaum eine Truppe ist so gut ausgebildet wie die Potomac-Armee. Folgen Sie unseren Anweisungen, dann werden wir es gemeinsam schaffen und die Südstaatler das Fürchten lehren!"
Ein lautes „Hurra!", kommt aus der Gruppe der Soldaten und alle stimmen mit ein.
„Hurra! Hurra!", auch Mickey ruft mit. Ja, den Konföderierten, denen werden sie es schon zeigen!

Die Seefahrt dauert nicht lange. Eingepfercht im Bauch des Schiffes, bekommen sie von der Umwelt kaum etwas mit. Schließlich landen sie an dem Ufer, an dem Fort Monroe liegt. Es bewacht die Mündung des York River und erlaubt außerdem, den in der Nähe gelegenen James River zu kontrollieren. Mickey und seine Kameraden werden endlich aus dem Bauch des Schiffes befreit. Geblendet blinzeln sie in die Sonne, als sie aus ihrer dunklen Höhle herauskommen. Die Chesapeake Bay ist übersät mit Schiffen, die das Meer verdunkeln. Es bleibt keine Zeit für Beobachtungen, ihre Gruppenführer drängen auf eine rasche Sammlung.

Lieutenant Hudson erklärt kurz die Lage. „Die Konföderierten haben sich vor Yorktown verschanzt. Wir haben den Befehl, uns einzugraben und auf die Unterstützung durch schwere Geschütze zu warten."

Aufmerksam lauschen die Männer dem Lieutenant und versuchen aus den wenigen Worten herauszuhören, wie gefährlich es wohl werden wird.

Die Soldaten marschieren in loser Formation hinter ihren Anführern her. Jetzt sind sie nicht mehr weit vom Feind entfernt. Keiner spricht ein Wort, nur ab und zu ist ein leiser Fluch zu hören. Schließlich haben sie eine Position erreicht, die ihren Heerführern geeignet erscheint. Sie befinden sich am Fuße eines flachen Hügels. Mickey sieht auf der Anhöhe eine Gruppe Männer, sie liegen im Gras und sehen mit ihren Fernrohren irgendwo in die Ferne. Eine Pause ist ihnen nicht vergönnt, sie müssen ihre Zelte aufstellen. Schon eine Stunde später ist das ganze Gelände im Schutze des Hügels übersät mit den Zelten der Potomac Armee. Es sind tausende, die gelben Zelte sind so weit zu sehen, wie das Auge reicht. Während der Arbeiten war immer wieder Geschützfeuer zu hören, aber das war zu weit entfernt und konnte ihnen hier nicht gefährlich werden.

Die nächsten zwei Wochen gehen mit dem Bauen von Schützengräben vorbei. Die Gräben werden vor dem Hügel, dem Feind vor sich in der Nähe von Williamsburg, ausgehoben. Hier besteht durchaus die Gefahr, von ein paar verirrten Kugeln getroffen zu werden. Bei jedem Knall ducken sich die Soldaten unwillkürlich. Auch Mickey fühlt sich nicht wohl. Etwas krampfhaft lassen sie ein paar Scherze hören, um ihr Unwohlsein loszuwerden.
„Wer mir beim Graben hilft, erhält mein Abendessen."
Gelächter von allen Seiten kommt als Antwort.
„Ich helfe dir graben, wenn du mein Abendessen isst!"
Es hat die letzten Tage viel geregnet, der Boden ist durchweicht. Es ist mehr Schlamm als Erde, das aus dem Graben gehoben wird. Es fängt wieder an zu regnen, ein dünner Schleier feiner Tropfen senkt sich auf die Soldaten. Manche schimpfen, andere, so wie Mickey, heben mit zusammengebissenen Zähnen einen Spaten voll Erde nach dem anderen aus.

Die Verteidigungsanlagen sind fertig, unter den Soldaten herrscht Unruhe, sie haben Langeweile. Es verbreitet sich das Gerücht, dass ihr General McClellan auf schwere Geschütze wartet, um den Gegner von Ferne zu beschießen.
Ihr Lieutenant steht gerade zwischen ihnen und schimpft: „Little Mac wartet zu lange, wir hätten den Feind längst mit unserer Infanterie vertreiben können. So hat der Feind Gelegenheit, sich Verstärkung zu holen."
Er schimpft noch vor sich hin und geht fort, um einen anderen Schützengraben zu inspizieren. Ihr Corporal, Jeff Henderson, steht bei ihnen und sieht dem Lieutenant nachdenklich hinterher. „Ich glaube, dass er Recht hat, wir vergeuden hier kostbare Zeit."

Die Soldaten sitzen in ihrem Zelt und sehen missmutig in den Regen hinaus. Drei von ihnen spielen Karten, drei andere sehen ihnen zu und lassen ab und zu eine Bemerkung fallen. Draußen vor dem Zelt haben sie eine Zeltplane über eine Leine gespannt, sodass sie darunter ihr nasses Zeug trocknen können. Aber bei dem andauernden Regen geht das nur sehr langsam. Ab und zu müssen sie in die Schützengräben hinaus, um die Schäden, die durch den ständigen Regen immer wieder entstehen, zu beheben.

Auch Mickey ist immer mal wieder an der Reihe. In dem schmalen Graben steht das Wasser fast kniehoch, seine Stiefel sind durchweicht und das Wasser läuft oben hinein. Der Regen läuft ihm am Kopf hinunter und in den Kragen hinein. Verbissen fasst er den Spaten und hebt die Erde der eingestürzten Wände wieder über die Grabenkante hinweg. Er gräbt eine schmale Rinne, damit das Wasser aus dem Schützengraben ablaufen kann. Am schlammgefüllten Boden des Grabens saugen sich bei jedem Schritt die Stiefel fest.

Endlich treffen die schweren Geschütze ein. Viele Soldaten sind nötig, um sie das durch den wochenlangen Regen aufgeweichte Gelände in Stellung zu bringen. Manche sinken bis zu den Achsen der Lafette ein und müssen ausgegraben werden.

Mehrere Tage hört Mickey die Zweihundertpfünder krachen und ihre Verderben bringende Last in Richtung Williamsburg zu den Truppen der Konföderierten senden.

Dann ist Stille, die schweren Geschütze schweigen. Unter den Offizieren der Belagerungsarmee herrscht große Aufregung. Mickey und seine Kollegen bemerken beunruhigt, dass sich jetzt etwas geändert hat. Schließlich kommt ihr Korporal von einer Besprechung zu ihnen. „Auf, auf, Leute! Die Konföderierten haben sich zurückgezogen und versuchen offenbar, sich in vorbereiteten Stellungen in Williamsburg zu verschanzen. Das ist für uns die Gelegenheit, sie anzugreifen."

Trompetensignale schallen über das Feld. Aus allen Löchern kommen die Blauröcke zusammen und scharen sich um ihre Führer.

In großer Eile wird gepackt, die Zelte werden abgebaut und aufgeladen. Noch am selben Tag marschieren mehr als vierzigtausend Männer unter Führung von Divisionsgeneral William Baldy Smith, in den Händen ihre Springfield Gewehre und Marschgepäck auf dem Rücken, am Ufer des York River entlang. Hinter ihnen holpern mehrere tausend Planwagen und die Verpflegungswagen her. Mickey kann in der Ferne auf dem York River einige dampfbetriebene Kanonenboote entdecken, sie sollen ihnen Rückendeckung geben.

Das Gelände ist hügelig, vielfach mit Buschwerk bewachsen, immer wieder tauchen verstreute Baumgruppen auf. Der Boden ist durchgeweicht und schlammig, sodass das Marschieren zur Tortur wird. Selbst der kräftige Mickey stöhnt unter der Anstrengung.

Dann ertönen wieder Trompetensignale. Die Soldaten beschleunigen ihren Schritt und nehmen in einer langen Reihe Stellung. Es fallen bereits einige Schüsse, Mickey hockt mit seinen Kameraden dicht an dicht hinter einer Kuppe und hält seine Springfield in die Richtung, in der sich der Feind befindet.

Plötzlich kommen ihnen in großen Scharen feindliche Soldaten entgegen. Aus dem Lauf gehen sie auf Befehl in Hocke. Mickey sieht die Soldaten hinter Rauchwolken verschwinden, dann schlagen um ihn herum Kugeln ein. Er selbst feuert in die Reihe der gegnerischen Soldaten. Der Lärm seines Schusses mischt sich mit dem Hall der Schüsse aus dem gegnerischen Lager. Noch ehe er sich umsehen kann, hat er den Ladestock wieder in der Hand und lädt mit der Routine des geübten Soldaten die Waffe, um sie erneut in Stellung zu bringen. Immer wieder entladen sich die Gewehre, wie fortgesetzter Donnerhall

krachen die Schüsse. Im Augenwinkel sieht er neben sich einige seiner Kameraden zusammenbrechen, Schreie, verzweifelte Schreie, die aus höchstem Schmerz geboren werden, dringen an sein Ohr. Mechanisch nimmt er einen Soldaten ins Visier, schießt und trifft. Jetzt macht sich das häufige Training bei Morgan Karniggle und in der Armee bemerkbar. Zügig lädt er sein Gewehr wieder und wieder. Der Pulverqualm behindert zeitweise seine Sicht und die seiner Kameraden. Mitunter treibt ein leichter Wind den grauen Nebel fort und Uniformen tauchen auf. Graue und blaue Uniformen sind zu sehen und ein mit toten und verwundeten Soldaten bedecktes Schlachtfeld. Hört denn der Lärm der krachenden Gewehre nie auf? Und wieder lädt er seine Springfield und schießt. Er fühlt beim Greifen in den Beutel mit den Papierpatronen, dass seine Munition bald zur Neige gehen wird. Ein Befehl kommt an sein Ohr.
„Auf zum Angriff!"
Er sieht Corporal Jeff Henderson aufspringen, den Säbel vorgestreckt in der Hand. Seine Kameraden schließen sich an, sie haben das Bajonett auf ihre Springfields gesteckt und laufen mit vorgestreckter Waffe den Hügel hinunter. Auch Mickey hat sein Gewehr fest in der Hand und stimmt mit seinen Kameraden ein wildes Geschrei an. Ein ebenso wildes Geschrei kommt ihnen entgegen. Es kommt aus der Kehle von tausenden in grau gekleideten Soldaten, die ebenfalls mit aufgepflanztem Bajonett auf sie zulaufen. Dann begegnen sie sich. Mickey versucht, den Männern vor ihm nicht in die Augen zu sehen. Er konzentriert sich auf die grauen Uniformen und sticht mit voller Kraft zu. Er reißt das Gewehr wieder heraus und stürmt weiter vorwärts. Seine Jugend und seine Kraft befähigen ihn zu schnellen Ausweichschritten, und immer wieder kommt sein Bajonett zum Einsatz.

Dann steht er alleine da, umgeben von einem Gemisch aus Nebel und Pulverdampf. Vor ihm ist niemand mehr, in der Ferne sieht er viele Soldaten in grauer Uniform laufen. Er sieht sich um und blickt über das Schlachtfeld. Er ist jetzt umgeben von anderen Kameraden seiner Schwadron, sie haben ihn eingeholt und sehen sich ebenfalls um. Das Gelände ist übersät mit vielen hundert Toten, alle paar Schritte liegt jemand, mal in blauer und mal in grauer Uniform. An seinem Gewehr läuft Blut vom Bajonett herunter und ihm in die Hand. Erschrocken wischt er sie an der Hose ab.

Unten am Boden liegt jemand, der ihm bekannt vorkommt. Mickey bückt sich, um ihn näher anzusehen. Und tatsächlich, es ist der junge Soldat Archie, der erst kürzlich zu ihrer Einheit gestoßen ist. Er sieht aus, als ob er schläft. Mickey bückt sich noch tiefer, da bemerkt er, dass der dem Boden zugewandte Teil des Kopfes nur noch eine blutige Masse ist. Für einen kurzen Moment zieht sich sein Magen zusammen und er dreht sich abrupt zur Seite.

Ein Signal erschallt. Der Trompeter hat entweder überlebt oder ist ersetzt worden, er bläst zum Sammeln.

Laute Rufe der Heerführer erschallen. Viel Zeit zum Überlegen bleibt den Soldaten nicht, sie werden schnell zu den Versorgungswagen getrieben. Dort werden die Verwundeten behandelt, es gibt etwas zu essen und Munition kann wieder aufgefüllt werden. Einer der Soldaten, die am Munitionswagen die verschossenen Vorräte an Papierpatronen ausgeben, ist über Mickeys Verbrauch überrascht.

„Dass hier jemand mit fast leerer Tasche ankommt, habe ich nur selten erlebt. Weiter so, junger Freund!"

Mickey weiß nicht recht, ob er sich über dieses Lob freuen soll. Er ist glücklicherweise unverletzt. Ganz langsam dringt in sein Bewusstsein, dass er eben seine erste schwere Schlacht geschlagen hat. Seine Beine sind weich und er fühlt seinen Magen rebellieren, er geht ein paar Schritte beiseite und übergibt sich in das Gras. Jetzt fühlt er sich wieder etwas besser.

Es ist fast dunkel, als die Wagen mit den Zelten ihren Sammelplatz erreichen. Zum Aufbau der Zelte würden sie Licht benötigen, deshalb erhalten die Soldaten nur Decken und legen sich damit ins Gras. Die ganze Wiese ist übersät mit mehr oder weniger schlecht schlafenden Soldaten. Gott sei dank hat der wochenlange Regen aufgehört, der Boden ist jedoch immer noch nass und mancher Soldat flucht, weil er sich im Dunkeln in eine Pfütze gelegt hat.

Die Sonne ist noch nicht aufgegangen, als der Ton der Trompete die Soldaten aufschreckt. Richtig geschlafen hat kaum einer. Mühsam rappeln sie sich auf und waschen sich notdürftig am Ufer des nahen York River.

Auf den Feuern zwischen den Zelten dampft bereits an vielen Stellen der Kaffee. Er hilft, das trockene Hartbrot hinunter zu spülen. Bald wird wieder zum Sammeln geblasen. Der Divisionsgeneral, William Baldy Smith, will die flüchtenden Südstaatler so schnell wie möglich verfolgen. Aber eine Division von vierzigtausend Männern zu bewegen, ist nicht einfach. Die Kommandostimmen ungezählter Gruppenführer hallen über den Platz. Schließlich klappt es doch, und die Soldaten sind wieder unterwegs. Ihr Ziel ist Fort Magruder, ein aus Erdwällen bestehendes Fort, dorthin haben sich die Konföderierten zurückgezogen.

Mickeys Einheit wird Brigadegeneral Hancock zugeordnet, einem Mann Mitte vierzig, mit einem Schnauz- und einem Spitzbart. Seine Brigade besteht aus etwa viertausend Soldaten. Von der Gruppe, zu der Mickey gehört, sind nur noch fünf Soldaten anwesend. Auch ihr Gruppenführer, Corporal Henderson, ist nicht mehr unter ihnen. Sie werden deshalb auf andere Gruppen, die ebenfalls dezimiert worden sind, aufgeteilt. So kommt Mickey zu einem neuen Vorgesetzten. Es ist ein untersetzter Mann in mittleren Jahren. Er stellt sich als Curt Hemsworth vor. Er wirkt auf den ersten Eindruck freundlich und gutmütig, er sieht Mickey streng an und mustert ihn sorgfältig.

„Willkommen in unserer Gruppe!" Er stellt Mickey seine neuen Kameraden vor. Zusammen mit ihm wird auch Frank Tyler, der Soldat, der ihm seine Erfolge nicht gegönnt hat, aufgenommen. Die neuen Kameraden grüßen freundlich und mustern die Neuankömmlinge aufmerksam.

„Du bist also Mickey Callaghan? Von dir haben wir ja schon so manches gehört!"

Mickey lächelt zurück. „So, was denn?"

„Du hast einen Ruf als hervorragender Schütze, so jemanden können wir immer gut gebrauchen."

„Ja, ja, das ist nett von euch zu hören. Aber dass ihr nachher nicht hinter mir, sondern auch mal neben mir steht und selbst kämpft!"

Die Gruppe stimmt in sein Lachen mit ein. Für Fröhlichkeit ist keine Zeit, es ist auch mehr eine Art Galgenhumor, der sie für einen kurzen Moment ihre gefährliche Lage vergessen lässt. Dann wendet sich ihr Gruppenführer an sie: „Unsere Brigade besteht aus 3400 Mann und acht Artillerieeinheiten, wir haben die Aufgabe, die linke Flanke der Konföderierten aufzuhalten oder, besser noch, zurückzudrängen."

Es bleibt nicht mehr viel Zeit, wieder wird zum Aufbruch geblasen. Der Marsch ist wieder beschwerlich. Die Infanterie marschiert an der Front, ihre acht Kanonen werden von der Artillerie und deren Pferden hinterhergezogen. Auch hier ist das Gelände durchweicht und schwer zu überwinden. In Sichtweite der Erdwälle von Fort Magruder gehen sie in Stellung.

Die Kanonen werden von den acht Artillerieeinheiten ausgerichtet. Plötzlich ertönen Trompetersignale, offensichtlich werden sie von einer Einheit der Südstaaten Armee, den 5. Nord Caroliners, angegriffen!
Im Schutze der Bäume des nahen Waldes greifen sie an. Zum Sammeln und Stellung beziehen bleibt Mickey und seinen vielen Kameraden keine Zeit. Sie schießen aus der Position, in der sie sich gerade befinden. Schuss um Schuss wird auf die Gruppe der Angreifer gerichtet. Als sie nur noch zwanzig Schritte von ihnen entfernt sind, kommt wieder das Bajonett zum Einsatz. Mickey scheint es, als ob ihre Gegner ihnen zahlenmäßig unterlegen sind. Die Reihen der Grauberockten lichten sich bereits. Endlich ertönt das Trompetensignal zum Sammeln. Die Soldaten formieren sich neu und verfolgen die Angreifer, die sich in den Wald zurückziehen. Die gesamte Brigade durchkämmt den Wald und treibt die Feinde zurück. Mickey und seine Kameraden nutzen die Bäume zur Deckung und senden einen Schuss nach dem anderen den Flüchtenden hinterher.
Wieder dringt ein neues Trompetensignal zu den Soldaten. Sie unterbrechen die Verfolgung und gehen zurück durch den Wald zu ihrem Sammellager.
Mickey fällt fast über einen der Soldaten, der hier liegt. Er ist nicht tot, er kann sich nur nicht bewegen. Er bückt sich zu ihm hinunter. Es ist Frank Tyler, er hat einen Schuss in den rechten Unterschenkel und einen in den rechten Arm bekommen.
„Mensch, Frank, kannst du sprechen?" Frank Tyler ist fast ohnmächtig, er murmelt etwas Unverständliches. Mickey hängt sich seine Springfield an dem Gurt über die Schulter und hebt seinen Kameraden hoch. Er ist etwas kleiner als er, wiegt aber mindestens genau so viel. Mühsam legt er ihn sich über die Schulter, mit stolpernden Schritten kommt er langsam vorwärts. Immer wieder muss er sich setzen und einen kleinen Mo-

ment ausruhen. Unter Aufbietung seiner letzten Reserven erreicht er das Lager. Er legt den verwundeten Kameraden ab und eilt zum Zelt der Sanitäter. Dort herrscht Hochbetrieb. Von ihrer Brigade sind zwar „nur" einhundert Männer gefallen, es sind jedoch mehrere hundert Verwundete zu versorgen. Nach einigem Drängen kann er einen Sanitäter bewegen, ihm zu folgen. Der sieht sich Frank Tyler kurz an, dann ergreifen sie ihn beide und tragen ihn gemeinsam in das Krankenzelt.
„Das hast du gut gemacht", sagt er, drückt Mickey kurz die Hand und wendet sich dann dem Verletzten zu.
Bereits am nächsten Tag wird wieder aufgeladen, die Artillerie ist mit ihren Geschützen schon unterwegs. Mickey findet einen Moment, um seinen verwundeten Kollegen bei den Sanitätern aufzusuchen. Dort ist man auch schon am Einpacken. Die Verwundeten werden auf Wagen umgeladen. So auch Frank Tyler, Mickey geht neben ihm her, während er von zwei Sanitätern transportiert wird. Frank kann jetzt wieder sprechen, zwar leise, aber Mickey kann ihn verstehen.
„Ich bin dir sehr zu Dank verpflichtet", Mickey hebt abwehrend die Hand.
„Nein wirklich, ich weiß nicht, ob ich dasselbe für dich getan hätte..."
Mickey sieht ihm ins Gesicht. Frank Tyler spricht weiter. „Ich war immer neidisch auf deine Erfolge, und nun hast du mir das Leben gerettet."
Einen Moment spricht niemand, dann sagt Mickey: „Vergiss es einfach."
Sie erreichen die Krankenwagen. Mickey verabschiedet sich von seinem Kameraden und geht rasch zu seiner Gruppe zurück. Dort wartet man bereits auf ihn. Sein Corporal hat beobachtet, was Mickey geleistet hat. Während sie marschieren,

schließt er zu Mickey auf und spricht mit ihm: „Meine Hochachtung, Soldat. Von deiner Courage können wir uns alle eine Scheibe abschneiden."

Mickey freut sich über das Lob. „Es war Zufall, dass ich ihn bemerkt habe, ich bin fast über ihn gestolpert, das hätte jeder andere auch getan."

Corporal Hemsworth klopft ihm noch auf die Schulter und setzt sich wieder an die Spitze ihrer Gruppe.

Die nächsten Wochen und Monate vergehen einerseits mit viel Langeweile im Lager und andererseits furchtbaren Schlachten. Mickey kann sie kaum noch auseinanderhalten. Ihr Gruppenführer versucht sie immer wieder zu informieren. Vom 26. Juni bis 1. Juli wurde in der Gegend von Williamsburg, östlich von Richmond, eine Schlacht nach der anderen ausgetragen. Mehrere zehntausend Soldaten waren auf beiden Seiten der Front beteiligt. Letztlich mussten sich die Truppen um General McClellan in den Schutz der Kanonenboote auf dem James River zurückziehen.

Die Gemetzel waren unbeschreiblich. Wie von einer tödlichen Sense gemäht, fielen die Soldaten auf beiden Seiten reihenweise um. Die Kartätschenhagel aus den Kanonen wirkten wie eine überdimensionale Flinte. Die Vielfach-Geschosse konnten mit einem Schuss bis zu zwanzig Männer gleichzeitig vom Leben zum Tod befördern.

Die Schwadron, zu der Mickey gehört, ist zur Sicherung der südlichen Flanke eingesetzt und ist deshalb nicht den Kanonen ausgesetzt gewesen.

Wenn es zu Zweikämpfen kommt, bei denen heftig mit Bajonett oder auch nur mit dem Gewehrkolben gekämpft wird, stellt Mickey sich sehr geschickt an und kann sein Leben und seine Unversehrtheit behaupten.

Fast so schlimm wie die Kämpfe, werden von den Männern die langen Pausen dazwischen angesehen. Schleppend vergeht die Zeit mit dem täglichen Einerlei. Die Führer achten auf eine sorgfältige Reinigung ihrer Waffen nach jedem Gefecht. Außerdem reparieren die Männer mit mehr oder weniger viel Geschick ihre Kleidung. Trotzdem nimmt das zerlumpte Aussehen von Woche zu Woche zu. Einige der Männer schreiben Briefe an die Daheimgebliebenen. Mickey beobachtet das mitunter, manchmal befällt ihn dann eine leise Melancholie. Er hat niemanden, der ihm schreibt, oder dem er schreiben könnte. Seiner Mutter könnte er schreiben, aber mit großer Wahrscheinlichkeit würde sein Vater den Brief zuerst erhalten, und dann hätte seine Mutter darunter zu leiden. Nein, er muss sich jetzt in sein Schicksal finden, auch wenn es mitunter schwerfällt.

Es ist Anfang Juli 1862, wieder scheint den Soldaten eine eintönige, lange Gefechtspause bevorzustehen. Corporal Hemsworth kommt zu seiner Gruppe und nimmt Mickey beiseite.
„Soldat Callaghan, wie alt sind sie?"
Mickey fühlt sich, als wäre er bei irgendeinem Frevel ertappt worden. „Ich, äh, ich bin fünfzehn", das letzte Wort war schon recht leise ausgesprochen. Sein Gruppenführer hat ihn nicht verstanden und kommt dichter zu Mickey hin.
„Wie alt, haben Sie gesagt?"
„Fünfzehn!", kommt es jetzt etwas lauter von Mickey. Der Unteroffizier runzelt seine Stirn. „Das ist doch noch etwas jünger, als ich geschätzt hatte." Dann bringt er ein kleines Lächeln fertig. „Keine Sorge, das ist mir gleich. Was mir durch den Kopf geht, ist etwas Anderes. Haben Sie schon mal geboxt?"
Mickey sieht seinen Vorgesetzten erstaunt an. „Nein, noch niemals."

„Das ist auch nicht verwunderlich. Obwohl Sie einen perfekten Boxer abgeben würden."
Mickey klappt beinahe der Unterkiefer hinunter. „Ich?"
„Ja, ganz im Ernst. Sie sind groß und kräftig, sehr behände und sehr reaktionsschnell."
Mickey staunt, das war ihm nicht aufgefallen. Sein Vorgesetzter sieht seine Überraschung und fährt fort: „Ich habe die Absicht, die Langeweile im Lagerleben mit Boxkämpfen zu vertreiben. Die Zustimmung von unserem Kommandanten habe ich schon erhalten."
Mickey erfährt, dass sein Unteroffizier vor dem Krieg selbst geboxt hatte. „Ich kenne die Regeln und alle Tricks, mir fehlt es leider an Kraft und Schnelligkeit. Ich bin mir aber sicher, dass ich aus Ihnen einen großartigen Boxer machen kann - soweit es die begrenzten Möglichkeiten hier im Lager erlauben."
Und so geschieht es. In manchen Pausen werden von Corporal Hemsworth Boxkämpfe organisiert. Ein Platz findet sich, der mit Seilen zwischen den Bäumen abgegrenzt wird. Die Regeln sind einfach. Am wichtigsten ist, dass die Soldaten sich nicht verletzen, das war eine Auflage von Brigadegeneral Hancock. Schnell finden die alle paar Tage stattfindenden Kämpfe Anklang bei den Soldaten. Sie sitzen und hocken in Scharen um den Boxplatz verteilt und genießen sichtlich vergnügt die mehr oder weniger heftig geführten Zweikämpfe. Es wird gerufen, gebrüllt und gelacht, auch kleine Wetten werden abgeschlossen.
Mickey sieht zuerst nur zu, erstaunt sieht er, mit wie viel Kraft manche der Männer ihre Boxschläge austeilen. Die Männer boxen mit der bloßen Faust, Schläge unter der Gürtellinie sind verboten, gerungen werden darf auch nicht. Eine Woche später erhält Mickey von seinem Vorgesetzten die erste Ausbildung.

„Während des Unterrichts, werde ich dich mit „du" ansprechen, aber sonst bist du weiterhin Soldat Callaghan, klar? Hinterher gilt wieder das Sir! Ich heiße übrigens Curt."
Curt Hemsworth fängt mit den Grundbegriffen an. Mickey lernt eine Menge über Verteidigung und Abwehren von Schlägen. Er übt schnelle Schlagsequenzen und Kombinationen von Schlägen. Der Corporal erklärt ihm die Lage der empfindlichen Stellen am Körper, wie man sie bei sich selbst schützt und wie man sie bei seinem Gegner trifft.
„Aber ganz wichtig ist, dass du lernst, die Schläge deines Gegners vorherzusehen! Jedem Angriff geht eine kleine Körperbewegung oder eine Bewegung der Augen voraus. Ein rechter Haken wird einem ganz kurzen Anziehen der rechten Faust und einer ganz kleinen Rückbewegung der rechten Schulter eingeleitet."
Mickey saugt das alles in sich auf. Mit großen Augen folgt er den Erklärungen.
Erste kleine Übungskämpfe mit seinem Box-Ausbilder folgen. Immer wieder wird Mickey korrigiert: „Arm hoch, Deckung, jetzt eine Gerade!"
Und Mickey lernt es, er lernt sehr schnell. Corporal Hemsworth ist sehr zufrieden mit ihm. „Bei unserem nächsten Kampf werde ich dich den anderen Soldaten vorstellen. Die haben dein Training mitbekommen und sind schon sehr gespannt."
Sehr gespannt ist auch Mickey. Er fühlt sich ein bisschen unwohl, sich vor den anderen zur Schau zu stellen. Curt Hemsworth sieht seine Zweifel. „Du brauchst dir keine Gedanken zu machen. Du wirst noch nicht jeden besiegen, aber du wirst dich gut behaupten. Außerdem bin ich da und gebe dir Hilfestellung."

Zwei Tage später ist es soweit. Viele Soldaten haben sich zum Zusehen eingefunden. Ganz vorne haben es sich die Kameraden aus seinem Zelt bequem gemacht. Einen großen Teil des Tages hatte es geregnet. Aber nun ist es leidlich trocken und auch die Sonne lässt sich gelegentlich blicken.
Mickey hat eine Hose und Stiefel an, sein Oberkörper ist nackt. Er sieht gut aus, was er selbst nicht bemerkt. Seine schwarzen Haare reichen ihm bis fast auf die Schultern, die sich breit und muskulös abzeichnen. Sein Bartwuchs ist noch sehr spärlich, sodass er keinen Bart wie die meisten seiner Kameraden trägt.
Mickey bückt sich unter dem Seil durch und betritt das kleine Quadrat. Seine Zeltgenossen johlen und klatschen, Mickey versucht, sich ein unbeteiligtes Aussehen zu geben. Doch dann grinst er und winkt seinen Kameraden zu.
Sein Gegner ist ein Mann Mitte zwanzig, er ist auch kräftig, etwas kleiner als Mickey. Von seinen Kameraden wird er George gerufen. Auch er hat eine kleine Gruppe Kollegen, die ihn anfeuern.
Der Corporal agiert als Trainer und als Schiedsrichter, er gibt einen Pfiff ab und beide Kontrahenten begeben sich in die Mitte. Vorsichtig abschätzend umkreisen sie sich. Plötzlich löst sich eine Faust bei seinem Gegenüber. Mickey ist nicht darauf vorbereitet und bekommt einen harten Schlag in die Rippen. Mit einem kurzen Stöhnen stößt er Luft aus, dann konzentriert er sich, und versucht sich an das zu erinnern, was ihm Corporal Hemsworth in der Theorie und in der Praxis beigebracht hat. Er versucht selbst, einen Treffer zu landen. Es kostet Mickey Überwindung, dem Kameraden einen kräftigen Schlag zu verpassen. Sein Treffer ist ungenau und wird von George abgewehrt. Und wieder fängt sich Mickey einen Treffer ein, einen Schlag ans Kinn. Er schüttelt sich. Verdammt! Wenn er sich nicht bald zusammenreißt, dann wird sein erster Wettkampf früh enden. Im Augenwinkel sieht er Corporal Hemsworth,

der ihm zulächelt. Ihm wird er jetzt zeigen, was er gelernt hat. Er konzentriert sich auf die Bewegungen und die Blicke von George. Mit einem Mal erkennt er eine Bewegung, die ihm sein Ausbilder erklärt hat. Sie erscheint ganz kurz, kürzer als ein Wimpernschlag, aber mit seinen scharfen Sinnen hat er es erkannt und reagiert sofort. Er pariert den linken Haken und antwortet mit einer schnellen Geraden. Er trifft seinen Gegner kräftig in den rechten Unterbauch, der krümmt sich etwas und vernachlässigt seine Deckung.

„Jetzt!", hört Mickey Corporal Hemsworth rufen. Er nutzt die Gelegenheit und bringt zwei weitere Schläge an das Kinn an. George reißt seine Arme hoch, um sein Gesicht zu schützen. Das nutzt Mickey sofort aus und platziert mehrere schnelle Haken in den Unterleib seines Gegners. George ist schwer getroffen, er taumelt. Mickey beobachtet ihn, er hat Hemmungen, seinem Gegner jetzt wieder zuzusetzen.

Doch der rappelt sich plötzlich wieder auf und kommt wie eine Furie auf Mickey zu. Ein Hagel an Treffern landet auf Mickeys Oberkörper. Plötzlich bekommt er einen Schlag auf das Kinn, das ist das Letzte, woran er sich erinnert.

Als er die Augen öffnet, liegt er neben dem Boxring im Gras. Corporal Hemsworth hockt neben ihm und lächelt ihn an.

„Gewinnen ist nicht einfach, aber für deinen ersten Kampf hast du es gut gemacht."

Mickey schüttelt seinen Kopf, langsam lichten sich die Nebel. Corporal Hemsworth sieht ihn an. „Du hast den Fehler gemacht, seine Schwäche nicht auszunutzen. Das ist zwar sehr menschlich, hat aber im Boxkampf nichts zu suchen. Auf dem Schlachtfeld bist du doch auch nicht so zimperlich!"

Mickey nickt, sein Ausbilder hat Recht.

„Du bist noch sehr jung und unerfahren. Das lernst du mit der Zeit, dann werden deine Feinde nichts zu lachen haben." Er reicht ihm die Hand und hilft Mickey aufzustehen.

Etwas angeschlagen erreicht Mickey das Zelt, in dem er und seine Kameraden schon so viel Zeit verbracht haben. Einer von ihnen, Hardy, springt auf, kommt zu Mickey und versucht ihn zu stützen. Hardy hat schwarze Locken und immer ein Lächeln im Gesicht, es verschwindet nur während eines Gefechtes.

Mickey lächelt. „So schlimm ist es nicht mehr, es geht mir schon wieder ganz gut."

Hardy klopft ihm vorsichtig auf die Schulter. „Das hast du gut gemacht für das erste Mal! Ich wünschte, ich könnte so gut boxen."

Jeff und Hans, ein Deutscher, treten zu ihm. Sie schütteln ihm die Hand. „Ja, Hardy hat Recht, wir sind sehr beeindruckt."

Mickey lächelt wegen des Lobes. „Vielen Dank, das liegt an dem guten Training unseres Corporals."

„Nein, nein, das ist mehr. Ich habe noch nie jemanden mit so schnellen Reflexen gesehen. Wenn jetzt noch deine Treffsicherheit besser wird, dann wirst du eines Tages Regiments-Champion."

Mickey freut sich und kommt etwas ins Grübeln. Sind das jetzt die Gene seines Vaters? Es muss wohl so sein, dann hat er außer der Größe noch mehr von ihm geerbt. Die Brutalität, die ihn immer so abgestoßen hatte, hat er noch nicht an sich beobachtet, das sind die guten Seiten der Mutter, die in ihm stecken.

Die nächsten Tage sind sehr schön, die Sonne scheint den ganzen Tag, die Abende sind mild. Die Soldaten faulenzen. Manche spielen Karten, andere lesen ihre Briefe zum wiederholten Male.

Hardy wendet sich an Mickey, der im Gras liegt und in den blauen Himmel schaut.

„Sag mal, wieso bist du beim Militär, du bist doch gar nicht alt genug?"

Seinen Kameraden ist natürlich nicht verborgen geblieben, wie jung er noch ist. Er packt mit an und kämpft wie ein Mann, das ist es, was für die Kollegen zählt.
„Tja, also, das ist so." Mickey erzählt von seinem schlimmen Elternhaus, von seiner Flucht auf dem gestohlenen Pferd, von seinen Versuchen, Essen zu bekommen.
„Ja, das kann ich gut verstehen, ich finde das sehr mutig von dir, so jung in die Fremde zu gehen."
Er berichtet dann von seiner eigenen Geschichte. „Ich bin der Drittälteste von zehn Geschwistern. Meine Eltern leben in großer Armut, was sie erwirtschaften, reichte nicht für uns alle. Da ist der Freiwilligenaufruf von Präsident Lincoln genau zur rechten Zeit gekommen."
„Bist du denn ein Gegner der Sklavenhaltung?"
Hardy sinnt eine Weile über eine Antwort nach. „Ich glaube, darüber habe ich noch nicht nachgedacht. Ich denke schon, dass alle Menschen gleich sind, aber das war nicht der Hauptgrund, mich der Armee anzuschließen."
Mickeys Blick geht zu Theodor. Theo, wie sie ihn nennen, sitzt an eine Kiste gelehnt und hört sich ihr Gespräch an. Er ist ein gut aussehender Mann Mitte zwanzig, er hat gepflegte blonde Haare und einen ebensolchen Schnauzbart. Er sieht immer adretter aus als seine Kameraden.
„Was ist mit dir?", fragt Mickey, „warum bist du hier".
Theo grinst. „Ich weiß nicht, ob ich das erzählen soll."
„Nur zu, wir haben keine Geheimnisse voreinander. Nicht, wenn man so lange zusammenhockt und gemeinsam kämpft", sagt Hardy zu ihm.
„Also gut", Theo lehnt sich wieder zurück und fängt an zu erzählen. „Ich komme aus Boston in Massachusetts, dort bin ich Buchhalter in einer Eisengießerei gewesen. Ja, und wie es so kommt, eines Tages lernte ich eine tolle Frau kennen."

Seine Kameraden fangen an zu grinsen und rücken näher, von dieser Geschichte wollen sie nichts versäumen.

„Sie war acht Jahre älter als ich, sah unglaublich gut aus, war immer sehr gepflegt. Ich erfuhr, dass sie verheiratet war, mit einem Major aus der Potomac Armee."

Die Augen seiner Zuhörer werden immer größer.

„Sie liebte ihren Mann nicht, sie war angeblich nur des Geldes und seiner Position wegen bei ihm. Jedenfalls hat sie mich das glauben lassen. Na ja, und eines Tages, wir hatten eine tolle Nummer im Bett" - Theo macht eine Pause und sieht mit einem Grinsen im Gesicht zu Mickey hinüber. „Vielleicht ist die Geschichte nichts für unseren jungen Kameraden?"

„Ach, der Mickey. Er kann nur davon lernen!" Sie lachen alle und sehen ihren jungen Freund belustigt an.

Mickey ist überrascht. Er kannte Frauen nur als den Teil der Eltern, die die Kinder bekommen. Ganz offensichtlich sind Frauen und Mädchen auch hübscher als Männer, damit erschöpfen sich seine Kenntnisse. Aber irgendwie muss da noch mehr sein, mehr als er bisher geahnt hat. Irgendetwas, das die Phantasie seiner Kameraden beflügelt und ihnen ein Lächeln auf die Gesichter zaubert.

„Los, Theo, erzähl weiter", wird der aufgefordert.

„Da ist nicht mehr viel zu erzählen", sagt er. „Ich hatte die Wahl zwischen einem Duell oder mich zum Militär zu verdrücken. Ihr seht, wie ich mich entschieden habe."

Der Deutsche unter ihnen gibt auch eine Geschichte mit einer Frau zum Besten. Amüsiert hören die anderen zu. Mickey hört nicht mehr richtig hin, da sind jetzt viele Dinge, mit denen er nichts anfangen kann.

Einer der fünf Kameraden aus dem Zelt, in dem Mickey seine Nächte verbringt, wird jeden Tag schwächer. Es ist Ben, ein junger Soldat aus Pennsylvania. Er sieht schlecht aus und nutzt jede Gelegenheit, sich anzulehnen oder hinzusetzen. Mickey fragt ihn eines Tages nach seinen Beschwerden. „Ben, was ist mir dir? Du scheinst krank zu sein."

Ben lächelt müde und nickt. „Ich fühle mich schlecht, ich habe Kopfschmerzen, die jeden Tag stärker werden."

Mickey legt seine Hand auf Bens Stirn. „Verdammt, warum bist du denn so heiß?"

Ben lächelt nur schwach.

„Komm, ich bringe dich zum Krankenlager", sagt Mickey und hilft seinem Kameraden beim Aufstehen. Dann stützt er ihn, bis sie eines der Krankenzelte erreichen. Das letzte Gefecht liegt jetzt zwei Wochen zurück, trotzdem ist das Zelt gut gefüllt. Einer der Ärzte kommt zu den beiden jungen Männern. Er sieht Mickeys besorgtes Gesicht.

„Ja, wir haben nicht nur mit den Schusswunden zu tun, das größere Problem sind die Scheiß-Krankheiten." Er beugt sich über Ben und sieht ihm in die Augen. Genau wie Mickey erfühlt er das Fieber. „Junger Freund, das war höchste Zeit. Ich weiß nicht, was ihr Kamerad hat. Ich vermute, es ist eine der vielen Infektionen, die über das Trinkwasser aufgenommen werden."

Er hilft Mickey, Ben zu einem der provisorischen Betten zu bringen. „Ich fürchte, wir können nicht viel tun. Wahrscheinlich geht er mit dem nächsten Krankentransport in die Heimat zurück", er fügt hinzu: „Wenn er dann noch lebt."

Bestürzt sieht Mickey sich noch um, als er das Zelt verlässt. Wohin würde er gebracht werden, wenn er krank oder verletzt sein würde? Wo ist seine Heimat? Er hat keine Heimat, muss er betrübt feststellen. Er sieht sich um und sein Blick streift die vielen Zelte, die hier stehen. Dann wird es ihm klar, seine Heimat ist das Camp und seine Familie sind seine Kameraden.

Vom Antietam zum Rappahannock

Es ist Mitte August 1862, die Eintönigkeit des Lagerlebens bricht abrupt ab. Die Soldaten bereiten sich auf einen Marsch nach Sharpsburg vor. Es wird mit einer Dauer von zehn Tagen gerechnet, je nach Wetterverhältnissen und der Zahl der feindlichen Angriffe kann es länger dauern.

Anfang September treffen die Soldaten bei Sharpsburg in der Nähe der Flüsse Potomac und Antietam ein. Es sind 75.000 Soldaten auf der Seite der Union unter General McClellan, für die Konföderierten sind fast 40.000 Soldaten angetreten. Das VI. Korps unter General Franklin lagert am Ostufer des Antietam. General Baldy Smith, dem Brigadegeneral Hancock zugeordnet ist, soll sich als Reserve bereithalten. In der Brigade von Hancock kämpft Mickey Callaghan mit seinen Kameraden.

Am 17. September 1862 ist es soweit. Morgens um 5:30 beginnt der Angriff nördlich von Sharpsburg. Die Brigade unter General Hancock hat sich hinter einem dichten Wald östlich vom Antietam verborgen. Aus der Ferne ist das Feuer der Gewehre und der Kanonen zu hören. Rauch ist zu sehen, der durch den Wind langsam zu ihnen herüber getrieben wird. Corporal Hemsworth lagert mit seinen Männern im Versteck, neben ihnen noch Tausende andere.

„Wir müssen darauf gefasst sein, auf Befehl sofort zur Verfügung zu stehen. Sobald die Soldaten von Lee erschöpft sind, kommen wir zum Einsatz."

Immer wieder schwillt der Gefechtslärm an und klingt wieder ab. Die Soldaten sind unruhig, auf der einen Seite sind sie froh, die Schlacht aus einiger Entfernung zu erleben, auf der anderen Seite drängt es sie, ihren Kameraden an der Front beizustehen.

Um 5:30 am Abend sind die Kämpfe vorbei, ohne dass die Einheit, in der Mickey dient, zum Einsatz gekommen ist. Weder die eine, noch die andere Seite hat gewonnen, dieser Tag wird mit fast viertausend Toten sowie fast zwanzigtausend Verletzten die verlustreichste Schlacht des ganzen Krieges.
Corporal Hemsworth ist außer sich. „Und wir liegen hier herum! Wenn man uns gerufen hätte, hätten wir den Krieg heute beenden können!" Verärgert ruft er laut zum Sammeln.

Mit vielen Wochen Abstand folgt eine Schlacht nach der anderen. An manchen Tagen hat Mickey nur einen Wunsch: an einem richtigen Tisch zu sitzen und seine Beine unter dem Tisch ausstrecken zu können. Die Steigerung wäre dann noch ein warmes Essen, das in einem Porzellanteller serviert wird. Dazu Gemüse, Mickey hat seit Monaten kein Gemüse mehr zu sehen bekommen. Und ein weiches, richtiges Bett, davon träumen hier alle.

Der letzte Kampf in diesem Jahr, 1862, ist die Schlacht von Fredericksburg. Es ist der 15. November, Mickey marschiert mit zigtausend Kameraden in der Armee von General Franklin. Sein Brigadegeneral ist Winfield Hancock. Wie Mickey später erfährt, sind 115.000 Männer auf der Seite der Union. Wie ihnen ihr Gruppenführer vor dem Abmarsch erklärt hat, sollen sie Fredericksburg einnehmen, um später nach Richmond zu marschieren.
„Ach, ja, übrigens, wir haben einen neuen kommandierenden General. Es ist Ambrose Burnside, McClellan ist wegen seines dauernden Zögerns abgesetzt worden."
Für Mickey und seine Kameraden macht das keinen Unterschied. Sie gehorchen den Befehlen und marschieren, greifen an, schießen und sterben. Von den Plänen der Generäle bekommt von den Mannschaften keiner etwas mit.

Er und viele tausend Kameraden packen ihre Zelte auf die vielen hundert Planwagen. Wieder folgt ein mehrere Tage dauernder Marsch nach Süden, Richtung Richmond. Sie erreichen den Rappahannock auf der Ostseite bei Fredericksburg und schlagen dort ihr Lager auf. Mehr als 130.000 Soldaten werden dort verteilt. Blauröcke, soweit das Auge reicht. Jedes Fleckchen Erde ist bedeckt mit den gelblichen Zelten.
Der Rappahannock ist ein langsam strömender, tiefer Fluss, vielleicht 100 Yards breit. Es gibt hier keine Furt, nur eine Brücke nach Fredericksburg hinüber.
Mehrere Tage vergehen, ohne dass etwas passiert. Die Soldaten werden ungeduldig, wenn sie schon kämpfen sollen, dann möglichst bald. Von ihren Gruppenführern hören sie, dass man auf Pontons wartet.
„Pontons?", fragen die Soldaten. Corporal Hemsworth zuckt mit den Schultern. „Ich weiß auch nicht. Ich glaube, das sind so schwimmende Dinger, über die eine Brücke gebaut werden kann."
Am 11. Dezember treffen endlich die Pontons ein, sodass die schwimmenden Brücken gebaut werden können. Die Brückenbauer und Pioniere sind während der Arbeiten unter starkem Beschuss durch die Konföderierten. Nur unter schweren Verlusten kommen sie langsam mit dem Bau voran und erreichen schließlich das andere Ufer. Mickey und seine Kameraden sind in Warteposition, sie hören das schwere Gewehr- und Artilleriefeuer aus der Umgebung der Stadt zu ihnen herüberschallen. Am Abend sehen die Soldaten Rauch über der Stadt aufsteigen. Die Stadt brennt! Die Feuer brennen noch lange in die Nacht hinein und werfen einen roten Schein in den Himmel.
Am übernächsten Morgen ist es dann soweit, die Division von General Franklin, zu der auch die Einheit gehört in der Mickey

dient, erhält den Befehl, auf der schwimmenden Brücke über den Fluss zu setzen. Es ist noch fast dunkel, ein dichter Nebel liegt über dem Fluss und hüllt die Soldaten in eine feuchte Tarnung.

Etwa 60.000 Soldaten setzen über die provisorische Brücke. Mickey ist dabei, er marschiert in der Brigade von Kommandant Hancock. Der Nebel hüllt sie ein und dämpft den Lärm, den sie verursachen. Die Sichtweite ist kurz, sodass Mickey nur den langsam dahin strömenden Fluss erkennen kann. Unter den Schritten der Soldaten schwankt die schwimmende Brücke. Es sind kleine Schiffe aus Holz, über die eine hölzerne Straße gelegt worden ist.

Einzelne Schüsse fallen, unwirklich dringt der Krach durch den Nebel, es ist unmöglich, die Richtung zu erkennen. Eine Reihe vor Mickey, ganz links außen, bricht plötzlich ein Soldat zusammen. Er hat einen verirrten Schuss in das Bein bekommen und stürzt mit einem Schrei in den Fluss. Die Brücke ist so schmal, dass keine Hilfe möglich ist, ohne dass der gesamte Tross zum Stillstand kommt. Eine Schrecksekunde später haben der Fluss und der Nebel den Unglücklichen aufgesogen. Ob man sich je daran gewöhnt, dass jeden Tag Männer sterben? Die Truppen von General Hancock marschieren durch die Straßen von Fredericksburg und weiter in Richtung von Marye's Anhöhe. Die einst so stolze Stadt ist völlig zerstört, Brände haben die meisten Holzhäuser vernichtet, die Truppen der Union haben alles geplündert und mitgenommen, was sich nur tragen ließ.

Um zehn Uhr lichtet sich der Nebel. Mickeys Blick fällt auf eine große, ebene Wiese, die nach hinten zu einer Anhöhe ansteigt. Ein paar Bäume und ein paar kleine Häuser stehen in Richtung der Stadt. Ein kleiner Bach, der Ablauf einer Wassermühle, durchschneidet die Fläche. Er ist fünf Schritte breit und knietief. Tausende Soldaten durchwaten den Bach, manche stolpern und fallen.

Oben, am Ende der Wiese, ist eine lange Steinmauer, hinter der sich der Gegner verschanzt hat. Man erkennt nur die Hüte der Soldaten und die Läufe der Gewehre, die auf der Mauer aufliegen. Es ist fast uneinnehmbar. Der Befehl des Generals ist jedoch eindeutig, die Soldaten der Konföderierten sollen zurückgedrängt werden.

Immer wieder rennen die Männer über die Wiese auf die Mauer zu. Immer wieder werden sie vom gegnerischen Gewehrfeuer niedergemäht. Die Wiese vor der Anhöhe ist mit tausenden Toten und Verletzten übersät. Der Regen der letzten Tage hat die Wiese aufgeweicht, immer wieder bleiben die Soldaten in dem nassen Boden stecken.

Mickey gehört zu der dritten Angriffswelle. Mit lautem Geschrei springen die Soldaten auf und stürmen über die Wiese, die kleine Steigung hinauf. Die Gewehre der Südstaatler krachen ohne Unterlass. Die Steinmauer ist vor lauter Pulverdampf kaum noch zu erkennen. Immer wieder stolpert Mickey über einen der Toten, die hier liegen. Am Ende des Tages werden es fünftausend sein. Und wieder stolpert Mickey, dieses Mal ganz unglücklich, er fällt lang hin, das Gewehr hält er fest in der Hand. Während er noch stürzt, fällt ein anderer Soldat seiner Gruppe auf ihn, schwer liegt er auf seinem Bein. Er scheint tot zu sein, aus einer Schusswunde an der Brust sickert langsam Blut heraus und färbt Mickeys Hose dunkelrot. Mühsam versucht er, unter dem Toten hervorzukriechen. Er sieht zu der Steinmauer hinüber. Bisher hat noch niemand das Feld überwunden, er sieht kommen, dass er in seinen sicheren Tod laufen würde, wenn er seinen Angriff fortsetzen würde. So bleibt er einfach liegen und wartet ab. Auf was hat er sich nur eingelassen? Wäre der brutale Vater nicht das kleinere Übel gewesen?

Und wieder wird ein Angriff gegen die Steinmauer durchgeführt. Die Soldaten des Korps unter General Franklin laufen wieder die Wiese hinauf. Mickey sieht sie von hinten kommen, er kann ihnen jedoch nicht ausweichen. Die Soldaten stürmen über ihn hinweg, einige stolpern. Niemandem gelingt es, die Steinmauer lebend zu erreichen. Es ist bald fünf Uhr, die Dämmerung bricht über das blutbesudelte Schlachtfeld herein. Leise hört er aus der Ferne das Trompetensignal zum Rückzug. Ein erneuter Versuch, sich zu befreien, ist endlich erfolgreich. Es gelingt ihm, das eine Bein unter dem schweren Toten hervorzuziehen und das andere Bein aus dem Schlammloch zu befreien. Er packt seine Springfield und eilt so schnell es die matschige Wiese und die schlechte Sicht erlauben, zurück zu seiner Einheit.
Die Unionssoldaten haben diese Schlacht verloren, der Rückzug findet in den nächsten Tagen statt. Die Moral in der Truppe ist schlecht, immer wieder gibt es murrende Stimmen. Corporal Hemsworth hat ein Ohr für seine Leute.
„Ich kann euch verstehen, der Angriff auf Fredericksburg und besonders der Ansturm auf Marye's Anhöhe war ein völliges Fiasko. Ich hoffe für euch und die Union, dass der verantwortliche General zur Rechenschaft gezogen werden wird."

Gefangener bei den Konföderierten

Auch General Ambrose Burnside war durch Präsident Lincoln abgesetzt worden, an seine Stelle tritt General Joe Hooker. Davon bemerken die Soldaten kaum etwas. Corporal Hemsworth, der die Schlacht von Fredericksburg ebenso wie Mickey, wie durch ein Wunder überlebt hat, versucht seine Untergebenen immer zu informieren. Die Gruppe ist wieder neu zusammengesetzt. Nur zwei kennt Mickey noch von seiner alten Gruppe, die neuen Kameraden sind Corporal Hemsworth von anderen Abteilungen zugeteilt worden.

Der Winter ist nicht so kalt, die Truppen lagern in der Nähe von Fredericksburg, das etwa 10 Meilen entfernt ist. Es ist März 1963, Mickey wird sechzehn. Er bekommt es nicht mit, erst ein paar Tage später, fällt ihm sein vergangener Geburtstag auf. In dem Camp läuft seit Wochen das übliche Lagerleben ab. Instandhaltung und immer wieder Gefechtsdrill. Corporal Hemsworth organisiert wieder einmal Boxkämpfe, die für gute Zerstreuung unter den Veteranen dienen. Und Mickey ist auch wieder dabei. Er ist nochmals ein kleines Stückchen gewachsen, er ist jetzt 6 Fuß, 3 Zoll (187 cm) groß. Er hat jetzt kaum einen echten Konkurrenten, ab und zu muss er etwas mehr Schläge einstecken, ganz selten gibt er auf.

Corporal Hemsworth ist sehr stolz auf seinen Schützling.

„Habe ich es dir nicht gesagt?", fragt er Mickey und grinst ihn an.

Der lächelt und nickt. Bei dem tristen Lagerleben kann er Aufmunterung gebrauchen. Ab und zu überkommt ihn eine seltsame Traurigkeit, für die er keine Erklärung hat. Der Krieg dauert schon viel zu lange, er ist jetzt schon zwei Jahre dabei. Das eintönige Leben im Camp, die ständig schmutzige Kleidung, alles das nagt, auch ohne dass er es merkt, an seinen Nerven. Auch von Krankheiten bleibt Mickey nicht verschont, ab und zu hat er schweren Durchfall bekommen. Gott sei dank wurde er immer wieder von selbst gesund.

Die Tage werden wieder länger und die Temperaturen steigen. Es ist Ende April 1863, es wird wieder zum Aufbruch geblasen. Die Soldaten packen ihre Tornister und ihre Gewehre ein. Es sind mehrere Korps mit über 80.000 Mann, die den Marsch in Richtung Fredericksburg beginnen.

Heute ist der 2. Mai, zehn Meilen von Fredericksburg entfernt. In der Nähe des kleinen Örtchens Chancelorsville beginnt der Kampf. Das Gelände ist unübersichtlich, Wald und dichtes Gebüsch bedecken die vielen Hügel. Im Wald wimmelt es von abertausenden Soldaten. Die freie Sichtweite beträgt selten mehr als zehn Meter.

Auf der Straße nach Fredericksburg, der »Orange Turnpike«, wird gekämpft. Immer wieder werden Angriffe durchgeführt, beziehungsweise abgewehrt. Gegen Abend kehrt wieder Ruhe ein, der Gefechtslärm klingt ab.

Die Brigade um Winfield Hancock liegt abseits der Kampfhandlungen in unübersichtlichem Dickicht, man rechnet nicht mit einem Überfall, dafür scheint das Gelände nicht geeignet zu sein. Die Soldaten bereiten das Abendessen vor, ihre Gewehre sind zu Pyramiden zusammengestellt.

Der nächste Tag, der 3. Mai 1863, vergeht ergebnislos. Die Soldaten der Union um Brigadegeneral Hancock wähnen sich immer noch sicher. Doch dann hören sie Gewehrschüsse in der Nähe. Ein Trompetensignal erschallt, die Soldaten sehen sich um. Es ist nicht das ihre, es kommt aus dem Dickicht hinter ihnen und treibt eine ganze Brigade konföderierter Soldaten entgegen. Mickey und seine Kameraden laufen zu ihren Gewehren. Einige von ihnen haben gerade Karten gespielt und lassen alles fallen und liegen. Nur wenige Schüsse können sie abfeuern, die Soldaten in der grauen Uniform kommen mit angelegten Gewehren von allen Seiten hervor.

„Hände hoch!", ruft ein Offizier. „Sie sind ab sofort unsere Gefangenen, wer Widerstand leistet, wird erschossen!"

Ihre gesamte Kompanie ist umzingelt. Schnell sind sie entwaffnet und an den Händen gefesselt. Ihre Brigade hat von dem Überfall nichts mitbekommen, es kommt niemand zu Hilfe.

Sie dürfen ihren Rucksack und ihre Habseligkeiten mitnehmen, es wird lediglich kontrolliert, ob sie Waffen sowie Messer dabeihaben. Mickey und seine Kameraden werden nach Norden durch den Wald getrieben, die Soldaten der Konföderierten gehen neben und hinter ihnen her, das Gewehr schussbereit in der Hand.
Etwa zwei Meilen marschieren sie, dann erreichen sie das Camp der Konföderierten um General Jackson.
Ein Major kommt herüber und sieht sich die Gefangenen an. Er ist schon etwas älter, etwa Mitte vierzig. Er wirkt müde und abgekämpft, sein Blick streift flüchtig über die Gefangenen.
Er pickt sich die Offiziere heraus, sie werden zur Befragung abgeführt. Die übrigen Gefangenen werden auf eine freie Fläche geführt.
„Setzt euch hier hin! Wir werden euch die Füße zusammenbinden, sodass ihr nur kleine Schritte machen könnt. Morgen werdet ihr abtransportiert!"
Der Sergeant, der sie mit ein paar Soldaten bewacht, macht einen unfreundlichen, fast gemeinen Eindruck. Mickey und seine Mithäftlinge finden sich in ihr Schicksal. Sie sitzen und liegen ohne Decke auf dem Boden, und versuchen etwas Schlaf zu finden. Die Nacht wird lang und kalt und kaum einer der Soldaten findet Schlaf. Im Morgengrauen kommt Bewegung in das Camp. Befehle erschallen, die Bewacher kontrollieren ihre Gefangenen.
Der Sergeant, der die Aufsicht führt, gibt eine kurze Information: „Es gibt für alle etwas zu essen, anschließend werden wir zur Bahnlinie nach Richmond marschieren. Von dort werdet ihr nach Belle Isle gebracht!"
Die Gefangenen sehen sich erschrocken an. Ein Gefangenenlager! Das ist schlimmer, als im Kampf zu sterben! Mickey sieht mit großen Augen seine Leidensgenossen an. „Ist jemand von Euch schon mal in so einem Lager gewesen?"

Einer der Männer, er ist etwas älter, weiß etwas. „Nein, bisher noch nicht. Man hört nur Schlimmes über die Gefängnisse der Konföderierten." Dann macht er eine Pause und fügt hinzu: „Ich hatte gehofft, dass wir gegen Ehrenwort freigelassen werden, das scheint sich nicht zu erfüllen."
„Was bedeutet denn das Ehrenwort?"
Der Soldat kennt sich aus. „Man wird freigelassen mit der Auflage, nicht an Kriegshandlungen teilzunehmen. Das darf man erst dann wieder, wenn man gegen einen Soldaten mit gleichem Dienstgrad aus der verfeindeten Armee offiziell ausgetauscht wird."
Es gibt etwas zu essen, sie bekommen die gleiche Verpflegung wie die Soldaten der Konföderation, Hartbrot und Pökelfleisch. Es ist eine ähnliche Mahlzeit, die sie selbst seit zwei Jahren erhalten. Es ist nicht viel, es reicht gerade, den schlimmsten Hunger zu stillen.
Mickey fühlt sich schlecht. Seine Kleidung ist schmutzig und eingerissen, seine Strümpfe sind schon lange verschmutzt und voller Löcher, seine Haare sind schmutzig und verfilzt. Dazu die ungewisse Zukunft, das drückt seine Stimmung. Er ist nicht der Einzige, keiner der anderen Gefangenen sieht vergnügt aus. Alle haben düstere Minen, gelegentlich fällt ein Fluch.

Der Marsch beginnt. Zusammen mit der Kompanie, in der Mickey gedient hat, sind sie etwa fünfhundert Gefangene. Mehrere Gruppen Soldaten eskortieren sie auf beiden Seiten.
Mickey hat Corporal Hemsworth wiedergefunden. Er geht jetzt hinter ihm her, gelegentlich sprechen sie leise miteinander.
Bis zu Eisenbahn nach Richmond ist es nicht weit. Es ist eine Lokomotive mit drei Güterwagen, in die sie gepfercht werden.

Zum Hinhocken oder gar sitzen ist nicht genug Platz, es reicht gerade, dass sie dicht aneinandergedrängt stehen können.

Einer ihrer Bewacher ruft ihnen zu: „Betet zu Gott, dass euer Zug nicht von euren eigenen Leuten beschossen werden wird!"

Die Türen werden zugeschoben und von außen verriegelt. Nun ist es dunkel im Wagen, es gibt keine Fenster. Irgendwo im Wagen fängt jemand an zu weinen. Mickey kann das gut nachvollziehen, ihm ist auch zum Heulen zumute.

Nach einer quälend langen Stunde setzt sich der Zug in Bewegung. Er fährt nur langsam und kommt gelegentlich ins Stocken. Corporal Hemsworth steht direkt neben Mickey, er flüstert ihm ins Ohr:

„Wir sind dicht vor Richmond, bis dahin haben unsere Soldaten es noch nicht geschafft. Also keine Sorge, wir werden nicht von unseren eigenen Leuten beschossen."

Mickey ist kaum beruhigt, gerade in solchen Momenten der Ungewissheit wird ihm schrecklich bewusst, wie jung und unerfahren er eigentlich doch ist.

Der Zug hält kurz vor Richmond auf freier Strecke. Ihre Bewacher scharen sich um die Wagen und lassen sie aussteigen. Dann müssen sie wieder ein Stück marschieren, nach einer halben Stunde haben sie Belle Isle erreicht. Es ist eine Insel im James River, der durch Richmond fließt. Sie besteht aus Felsen mit etwas Bewuchs darauf. Es gibt eine Holzbrücke, über der sie den Fluss zur Insel hin überqueren.

Dann sehen sie das Gefangenenlager. Mickey blickt auf viele tausend Zelte, die die Insel bedecken. Dazwischen sind die vielen Gefangenen verteilt. Er hört später, dass es zehntausend Häftlinge sind. Die Zelte stehen auf einer Wiese, von dem Gras ist nicht mehr viel zu erkennen, der Boden ist noch nass und aufgeweicht. Die Sonne scheint aus einem fast blauen Himmel, der James River glitzert im Hintergrund. Es wäre eigentlich ein Tag zum Wohlfühlen, aber Mickey und seine Leidensgenossen schnürt der Anblick der Gefangenen die Kehle zu. Die meisten sehen schlimmer aus als sie selbst, viele sind nur mit Lumpen bedeckt oder fast nackt. Ihre Gesichter sind kantig, sie haben ausgemergelte Leiber.

Das Gelände hat zum Fluss keine Absperrung. Mickey sieht zum James River hinunter.

„Das kannst du vergessen", sagt eine Gestalt neben ihm. „Der Fluss ist voller Stromschnellen, hier ist schon so mancher auf der Flucht ertrunken."

Corporal Hemsworth und Mickey haben sich wiedergefunden. Nun gehen sie langsam über die Insel, um sie zu erkunden.

Es gibt ein Küchenhaus, wenn man Glück hat, bekommt man einmal am Tag eine Kleinigkeit zu essen. Ihre Notdurft können sie am Rande des Geländes in einer Grube erledigen. Der Gestank, der aus dieser Grube austritt, ist unerträglich. Unmengen von großen schwarzen Fliegen tummeln sich dort und bedecken alle Besucher dieser Stätte mit einem summenden Belag.

Die Zelte sind völlig überfüllt. Einer der Gefangenen beobachtet, wie Mickey einen Blick in eines der Zelte wirft.

„Solange keiner stirbt, musst du unter freiem Himmel schlafen."

Er sieht Mickeys erschrockenen Blick. „Keine Sorge, es stirbt pro Stunde einer." Es war kein Witz, der Mann sieht Mickey aus klaren, aufgerissenen Augen an. Mickey fährt entsetzt zurück. Wo ist er hier nur gelandet? Das ist schlimmer als der Vorhof zur Hölle!

Die nächsten und die folgenden Tage gehören zu dem Schlimmsten, was Mickey bisher erlebt hat. Jeden Tag sterben Menschen, sie liegen in den Zelten oder auf der Wiese, je nachdem, wo sie gerade krepiert sind. Die Toten werden außerhalb des Gefängnisgeländes begraben, in ein Baumwolltuch gehüllt.

Mickey, Corporal Hemsworth und viele tausend andere, schlafen in der Nacht auf dem nackten Boden, ohne Decke.
„Sei froh, dass wir jetzt Frühjahr haben und nicht Winter", sagt sein Leidensgenosse. „Im Winter sterben hier noch mehr."
Das Essen ist sehr unterschiedlich. Mal gibt es eine dünne Suppe, mal ein Maisbrötchen, oder auch mal gar nichts. Und immer ist es viel zu wenig. Mickey merkt, wie er Gewicht verliert, seine Hose hängt ihm schlaff um die Hüften, dabei ist er vorher schon mager gewesen. Sein größter Schatz ist seine kleine Umhängetasche, denn darin bewahrt er seinen Sold auf. Seitdem er in der Armee ist, hat er über einhundertvierzig Dollar erhalten. Da er keine Gelegenheit hatte, es auszugeben, ist es noch fast vollständig vorhanden. An manchen Tagen, wenn der Hunger gar zu stark bohrt, kauft er für viel Geld im Küchenhaus noch etwas zu essen.
„Ihr seid allesamt Halsabschneider!", schimpft er mit dem Soldaten in der Küche.
Der sieht ihn nur mitleidig lächelnd an. „Hast du es vergessen? Wir sind im Krieg!", und fügt noch hinzu: „Ihr seid die Verlierer!"
Mickey wendet sich deprimiert ab und schlurft kraftlos zu dem Zelt zurück, dass er und Curt Hemsworth seit einer Woche mit zehn weiteren benutzen. Dort teilt er das halbe Brot, das er erhalten hat, mit seinem Kameraden. Die Mitglieder ihrer Gruppe waren zu Beginn der Gefangennahme noch am Leben. Anfangs waren sie sechs mit ihrem Corporal, nun sind es nur noch vier. Die beiden anderen haben einen Platz in einem der Nachbarzelte gefunden.

Das Leben im Zelt ist etwas besser als draußen, man ist etwas gegen den Regen geschützt. Es hat dafür aber andere Nachteile. Der Morgen nach jeder Nacht vergeht mit der Jagd nach Flöhen. Flöhe und andere Insekten übertragen Krankheiten und werden deshalb von den Zeltbewohnern mit verbissener Geduld gesucht und zerquetscht.

Seit fünf Wochen sind sie jetzt auf Belle Isle, der »schönen Insel«. Nach Mickeys und Curt Hemsworth' Schätzung, sind in der Zeit etwa eintausend Insassen gestorben. Mickey und sein Kollege liegen im Zelt und sehen mit müdem Blick den schmutzigen Stoff des Zeltes an. Plötzlich hören sie laute Stimmen, geschwächt kriecht Mickey zum Eingang und sieht hinaus. Dort sind mehrere Gruppen Soldaten und treiben Gefangene zusammen. Nun kommen Einige auch auf ihr Zelt zu.
„Los, rauskommen!", ruft einer der Soldaten und blickt in das Zelt. Mickey und Curt Hemsworth ergreifen ihre paar Habseligkeiten und kriechen ins Freie. Etwa fünfhundert Gefangene sind bereits zu einer großen Gruppe gesammelt worden. Es werden noch etwa doppelt so viele, dann werden sie mit scharfen Rufen zum Marschieren gezwungen. Mickey ist noch recht gut zu Fuß, seine Jugend und seine robuste Natur, haben ihn nicht so verfallen lassen, wie viele der anderen, die mit ihnen gehen. Es ist auch mehr ein Humpeln und Hinken, statt zackigem Marschieren. Sie verlassen die Insel, es geht zur Eisenbahn.
„Hast du eine Idee, wo sie uns hinbringen?", fragt Mickey.
Curt schüttelt den Kopf. „Ich habe keine Ahnung. Aber schlimmer kann es nicht werden."
An der Bahn angekommen, werden sie aufgeklärt. Ein Offizier in Südstaatenuniform stellt sich vor sie hin. Er sieht sie an und spricht mit lauter Stimme: „Wie Sie wissen, ist dieses Gefangenenlager völlig überfüllt. Da wir in den nächsten Tagen noch mehr Insassen bekommen werden, werden wir Sie in das neu eingerichtete Lager in Danville, Virginia, bringen."
Er wendet sich ab, ohne eine weitere Erklärung abzugeben.
Stimmengewirr entsteht unter den Gefangenen. Sie bedrängen ihre Bewacher, um mehr über das neue Lager zu erfahren. Die

Soldaten haben keine Gelegenheit und keine Lust, vielleicht haben sie einfach keine Ahnung. Mit Stockschlägen werden sie in die Güterwagen getrieben.

In dem Güterwagen, in dem sich die Gruppe um Curt Hemsworth befindet, herrscht ein unglaublich abstoßender Gestank. Es ist Anfang Juli 1863, die Sonne scheint auf den Wagen und heizt ihn auf, die Luft im Inneren ist wie in einem Glutofen. Die Gefangenen hämmern mit einem Stück Holz, das sie im Wagen gefunden haben, auf die Tür ein, um sie zu öffnen. Plötzlich öffnet sie sich und gleitet drei Fuß zur Seite. Im letzten Moment kann sich Mickey an einem Eisenring im Inneren festhalten, sein Corporal fällt ein Stück hinaus und schreit vor Schreck.

„Hilfe! Hilfe!"

Mickey hat schon eine Hand ausgestreckt und bekommt ein Bein zu fassen, der Rest des Körpers hängt draußen. Mit einer Hand fasst Curt Hemsworth eine Querstrebe unter dem Wagen. Langsam und unter Mitwirkung der anderen Gefangenen zerren sie den Unteroffizier wieder zurück.

Wie benommen lehnt sich Curt Hemsworth an die Wand des Wagens. Ihm ist schlecht vor Schreck und vor Schwäche. „Ich glaube, du hast eine Menge gut bei mir", flüstert er mit leiser Stimme. Mickey klopft ihm stumm auf die Schulter.

Der Zug fährt langsam dahin. Immer wieder gibt es einen Stopp, einmal wird die Lokomotive gewechselt. Die Entfernung nach Danville beträgt etwa einhundertfünfzig Meilen, der Transport wird den ganzen Tag dauern, es gibt nichts zu essen und zu trinken. Neben Mickey liegen zwei Gefangene auf dem Boden, er vermutet, dass sie tot sind, helfen kann ihnen hier niemand. Durch die offene Tür dringt etwas Fahrtwind und lindert die Hitze ein wenig.

Am späten Abend erreichen sie Danville. Die Prozedur ist auch hier dieselbe wie in Richmond. Soldaten treiben sie aus den Wagen heraus, dann wird der zerlumpte Haufen in die Stadt eskortiert.

Es sind sechs ehemalige Lagerhäuser für Tabak, die jetzt als Gefängnisse dienen. Wenigstens haben die Gefangenen ein Dach über dem Kopf. Dafür ist die Enge unbeschreiblich. In allen Gebäuden zusammen liegen etwa siebentausend Männer, der Platz für jeden einzelnen ist sechs Fuß lang und 2 Fuß breit (1,8 x 0,6 m). Sie liegen in langen Reihen nebeneinander auf dem nackten Boden, jeweils die Köpfe und die Füße zueinander gewandt.

Mickey und seine Leidensgenossen mustern entsetzt die Zustände in dem Lager, dem sie zugeteilt worden sind. Sie können nicht erkennen, ob sie es nun besser getroffen haben als in Belle Isle, oder nicht.

Durch die hohen Fenster dringt etwas Licht hinein. Viele der Insassen liegen auf dem Boden, andere hocken auf ihrem kleinen Platz.

Mickey fragt seine Nachbarn: „Gibt es hier etwas zu essen?"

Der Angesprochene sieht ihn müde an. „An manchen Tagen. Wenn wir Glück haben, kommen die Bewohner aus Danville und bringen uns etwas zu essen. Das ist aber in der letzten Zeit weniger geworden, der Krieg macht sich auch hier bemerkbar."

Mickey legt sich auf den Boden. Die Fenster sind so hoch, dass man nicht hinaussehen kann. Das Schicksal meint es nicht besonders gut mit ihm und den anderen Gefangenen. Wenigstens ist er am Leben, er seufzt fast hörbar. Wer weiß, wie lange er noch am Leben bleiben wird. Auf Dauer wird er sicher, wie so viele andere, diese Gefangenschaft nicht überleben.

Die nächsten Tage sind grausam. In der Nacht bekommt man kaum Schlaf, der Boden ist hart und man wird von den Flöhen geplagt. Falls es Essen gibt, wird es in Säcken gebracht, deren

Inhalt an den Treppen auf den Boden geschüttet wird. Mitunter kommen Farmer aus der Umgebung oder Bewohner von Danville, und bringen etwas zu essen. Dabei geht es alles andere als friedlich zu. Die ausgehungerten Männer kämpfen wie Wölfe um die am Boden liegende Nahrung.
Mickey wäre noch kräftig genug, um sich etwas von dem Essen zu erbeuten. Er findet das Streiten um die Nahrung jedoch so erniedrigend, dass er lieber hungert. Wenn es noch länger dauern wird, dann muss er diese Einstellung jedoch über Bord werfen, dann wird er um das nackte Überleben kämpfen müssen.

Es sind acht Tage vergangen. Mickey steht mit Corporal Hemsworth an der Treppe. Sie versuchen, sich einen Fluchtplan zu erarbeiten. Draußen vor dem Lagerhaus sind bewaffnete Wachtposten, wenn überhaupt, dann muss man in der Nacht flüchten.
Mehrere Soldaten mit Gewehren betreten das Treppenhaus.
„Alle Insassen des Obergeschosses raustreten!"
Mickey, Curt Hemsworth und die anderen zwei Kameraden aus ihrer alten Gruppe unter Brigadegeneral Hancock gehören auch dazu. Was mag man jetzt mit ihnen vorhaben? Müde und erschöpft erheben sich die Gefangenen und kommen langsam die Treppe herunter. Draußen müssen sie sich in einer Reihe vor dem Lagerhaus aufstellen. Es sind etwa vierhundert mehr oder weniger zerlumpte Gesellen. Die meisten stehen, einige sind dazu nicht in der Lage und lehnen sich an die Wand. Was hat man mit ihnen vor, sollen sie eventuell erschossen werden, um Platz frei zu machen? Die wildesten Ideen schießen durch Mickeys Kopf.
Der Sergeant der Wache tritt vor, sein Blick schwenkt über ihre Reihe von einem Ende zum anderen.
„Yankees! Ihr seid ausgewählt worden, um gegen Gefangene der glorreichen Konföderation ausgetauscht zu werden."

Mickey und alle anderen lauschen aufgeregt. Was für eine Nachricht! Sie klingt wie Glockengeläut in den Ohren der geschundenen Männer.

„Sie erhalten alle eine Bescheinigung, die sie als freigelassene Kriegsgefangene mit Ehrenwort ausweist. Wir werden Sie in ein Fort der Konföderierten bringen, dort findet der Austausch statt."

Ganz kurz sehen sich die Männer erstaunt an, dann bricht ein befreiendes Schreien los. Sie werden freigelassen! Frei!

Aber noch ist es nicht soweit. Zuerst müssen einige Formalitäten erledigt werden. In der Hütte, die als Wachlokal dient, ist ein Schreibtisch aufgebaut. Ein Sergeant sitzt dahinter und füllt mit mürrischem Blick Papiere aus. Den geschwächten Männern fällt das Stehen schwer. Vor Mickey fallen zwei um, gemeinsam mit anderen werden sie an die Wand gelehnt. Dann ist Mickey an der Reihe.

„Wie heißen Sie, Soldat?"

„Mickey Callaghan, Sir!" Der Sergeant nickt und schreibt mit einer Feder Mickeys Namen in das Formular.

„Welchen Dienstgrad haben Sie?"

Jetzt zögert Mickey, er ist noch nie befördert worden, also der einfachste Mannschaftsdienstgrad. Er ruft also: „Private, Sir!" Der Sergeant schreibt wieder und Mickey bekommt das Formular, mit der Auflage, es sorgsam zu verwahren. Mickey sieht sich das Formular an. Es bescheinigt, dass er als Gefangener der amerikanischen konföderierten Staaten gegen Ehrenwort freigelassen wurde. Er verpflichtet sich per Ehrenwort, nicht an Kampfhandlungen teilzunehmen, bis er gegen einen Soldaten im Dienstgrad Private ausgetauscht worden ist. Er faltet das Papier und steckt es in den gleichen Beutel, in dem sich noch der Rest seines Soldes befindet. Von den einhundertvierzig Dollar hat er über achtzig Dollar ausgegeben, um sich Essen zu einem horrenden Preis zu kaufen.

Die Freilassung auf Ehrenwort war genau das, was er vor über einem Monat im Lager Belle Isle gehört hatte. Und nun ist es endlich wahr geworden. Trotz der Schwäche geht er mit beschwingten Schritten nach draußen und schließt sich der dort wartenden Gruppe an. Was wird als Nächstes passieren? Kann er jetzt überall hin? Er geht zu Corporal Hemsworth, der auch sein Entlassungsformular erhalten hat. „Was passiert jetzt mit uns, sind wir jetzt noch Soldaten der Nordstaatenarmee, oder Zivilisten?"
Curt Hemsworth grübelt einen Moment. „Wir werden nach Knoxville gebracht. Aber wie es dann weitergeht, weiß ich auch nicht."
Es kommt wieder der Sergeant der Wache und verkündet weitere Neuigkeiten. „Yankees!"
Er hält den Ausdruck »Yankees« als Spitzname der Bewohner der Nordstaaten anscheinend für ein Schimpfwort und verwendet es bei jeder Gelegenheit.
„Yankees! Sie haben jetzt ihre Entlassungspapiere erhalten. Am Bahnhof von Danville wartet bereits ein Zug auf Sie. Er wird Sie zum Fort Sanders der Konföderierten in Knoxville, Tennessee, bringen. Dort findet der Austausch statt. Bis dahin stehen Sie unter unserer Bewachung."

Der Zug ist in einem besseren Zustand als die einem Viehtransporter ähnlichen Wagen, in denen sie bisher transportiert worden waren. Es sind wieder geschlossene Güterwagen, sie werden nicht so vollgestopft wie die letzten Male. So haben die Insassen Gelegenheit, sich auf den Boden zu hocken.
Corporal Hemsworth hat den spärlichen Rest seiner Gruppe um sich geschart. Neben Mickey und dem Corporal sind es Theodor Bent und Hans Krausnitz.

„Wie weit ist es bis nach Tennessee?", will Hans Krausnitz wissen. Auch Mickey hat keine Vorstellung von den Entfernungen in diesem Teil von Amerika.
Theo hat es mal von einem Vertreter gehört. „Es sind wohl etwa dreihundert Meilen, mehr oder weniger."
„Warum werden wir denn soweit fortgebracht?", fragt Mickey.
Das kann jetzt niemand beantworten. Nach einer Weile Grübelns äußert sich wieder ihr Gruppenführer: „Ich glaube, man will uns dort loswerden, wo wir jetzt am wenigsten anrichten können. Tennessee liegt weit im Westen, dort fühlt man sich sicher vor den Nordstaaten."
Es wird eine lange Fahrt. Die Nacht kommt, die Soldaten bekommen in einer Pause Gelegenheit, sich die Beine zu vertreten. Das ist der Unterschied, jetzt sind sie keine »echten« Gefangenen mehr. Es gibt für jeden ein Maisbrötchen und etwas zu trinken. Völlig verhungert und verdurstet stürzen sich die Männer auf die Brocken und genießen sie wie Köstlichkeiten. Dabei ist es nichts Besonderes. In den Brötchen sind Würmer und das Wasser schmeckt faulig, aber den Männern schmeckt es.
Geschlafen wird in dem Wagen auf dem Fußboden. Nur wenige schlafen wirklich, es ist mehr ein Dahindämmern.
Früh am nächsten Morgen geht es weiter. Mit Pausen kommen sie nach insgesamt zwölf Stunden Fahrzeit in Knoxville an. Die Bahn führt direkt am Fort vorbei, sodass sie nur einen kurzen Fußweg zu bewältigen haben. Auch jetzt werden sie von den Soldaten der Konföderierten bewacht. Das Fort Sanders dient zusammen mit Wallanlagen der Befestigung und Verteidigung der Stadt Knoxville am Holston River. Auf dem Gelände des Forts sind Zelte aufgestellt, zu denen die Nordstaatler jetzt geführt werden. Die Zelte bieten Platz für fast achthundert Soldaten und sind zum Teil schon besetzt. Hier sind Decken zum

Liegen vorhanden, es ist nicht mehr so schlimm wie in den Gefangenenlagern. Mickey erfährt, dass es regelmäßiges Essen gibt, das von der Küche des Forts ausgegeben wird. Es ist nicht reichlich, aber immerhin, ein Riesenfortschritt gegenüber den letzten sechs Wochen. Gierig nehmen die Männer die erste warme Mahlzeit nach vielen Wochen zu sich. Es gibt Bohnensuppe und es ist sogar etwas Fleisch darin. Mickey spürt seine Lebensgeister wieder erwachen.

Jemand klopft ihm auf die Schulter und Mickey sieht sich um. Es steht jemand hinter ihm, der ihn anlächelt. Irgendwie kommt er ihm bekannt vor.
„Da staunst du, was?", spricht ihn der Mann in der Uniform eines Offiziers an.
Mickey grübelt immer noch. Woher kennt er den Mann? Er ist fast so groß wie er, vielleicht Ende zwanzig und hat rotblonde Haare und einen Schnurrbart. Blaue Augen blitzen Mickey unter dem tief in das Gesicht gezogenen Hut an. Auf der Schulter trägt er das Abzeichen des First Lieutenant mit hellblauem Untergrund, was ihn als Angehöriger der Infanterie ausweist. Dann fällt es ihm ein. „Samuel Bruhnke!"
Der Lieutenant lächelt. „Ich habe schon gedacht, es fällt dir gar nicht mehr ein, sehr gut! Du siehst schlimm aus, was hast du angestellt?"
Mickey erzählt, dass er seit zwei Jahren für die Nordstaaten kämpft. Er erwähnt die Schlachten und erzählt von der Gefangenschaft. „Und nun soll ich gegen einen Soldaten der Konföderierten ausgetauscht werden."
„Das ist das gleiche, was mir bevorsteht. Ich bin ebenfalls seit zwei Jahren in der Armee, ich diente unter Brigadegeneral Sherman, bis man mich gefangen nahm. Ich hatte nur das Glück, schon nach wenigen Tagen gegen Ehrenwort entlassen

zu werden. Und nun warte ich hier auf den Austausch, genauso wie du."

Corporal Hemsworth sieht die beiden bei ihrem Gespräch, gesellt sich zu ihnen und stellt sich vor. „Ich bin Corporal Curt Hemsworth, Mickey Callaghan und ich dienten bisher in der Einheit von Brigadegeneral Hancock."

„Willkommen bei den Erlösten!"

Ein kräftiger Handschlag, ein Klopfen auf die Schulter und schon beginnt eine Männerfreundschaft. „Damit das klar ist: Hier können wir uns gerne duzen, aber in der Einheit werde ich gerne mit »Sir« und First Lieutenant angesprochen."

Mickey und Curt Hemsworth nicken, das ist klar, das haben sie nicht anders erwartet.

Eine Idee keimt im Kopf des Lieutenants. „Was haltet ihr davon, wenn ihr alle, und ich meine auch den Rest der Gruppe von dir, Curt, in die Einheit von General Sherman eintretet?"

„Geht das denn?" , fragt Mickey unsicher.

„Na klar. Ich kann gut mit dem Major, das werde ich regeln."

Mickey fühlt sich nach einer endlos erscheinenden Zeit wieder so richtig wohl. Jetzt läuft alles wieder in geregelten Bahnen, die beklemmende Gefangenschaft ist so gut wie vorbei und er ist mit seinen Kameraden zusammen.

Von Chattanooga nach Atlanta

Es dauert noch zwei Wochen, bis sie endlich das Fort Sanders in Knoxville verlassen können. Das Leben in dem Zeltlager mit fast achthundert anderen freigelassenen Kriegsgefangenen ist nicht so entsetzlich, wie in den beiden Lagern zuvor, trotzdem zehrt das Warten an den Nerven. Das Essen ist besser, fast täglich gibt es Gemüse wie zum Beispiel Bohnen, Mais oder getrocknete Karotten.

Eines Tages trifft ein Zug mit freigelassenen konföderierten Soldaten aus dem Westen von Tennessee ein. Nun beginnt der Gefangenenaustausch, Mickey gibt seine Bescheinigung vom Gefängnis in Danville ab und gesellt sich aufgeregt zu der Gruppe der Soldaten, die diese Prozedur schon hinter sich haben. Es dauert mehrere Stunden, dann sind fast alle freigelassen. Sie haben ihre Habseligkeiten bereits eingepackt und warten nur noch auf den Abtransport. Mickey hat sich seine Tasche, seinen Haversack, umgehängt, sie hat bereits einiges mitgemacht und sieht schon sehr ramponiert aus. Die Soldaten, die sich aus den früheren Einheiten kannten, finden sich auch jetzt wieder und unterhalten sich vergnügt. Mickey spricht mit den Kameraden aus seiner alten Gruppe. Es sind zwei, Theodor Bent und Hans Krausnitz, die hier dabei sind. „Was haltet ihr von unserem neuen Zugführer, dem First Lieutenant Bruhnke?", fragt Mickey sie.

„Wir müssen erst einmal abwarten", sagt Theo, „er muss sich erst im Gefecht beweisen."

In einiger Entfernung spricht Corporal Hemsworth gerade mit Lieutenant Bruhnke. „Herr Lieutenant, ich möchte mit Ihnen über Private Callaghan sprechen."

Lieutenant Bruhnke sieht ihn forschend an und sagt: „Schießen Sie los."

„Der junge Callaghan ist trotz seiner Jugend einer der fähigsten Soldaten, die ich kenne. Ich weiß nicht, woher Sie sich kennen und was Sie von ihm wissen, Sie machen auf jeden Fall einen guten Griff, wenn Sie ihn in ihre Einheit übernehmen."

„Ach, sieh mal einer an. Alles was ich von ihm weiß, ist, dass er groß und kräftig ist und immer einen wachen, aufmerksamen Eindruck macht." Er erzählt dem Corporal von seiner kurzen Begegnung mit Mickey Callaghan in Missouri und dass er ihm geraten hatte, sich wegen Arbeit an seine Mutter zu wenden.

„Sie glauben gar nicht, wie überrascht ich war, ihn hier im Fort Sanders wiederzusehen."

Wieder ist die Eisenbahn ihr Transportmittel in den Westen. Auch dieses Mal sind sie wieder in Güterwagen untergebracht. Es ist nicht so eng wie auf den früheren Fahrten, auch haben sie Stroh, auf das sie sich legen können. Der erste Aufenthalt ist Chattanooga, dort bekommen sie zu essen und zu trinken und können sich die Beine vertreten. Am frühen Morgen geht die Fahrt weiter. Das Ziel liegt nicht mehr weit entfernt im Osten von Alabama. Schon nach einigen Meilen Zugfahrt erreichen sie das Fort Harker in der Nähe von Stevenson. Mickey kann es kaum abwarten, seine neue Einheit und seine neuen Kameraden kennenzulernen.

Fort Harker ist der Stützpunkt von General Rosencrans. Nach einem kurzen Fußmarsch erreichen sie das Lager mit tausenden von Zelten. Ein Sergeant kommt zu ihnen, er bespricht sich mit First Lieutenant Bruhnke, dem höchsten Offizier in ihrer Gruppe.
Es dauert noch eine weitere Stunde, dann kommt eine ganze Gruppe Unteroffiziere auf sie zu. Es sind ihre künftigen Gruppenführer. Corporal Hemsworth wird herausgerufen.
„Corporal Hemsworth, kommen Sie zu mir", ruft ein First Sergeant. Eiligen Schrittes geht der Gerufene los und stellt sich hinter die Gruppe der anderen Unteroffiziere. Es werden noch fünf weitere Unterführer aufgerufen. Dann tritt ein Gruppenleiter nach dem anderen vor und ruft die Namen der Soldaten auf, die ihm folgen sollen. Corporal Hemsworth ruft neben ihm noch fünf andere, die Mickey nicht kennt, sowie Theodor Bent und Hans Krausnitz auf. Mickey bekommt ein bisschen Herzklopfen, denn nun geht es endlich los. Endlich! Die lange Wartezeit hat allen zugesetzt. Mit schnellen Schritten folgt er

seinem alten und neuen Gruppenführer. Zuerst geht es zum Quartiermeister, dort können sie fehlende Ausrüstung ergänzen, wie zum Beispiel Zelt, Kochgeschirr, Rucksack und den ganzen Kleinkram wie Nähzeug, Zahnbürste und Rasierzeug. Als der Sergeant des Quartiermeisters Mickey das Rasierzeug aushändigt, sieht er ihm skeptisch ins Gesicht.
„Sag mal, hast du überhaupt schon einen Bart?"
„Doch, doch, er wächst schon", beeilt sich Mickey zu sagen. „Aber nur langsam."
Mit dem Besitz von Rasierzeug kommt er dem »richtigen« Mann wieder einen kleinen Schritt näher. Freudig zieht sich Mickey mit seiner neuen Ausrüstung in das Lager zurück. Er hat mit Theodor Bent zusammen ein Zelt. Jeder von ihnen hat eine Hälfte des Zeltes, das sie sich zusammenknöpfen und gemeinsam aufbauen. Den ganzen Abend gibt es rege Gespräche mit den neuen Kameraden. Ihre Gruppe besteht aus acht Männern, befehligt werden sie von Corporal Hemsworth. Ihre Kompanie wird von einem Captain angeführt. Er heißt Captain Bush, es ist ein untersetzter Mann Ende dreißig. Die beiden Züge oder Platoons seiner Kompanie werden von je einem First Lieutenant angeführt, einer von ihnen ist Samuel Bruhnke. Die Gruppe oder Schwadron, zu der Mickey gehört, ist eine von vieren in seinem Zug.
Neugierig studiert Mickey seine neuen Kameraden. Es sind fünf, die er noch nicht kennt. Es sind Soldaten von Shermans Armee, dessen Hauptmacht sich noch in der Nähe von Vicksburg befindet. Nach der Einnahme von Vicksburg durch die Union, ist ein Teil der Brigade schon hierher weiter nördlich geschickt worden.
„Wie ist denn euer General?", fragt Mickey. „Habt ihr ihn schon mal gesehen?"

„Doch, schon häufiger. Er hatte zum Beispiel, kurz nach der Schlacht von Vicksburg, Besuch von seiner Familie, sein Sohn saß hinter ihm auf dem Pferd und er ritt im Lager umher."
Er macht eine Pause und grinst. „Wenn er es nicht hört, nennen wir ihn Onkel Billy."
Mickey ist beruhigt. Anführer, die Spitznamen erhalten, sind in der Regel beliebt bei ihren Untergebenen.

Die nächsten Wochen sind ausgefüllt mit geregeltem Lagerleben. Die Vicksburg Veteranen bekommen auch Gelegenheit, ihre fehlende Ausrüstung zu ergänzen und sich von den Strapazen zu erholen.

Lieutenant Bruhnke kommt zu seinen Soldaten vom ersten Zug. „Leute", sagt er, „wir bekommen ein neues Gewehr."
„Klasse, was ist es denn für eines?"
Die Soldaten sind aufgeregt, sie freuen sich über jede neue Ausrüstung, weil das Abwechslung verspricht.
„Ja, das ist etwas ganz Besonderes. Es ist ein Repetiergewehr von Spencer. Es wurde bisher hauptsächlich an die Kavallerie ausgegeben, da es mit dem Nachladen auf den Gäulen nicht ganz einfach ist. Seit ein paar Monaten wird das Gewehr aber auch an die Infanterie ausgegeben. Es wird mit sieben Metallpatronen geladen."
„Was? Wie wird das denn gemacht?", fragt Mickey ganz erstaunt.
Lieutenant Bruhnke lächelt ihn an. „Es wird mit Metallpatronen geladen, die hinten in die Schulterstütze gesteckt werden. Nicht mehr von vorne, wie Sie es alle kennen."
Er macht eine Pause und sieht seine Untergebenen aufmerksam an. „Ab morgen werden die neuen Gewehre verteilt, danach gibt es eine Einweisung mit Training. Ich bin im Übrigen der Ausbilder für die neue Waffe."

Er verlässt die Soldaten, die wegen des neuen Gewehres aufgeregt diskutieren. Einige haben schon davon gehört. Ein Soldat mit blondem Bart und blauen Augen sagt: „Es heißt, dass man es sonntags lädt und den Rest der Woche damit schießt."
Von allen Seiten stimmen die Soldaten in das Lachen ein.
Das neue Gewehr ist schwerer als die Springfield Muskete, die Mickey zuletzt hatte. Das Laden geht faszinierend schnell, verglichen mit den Vorderladern. Es gibt eine neue Patronentasche dazu, darin sind drei Pappschachteln mit je sieben Patronen. Ist man erst mal damit fertig, kann man siebenmal hintereinander schießen, ohne nachzuladen. Das Gefummel mit den Zündhütchen unterbleibt auch, da die neuen Metallpatronen sogenannte Randzünderpatronen sind. Nach jedem Schuss wird die Kombination aus Abzug und Ladehebel nach unten geschwenkt und schon ist die neue Patrone nachgeladen.
„Ein geübter Soldat kann zwanzig Schuss pro Minute damit abgeben", sagt Lieutenant Bruhnke und grinst Mickey an. Er weiß, dass Mickey versuchen wird, das noch zu überbieten.
Mickey ist begeistert. Schnell hat er, bei einer seiner ersten Schießversuche, alle sieben Schuss auf die in dreihundert Schritt Entfernung stehende Zielscheibe abgefeuert. Lieutenant Bruhnke sieht mit Erstaunen, wie geschickt Mickey mit der neuen Waffe umgeht. Als alle ihre Munition verschossen haben und die Sicherheit hergestellt ist, gehen die Soldaten zu den Scheiben, um ihre Treffer zu untersuchen. Lieutenant Bruhnke kommt hinter Mickey her und sieht sich interessiert dessen Schießergebnisse an. Alle Treffer liegen dicht beieinander, der Streukreis beträgt maximal vier Zoll.
Der Lieutenant ist außer sich vor Überraschung. „Private Callaghan, damit können Sie sich wirklich sehen lassen!" Er lächelt Mickey an und klopft ihm auf die Schulter. Dann spricht er leise zu ihm. „Das Schießen hat dir der alte Morgan Karniggle beigebracht, nicht wahr?"

Mickey lächelt zurück. „Ja, ich habe eine Menge bei ihm gelernt."
„Ich habe bei ihm auch das Schießen gelernt, aber deine Klasse habe ich nicht. Weiter so!"

Corporal Hemsworth gelingt es wieder, den Lagerkommandanten davon zu überzeugen, dass Boxwettkämpfe eine gute Gelegenheit sind, die Langeweile im Lager zu verringern. Deshalb werden immer mal wieder am Ende der Tage, nach dem täglichen Drill, kleine Wettkämpfe durchgeführt. Mickey ist natürlich als Aktiver dabei. Er hat seit einigen Wochen besseres und reichliches Essen bekommen und ist beinahe wieder hergestellt. Sein nach den Aufenthalten in den Gefängnissen ausgemergelter Körper zeigt wieder so kräftige Muskeln wie vor der Haft.
Corporal Hemsworth macht, wie früher schon, den Schiedsrichter. Er achtet peinlich genau darauf, dass sich die Soldaten nicht verletzen.
„Denkt daran, wir brauchen euch im Kampf gegen die Rebellen", erinnert er seine Schützlinge vor jedem Kampf.
Viele der Soldaten, die dienstfrei sind, wohnen den Wettkämpfen bei. Einige bringen Sitzgelegenheiten wie Kisten mit, andere hocken sich hin oder liegen auf dem Boden. Auch hier im Fort Harker sind die Wettkämpfe eine große Attraktion. Mickey ist der anerkannt beste Boxer. Er hätte ein oder zwei gefährliche Gegner, aber Corporal Hemsworth achtet darauf, dass die Kämpfe fair und ohne Verletzungen durchgeführt werden und er vermeidet deshalb Kombinationen von Gegnern, die vorher schon so aussehen, als wenn sie sich gegenseitig zerfleischen würden.
Lieutenant Bruhnke schließt sich gelegentlich seinen Leuten an und wohnt den Wettkämpfen bei. Mit Interesse verfolgt er, wie

sich Mickey Callaghan anstellt. Eines Abends nach einem beendeten Wettkampf - Mickey wird wieder mit viel Gejohle als Sieger verabschiedet - begleitet er ihn zu den Zelten zurück.
„Du bist ein wirklich beeindruckender Kämpfer, ich freue mich, dich in meinem Zug zu haben."
Mickey freut sich über das Lob. „Danke, ich habe nur immer das Gefühl, als wenn es kein Verdienst von mir ist. Ich kämpfe so, wie ich es kann."
Lieutenant Bruhnke klopft ihm auf die Schulter. „Mir ist es egal, wieso. Sei doch froh, dass es so ist."
Mickey ahnt, woran das liegt. Er hat diese Fähigkeiten von seinem ungeliebten Vater geerbt. Er muss nur darauf achten, dass er diese Eigenschaften kontrolliert und nicht sie ihn, wie es bei seinem Vater der Fall ist.

Die ruhigen Tage im Fort Harker gehen zu Ende. Die restliche Truppe von General Sherman ist Ende September aus Vicksburg eingetroffen. Jeden Tag haben Züge gehalten und tausende von Soldaten ausgespuckt. Zusammen mit den Männern, die hier seit Ende Juli im Fort Harker ausharren, sind es nun fast zwanzigtausend Soldaten, die unter dem Kommando von General Sherman stehen.

Die Soldaten packen die Transportwagen und bereiten sich auf eine Fahrt mit der Eisenbahn vor. Nach dreißig Meilen erreichen sie die Gegend um Chattanooga. Es ist Anfang November 1863.
General Shermans Division besteht aus 17.000 Soldaten. Er hat die Aufgabe, die konföderierten Soldaten an ihrer Nordflanke anzugreifen. Dazu ist es erforderlich, dass sie den Tennessee River überqueren. Er ist an dieser Stelle 500 Yards breit. Dank der unermüdlichen Arbeit und des Ideenreichtums von General Grants Chefkonstrukteur William Smith, treffen in

den nächsten Tagen Pontonschiffe ein, die von den Pionieren der Division schnell zu einer wackligen Brücke verbunden werden. Die Bergkette Missionary Ridge im Osten des Tennessee ist unzugänglich und zerklüftet. Sie ist mit dichtem Wald bewachsen. Oben auf den Gipfeln haben sich die Soldaten der Südstaaten verschanzt, die nun vertrieben werden sollen.
Skeptisch sehen Mickey und seine Kameraden den in Nebel gehüllten Hang hinauf. Es sieht nicht sehr vertrauenerweckend aus.
Lieutenant Bruhnke versucht seine Leute zu motivieren. „Durch diesen Berg, den wir hier sehen, führt ein Tunnel mit der wichtigen Eisenbahnstrecke von Chattanooga nach Nashville, die sollen wir unter unsere Kontrolle bringen."
Seine Männer bleiben skeptisch. „Die sind oben auf dem Berg und haben sogar Kanonen", sagt jemand.
„Wir haben auch Kanonen, und wir sind sehr viel mehr."
Immer wieder werden Angriffe gegen den Tunnel Hill durchgeführt, Shermans Männer können ihn jedoch nicht einnehmen. Die anderen Divisionen im Süden der Missionary Ridge Bergkette sind am Ende erfolgreicher, sodass die Armeen der Südstaaten nach einigen Tagen zurückweichen müssen.

Die Schlachten von Chattanooga sind verlustreich, die Union verliert von über fünfzigtausend Mann fast sechstausend Soldaten, davon über siebenhundertfünfzig durch Tod.

Der Winter steht vor der Tür und die Divisionen schlagen in der Nähe von Dalton, Georgia, ihr Winterlager auf. Sie befinden sich jetzt dreißig Meilen südwestlich von Chattanooga, fünfundsiebzig Meilen von Atlanta entfernt.
Für mehrere Monate sind jetzt keine Kampfhandlungen zu erwarten, deshalb werden von den Soldaten behelfsmäßige Hüt-

ten gebaut. Sie werden aus allem gebaut, was sich in der Umgebung finden lässt. Grassoden, Baumstämme, Äste. Lehm wird viel verwendet, um Ritzen zu verschließen. Fast immer ist ein kleiner Ofen an die Hütte angeschlossen. Er wird aus Lehmziegeln oder Grassoden gebaut und mit Holz beheizt. Das Dach besteht häufig aus den Planen ihrer Zelte.

Die Zeit im Wintercamp ist langweilig. Die Soldaten vertreiben sich die Zeit mit Karten spielen und mit Holz schlagen. Jeder muss einmal mit der Axt los, um den täglichen Brennvorrat zu ergänzen.

Es ist Weihnachten Ende 1863. Mickey sitzt mit seinen Kameraden vor ihrer provisorischen Hütte. Es ist warm, es sind fast 10 Grad Celsius. Es wird langsam dunkel, vor den Hütten brennen kleine Lagerfeuer und werfen einen unruhigen roten Schein in den dunklen Abendhimmel. Wenn Holz nachgelegt wird, gibt es einen roten Funkenregen. Einer der Soldaten, es ist Hans Krausnitz, erzählt von dem letzten Weihnachten, den er zu Hause erlebt hatte. Das ist jetzt schon drei Jahre her. Leise und ein wenig traurig erzählt er von seinen Eltern und seinen jüngeren Geschwistern. Mickey denkt an sein letztes Weihnachten zurück. Warum hat er eigentlich keine Geschwister? Er vermutet, dass hinter der Antwort auf diese Frage, die Erklärung für die Brutalität seines Vaters verborgen sein könnte.

Im März 1864 wird Mickey siebzehn Jahre alt. Jetzt ist es ihm nicht mehr unangenehm, sein Alter zu nennen, wenn er danach gefragt wird. Das Mindestalter für den Eintritt in die Armee ist zwar immer noch achtzehn Jahre, aber das interessiert hier niemanden. Mickey muss sich jetzt fast jeden Tag rasieren. Er hatte versucht, sich einen Bart stehen zu lassen, der sah wegen der noch wenigen Barthaare kümmerlich aus. Deshalb hat er ihn wieder abgenommen und rasiert sich nun jeden Morgen ganz glatt.

Im Laufe des Aprils gibt es eine Menge Neuigkeiten. Lieutenant Bruhnke holt seine Männer zusammen und gibt die Information weiter, die er von der Heeresführung erhalten hat.
„Onkel Billy ist befördert worden."
Einige der Männer lachen, Mickey fragt: „Was bedeutet das für uns?"
„Eigentlich gar nichts. Er ist jetzt Divisionsgeneral, er übernimmt das Kommando, das General Grant bisher innehatte, der ist jetzt der oberste Heeresführer. Shermans Nachfolger und unser neuer Brigadegeneral ist James McPherson."
Die Männer sehen sich ratlos an. Ja, was auf dieser hohen Ebene passiert, hat allerdings keine große Bedeutung für Sie.
Lieutenant Bruhnke hat noch eine weitere Nachricht. „Leute, noch etwas Anderes, das wird euch interessieren."
Die Männer sehen ihn wieder neugierig an.
„Ich habe die große Freude euch bekanntzugeben, dass Private Callaghan zum Corporal befördert worden ist."
Stille. Mickey glaubt, sich verhört zu haben, dann versteht er langsam die Bedeutung der Worte. „Was ist denn jetzt mit Curt, äh, ich meine, mit Corporal Hemsworth?"
Lieutenant Bruhnke lächelt.
„Der bleibt uns und Ihnen erhalten. Sie übernehmen die Gruppe von Corporal Howard. Und ich bleibe ihr Vorgesetzter!" Er grinst Mickey Callaghan an und freut sich über die Überraschung, die er ihm bereitet hat.
Mickey versteht es langsam. Corporal Howard ist im Kampf um den Tunnel Hill gefallen und seine Gruppe hat ihren Führer verloren. Es hat alles seine zwei Seiten, der Tod eines Anderen kommt jetzt ihm zugute. Irgendwie kann er sich jetzt nicht mehr richtig über seine Beförderung freuen.
Lieutenant Bruhnke bemerkt seine Gewissensnöte. „Corporal Callaghan, Kopf hoch! Das ist der Krieg. Wir können alle nur

hoffen, dass er bald beendet werden kann." Er macht eine kurze Pause. „Übrigens, die Winkel können Sie sich ab morgen beim Quartiermeister abholen."
Ja, die Winkel für seine Jacke. Auf die neuen Abzeichen freut er sich schon, einfache Winkel auf hellblauem Grund.
Seine Kameraden freuen sich mit ihm. Sie umarmen ihn und klopfen ihm auf die Schulter. „Gut gemacht Mickey, du hast es verdient."
Seine neuen Gruppenmitglieder freuen sich auch. Lange schon verfolgen sie seine Aktivitäten im Boxring, auch seine verblüffenden Schießergebnisse sind kaum jemandem verborgen geblieben. Sie kennen ihn alle schon lange und Mickey ist wegen seiner immer freundlichen und ausgeglichenen Art beliebt bei seinen Kameraden. Er stellt sich seinen neuen Gruppenmitgliedern vor. Alle sind älter als er, zwischen zwanzig und dreißig. Ausgerechnet er, der Anführer, ist der Jüngste. Er gibt jedem die Hand und versucht sich die Namen der Männer einzuprägen.

Das Winterlager wird aufgelöst, endlich passiert wieder etwas. Die Männer sind aufgeregt, sie laufen herum und laden ihre Ausrüstung auf die über zweitausend Planwagen. Schließlich beginnt der Marsch, er führt sie nach Südosten, Richtung Atlanta.
Atlanta ist nach Richmond, der Hauptstadt, die wichtigste Stadt der Konföderierten. Sie ist ein wichtiger Eisenbahnknotenpunkt, es stehen dort wichtige Fabriken wie Gießereien, Munitionsfabriken und Lagerhäuser für die Versorgung der Südstaaten-Armee. Jetzt, während des Krieges, leben dort über 20.000 Menschen. Für Mickey, der aus einem kleinen Dorf kommt, sind das unvorstellbar viele.
Aber noch ist es nicht so weit. Es sind die letzten Tage im April 1864. Der Marsch der über 100.000 Mann starken Armee in

Richtung Atlanta beginnt. Zweihundertfünfzig Kanonen müssen transportiert werden. Der Zug der Soldaten ist fast eine Meile breit und nutzt jeden Weg und jede Straße, die sich für den Marsch eignet. Die Armee der Südstaaten unter General Johnston besteht aus etwa halb so vielen Soldaten. Diese sind erfahrener als die Männer um General Sherman, der viele Neuankömmlinge mit sich führt. Auch Mickey hat in seiner kleinen Gruppe zwei neue Rekruten, die seit dem Winterlager in Dalton dabei sind.
Es sind siebzig Meilen bis Atlanta, vier Monate werden sie für die Strecke benötigen, immer wieder unterbrochen durch Gefechte mit den Truppen der Konföderierten.

Es ist Anfang Juli 1864, in den letzten Tagen hat es viel geregnet. Das Leder ihrer Stiefel ist immer noch nicht ganz getrocknet. Nun scheint wieder die Sonne. Sie scheint so heiß, dass die Temperaturen fast vierzig Grad betragen. Die Soldaten schwitzen unter ihrem Gepäck, der Schweiß rinnt ihnen über die Gesichter. Das Bataillon, zu der auch die Gruppe von Mickey gehört, soll Erkundigungen über die Lage der Konföderierten einholen. Sie befinden sich in der Nähe vom Chattahoochie River, der ist an dieser Stelle etwa sechzig Schritte breit. Ein kleiner Bach, der Sope Creek, vielleicht zehn Schritte breit, mündet hier hinein. Die Gegend ist hügelig und mit vielen Bäumen bedeckt. Da erkennt Mickey mit seinen scharfen Augen auf der anderen Seite des Chattahoochie River ein paar Posten der Konföderierten. Er hat einen Gedanken und sucht Lieutenant Bruhnke auf, um dessen Meinung dazu einzuholen.
„Lieutenant, ich habe eine Idee. Sehen Sie die Posten dort drüben auf der anderen Seite des Flusses?"
Lieutenant Bruhnke sieht angestrengt in die Richtung, die Mickey ihm mit der Hand weist. „Ja, ich sehe sie. Was haben Sie vor?"

„Sie lagern dicht am Fluss, man könnte dort hindurch waten und sich ihnen bis auf Schießentfernung nähern. Dazu ziehen wir uns aus und nehmen nur unsere geladenen Spencer Gewehre mit. Die neuen Patronen können Wasser vertragen, deshalb können wir, je nach Notwendigkeit, auch mal ganz untertauchen."

„Das könnte funktionieren. Ich schlage vor, sie nehmen sich meinen Zug und weisen ihn ein, und dann führen Sie das Kommando."

Mickey schluckt, jetzt wurde ihm mehr Verantwortung übertragen, als er erwartet hatte. Er gibt sich einen Ruck. „Okay, ich mache das. Ich möchte beginnen, sobald die Sonne untergeht, es aber noch hell genug zum Schießen ist."

Lieutenant Bruhnke nickt, klopft ihm auf die Schulter und grinst ihn an. „Das machst du schon, ich bin ganz sicher." Der Lieutenant ruft seinen Zug zusammen. „Alle mal herhören! Corporal Callaghan hat eine interessante Idee, die soll er Ihnen jetzt erläutern." Dann verabschiedet er sich und sucht seinen Captain auf, um ihn von dem Angriff zu unterrichten.

Mickey fühlt sich ein bisschen unwohl mit seinem Auftrag, jetzt muss er hindurch. Er ruft den ersten Zug zu sich und beschreibt seine Idee. „Wir haben alle die neuen Spencer Gewehre, nur damit funktioniert es. Wir laden sie vorher, ziehen uns aus bis auf die Unterhosen und waten durch den Fluss. Dabei müssen wir die feindlichen Posten im Auge haben. Falls nötig, müssen wir Luft holen und uns ganz unter Wasser bewegen. Ich gehe voran, niemand schießt, bevor ich den ersten Schuss abgebe."

„Geht das wirklich mit den Waffen unter Wasser?", fragt jemand.

„Ganz sicher, das geht. Ihr müsst nur darauf achten, dass ihr, bevor ihr einen Schuss abgebt, alles Wasser aus dem Lauf herauslaufen lasst."

Es ist immer noch sehr warm. Wenn jetzt nicht Krieg wäre, würden sich die Männer auf das Bad freuen. So ziehen sie sich im Sichtschutz eines Gebüsches direkt am Fluss bis auf ihren Einteiler aus Flanell aus. Sie nehmen ihre geladenen Spencer-Gewehre in die Hand und schleichen vorsichtig in der Deckung einiger Sträucher in das Wasser. Es ist kühl und angenehm erfrischend, nur hat niemand Zeit, sich darüber zu freuen. Die Gewehre sind unter Wasser, nur der Kopf ist bis zu Augen und Nase zu sehen. Mickey holt tief Luft und taucht ganz unter. Er hat sich die Richtung gemerkt und geht langsam auf dem steinigen Boden voran. Er fühlt jetzt den Boden des Flusses ansteigen, gleich wird er die Böschung erreichen. Vorsichtig erhebt er sich und sieht sich um. Nur etwa hundert Schritte entfernt lagert eine Gruppe konföderierter Soldaten. Es sind ungefähr vierzig Mann, nicht weit entfernt davon sind zwei weitere Gruppen. Vorsichtig hebt Mickey das Gewehr aus dem Wasser, er hält die Mündung nach unten, sodass das Wasser herauslaufen kann. Er zielt auf einen Mann, den er als Offizier zu erkennen glaubt und schießt. Er holt tief Luft und taucht wieder unter. Er hört unter Wasser, wie neben ihm weitere Schüsse abgegeben werden. Er lädt unter Wasser mit dem Ladehebel nach und erhebt sich vorsichtig wieder. Leise plätschert das aus dem Lauf herauslaufende Wasser. Wieder gibt er einen Schuss ab, dieses Mal wartet er seinen Treffer ab. Das Lager der Konföderierten ist in völligem Durcheinander. Einige schlecht gezielte Schüsse werden in Richtung des Flusses abgegeben, ohne jemanden zu treffen. Die Tatsache, dass die Soldaten der Union jetzt schon unter Wasser schießen können, hat die Grauröcke völlig aus der Fassung gebracht. Sie können kaum einen Feind erkennen, trotzdem gibt es bereits einige

Ausfälle unter ihnen. In wilder Panik laufen sie umher. Sie ergreifen die Flucht in den Wald hinein, dann ist Stille, kein Schuss fällt mehr.

Mickey sieht sich zu seinen Kameraden um, die teilweise bis zum Oberkörper aus dem Wasser herausragen. „Das wär's. Die haben wir in die Flucht geschlagen!"

Ein befreiendes Lachen kommt von den Männern, dann waten sie zurück zu ihrer Einheit. Ein paar bespritzen sich gegenseitig mit Wasser. Die Freude ist groß, dass es ihnen gelungen ist, den Feind ohne einen einzigen Verletzten in die Flucht zu schlagen. Die Anspannung ist verschwunden und macht einer ausgelassenen Fröhlichkeit Platz. Am Ufer angekommen, ziehen sie ihr nasses Unterzeug aus und hängen es zum Trocknen auf. Es wird jetzt allmählich dunkel, es ist ohnehin Schlafenszeit.

Mickey ist sehr zufrieden, trotz seiner Jugend hat er sich mit diesem Manöver viel Anerkennung verschaffen können.

Lieutenant Bruhnke hatte die ganze Zeit den Angriff verfolgt. Nun kommt er zu Mickey und schüttelt ihm die Hand. „Das war ein glänzender Erfolg, gut gemacht! Wenn nur alle unsere Angriffe so gelingen würden!"

Mickey ist stolz, ein Kompliment vom Lieutenant hat für ihn eine ganz besondere Bedeutung.

Mitte August haben die Brigaden den Süden von Atlanta erreicht. Ihre Absicht ist es, die wichtigen Versorgungslinien, die aus dem Südosten nach Atlanta führen, zu unterbrechen. Einige Kompanien sollen unter Deckung mehrerer Regimenter die Eisenbahnlinie von Atlanta nach Macon zerstören. Captain Bush führt das Kommando. Seine Soldaten haben sich mit vielen Eisenstangen aus dem Vorrat der Kavallerie bedient. Mickey hat auch eine, sie ist fast so lang wie er selbst. Schwer liegt die dicke Stange in seinen kräftigen Händen. Die Eisenbahnlinie ist nur einige hundert Yards entfernt, sodass der Fußmarsch schnell geschafft ist.

Die Sonne wird von einigen dunklen Wolken abgeschattet, sodass die Hitze heute etwas erträglicher ist. Die Soldaten haben ihr Gepäck und auch ihre Waffen im Camp zurückgelassen, nur nähern sich mit den Stangen bewaffnet der Bahnlinie.

In der Ferne hört man den schweren Donner einiger Kanonen. In ihrer Nähe herrscht Ruhe, es sind einige Regimenter abgestellt, die ihr Vorhaben nach außen hin absichern. Sie erreichen die Bahngleise, auf Befehl ihres Captains stellen sich die Männer etwa im Abstand der Schwellen auf die eine Seite des Gleises auf.

„Zu - gleich!"

Die Soldaten schieben ihre Eisenstangen unter die Schienen und hebeln sie hoch. Teilweise hängen die Schwellen noch an den Schienen, teilweise lösen sich die Nägel und sie bleiben liegen. Die Männer stehen dicht an dicht, beinahe berühren sich ihre Schultern. Sie fassen unter die Schienen, heben sie langsam ganz hoch und kippen sie über die andere Schiene. Wieder lösen sich einige Schwellen von dem Gleis und fallen hinunter.

Captain Bush ruft seinen Männern zu: „Sehr gut, Leute, jetzt die nächsten fünfzig Yards!"

Schnell sind über zweihundert Yards Schienen aus ihrem Bett gerissen. Aber der große Trick kommt noch. „Wir müssen die Schienen zum Glühen bringen und sie dann verformen, sonst haben die Pioniere der Konföderierten ihre Gleise schnell wieder hergestellt!"

Und so geschieht es. Die Männer brechen die letzten Schwellen von den Schienen und stapeln sie auf einen großen Haufen. Sie werden angezündet, es dauert nicht lange und sie brennen lichterloh. Dann tragen sie die Schienen zu dem Feuer und legen sie darüber. Feixend beobachten sie, wie die Schienen heiß werden und zu glühen anfangen.

„Wenn uns jetzt die Johnnies sehen könnten! Ihre schöne Eisenbahn!" Die Männer lachen und freuen sich über die Kriegslist.

Die Hitze des Feuers strahlt heiß und bringt die Männer noch mehr zum Schwitzen. Sie finden Spaß an dieser Aktion und sind beinahe ausgelassen dabei. Als die Schienen so richtig heiß sind und über dem Feuer rot glühen, werden sie von je zwei Männern an beiden Enden gefasst und vom Feuer gehoben. Auch Mickey hat mit ein paar Kameraden so eine Schiene zu packen. Die Enden sind erträglich heiß und lassen sich gerade noch anfassen. Mit vier Mann tragen sie die dampfende Schiene zu einem der Bäume in der Nähe. Dann drücken sie die Schiene gegen den Baum und wickeln sie langsam darum herum. Der Schweiß fließt in Strömen und die Rinde des Baumes beginnt zu qualmen. Zufrieden betrachten sie ihr Werk.

„Den Künstler möchte ich sehen, der hiermit noch etwas anfangen kann", sagt Mickey. Dann wenden sie sich wieder dem Feuer zu und ergreifen die nächste Schiene. Andere Soldaten versuchen unter viel Gelächter, mit den Schienen Buchstaben zu formen. Mit etwas Phantasie kann man ein »U« und ein »S« erkennen.

Später wird man die verdrehten Schienen, hier und an den vielen anderen Stellen, »Sherman's Neckties« (Shermans Krawatten) nennen.

Die Zerstörung der Schienen nach Südosten und die damit unterbrochene Versorgung der Stadt, zwingen den Bürgermeister von Atlanta, aufzugeben und seine Stadt an die Soldaten der Union zu übergeben. Bevor die konföderierten Soldaten die

Stadt verlassen, zerstören sie so viel wie möglich, um den Unionssoldaten keine wichtige Kriegsbeute zu überlassen. Eine Explosion ist besonders laut, sodass sie noch im 20 Meilen entfernten Jonesboro gehört wird. Mickey und seine Kameraden liegen in der Nacht in ihren Zelten. Die Wachen draußen heben die Köpfe und sehen sich überrascht an. Der Lärm ist so gewaltig, selbst aus der Entfernung, dass ihnen eine Gänsehaut über den Rücken läuft.

„Du meine Güte, was war das denn bloß?", fragt sich entsetzt einer der Soldaten und spricht das aus, was die anderen denken.

Es ist der 2. September 1864. Viele Bewohner von Atlanta haben schon vor vielen Wochen die Stadt verlassen, weil sie befürchtet haben, dass General John B. Hood die Stadt wohl nicht ausreichend beschützen könnte. Auch jetzt noch ziehen Wagen um Wagen, vollbeladen mit Kisten, aus der Stadt. Mitunter sitzen Schwarze hinten auf der Ladefläche.

Die Unionssoldaten marschieren nach Atlanta ein. Der Bürgermeister erhält den Befehl, die Stadt innerhalb von acht Tagen räumen zu lassen.

Die Soldaten bekommen die Erlaubnis, sich aus Resten von leeren Häusern und Lagerschuppen Material zum Bau von Unterkünften zu besorgen.

Mickey zieht mit seiner Gruppe durch die Stadt. Die meisten Häuser stehen noch, die Soldaten der Konföderation haben nur kriegswichtige Gegenstände und Einrichtungen zerstört. Kanonen sind aus den Lafetten gerissen, einige Lagerhäuser sind abgebrannt. Dann entdecken sie die Ursache für die Explosion vor ein paar Tagen.

„Seht mal, wie das hier aussieht!" Mickey und seine Kameraden sehen staunend auf das Eisenbahngleis vor ihnen. Es liegen über einhundert Achsen in Bergen von Asche, von den Wagen ist nichts mehr zu sehen. Es war ein Munitionszug, der von den abrückenden Soldaten angezündet worden war.

Mickey ist beeindruckt von der Stadt. Die Hauptstraßen sind gepflastert, selbst die Gehsteige sind mit steinernen Platten versehen. Die meisten Häuser sind noch völlig intakt, die meisten sind groß, fast alle haben mindestens ein Obergeschoss. Sie sind gepflegt, hübsch angestrichen, mit gepflegten Gärten umgeben. Mickey kann sich gar nicht sattsehen an den prunkvollen Fassaden der verschwenderisch gestalteten Häuser. Selbst die Nebengebäude sind üppig ausgestattet. Die Häuser sind häufig nicht aus Holz gebaut, so wie Mickey das kennt, sondern aufwändig aus Ziegeln gemauert.

Corporal Hemsworth geht neben ihm her, er sieht sein Staunen. „Atlanta ist die zweitgrößte Stadt der Konföderation und der Stolz der Südstaaten. Es ist nur schade für die Stadt, dass sie außerdem von hoher militärischer Wichtigkeit ist."

„Was bedeutet das für uns?"

„Wir werden in den nächsten Tagen den Befehl für die Zerstörung aller für den Krieg und für die Versorgung wichtigen Gebäude und Einrichtungen, wie zum Beispiel den Bahnhof, erhalten."

Mickey sieht sich um. Eigentlich ist es schade, wenn man den Reichtum sieht, der an jeder Ecke zu erkennen ist.

Die Armee von Sherman lagert vor Atlanta. Die Soldaten richten sich für den Aufenthalt von ein paar Wochen ein. Gerade ziehen die letzten Zivilisten aus der Stadt ab, sie werden auf den letzten verbliebenen Gleisen evakuiert.

Lieutenant Bruhnke kommt zu Mickey Callaghan. Der sieht neugierig seinen Zugführer an.

„Corporal Callaghan, ich habe eine Frage."

„Ja, Sir?"

Sein Lieutenant fragt ihn mit leiser Stimme: „Wie lange bist Du eigentlich Soldat?"
Mickey überlegt, dann sagt er: „Ich bin im Juli vor drei Jahren gemustert worden. Warum willst du das wissen?"
„Dein Vertrag, wie auch der von den meisten anderen, dauert nur drei Jahre beziehungsweise sechsunddreißig Monate. Wer dann nicht ausscheidet, sondern sich freiwillig weiterverpflichtet, erhält eine ganz ordentliche Verpflichtungsprämie."
„Ach!", entfährt es Mickey. Das hat er noch gar nicht mitbekommen, das muss ihm in den letzten Kriegswirren entgangen sein. Aber warum sollte er jetzt aufhören? Die Armee wird immer mehr zu seinem Zuhause. Er sieht seinen Zugführer an: „Ich bleibe Soldat, solange es eben dauert."
Lieutenant Bruhnke lächelt. „Das habe ich mir gedacht und ich freue mich über deine Entscheidung. Ich werde gleich zum Zahlmeister gehen und es ihm mitteilen. Und was die Prämie angeht -", er macht eine Pause.
„Was ist mit der Prämie?", fragt Mickey neugierig.
„Ich schlage vor, die lässt du dir auszahlen, wenn der verdammte Krieg vorbei ist. Jetzt kannst du sie sowieso nicht gebrauchen."
„Geht das denn?"
„Klar", grinst Lieutenant Bruhnke. „Hast du vergessen, dass ich der Neffe von General Sherman bin?"
Er lacht und fügt hinzu: „Nein, das ist ganz normal. Man muss allerdings hoffen, dass die Unterlagen des Zahlmeisters nicht verloren gehen."
„Wie hoch ist denn die Prämie?"
Lieutenant Bruhnke grinst seinen Freund und Untergebenen an: „Vierhundert Dollar!"
Mickey reißt die Augen auf. „Vierhundert Dollar! Was für eine Menge Geld!"

„Ja, das ist wirklich viel. Das ist mehr, als du an Sold für zwei Jahre erhältst." Er drückt Mickey die Hand, dann geht er zu seinen Offizierskollegen und lässt einen verblüfften jungen Mann zurück. Mickey grübelt über das eben Gehörte nach. Was soll er mit so viel Geld anfangen? Na ja, denkt er, vielleicht kaufe ich mir später etwas zum Anziehen, außer diesem Militärzeug habe ich nichts Anderes.

Shermans Marsch ans Meer

Atlanta brennt. Es ist Mitte November 1864. Niemand weiß, wer es angesteckt hat. Mickey, sowie alle Soldaten von Shermans Armee, stehen in ihrem Lager und sehen zu der einstmals schönen Stadt hinüber, dem Stolz der Südstaaten. Es ist schon dunkel, trotzdem ist es fast taghell. Obwohl sie eine halbe Meile von der Stadt entfernt lagern, spürt jeder die ungeheure Hitze, die von dem Feuer ausgeht. Die Flammen schlagen hoch in den Himmel und färben ihn blutrot. Das Fauchen und Zischen der Flammen ist bis zu ihrem Lager zu hören.

Am 16. November bricht Shermans Armee wieder auf. Kranke, Verletzte und Verwundete werden ins nächste Lazarett gebracht.
Die Zugführer geben die Weisungen von General Sherman weiter. Lieutenant Bruhnke sammelt seine Männer um sich.
„Was jetzt kommt, ist vergleichsweise ungefährlich. Wir ziehen bis nach Savannah an den Atlantik, dort haben wir kaum Gegenwehr zu erwarten. Unsere Aufgabe ist es, alles zu zerstören, was für den Krieg irgendwie verwendbar ist. Dazu gehören zum Beispiel Lagerhäuser, Mühlen, Bahnhöfe, Eisenbahnen."
„Was ist mit den Zivilisten?", fragt Mickey.

„Gute Frage. Solange sie keine Gegenwehr ausüben, lassen wir sie leben. Andernfalls...", er spricht den Satz nicht zu Ende, jeder weiß aber, wie es gemeint ist.

Und so geschieht es. Es sind noch 60.000 Mann, die geblieben sind, an Rebellen stehen ihnen nur ein paar tausend gegenüber. Sie führen 65 Kanonen, 2500 Planwagen, 17.000 Pferde und viel Ausrüstung mit sich. Der Marsch beginnt, die Armee hat sich auf vier Kolonnen aufgeteilt, die in einer Breite von zwanzig bis einhundert Meilen marschieren. Einige bewegen sich an einer Eisenbahnlinie durch Georgia entlang, die nach bewährtem Muster zerstört wird. Auf einer Länge von über dreihundert Meilen weisen verdrehte Schienen und verkohlte Bahnschwellen auf die Zerstörung durch die Unionssoldaten hin.
Viele Trupps sind extra zusammengestellt, um die Umgebung zu plündern, auch Mickey gehört dazu. Da nicht mehr so viel Infanterie benötigt wird, sind aus der Einheit, der er angehört, mehrere Gruppen gebildet worden. Deren einzige Aufgabe besteht nun darin, herum zu streifen und die Bewohner in Angst und Schrecken zu versetzen.
„Wir müssen immer daran denken, dass die Soldaten der Konföderierten von der Bevölkerung mit Nahrung unterstützt werden. Es gibt keinen Pardon!"

Mickey hat nach langer Zeit wieder ein Pferd, es stammt aus dem Stall eines Südstaaten-Farmers. Es ist ein rotbrauner Hengst, er ist etwas wild, aber auch schnell. Mickey sitzt seit Kindesbeinen auf einem Pferd, sodass er leichtes Spiel mit dem Tier hat. Auf Pferden gelangen die Bummer, wie die offiziellen Plünderer der Nordstaaten-Armee genannt werden, schnell von einer Farm zur anderen.
Seine Ausrüstung wird mit einem Revolver komplettiert. Die Revolver haben sich auf kurze Entfernung als sinnvoll erwiesen.

Nach kurzer Einweisung ist Mickey, dank des Schießunterrichtes von Morgan Karniggle, schnell vertraut mit der Waffe. Es ist ein sechsschüssiger Vorderlader von Colt im Kaliber .36, der aus Papierpatronen geladen wird.

Früh am Morgen beginnt jeder Tag. Die Fußtruppen schaffen, je nach Wegbeschaffenheit, bis zu zwanzig Meilen am Tag. Die kleinen Gruppen der Bummer sausen derweil wie gefährliche Hornissen durch die Gegend, um lohnende Ziele für die Plünderung und Zerstörung ausfindig zu machen. Ein Trupp Bummer besteht aus etwa zwanzig Soldaten, dazu zwei Unteroffiziere und ein Lieutenant. Mickey ist umgeben von alten Bekannten. Er und Corporal Hemsworth befehligen je etwa zehn Mann, First Lieutenant Bruhnke hat die Oberaufsicht über den ganzen Trupp. Dazu kommt noch eine kleine Gruppe mit zwei Wagen, die nur für den Abtransport eventuell beschlagnahmter Güter zuständig ist.

Sie erreichen wieder eine Farm. Sie ist ziemlich groß, das Haupthaus ist mit vier hohen Säulen verziert, die bis zum zweiten Stock reichen. Die Bummer werden von den Bewohnern schon von weitem erkannt, die daraufhin wild hin und her laufen. Mickeys Gruppe hat die Aufgabe, die Bewohner in Schach zu halten und eventuelle Angriffe abzuwehren. Sein Kollege Corporal Hemsworth untersucht das Innere der Häuser. Schnell reiten sie auf das Anwesen zu.
Lieutenant Bruhnke ruft laut und vernehmlich hinüber: „Alle einmal herhören! Wir handeln im Auftrag der Unionsarmee. Sie werden sich jetzt ergeben und sich unsere Untersuchung gefallen lassen! Wir werden beschlagnahmen, was wir für nötig erachten!" Zur Verdeutlichung fügt er noch hinzu: „Wer Widerstand leistet, wird sofort erschossen!"

Eine Frau, offensichtlich die Frau des Besitzers, jammert laut. Der Mann sieht die Soldaten wütend, aber machtlos an. Er hat erkannt, dass er gegen die gut bewaffnete und gut organisierte Gruppe nichts unternehmen kann. Mickey und seine Kameraden haben die Gewehre erhoben und beobachten sowohl die Bewohner, die sich im Hintergrund bewegen, als auch die Fenster, ob sich dort ein Gesicht, oder schlimmer noch, eine Waffe zeigt.

Es passiert nichts, die Plantagenbesitzer haben sich in ihr Schicksal gefunden. Es sind der alte Pflanzer und seine Frau, sowie vier junge Leute in unterschiedlichem Alter, es scheinen die Kinder zu sein. Dahinter stehen noch weitere Frauen und Männer, möglicherweise weitere Familienangehörige. Ganz hinten stehen ungefähr zwanzig Schwarze, sie sind erkennbar schlechter gekleidet. Es sind fünf Erwachsene und etwa fünfzehn Kinder. Die meisten sind fast erwachsen, einige ganz kleine Kinder sind auch unter ihnen. Sie sehen mit aufgerissenen Augen zu den Soldaten hin, so als können sie nicht erfassen, was dort passiert. Mickey denkt noch, dass sie ihnen eigentlich dankbar sein sollten, da sie ihnen die Freiheit bringen, aber dann schweifen seine Gedanken wieder ab. Eine Rauchsäule steigt hinter dem Gebäude auf. Die weißen Bewohner vor dem Haus sehen das und fangen an zu schreien.

„Warum machen Sie das?", ruft der Besitzer, der an seiner feinen Kleidung leicht als solcher zu erkennen ist.

Lieutenant Bruhnke sieht von seinem Pferd auf ihn hinunter. „Seien Sie froh, dass wir Sie am Leben lassen! Sie und Ihresgleichen unterstützen unsere Gegner!"

Hinter dem Gutshaus kommen Corporal Hemsworth und seine Leute hervor. Sie treiben vier sehr edel aussehende Pferde vor sich her. Seine Männer lachen, einer hat ein Huhn bei sich, das er an den Beinen hält und jetzt hochhebt. Es flattert nicht mehr, er hat ihm den Hals umgedreht. „Heute Abend gibt es

Huhn!", ruft er und lacht. Die Männer stimmen in sein Lachen ein.

Dann rücken sie wieder ab, Mickey und seine Soldaten sichern den Rückzug. Es folgt ihnen kein Schuss. Hinter dem Haus brennt es noch, es ist das Baumwolllager, das von Corporal Hemsworth und seinen Männern angezündet worden ist.

Sechs weitere Farmen und Gutshäuser werden heute von ihnen aufgesucht. In einer Farm war ein großer Vorrat an Weizen, der jetzt mit den beiden Wagen unterwegs zum Quartiermeister ist, damit er mit dem Korn seine Vorräte ergänzen kann. Der verbliebene Weizen ist zusammen mit dem Lagerhaus angezündet worden. So hinterlassen sie eine Spur des Schreckens und der Leiden, zu verfolgen an den Rauchfahnen der brennenden Speicher.

Das siebte Gehöft liegt etwas abseits. Es ist kleiner als die meisten der anderen, die sie heute geplündert haben. Hier wird Tabak angebaut, goldgelb leuchten die Pflanzen auf den Feldern. Mickey und seine Leute reiten auf die Gebäude zu, die Gewehre im Anschlag und bereit, sofort zu schießen, anschließend rücken die Kameraden nach. Die Farm wirkt wie ausgestorben. Sie steigen von den Pferden und kämmen jedes Gebäude durch. Hinter dem Haupthaus steht ein langes, flaches Gebäude. Dort sind die Sklaven untergebracht. Als sie sich dem Haus nähern, sehen sie die Bewohner. Die Schwarzen haben sich in die Hütte zurückgezogen und blicken furchtsam durch die Fenster nach draußen.

„Euch geschieht nichts!", ruft Lieutenant Bruhnke.

Mickey ist sich nicht sicher, ob er verstanden worden ist. Dann finden sie die weißen Bewohner der Tabakfarm. Sie haben sich im Abstellraum des Tabaklagers versteckt. Mickeys Gruppe führt sie vor das Lager und bildet einen Halbkreis um die Männer, die Gewehre im Anschlag, Einige halten ihre Revolver schussbereit in der Hand.

„Wenn Sie sich ergeben, geschieht Ihnen nichts!", ruft Lieutenant Bruhnke. Mickey mustert misstrauisch die Personen. Irgendetwas stimmt dort nicht. Er hat einen angeborenen Instinkt für Gefahr, der meldet sich jetzt.

Plötzlich sieht er, wie ein Mann aus der zweiten Reihe eine kurze Waffe hebt und auf den Lieutenant zielt. Sofort saust seine Hand nach unten, packt blitzartig den Griff seines Revolvers, reißt ihn hoch, spannt dabei den Hahn und schießt auf den Burschen.

Der Mann, es ist ein junger Kerl Anfang zwanzig, bricht tödlich getroffen zusammen. Beim Sturz fällt ihm ein Deringer, den er vorher im Hemd versteckt hatte, auf den Boden.

Die Gruppe spritzt erschrocken auseinander. Mickey beobachtet sehr genau, ob sich in dem Durcheinander nicht noch ein weiterer Schütze verbirgt. „Hände hoch!", ruft er, so laut er kann. Verängstigt heben alle ihre Hände hoch und lassen sich widerstandslos untersuchen. Mickey und seine Männer treiben die Leute aus dem Lager hinaus, dann bleibt Corporal Hemsworth zurück und bald darauf brennt das Tabaklager. Es brennt lichterloh, das Holz und der trockene Tabak brennen wie Zunder. Ein aromatischer Duft folgt den Männern, als sie die Farm verlassen.

Lieutenant Bruhnke reitet neben Mickey her zu ihrer Einheit zurück. Der Tag geht dem Ende zu, sie rechnen damit, dass bald das Nachtlager aufgeschlagen wird. Der Lieutenant wendet sich an Mickey. „Seit wann bist du so schnell mit dem Revolver? So etwas habe ich noch nie gesehen."

Mickey zuckt mit den Schultern. „Ich weiß auch nicht, es geht einfach so."

„Du hast mir damit mein Leben gerettet. Dafür hast du etwas gut bei mir."
Mickey nickt nur und fängt an zu grübeln. Ja, wieso kann er das? Ist das auch ein Erbe seines Vaters? Die schnellen Reaktionen und das Gespür für Gefahr, das hat er auf jeden Fall von ihm.

Als sie ihre Armee erreichen, stellen sie fest, dass sich heute einige hundert Sklaven eingefunden haben. Laut lachend und heftig gestikulierend folgen sie dem Tross. Die nächsten Tage werden es immer mehr, einige finden Beschäftigung bei der Truppe als Koch, andere werden Diener für die Offiziere.
Am 22. Dezember 1864 marschiert Mickey mit der Truppe unter General Sherman in Savannah ein. Es hat praktisch keine Gegenwehr gegeben, General Hardee, der die Bewachung von Savannah befehligt, hat rechtzeitig erkannt, dass er mit seiner vergleichsweise kleinen Truppe der Streitmacht von William Sherman nichts entgegenzusetzen hat und hatte vorzeitig die Stadt verlassen.

Es ist ein warmer Winter im Süden von Nordamerika. Die Männer um General Sherman schlagen für ein paar Wochen das Winterlager in der Nähe von Savannah auf. Am 1. Februar 1865 geht es weiter, der Marsch soll sie jetzt Richtung Norden zur Hauptstadt der Konföderation, Richmond, führen, um dort gemeinsam mit den anderen Armeen von General Grant den genialen General der Südstaaten, Robert Lee, in die Knie zu zwingen.
Die Bummer, die Plünderer-Gruppen unter General Sherman, kennen nun kein Halten mehr. Waren sie auf dem Marsch ans Meer noch zurückhaltend, haben sie in South Carolina keine Hemmungen mehr. Mickey spürt den Hass einiger Kameraden. Als er sie darauf anspricht, sticht er in ein Wespennest.

„Hier in South Carolina hat alles angefangen, denke nur an den Angriff auf Fort Sumter!" Ein anderer ergänzt noch: „Wir werden denen zeigen, was sie sich mit der Sezession eingebrockt haben!" Die Bummer agieren wie die Berserker. Was sie nicht beschlagnahmen, wird verbrannt oder geschlachtet. Frauen und Mädchen müssen befürchten, vergewaltigt zu werden.

Der Marsch durch South Carolina ist nicht so leicht wie der Weg nach Savannah. Es regnet mehrere Wochen lang, die Straßen und Wege sind aufgeweicht, sodass die schweren Kanonen und die Wagen bis zu den Achsen im Boden versinken. Zehntausend Soldaten werden abgestellt, um mit den Pionieren Bäume zu fällen. Mickey hat sich freiwillig für diese Arbeit gemeldet. Er hatte beim Farmer Willard Gelegenheit gehabt, den Umgang mit Axt und Säge zu lernen. Als er jetzt an die Zeit erinnert wird, kommt es ihm vor, als wäre es Jahrzehnte her. Die Soldaten sind statt mit der Muskete mit Säge und Axt bewaffnet. Ein weiteres Regiment übernimmt die Deckung gegenüber Angriffen der konföderierten Armee. Doch von der ist nur wenig zu bemerken. Das Heer von Sherman ist ein Vielfaches größer, deshalb weichen die Südstaatler lieber aus und beschränken sich auf wenige Scharmützel an den Flanken des Heeres.

Der Regen strömt ununterbrochen. Das Wasser tropft von den Zweigen und durchnässt die Soldaten bis auf die Haut. Ein Baum nach dem anderen wird gefällt und entastet. Mit den Pferden werden die Bäume dann zu den durchweichten Wegen gezogen und zu einem Knüppeldamm zusammengesetzt. Es ist eine harte Arbeit, Mickey zieht sie gegenüber den Plündereien vor, er verspürt einen Abscheu gegenüber den ausufernden Brutalitäten. Darin zeigen sich der Einfluss und das Erbgut seiner Mutter.

Trotz der Schwierigkeiten mit den schlechten Wegen legen Shermans Truppen fast zehn Meilen am Tag zurück. Sie bauen Brücken über die Mündungsarme des Salkahatchie und über die Nachbarflüsse. Und immer wieder werden die Straßenbauarbeiten von Gefechten mit den Soldaten der Südstaaten unterbrochen.
In North Carolina lässt die Plünderungswut der Bummer etwas nach. Die Bewohner sind nie überzeugte Sezessionisten gewesen, das kommt ihnen jetzt zugute. Außerdem sind Shermans Soldaten erschöpft, der siebenwöchige Marsch hat den Soldaten das Letzte abverlangt.
Die letzte Schlacht auf dem Marsch nach Norden findet Ende März 1865 in dem kleinen Ort Bentonville bei Goldsborough statt. Shermans Truppen sind denen der Südstaaten zahlenmäßig dreifach überlegen, sodass die Schlacht nach drei Tagen gewonnen wird.

Mickey Callaghan wird während der Schlacht achtzehn Jahre alt. Diesen Geburtstag hat er nicht bewusst mitbekommen, im Getümmel um Bentonville und ausgelaugt durch die Schinderei der letzten Wochen, kreisen seine Gedanken nur noch um das Ende des Krieges. Immer häufiger hört er von den Kameraden den Wunsch, dass es nun endlich enden möge. Die Armee der Südstaaten ist fast aufgerieben. Letzte Einheiten sind noch in der Nähe von Richmond. Es muss jetzt bald ein Ende haben.

Und dann kommt es Schlag auf Schlag. Gerade ist die Nachricht der Kapitulation von General Lee zu ihnen gedrungen, da kommt die neueste Hiobsbotschaft: Präsident Lincoln ist erschossen worden! Wie ein Lauffeuer rast die Botschaft durch das Camp.

Lieutenant Bruhnke kommt zu seinen Leuten und erzählt ihnen, was er mitbekommen hat. Am 14. April, das heißt, heute vor sieben Tagen, ist Abraham Lincoln bei einem Theaterbesuch von einem Verfechter der Sklaverei in seiner Loge erschossen worden. Die Soldaten sind entsetzt, auch Mickey kann es nicht fassen. Präsident Lincoln war für ihn immer das Symbol für das aufrechte Amerika gewesen. Und nun soll er tot sein? „Was kommt denn jetzt?", fragt er bedrückt.
„Tja, wenn ich das wüsste. Ich denke, nun wird sein Stellvertreter Präsident. An der Zielrichtung, die Lincoln vorgegeben hat, wird sich wohl nur wenig ändern."
„Und was ist mit uns? Wann kommen wir nach Hause? Der Krieg ist doch wohl zu Ende, oder?"
„Doch, der Krieg ist zu Ende. Bis wir nach Hause kommen, wird es wohl noch ein paar Wochen dauern."

Der Aufenthalt im Lager dauert noch bis Ende Mai. Das Problem sind die fehlenden Schienenwege, die die Truppen von Grant so perfekt zerstört haben. 60.000 Mann kann man nicht so einfach transportieren. Es dauert zwei Wochen, mehr als zwanzig Lokomotiven und ihre Züge sind Tag und Nacht im Einsatz und verteilen die Soldaten auf Forts um die Hauptstadt Washington herum. 250 lange Meilen verbringen die Soldaten im Zug. Drei Tage dauert die Reise, immer wieder unterbrochen von langen Aufenthalten.

Der Krieg ist vorbei

Müde und erschöpft landen Mickey und viele seiner Kameraden im Fort Ethan Allen. In diesem Fort hatte Mickeys Soldatendasein vor über vier Jahren begonnen. Nun ist es wieder Sommer, seine Entlassung steht unmittelbar bevor, es fehlen nur noch seine Papiere. Mickey steht mit anderen Soldaten vor der Baracke des Zahlmeisters.

„Was macht ihr eigentlich, wenn ihr jetzt entlassen werdet?", fragt Mickey. Er erhält die verschiedensten Antworten. Viele kommen von den jungen Männern, die zwischen zwanzig und dreißig Jahre alt sind. „Ich fahre zu meiner Frau und meiner kleinen Tochter." Dann macht der junge Soldat eine Pause. „Ich hoffe sehr, dass es inzwischen nicht noch mehr Kinder geworden sind."

Die Soldaten lachen zwar, sie sind aber nicht frei von Sorge. Wer weiß, was in der Zwischenzeit alles passiert ist?

Andere Soldaten erzählen, dass sie zu ihren Eltern fahren werden. Sie freuen sich ganz offensichtlich darauf, sie und ihre Geschwister wiederzusehen. Mickey fühlt eine zunehmende Traurigkeit. Nun hat er sich so lange auf das Ende des Krieges gefreut, schließlich konnte er es kaum abwarten, und nun? Wer wartet jetzt auf ihn, so wie es viele seiner Kameraden berichten? Es ist niemand da, er muss sich neue Freunde suchen, eine neue Arbeit. Wie ist es überhaupt mit Arbeit? Was kann er eigentlich, außer schießen und kämpfen? Er kann noch Bäume fällen, na ja, mehr fällt ihm nicht ein.

Schließlich ist Mickey an der Reihe. Er steht vor dem Schreibpult des Zahlmeisters. Es ist ein vierschrötiger Kerl, mit roten Haaren und Sommersprossen und einem gewaltigen Bart. Der sieht ihn wohlwollend an. „Corporal Callaghan?"

„Ja, Sir. Der bin ich."

„Ich habe hier eine Notiz von Lieutenant Bruhnke liegen. Danach hast du dich vor einem Jahr freiwillig weiter verpflichtet."

Mickey staunt, das hatte er inzwischen ganz vergessen. „Ja, Sir!"

„Nun lass doch das »Sir« weg, du bist doch schon fast kein Soldat mehr."

„Ja, Sir. Äh, Entschuldigung."

Der Sergeant lacht, dann fährt er fort. „Du bekommst jetzt vierhundert Dollar wegen der Weiterverpflichtung und noch weitere 195 Dollar fehlenden Sold für die letzten fünfzehn Monate."

Mickey klappt jetzt tatsächlich die Kinnlade hinunter, für einen Moment ist er sprachlos. „Das ist aber viel Geld."

„Ja, das kann man sagen. Stecke es gut weg und lass es dir nicht stehlen!" Dann sieht er Mickey an, der fast einen Kopf größer vor ihm steht. „Du siehst nicht so aus, als ob du dir etwas stehlen lassen würdest."

Mickey steckt das Geld in einen Lederbeutel, den er unter seinem Hemd trägt.

„Hier habe ich noch etwas", sagt der Zahlmeister. „Es ist eine Entlassungsbescheinigung für die Bahn. Du kannst sie an einem Bahnhof gegen eine Fahrkarte eintauschen. Sobald du sie einlöst, kannst du die Bescheinigung drei Tage lang benutzen."

„Oh, das ist aber schön", freut sich Mickey.

„Ja, das wird so gemacht, damit unsere tapferen Soldaten wieder nach Hause kommen können."

„Woher wissen Sie, dass wir tapfer waren?", grinst Mickey den Sergeant an.

Der schmunzelt: „Wer nach vier Jahren Krieg hier heil und gesund vor mir steht, der hat entweder unverschämtes Glück gehabt, oder er war sehr tapfer."

„Da ist etwas dran. Dann muss ich unverschämtes Glück gehabt haben", lacht Mickey den Zahlmeister an.

Der Sergeant lacht mit ihm, dann drückt er Mickey kräftig die Hand. „Nun wünsche ich dir alles Gute für deine Zukunft."

Mickey steht vor dem Tor vom Fort Ethan Allen. Seine Waffen hat er abgegeben, eigentlich alles, was bisher sein ganzer Besitz gewesen war. Er hat noch seine Uniform, bestehend aus der Kappe, der Jacke und der Hose. Geblieben sind ihm noch das

Rasierzeug und seine Umhängetasche, der Haversack. Die Tasche sieht sehr mitgenommen aus und zeugt von vier langen, strapaziösen Jahren beim Heer. Seine Wachsjacke liegt noch darin. Die Jacke ist beschädigt und auch nicht mehr dicht, sie müsste repariert und neu eingewachst werden.

Eine endlose Schlange Wagen fährt in das Fort und ebenso viele kommen heraus und fahren in die Stadt Washington hinein. Alle sind sie voll beladen mit entlassenen Soldaten. Nach mehreren Versuchen findet Mickey einen freien Platz und wird mitgenommen. Schon von weitem kann er das gerade fertiggestellte Capitol sehen. Weiß leuchtet der helle Sandstein in der Sonne. Mickey kann sich gar nicht sattsehen an dem schönen Gebäude.

„Da staunst du, was?", sagt der Kutscher, sichtlich stolz. „Das ist das Parlament der Vereinigten Staaten von Amerika, es ist vor einem Jahr fertig geworden."

Er sieht auf die Uniform von Mickey. „Dank eurer Hilfe ist uns die Union erhalten geblieben."

Mickey sieht an seiner Uniform hinunter. Sie sieht nicht mehr gut aus, sie muss dringend repariert werden. Noch besser wäre es, wenn er sich richtige, zivile Kleidung kaufen würde. Das Geld dafür hat er jetzt.

„Können Sie mich so absetzen, dass ich zu einem Bekleidungsgeschäft kommen kann?", fragt Mickey.

„Das gerade nicht. Aber ich kann dich in die Nähe bringen, den Rest des Weges findest du dann alleine."

In der Virginia Avenue hält der Wagen und Mickey kann absteigen.

„Du musst immer das Capitol im Auge behalten, dann kannst du dich nicht verlaufen!"

Mickey nickt und winkt dem Wagen noch hinterher. Neugierig folgt er der Straße in das Zentrum. Es sind unglaublich viele Menschen unterwegs. Viele sind Soldaten in Uniform, so wie

er, er sieht auch viele Schwarze, es sind wohl geflüchtete oder befreite ehemalige Sklaven. Dazu viele Zivilisten, Männer und Frauen. Staunend sieht Mickey die Geschäfte, die die Straße säumen. Hier ist er an der richtigen Stelle, um seine Kleidung zu erneuern. Dann steht er vor einem Lokal und plötzlich verspürt er einen großen Hunger. Er hat heute Morgen zum letzten Mal gegessen, jetzt spürt er den Hunger mit Macht in seinen Eingeweiden bohren. Schnell entschlossen betritt er das kleine Restaurant. Es ist gut gefüllt und er findet Platz an einem kleinen Tisch in einer Ecke. Er sieht sich um und beobachtet die anderen Gäste. Ein älterer Herr in dunkler Kleidung geht von Tisch zu Tisch und nimmt Bestellungen entgegen. Dann tritt er zu Mickey an den Tisch.
„Was wünschen Sie bitte?", er sieht Mickey etwas lustlos an.
Mickey überlegt einen Moment. „Ich möchte etwas essen und trinken."
„Das wollen hier alle. Und was möchten Sie genau?"
Mickey ist etwas verwirrt. Er hat bisher nur bei der Armee gegessen und dort gab es nichts zum Aussuchen.
Der Kellner sieht Mickey kurz an. „Gut, ich bringe Ihnen die Speisekarte."
Ein paar Minuten später hält Mickey eine mehrseitige Speisekarte in der Hand. Erstaunt liest er die Einträge. Was es hier alles gibt! Dann sieht er die Preise, die dazu gehören. Oha, denkt er, gut, dass ich so viel Geld bei mir habe. Wieder liest er die Speisekarte durch. Nach langer Überlegung entscheidet er sich für ein Gericht mit gebratenen Fleisch, Gemüse und Brot. Zum Trinken bestellt er sich ein Bier.
Es schmeckt wirklich gut. Mickey kann sich nicht erinnern, je so gut gegessen zu haben. Er beobachtet das Geschehen im Lokal und trinkt genussvoll von seinem Bier.

„Hallo, Mickey! Was für Zufall, dich hier zu treffen!" Ein junger Mann setzt sich zu ihm. Mickey kommt er vage bekannt vor, er zermartert sich sein Gehirn.

„Erkennst du mich nicht? Ich war mit in Shermans Armee, am Tunnel Hill. Wir waren im selben Regiment."

Langsam fällt es Mickey wieder ein. Das ist jetzt eineinhalb Jahre her, er war von tausenden von Kameraden umgeben gewesen. „Du bist Frenchie?", fragt er, denn so wurde der junge Mann genannt.

„Ja, richtig. Ich heiße Francois Meunier, meine Eltern sind Franzosen und leben in Detroit in Michigan. Du kannst mich ruhig weiter Frenchie nennen."

Mickey gibt ihm die Hand und sieht ihn an. Frenchie ist etwas kleiner als er, er ist gut gekleidet und macht einen selbstsicheren Eindruck. Er hat kurzgeschnittenes, schwarzes Haar und einen Schnurrbart. Seine Augen blicken unruhig umher.

„Was machst du jetzt, hast du Arbeit?", fragt Mickey ihn. Das ist der wichtigste Punkt, der ihn jetzt beschäftigt.

Frenchie lacht. „Das mit der Arbeit in Washington, das kannst du vergessen. Es wimmelt hier vor entlassenen Soldaten und freigelassenen Sklaven. Alle sind auf der Suche nach Arbeit. Das brauchst du nicht zu versuchen."

„Und was hast du vor?"

Sein Bekannter sieht sich nervös um, dann lacht er und sagt: „Ich fahre demnächst nach Pittsburgh in Pennsylvania. Ich habe dort eine Tante, die hat ein großes Geschäft, bei ihr bekomme ich auf jeden Fall Arbeit. Aber das hat keine Eile, ich habe von ihr etwas Geld als Überbrückung bekommen."

„Ist das nicht furchtbar weit weg?"

„Das schon. Aber du hast doch auch eine Freikarte für die Bahn erhalten?"

Mickey nickt zur Bestätigung.

„Na siehst du. Wir fahren nach Pittsburgh, das sind etwa fünfhundert Meilen von hier entfernt. Das ist weit genug im Westen, das ist von Arbeitssuchenden nicht so überlaufen wie Washington."
Dann erzählt er von seiner Tante. Sie heißt Brigitte Cooper. Sie und ihr Mann betreiben die »Ohio Steamboat Company« in Pittsburgh. „Die transportieren jede Menge Güter und Personen, bis hin zum Mississippi, dazu haben sie jede Menge Büros und mindestens einhundert Angestellte."
Mickey ist beeindruckt. „Und warum bist du dann noch hier?"
Frenchie guckt, als wäre er bei einem Frevel ertappt worden. „Ja, weißt du, ich habe hier eine Freundin, die nicht nach Pittsburgh möchte." Er räuspert sich nervös. „Wir beide kommen gut zurecht."
Mickey bemerkt das feine Zeug von seinem früheren Kameraden. „Du könntest mir dabei helfen, neue Kleidung zu kaufen."
Frenchie lacht. „Das sieht vornehm aus, nicht wahr? Aber das mache ich gerne, meine Freundin arbeitet in so einem Geschäft, das ist nicht weit von hier. Bei ihr bekommst du auch gleich eine gute Beratung."

Mickey bezahlt seine Rechnung, den Betrag kann er noch aus seiner Kleingeldbörse begleichen, dann gehen sie los. Der Gehweg ist voller Menschen, Schmutz und Abfall liegen überall herum. Auf den Wegen fahren Kutschen und Wagen, Pferdeäpfel liegen in großen Mengen am Rand der Straße. Sie gehen höchstens hundert Schritte, dann betritt Frenchie einen Laden. Mickey folgt ihm und sieht sich staunend um. So ein großes Geschäft hat er noch nie gesehen, der Raum ist größer als jede Scheune, die er kennt. Im Laden sind viele Kunden, die von Verkäufern und Verkäuferinnen bedient werden. Die meisten sind sehr vornehm gekleidet, Mickey fühlt sich sehr unwohl in seiner ramponierten Uniform.

„Warte hier einen Moment." Frenchie verschwindet in der Menge der Kunden und Verkäuferinnen. Nach einigen Minuten kommt er mit einer jungen Frau im Schlepp wieder zurück. „Siehst du, Caroline, das ist mein Freund Mickey."
Eine kleine, junge Frau streckt Mickey ihre Hand entgegen, die er gerne ergreift. „Madam, es freut mich Sie kennenzulernen." Die junge Frau kichert verlegen, dann sagt sie zu Frenchie: „Warum hast du mir nicht gesagt, was für ein hübscher Junge dein Freund ist?"
Frenchie grinst. „Ich werde mich hüten, nachher spannt er dich mir noch aus."
Daraufhin lachen sie alle drei.
Mickey sieht die junge Frau an. Sie ist ziemlich klein, sie hat lange braune Haare, die sie zu einem Zopf geflochten hat. Sie scheint etwas älter als Mickey zu sein, vielleicht ist sie fünfundzwanzig Jahre alt. Sie trägt ein rotes Kleid mit grünen Applikationen. Sie mustert Mickey, dann fragt sie: „Wie groß sind sie?"
Mickey weiß es nicht genau. „Na ja, etwas mehr als sechs Fuß."
Die junge Frau nimmt ihn bei der Hand und zieht ihn zu einer Skala an der Wand. Dann stellt sie sich auf einen kleinen Hocker, um die Skala an Mickeys Kopf ablesen zu können. Mickey riecht ein schweres Parfüm, das ihm in die Nase dringt. Dann liest sie von der Skala: „Sechs Fuß und vier Zoll (190 cm)! Das ist schon ganz schön groß."
Frenchie sieht sich das interessiert an, dann fragt er Mickey: „Hast du eine Idee, was du haben möchtest?"
Mickey zuckt mit den Schultern. „Das überlasse ich ganz Euch!"
Eine Stunde später ist Mickey zeitgemäß gekleidet. Er hat eine graue Hose und einen schwarzen Gehrock, dazu einen Stetson. Frenchie wollte ihm einen Hut verpassen, so wie ihn die Geschäftsleute tragen, aber das gefiel Mickey überhaupt nicht. Nun sieht er wenigstens auf dem Kopf ein bisschen wie ein

Cowboy aus. Seine Uniform liegt auf einem Stuhl. Frenchie möchte sie wegwerfen lassen, aber Mickey hat damit ein Problem. Er hat sie vier Jahre lang getragen, sie kommt ihm vor, als wäre sie ein Teil von ihm. Immer wieder sieht er zu dem dunkelblauen Haufen hin, dann gibt er seinem Herz einen Ruck. „Na gut, ich denke, sie kann fort." Sie müsste auch dringend repariert werden, denkt Mickey bei sich, und nun habe ich etwas Neues, das mich begleitet und eine Wende in meinem Leben darstellt. Seine Unterwäsche ist auch neu, er hat auch zwei neue Hemden erstanden. Das Einzige, was ihm jetzt noch fehlt, sind ein paar Schuhe.
„Das ist auch kein Problem", sagt Frenchie, „zwei Straßen weiter kenne ich ein Schuhgeschäft."
Nun geht es ans Bezahlen. Für alles zusammen soll Mickey 76,- Dollar bezahlen. Nun muss er doch seine Prämie angreifen, er nestelt an seinem neuen Hemd und zieht seinen Brustbeutel hervor. Er zählt das Geld auf den Tresen. Frenchie und seine Freundin sehen sich verstohlen an, dann flüstert das Mädchen Frenchie etwas ins Ohr.

Der Kauf der Schuhe geht erheblich schneller über die Bühne als der Kauf der Kleidung. Mickey kann sich nicht für die Schuhe erwärmen, die ihm angeboten werden und kauft schließlich Stiefel, vorne spitz und mit einem kleinen Absatz. Sie haben einen hohen Schaft und eine bunte Stickerei am oberen Ende. Stiefel in dieser Art hat er schon immer haben mögen und möchte nichts Anderes versuchen.
„Weißt du, was wir jetzt machen?", fragt ihn Frenchie, als sie vor dem Schuhgeschäft auf dem Bürgersteig stehen.
Mickey hat keine Idee. Er fühlt sich wohl in seiner neuen Kleidung und kommt sich nicht mehr wie ein Fremdkörper vor.
„Nein, keine Ahnung, schlag du etwas vor."

„Was hältst du davon: Wir suchen jetzt für dich ein Quartier für die Nacht und dann gehen wir ein wenig feiern. Der Krieg ist vorbei und wir beide leben noch, das ist doch Grund genug, oder?"
Mickey stimmt in sein Lachen mit ein. Ja, das stimmt. Es geht ihnen gut, wenngleich ihm die unklare Zukunft etwas auf dem Magen liegt.
Ein Nachtquartier zu finden, stellt sich als schwierig heraus. Die Stadt ist so voll mit Gästen, die alle eine Unterkunft suchen, sodass sie erst nach mehreren Versuchen etwas finden. Es ist ein kleines, einfaches Gästehaus, Mickey bekommt eine kleine Kammer hinter der Treppe. Er lässt dort seinen Haversack zurück, in dem sich die neue Unterwäsche und das Reservehemd befinden. Die Wachsjacke hat er schweren Herzens zusammen mit der Uniform fortgegeben.
Inzwischen ist es acht Uhr geworden und Frenchie steuert zielstrebig auf ein bestimmtes Lokal zu. Es befindet sich in der Nähe des Hafens am Potomac. Schon von weitem dringt Lärm auf die Straße. In der Kneipe ist dichtes Gedränge. Sie setzen sich an einen Tisch, zusammen mit fünf anderen Gästen. Die haben alle schon etwas getrunken und sehen die Neuankömmlinge vergnügt an. Frenchie spendiert eine Runde Bier, was mit vielem Dank gerne angenommen wird. Ihre Tischnachbarn sind zum Teil auch entlassene Soldaten, schnell kommt Mickey mit ihnen ins Gespräch.
Frenchie sieht immer wieder zur Tür. Dann wird sie wieder einmal geöffnet, jetzt kommt seine Freundin Caroline herein. Frenchie winkt und ruft, sie erkennt ihn und setzt sich zu ihnen an den Tisch. Die Gäste rücken ein wenig zusammen, dann passt es schon. Sie sitzt jetzt zwischen Frenchie und Mickey. Sie hat sich umgezogen, sie trägt nun ein schwarzes Kleid mit einem tiefen Ausschnitt. Mickey Augen werden immer wieder

von ihrem Dekolletee angezogen. So etwas hat er noch nie gesehen. Caroline bemerkt Mickeys sehnsüchtigen Blick und drückt sich an ihn, manchmal legt sie ihre kleine Hand auf seine.

Frenchie bestellt Whiskey, auch Mickey bekommt ein Glas. Er hat bei den anderen Soldaten mitunter Whisky gesehen, hat ihn aber noch nie probiert. Frenchie und seine Freundin heben ihre Gläser und sehen Mickey an.

„Nur zu", sagt Frenchie, „zur Feier des Tages!"

Mickey fühlt sich wohl in der Umgebung, alle sind nett zu ihm. Besonders die Nähe der jungen Frau regt seine Phantasie an. So nahe ist ihm noch nie eine Frau gewesen und nun ist er verwirrt und aufgeregt zugleich. Er nimmt das Glas, hebt es hoch und riecht daran. Der Geruch des Alkohols steigt ihm scharf in die Nase.

Frenchie mustert ihn belustigt. Er hebt sein Glas und trinkt es mit ein paar Schlucken leer und stellt es auf den Tisch. „So musst du das machen. Ein richtiger Mann trinkt Whisky."

Seine Freundin lacht, sie hat das Glas auch schon ausgetrunken und ermuntert Mickey, ihr nachzueifern. Sie hebt ihren Kopf und gibt Mickey einen feuchten Kuss auf seine Wange.

Mickey nimmt das Glas und nippt vorsichtig daran. Es brennt etwas in der Kehle, Schluck um Schluck trinkt er es leer. Der Whisky läuft wie brennender Honig seine Kehle hinunter. Er schüttelt sich und stellt das Glas wieder hin. Bald darauf ist es wieder gefüllt. Mickey fühlt seine Laune immer besser werden, er hebt das Glas und trinkt es langsam und mit Genuss leer.

Frenchie steht auf und verschwindet, er muss die viele Flüssigkeit loswerden. Während seiner Abwesenheit kuschelt sich seine Freundin an Mickey.

„Du bist aber ein ganz Hübscher", flüstert sie in sein Ohr und hebt ihr Glas. Mickey greift auch nach seinem. Er greift beinahe daneben, er schüttelt seinen Kopf und fixiert das Getränk.

So etwas ist ihm noch nie passiert, was war denn das? Er greift wieder zum Glas, hebt es und trinkt es leer. Dass seine Nachbarin an ihrem Glas nur nippt, bekommt er nicht mit. Sie zieht seinen Kopf zu sich herunter und gibt ihm einen Kuss. Ganz kurz spürt er ihre Zunge. Wie elektrisiert nimmt er die feuchte Spitze wahr. Inzwischen ist sein Glas wieder gefüllt. Frenchie kommt zurück und setzt sich wieder neben ihn, er wechselt einen Blick mit seiner Freundin. Die nickt und flüstert ihm etwas ins Ohr.
Mickeys sonst sehr scharfer Sinn für Gefahr ist durch den Alkohol eingeschläfert worden. Er fühlt sich etwas benommen, das Denken fällt ihm schwer. Dann ruft Frenchie zum Aufbruch. „Meine Freundin muss morgen arbeiten, lasst uns unsere Betten aufsuchen."
Mickey versucht zu antworten, es wird aber nur ein unverständliches Gelalle. Dann steht er auch auf, er versucht es jedenfalls. Verdammt, denkt er, was ist denn das? Seine Beine gehorchen ihm nicht mehr, er muss sich am Tisch abstützen und Frenchie hilft ihm hoch.

Draußen vor der Tür ist es fast dunkel, die nächste Laterne ist erst an der nächsten Straßenecke. Mickey geht torkelnd neben den beiden her. Zwei andere Nachtschwärmer kommen ihnen entgegen und verschwinden in der Dunkelheit.
Frenchie lässt Mickey los und lehnt ihn gegen die Wand des Hauses. Er greift in seine Jacke und holt eine kleine Waffe heraus. „Schluss mit Spaß! Her mit dem Geld!" Er hält Mickey einen doppelläufigen Deringer vor das Gesicht.
Mickey hört die Stimme von Frenchie, undeutlich dringt sie in sein Ohr. Was geht hier vor?, fragt er sich. Eben war es doch noch ganz lustig gewesen.
„Kannst du mich nicht verstehen? Her mit dem Geld!", ruft Frenchie zum zweiten Mal.

„Ich habe es gesehen, er hat es in einem Beutel an seinem Hals!", sagt Caroline. Ihre Stimme klingt jetzt gar nicht mehr so süß wie vorhin, sie zischt es hervor.
„Los, halte du die Waffe, ich nehme mir den Beutel", sagt Frenchie und drückt seiner Freundin die Waffe in die Hand. Dann dreht er sich zu Mickey.
Der hat inzwischen begriffen, was hier passiert. Man will ihm die Prämie und den Sold abnehmen. Das Geld, für das er vier lange Jahre sein Leben riskiert hat. Er versucht die Hand von Frenchie abzuwehren, aber er kann seine Hand nicht mehr lenken und sein vermeintlicher Freund hat leichtes Spiel. Ein Knopf von seinem Hemd springt irgendwo hin, er sieht ein Messer blinken, dann hat Frenchie den Beutel. Er hält ihn fest und verschwindet mit seiner Freundin und der Beute in der Dunkelheit.

Mickey hockt auf dem Boden und lehnt sich an die Wand hinter ihm. Er ist wütend und traurig zugleich. Wie ein dummer Idiot ist er auf die beiden hereingefallen. Deshalb waren sie so freundlich zu ihm, sie hatten es nur auf sein Geld abgesehen. Die junge Frau hatte bei der Anprobe den Brustbeutel gesehen und mit Frenchie den Plan ausgeheckt.
Was soll jetzt mit ihm passieren? Er hat nur noch etwas Kleingeld und die Bescheinigung für die Fahrkarte bei sich. Und jetzt lehnt er hier auf dem dreckigen Bürgersteig. Ganz alleine, betrunken und mittellos.
Er nimmt alle verbliebene Energie zusammen und erhebt sich langsam. Er tastet sich an der Wand hoch und versucht zu gehen. Die kühle Nachtluft und der Zorn haben den Whiskynebel fortgeblasen und lassen ihn jetzt etwas klarer denken. Wo ist sein Zimmer? Er orientiert sich mühsam und geht langsam und mit unsicheren Schritten dorthin. Am Gästehaus angekommen, läutet er. Es ist kurz nach Mitternacht, es dauert eine

Weile, bis sich jemand nähert. Eine alte Frau öffnet die Tür, sie sieht zu ihm hoch.

„Entschuldigen Sie die späte Störung", sagt Mickey. „Ich bin eben überfallen worden." Er spricht undeutlich und lehnt sich gegen den Türrahmen.

Die alte Frau mustert ihn. „Sie sind ja betrunken!"

„Ja, man hat mich betrunken gemacht und dann ausgeraubt."

Die Frau murmelt etwas wie „Selbst Schuld", dann dreht sie sich um und weist ihm den Weg zu seinem Zimmer.

Am nächsten Morgen wacht Mickey mit einem dicken Schädel auf. Er wäscht und rasiert sich in der Schüssel auf der Kommode. Er zieht sich das unbeschädigte Hemd an, dann sieht er wieder ganz ordentlich aus. Er zählt das Geld in seiner Geldbörse. Es sind etwas über zehn Dollar, dazu hat er noch drei Golddollar, die in einem Schlitz in seinem Gürtel stecken. Für ein paar Tage reicht es noch, aber er muss sich unbedingt Arbeit suchen. Im Frühstücksraum holt er sich eine Kleinigkeit zu essen und lässt sich etwas Brot für den Weg mitgeben. Als er das Zimmer bezahlt, fragt er nach Arbeit. „Können Sie mir einen Tipp geben, wo ich Arbeit finden könnte?"

Die Dame an der Anmeldung sieht ihn an und schüttelt den Kopf. „Sie sind heute schon der Dritte, der mich das fragt. Zurzeit sind zu viele Menschen in der Stadt, die alle Arbeit suchen." Sie überlegt einen Moment. „Versuchen Sie es doch am Hafen, vielleicht können Sie auf einem der Schiffe unterkommen."

Mickey bedankt sich und geht auf die Straße. Er steht eine Weile vor der Tür und kommt ins Grübeln. Gestern hat er sich noch so wohl gefühlt und nun so ein Absturz, was soll er bloß machen? Vielleicht kann er die Diebe noch ausfindig machen.

Er sucht nach dem Bekleidungsgeschäft und findet es nach einer Weile. Er betritt es und fragt eine der Verkäuferinnen: „Arbeitet eine Miss Caroline hier?"
„Ja, normalerweise schon. Sie ist heute noch nicht zur Arbeit erschienen." Das hatte Mickey nicht anders erwartet, einen Versuch war es aber wert gewesen.

Nachdenklich geht er den Gehweg entlang und mustert die Geschäfte an der Straße. Wo kann er ohne Kenntnisse Arbeit finden? Denn das, was er kann, hilft ihm hier herzlich wenig.
Er kommt an einer Spedition vorbei. Viele Wagen und Pferde befinden sich auf dem Hof. Ja, Pferde, mit Pferden kennt er sich aus. Er betritt den Hof und fragt nach dem Büro. Überall laufen Leute umher, tragen Gegenstände, rufen anderen etwas zu. Schließlich findet er sein Ziel. Ein dicker Mann mit einer Zigarre sitzt hinter einem Schreibtisch, der hoch mit Stapeln von Papieren bedeckt ist und sieht ihn fragend an.
„Ich suche Arbeit", sagt Mickey. „Haben Sie etwas für mich?"
Der Mann sieht ihn freundlich an. „Du bist aus der Armee entlassen, nicht wahr?"
Mickey nickt. Der Spediteur sieht ihn traurig an und schüttelt den Kopf. „Hier kommen jeden Tag dutzende herein und fragen nach Arbeit. Ich habe schon mehr eingestellt, als ich eigentlich brauchen kann. Es tut mir wirklich leid."
Und wieder steht Mickey auf der Straße. Er sucht sich den Weg zum Hafen. Hier in Washington mündet der Anacostia River in den Potomac. Der Hafen ist voller Boote, Segelschiffe und dampfbetriebene Schiffe bilden ein buntes Gemenge, auch Dampfschlepper mit Kähnen sind zu sehen. Und alle scheinen durcheinander zu schwimmen, wie durch ein Wunder geht alles glatt. Mickey geht zu einem der Schiffe, die am Pier liegen. Wie heute schon so oft, fragt er nach Arbeit.

„Hast du denn Erfahrung mit der Schifffahrt?", wird er gefragt. Als er traurig verneint, erntet er nur ein Schulterzucken.

Mit der Eisenbahn nach Pittsburgh

Mickey sitzt auf einer Mauer, er öffnet seine Geldbörse und zählt zum wiederholten Male sein Geld. Er nimmt die Entlassungsbescheinigung in die Hand und sieht sie sich wieder an. Für die erhält er also eine Fahrkarte. Nur, wohin soll er damit fahren? Vielleicht hatte Frenchie gar nicht so Unrecht, nur weit weg von Washington, westwärts. Vielleicht sollte er sogar bis nach Pittsburgh fahren und diese ominöse Tante aufsuchen. Es sollen fünfhundert Meilen bis nach Pittsburgh sein. Wenn die Strecke befahrbar ist - und das sollte sie sein, da sie durch die Nordstaaten führt, wird die Fahrt bestimmt zwei oder drei Tage dauern.

Mickey hat jetzt wieder einen Plan, einen sehr unklaren zwar, aber einen Plan. Er springt auf und erkundigt sich nach dem Weg zum Bahnhof, jede Bahnlinie hat ihren eigenen. Er muss einige Leute fragen, um herauszufinden, dass er zum Bahnhof der Baltimore & Ohio Railroad muss. Es ist ein hübscher Kopfbahnhof, aus weißem Stein gemauert, mit einem Uhrenturm an der Seite. Mickey geht zur Verkaufsstelle für die Fahrkarten und fragt nach dem nächsten Zug nach Pittsburgh.

Der Angestellte sieht sich seine Bescheinigung an. „Damit erhalten Sie nur einen Sitzplatz und kein Anrecht auf einen Schlafplatz. Heute geht auch kein Zug mehr bis Pittsburgh, da müssen Sie bis morgen warten. Um 8:30 am Morgen ist Abfahrt."

„Fahren die Züge denn regelmäßig?" Mickey kann sich noch sehr gut daran erinnern, wie er mit seinen Kameraden an einer anderen Strecke des Landes die Gleise aus ihrem Bett gerissen hatte.

„Ja, das ist kein Problem. Die Schlacht von Gettysburg ist jetzt zwei Jahre her, seitdem ist alles repariert worden."

„Haben Sie eine Idee, wo ich die Nacht verbringen könnte? Ich bin gestern beraubt worden und verfüge leider über wenig Bargeld."

Der Angestellte zieht erstaunt die Augenbrauen hoch. „Oh, das tut mir leid. Versuchen Sie es doch in der Maryland Avenue hier in der Nähe, dort befindet sich eine preiswerte Unterkunft."

Mickey bedankt sich und macht sich gleich auf den Weg. Die genannte Straße ist leicht zu finden, ebenso die Unterkunft. Es sind dort mehrere Schlafräume, von denen er sich einen mit zehn anderen Männern teilen muss. Eine Toilette und Waschgelegenheit sind auf dem Hof. Mickey sagt sofort zu und bekommt einen der letzten freien Plätze, für dreißig Cent die Nacht. Als Soldat hat er die letzten vier Jahre nie alleine geschlafen und unter den widrigsten Umständen, sodass ihm diese Unterkunft beinahe paradiesisch vorkommt.

Am nächsten Morgen wacht er früh auf. Die Nacht war etwas unruhig, jeder der Gäste macht mal ein Geräusch, sodass er nicht allzu viel Schlaf bekommen hat. Er steht auf und wäscht sich auf dem Hof an einer Pumpe. Seife und Handtuch liegen auf einem Tisch, sodass er sich auch rasieren kann. In einem kleinen Raum, der zum Hof hin zeigt, bekommt er etwas zu essen, Kaffee und etwas Brot. Er lässt sich für unterwegs noch etwas einpacken und geht dann zum Bahnhof. Es ist noch viel zu früh, sodass er Zeit hat und sich den Betrieb ansehen kann.

Ein halbe Stunde vor der Abfahrt sucht er den Fahrkartenschalter auf, um seine Bescheinigung einzulösen.
Der Schaffner sieht sich das Formular an. „Da sind Sie aber lange unterwegs, ich werde Ihnen die Umsteigebahnhöfe besser aufschreiben."
Mickey staunt, die Fahrt ist etwas umständlich, er muss zweimal umsteigen. Der Fahrplan sieht vor, dass er zuerst ein kurzes Stück mit der Baltimore & Ohio Railroad von hier bis nach Baltimore fahren muss, dort muss er in den Zug nach Harrisburg umsteigen, das ist die Northern Central Railway und von Harrisburg nach Pittsburgh mit der Pennsylvania Railroad.
Der Fahrkartenverkäufer blättert in einem dicken Buch und schreibt noch die Abfahrtzeiten dazu. „Denken Sie daran, dass die Bescheinigung jetzt nur noch drei Tage gültig ist. Ich habe es auf dem Formular vermerkt. Den Zug nach Pittsburgh erreichen Sie heute nicht mehr, da müssen sie eine Nacht in Harrisburg verbringen", erklärt er dem überraschten Mickey.

Mickey denkt an seine paar Dollar und was eine Übernachtung in Harrisburg wohl kosten mag, aber das lässt sich nicht ändern. Er geht auf den Bahnsteig und sieht dem Getriebe der Menschen zu. Ein Handkarren mit Gepäck wird herangeschoben. Der schwarze Bedienstete weiß anscheinend genau, wo der Gepäckwagen stehen wird, er hat den Handkarren zielsicher an einer Stelle auf dem Bahnsteig abgestellt.
Der Zug fährt ein, mit quietschenden Bremsen kommt er zum Stehen, Dampf quillt über den Bahnsteig. Ein wildes Durcheinander beginnt, die Fahrgäste auf dem Bahnsteig drängen zu den Türen. Mickey lässt sich mit dem Strom mitziehen und landet schließlich in einem der Wagen. Der Zug ist voller Menschen, nur wenige Plätze sind nicht besetzt. Überall stehen Koffer und Kisten herum, man kommt nur mühsam hindurch.

Der Zug fährt ab, langsam setzt er sich in Bewegung. Mickey hat einen Platz am Fenster und sieht neugierig hinaus. Ihm gegenüber sitzt ein Mann in schwarzer Kleidung und einem weißen Kragen, es ist offensichtlich ein Mann der Kirche. Er ist schon etwas älter und hat einen weißen Kranz von Haaren. Sein Blick weilt auf seinem jungen Nachbarn, er bemerkt wohlwollend Mickeys Interesse an der Umgebung. „Ich vermute, dass Sie ehemaliger Soldat sind?", fragt er.
„Ja, richtig, ich bin vor zwei Tagen entlassen worden. Wie kommen Sie darauf?"
Der Pfaffe schmunzelt. „Das ist nicht so schwierig. Fast alle jungen Männer, die jetzt unterwegs sind, sind Soldaten gewesen."
Mickey lächelt, ja, da ist etwas dran, das war ihm noch nicht aufgefallen. Die beiden Männer kommen ins Gespräch. Mickey ist froh, einen Gesprächspartner gefunden zu haben, dann ist die Fahrt nicht so langweilig. Er erzählt von seiner Sorge, Arbeit zu finden.
„Was haben Sie denn jetzt vor?", fragt der Pastor mitfühlend.
„Ich folge dem Vorschlag eines Bekannten und fahre nach Pittsburgh. Dort habe ich einen Namen, an den ich mich wenden kann."
Der Geistliche nickt dazu. „Ich denke auch, dass das eine gute Idee ist. Pittsburgh ist eine der größten Industriestädte in Pennsylvania, dort werden Sie, mit Gottes Hilfe, sicher Arbeit finden."
Mickey zögert einen Moment und erwidert: „Ich habe vier lange Jahre an einem furchtbaren Krieg teilgenommen. Ich habe erlebt, wie bei dem Angriff auf die Anhöhe von Marye's tausende meiner Kameraden erschossen worden sind. Wenn es einen Gott geben würde, dann hätte er das bestimmt nicht zugelassen."

Der Geistliche sieht Mickey eine Weile nachdenklich an. „Wir wissen nicht, was Gott sich dabei gedacht haben mag. Ich kann Ihnen jetzt auch keine Erklärung geben. Vielleicht hat er mit dem, was sich Menschen gegenseitig antun, gar nichts zu tun, und ist darüber genauso entsetzt, wie Sie." Er macht eine kleine Pause. „Vielleicht ein allgemeiner Rat: Denken Sie bei allem was Sie tun, daran, dass es vielleicht einen Gott geben könnte, und fragen Sie sich, ob er das wohl gutheißen würde. Dann finden Sie den richtigen Weg, da bin ich sicher."
Mickey nickt zustimmend. So ähnlich hatte seine Mutter immer zu ihm gesprochen. „Vielen Dank für den guten Rat, Sir, ich werde versuchen, ihn zu beherzigen."

Es sind 11 Stationen, an denen der Zug hält. Eine der Letzten, bevor sie Baltimore erreichen, ist Dorsey.
Der Pastor zeigt mit dem Finger zum Fenster hinaus. „Jetzt müssen Sie aufpassen, junger Mann, wir überqueren gleich den Patapsco River auf der Thomas Brücke. Das ist die längste gemauerte Eisenbahnbrücke der Welt, dazu liegt sie noch in einer Kurve."
Mickey staunt und sieht durch die Scheibe. Tatsächlich, jetzt nähern sie sich der Brücke. Wegen der langen Kurve ist sie gut vom Fenster aus zu sehen. Der Zug verlangsamt seine Fahrt, er bewegt sich nur langsam, bis die Brücke passiert ist. Keine zehn Minuten später erreichen sie den Bahnhof von Baltimore.

Mickey verabschiedet sich von dem Pastor und bedankt sich für die nette Reisebegleitung. Dann steht er auf dem Bahnsteig und sieht sich um. Er hat nach der kleinen Liste, die er in Washington bekommen hat, noch fast zwei Stunden Zeit bis zur Abfahrt des Zuges nach Harrisburg, dazu muss er jetzt den Bahnhof finden. Er fragt die Passanten nach dem Weg, einer von ihnen kennt sich gut aus.

„Junger Mann, das ist nicht schwierig. Sie müssen diesen Bahnhof verlassen und fast eine Meile genau südlich gehen. Dann können Sie die Bahn mit dem Bahnhof schon sehen. Der hat zwei hohe Türme, die können Sie leicht erkennen."
Auf dem Weg dorthin kauft Mickey sich etwas Brot und ein Stück Schinken. Es kostet nur ein paar Cents, aber er sieht besorgt in seine Geldbörse. Bald muss etwas passieren, sonst ist er völlig pleite.

Der Zug der Northern Central Railway nach Harrisburg fährt beinahe pünktlich ab. Auch dieser Zug ist gut besetzt. Von Baltimore nach Harrisburg sind es 83 Meilen, das soll der Zug laut Fahrplan in ziemlich genau drei Stunden schaffen. Nun ist es kurz nach zwölf, er wird demnach kurz nach drei Uhr am Nachmittag in Harrisburg sein. Dann hat er noch Zeit genug, sich eine Bleibe für die Nacht zu suchen.
Bald hat der Zug das Stadtgebiet von Baltimore hinter sich gelassen. Es geht jetzt durch überwiegend flaches Land. Mickey beobachtet die Mitreisenden im Abteil. Es ist ein buntes Durcheinander. Nur wenige sind so jung wie er, die meisten Fahrgäste sind deutlich über dreißig, viele scheinen Geschäftsleute zu sein. Frauen sind nur wenige dabei. Am Ende des Wagens sitzt ein junges Mädchen. Sie hat lange blonde Haare und darauf hat sie eine hübsche Haube gebunden. Sie sieht aus dem Fenster und versucht, den Betrieb um sich herum zu ignorieren. Sie ist ziemlich hübsch, ihr Alter schätzt Mickey auf Anfang zwanzig. Immer wieder sieht Mickey zu ihr hinüber und versucht einen Blick von ihr zu erhaschen, immer in der Hoffnung, dass sie ihn anblicken möge.
Sie erreichen den Bahnhof Mount Washington, der Fahrgast neben dem Mädchen steht auf und strebt zum Ausgang. Der Platz ist kaum ein paar Sekunden leer, da wird er durch jemand anderen besetzt. Es ist ein etwas dicklicher Mann, vielleicht

Mitte dreißig. Er sieht zu dem Mädchen hin und spricht sie an. Die Blonde antwortet, aber sie dreht sich nicht zu dem Mann hin. Mickey fängt an, die Situation zu beobachten. Er spürt, dass sich dort eine für das Mädchen unangenehme Situation entwickelt. Der Mann scheint sich dicht an das Mädchen zu drängen, in jeder Kurve und bei jedem Schlenkern des Wagens schmiegt er sich an sie. Offensichtlich ist es dem Mädchen unangenehm, aber sie kann kaum etwas ausrichten. Schließlich legt der Mann seine fleischige Hand auf die zarte Hand des Mädchens und tätschelt diese. Erschreckt zieht die Hübsche ihre Hand fort, sie sieht zu dem Mann hin und sagt deutlich: „Fassen Sie mich bitte nicht an!"
Mickey kann nicht genau hören, was er darauf antwortet. Und wieder fasst der Mann nach ihrer Hand, das war jetzt genau einmal zu viel. Mickey steht auf und geht zu dem Sitzplatz der beiden. Er stellt sich vor den Mann und sagt: „Haben Sie nicht gehört, was die Dame gesagt hat?"
Der dicke Mann sieht zu Mickey hoch, der riesenhaft vor ihm steht. Er schluckt und räuspert sich. „Ich hatte angenommen, dass sich die junge Dame einsam fühlt."
„Anscheinend will sie das auch bleiben!"
Die Fahrgäste, die daneben sitzen, beobachten das Schauspiel interessiert. Dann mischt sich einer der Nachbarn ein: „Ich bin der gleichen Meinung wie der junge Herr." Er wirft einen Blick auf Mickey und sagt zu dem dicklichen Mann: „Wenn ich Sie wäre, würde ich mich nicht auf einen Streit einlassen."
So etwas mag sich der unangenehme Kerl inzwischen auch gedacht haben. Er erhebt sich, sieht kurz zu Mickey hoch und verschwindet, ohne ein Wort zu sagen, in dem Übergang zum Nachbarwagen.
Das junge Mädchen sieht zu Mickey hinauf, blaue Augen strahlen ihn an. „Das war sehr galant von Ihnen, vielen Dank für die Hilfe."

„Keine Ursache, das war doch selbstverständlich."
Mickey dreht sich um und will zu seinem bisherigen Platz zurückgehen, da zeigt das junge Mädchen auf den freigewordenen Platz neben sich und sagt: „Sie würden mir einen Gefallen erweisen, wenn Sie sich zu mir setzen würden."
Mickey schluckt. Er hat gehofft, dass sie das sagen würde. Wenn er nicht so verdammt schüchtern gegenüber Mädchen wäre, hätte er sie selbst darum gebeten. „Oh, vielen Dank, das freut mich sehr." Er zögert nicht lange und setzt sich hin. Warm spürt er das Mädchen neben sich sitzen.
Sie sieht zu ihm hoch und sagt: „Das passiert mir leider recht häufig. Als Mädchen hat man kaum eine Möglichkeit, sich dagegen zu wehren. Ich kann dann nur hoffen, dass jemand meine Not erkennt, so wie Sie jetzt gerade", sagt sie mit einem Lächeln.
Mickey genießt ihr Lächeln. Er hat mit Mädchen überhaupt keine Erfahrung, die letzten Jahre im Krieg gab es natürlich kein einziges Mädchen, davor war er zu jung gewesen. Die erste Erfahrung mit dem anderen Geschlecht war die Bekanntschaft mit dieser Caroline, der Freundin von Frenchie, und die hat nur eine schlechte Erinnerung bei ihm hinterlassen. „Entschuldigen Sie bitte meine Unbeholfenheit. Sie sind nach langer Zeit das erste Mädchen, das ich treffe."
Sie erfährt von ihm, dass er erst vor ein paar Tagen von der Armee entlassen worden ist. Sie sieht ihm ins Gesicht. „Da müssen Sie aber früh angefangen haben."
„Ja, das stimmt. Ich habe mich mit vierzehn Jahren als Freiwilliger gemeldet." So erfährt das Mädchen bald seine ganze Geschichte. Mickey erzählt von seinem Elternhaus und von der Zeit während des Bürgerkrieges. Der Überfall und der Raub seines Geldes beschließen seine Geschichte.
„Sie Armer, da haben Sie schon viel mitmachen müssen." Sie erzählt ihm dann von sich. Sie heißt Peggy Wilson, und hat

sich bei der Maryland Universität in Baltimore vorgestellt, um im nächsten Semester ein Studium zu beginnen, nun ist sie auf dem Heimweg zu ihren Eltern.

Mickey hat kaum etwas vom Studieren gewusst. Beim Militär gab es einige, die studiert hatten, viele der Ärzte waren studierte Mediziner. „Ich habe gar nicht gewusst, dass Mädchen auch studieren können."

Peggy Wilson lächelt ihn an. „Doch das geht, aber einfach war es nicht. Deshalb habe ich mich auch persönlich vorgestellt. Meine Schule ist zu Ende und ich möchte jetzt Medizin studieren."

Mickey ist sehr beeindruckt. Was kann er denn schon, außer schießen und kämpfen, seine Schulbildung besteht nur aus dem, was ihm seine Mutter beigebracht hat. Das war schon recht gut, ist aber meilenweit entfernt von richtiger Schulbildung. „Sie haben meine volle Hochachtung, das ist etwas ganz Besonderes."

Das Mädchen lacht wieder, er hört sie gerne lachen, es klingt wie Glockengeläut in seinen Ohren. „Ich komme aus dem Osten, da ist so etwas viel einfacher als im Westen. Dafür kann ich mich nicht gegen Indianer verteidigen." Sie lacht wieder und er stimmt in ihr Lachen mit ein. So vergeht die Zeit wie im Fluge. Es sind nur noch wenige Stationen bis nach Harrisburg, die Bahnstrecke führt die letzten Meilen am Ufer des Susquehanna entlang.

„Oh, hier ist es wunderschön!", entfährt es Mickey.

„Ja, ich habe eine hübsche Heimat", sagt das Mädchen. Dann kommt ihr ein Gedanke und sie fragt Mickey: „Sie haben doch fast kein Geld, was machen Sie eigentlich bis morgen, bis ihre Fahrt weiter geht?"

Mickey zuckt mit den Schultern. „Das ist bis jetzt noch unklar. Ich muss mir irgendeine preiswerte Unterkunft suchen."

Das Mädchen strahlt ihn an. „Das habe ich mir doch beinahe gedacht. Nun habe ich eine Gelegenheit, mich revanchieren zu können. Sie können mit zu meinen Eltern kommen und bei uns übernachten."
Mickey zögert. „Das kann ich kaum annehmen – Sie können mich doch nicht einfach mit nach Hause bringen?"
„Ich erzähle meinen Eltern, wie Sie mir geholfen haben, dann ist das eine Selbstverständlichkeit für sie." Sie fügt noch hinzu: „Es wäre lieb von Ihnen, wenn Sie meinen Koffer tragen würden, der ist schon recht schwer für mich."
„Wenn das alles ist, das ist mir ein Vergnügen!", lacht Mickey.

Am Bahnhof in Harrisburg nehmen sie eine Droschke. Mickey trägt den Koffer, der tatsächlich recht schwer ist. Sie fahren bis in den Randbezirk der Stadt, dort haben ihre Eltern ein Haus. Miss Wilson bezahlt die Kutsche und Mickey trägt den Koffer vor die Haustür.
Sie bittet Mickey, kurz vor der Tür zu warten, und betritt das Haus. Einen Moment später kommt sie mit ihren Eltern zurück. Die Mutter ist etwas rundlich und hat einen grauen Zopf, der Vater ist groß und kräftig und hat einen grauen Schnurrbart.
Die Mutter kommt mit ausgebreiteten Armen auf ihn zu. „Willkommen bei uns zu Hause!", ruft sie und schüttelt begeistert seine Hand. Der Vater sieht von hinten zu und lächelt, seine Augen leuchten Mickey an. Mit vielen freundlichen Worten wird Mickey hineingebeten. Ihm wird so viel Anteilnahme entgegengebracht, dass es ihm schon unangenehm ist. Dann nimmt ihn Mrs. Wilson bei der Hand und zieht ihn in die gute Stube. „Hier, junger Mann, setzen Sie sich doch bitte. Wegen der Rückkehr unserer ältesten Tochter habe ich einen Kuchen gebacken, an dem können Sie sich gerne bedienen."

Die Mutter verschwindet in der Küche und der Vater setzt sich Mickey gegenüber. „Unsere Tochter hat uns nur kurz informiert, erzählen Sie doch mal, was ist denn nun passiert?"
Mickey erzählt, wie er den schmierigen Mann vertrieben hat. Mister Wilson freut sich und nickt Mickey zu. „Da hat unsere Tochter Glück gehabt, dass Sie so ein kräftiger junger Mann sind."
„Ach wissen Sie, Mister Wilson, das hätte aber auch jeder andere gekonnt."
„Nein, eben nicht. Das braucht schon eine Portion Zivilcourage." Er macht eine Pause und fragt ihn noch ein bisschen aus. Mickey erzählt wieder in kurzen Worten seine Lebensgeschichte.
„Sie sind überfallen worden, hat unsere Tochter erzählt?"
„Ja, das stimmt. Ich hatte fast sechshundert Dollar bei mir, die sind mir gestohlen worden. Nun habe ich gerade noch ein paar Dollar." Er erzählt weiter, dass er nach Pittsburgh fahren wollte, um sich bei der »Ohio Steamboat Company« nach Arbeit zu erkundigen.
Mister Wilson nickt. „Ja, die kenne ich gut, das ist eine große Firma. Und wie kommen Sie darauf?"
Die Tante des Mannes, der mich überfallen hat, ist angeblich die Geschäftsführerin. Sie soll Brigitte Cooper heißen. Es kann natürlich auch sein, dass alles gelogen war…"
Mister Wilson schüttelt den Kopf. „Nein, nein, die kenne ich persönlich, ich bin sicher, dass sie Ihnen helfen wird – ich bin gespannt, wie sie reagiert, wenn sie erfährt, was ihr Neffe so treibt!"

Mickey hört, dass Mister Wilson der Manager einer Stahlfirma ist, die die verschiedensten Gussteile herstellt, unter anderem Sicherheitsventile für Dampfkessel.

„Wir liefern auch Zubehör für die »Ohio Steamboat Company«. Ich werde Ihnen eine Empfehlung schreiben, dann erhalten Sie ganz bestimmt eine Anstellung."
Mickey ist glücklich, jetzt scheint sich sein Leben wieder zum Guten zu wenden. Mrs. Wilson und ihre Tochter Peggy kommen herein und bringen den Kuchen mit. Außerdem kommen noch zwei jüngere Mädchen aus der Küche mit herein. „Darf ich vorstellen", sagt Peggy Wilson, „das sind meine jüngeren Schwestern Catherine und Shirley."
Mickey steht auf und begrüßt die beiden Mädchen, sie mögen sechzehn und vierzehn Jahre alt sein. Während er den Kuchen genießt, erzählt die Mutter mit sichtlichem Stolz von ihrer ältesten Tochter. „Sie wird die erste Frau sein, die an der University of Maryland in Baltimore Medizin studieren wird."
„Sie hat es mir während der Zugfahrt schon erzählt", sagt Mickey.
„Dann hat sie sicher nicht erzählt, wie viel Mühe das bisher gekostet hat. Das Studieren ist bisher fast ausschließlich den Männern vorbehalten. Als Frau einen Studienplatz zu bekommen, ist nahezu unmöglich. Seit einem Vierteljahr gibt es an der Maryland Universität einen neuen Dekan. Und der ist gegenüber Frauen im Studium aufgeschlossener, sodass es jetzt endlich geklappt hat."

Mickey muss von seiner Zeit im Bürgerkrieg erzählen.
„Wir haben den Krieg hier bei uns fast vor der Haustür gehabt. Gettysburg ist nur 35 Meilen entfernt!"
Er staunt. Dass die Soldaten der Südstaaten soweit nach Norden vorgedrungen waren, hatte er nicht gewusst.
„Gott sei Dank hat der schlimme Krieg jetzt endlich ein Ende gefunden", sagt der Vater.
„Ja, aber um welchen Preis", ergänzt seine Frau düster.

Früh am nächsten Morgen gibt es ein ausgiebiges Frühstück. Mrs. Wilson packt Mickey eine große Menge Verpflegung ein. „Es sind etwa fünfhundert Meilen bis nach Pittsburgh, da werden Sie Hunger bekommen."

Von Mister Wilson bekommt Mickey das Empfehlungsschreiben. Überglücklich verstaut er es sicher in seiner Geldbörse, die er nicht mehr aus den Augen lassen wird.

Mit der kleinen Kutsche der Wilsons wird er dann von Peggy zum Bahnhof gebracht. Mickey hat nur wenig Gepäck. Sein Haversack ist mit der Verpflegung von Mrs. Wilson gut gefüllt. Mickey nimmt an, dass es noch für länger als einen Tag reichen wird, wer weiß, was die kommende Nacht bringen wird. Peggy wartet mit ihm, bis der Zug kommt.

Mit einem Küsschen auf die Wange verabschiedet sie sich von ihm. „Alles Gute, Mickey. Ich hoffe, wir sehen uns eines Tages wieder."

Mickey schluckt, er hat einen Kloß im Hals. Die letzten fünfzehn Stunden fühlte er sich fast wie zu Hause, und nun muss er weiter, in eine unbestimmte Zukunft. „Vielen Dank, Peggy, Sie waren sehr gut zu mir. Ich wünsche Ihnen für ihre Zukunft und für ihr Studium viel Erfolg."

Der Zug fährt um 8:10 ab. Vor Mickey liegt eine Fahrzeit von fast fünfzehn Stunden, davor graut ihm ein bisschen, er muss sich auf viel Langeweile gefasst machen. Der Zug verlässt die Stadt Harrisburg und fährt noch kurz am Susquehanna entlang, um den Fluss dann über eine mehr als eine drei viertel Meile lange Holzbrücke zu überqueren. Langsam rumpelt die Bahn über die eingleisige Brücke. Nun geht es auf der anderen Seite des Susquehanna entlang. Kurz nach dem Bahnhof Duncannon verlässt der Zug der Pennsylvania Railroad den breiten Fluss und biegt in das Tal des Juniata ein. Die Berge werden

immer höher, der Zug fährt immer tiefer in die Bergzüge der Appalachen hinein.
Mickey hatte die Möglichkeit, sich wieder einen Platz am Fenster zu sichern und verbringt nun viel Zeit damit, den Blick auf die bewaldeten Berge zu genießen. Der Zug ist wieder gut gefüllt, es ist unter anderem eine Gruppe aus etwa zehn Männern, die offensichtlich zusammengehören und sich laut unterhalten. Mickey gegenüber sitzt ein älterer Herr. Er ist teuer angezogen, er hat einen silbergrauen Backenbart und trägt eine Brille. Als er eingestiegen war, trug er einen schwarzen Zylinder, den hat er inzwischen auf die Gepäckablage gelegt.
„Wie weit fahren Sie, junger Mann?", fragt er, dabei blitzen braune Augen Mickey freundlich an.
„Ich fahre bis zur Endstation in Pittsburgh."
„Oh, da haben Sie den gleichen weiten Weg vor sich, wie ich."
Er beugt sich zu Mickey und reicht ihm die Hand. „Übrigens, ich heiße Johnson."
Mickey ergreift die angebotene Hand und stellt sich seinerseits vor. Er erfährt, dass Mister Johnson aus Pittsburgh kommt und eine Filiale seiner Firma in Harrisburg hat, die er zweimal im Jahr aufsucht.
„Wir verkaufen Werkzeuge, vom Hammer bis zur Drehbank", sagt er stolz. Mickey freut sich über die nette Reisebegleitung, die Fahrt verspricht, kurzweilig zu werden.
„Wir fahren jetzt in das Appalachen Gebirge hinein", erklärt ihm Mister Johnson, „das ist ein 1500 Meilen langes Mittelgebirge mit Höhen bis fast 7000 Fuß."
Mickey staunt. Er hatte bisher nur die Ausläufer von Bergen kennengelernt, die meiste Zeit seines Lebens hatte er im flachen Land gelebt.
„Durch diese Berge eine Eisenbahn zu bauen, war schon eine technische Meisterleistung. Sie werden noch etliche Tunnel und erstaunliche Brücken auf dieser Fahrt kennenlernen."

Etwa die Hälfte der Strecke, bis nach Altoona, fahren sie am Ufer des Juniata Flusses oder in seiner Nähe entlang. Der an der Mündung etwa zweihundert Yards breite Fluss ist in Altoona nur noch ein kleines Bächlein. Dazwischen liegen atemberaubende Landschaften, beängstigend enge und tiefe Schluchten, die der Juniata in Millionen von Jahren in die Felsen gegraben hat.
Mister Johnson erfährt ebenfalls die Geschichte von Mickey Callaghan. Der weiß nicht, wie oft er das inzwischen erzählt hat. Die Fahrt ist lang genug, sodass er von seinem kurzen Leben, das dafür reich an Abenteuern war, berichten kann.
„Man hat ihnen tatsächlich ihr ganzes Geld gestohlen? Bei ihrer Statur kann ich mir das kaum vorstellen."
Mickey seufzt. „Tja, das war so. Da waren eine hübsche Frau und viel Whisky im Spiel. Man hat mich zuerst betört und zum Trinken animiert und mir dann, als ich völlig betrunken war, das Geld abgenommen."
Mister Johnson schmunzelt. „Das kann ich mir allerdings gut vorstellen. Dann waren Sie eine leichte Beute. Haben Sie denn jetzt noch etwas Geld?"
„Es sind nur ein paar Dollar, ich muss in den nächsten Tagen Arbeit und eine Bleibe finden."
„Haben Sie denn etwas in Aussicht?", fragt Mister Johnson teilnahmsvoll.
„Ich habe eine Adresse von der Firma »Ohio Steamboat Company« und ein Empfehlungsschreiben."
„Oh, das ist sehr gut für Sie. Die Firma kenne ich gut, die kaufen auch bei mir viel Werkzeug." Er überlegt eine Weile. Aus seiner Brieftasche zieht er eine Visitenkarte und schreibt eine Adresse auf die Rückseite.

„Das ist die Adresse einer alten Freundin von mir. Sie betreibt unten am Hafen eine kleine Pension, wo man preiswert übernachten kann. Mit dieser Karte wird Ihnen auch am späten Abend noch Einlass gewährt."

Freudestrahlend steckt Mickey die Karte ein. Er ist glücklich, sein anfängliches Pech beginnt sich zu wandeln, er fasst wieder Mut.

Hinter Altoona schraubt sich der Zug über viele Schleifen in die Höhen des Allegheny Gebirges, den westlichen Ausläufern der Appalachen.

Jetzt macht ihn Mister Johnson auf eine Besonderheit aufmerksam. „Wir fahren gleich durch die Hufeisen-Kurve, die gibt es jetzt seit elf Jahren, sie verkürzt die Strecke nach Pittsburgh um einen ganzen Tag."

Mickey sieht aus dem Fenster. Langsam kriecht der Zug eine Kurve hinauf, die fast einen dreiviertel Kreis beschreibt. Die Landschaft ist atemberaubend, in der Mitte der Schleife liegt ein See, das Wasser glitzert blau in der Sonne.

„Warten Sie nur ab, nach ein paar Meilen kommt eine weitere Sehenswürdigkeit, der Allegheny Tunnel. Er ist eine dreiviertel Meile lang und ebenso alt wie die Hufeisen Kurve. Die sind damals gleichzeitig mit der neuen Strecke gebaut worden."

Mickey ist sehr beeindruckt. Die Berge werden immer höher, schwer schnauft die Lokomotive die zum Teil über elf Promille starke Steigung hinauf. Dann sind sie im Tunnel, es ist stockfinster, man sieht die Hand nicht vor den Augen. Nach drei Minuten ist der Spuk vorbei, sie erreichen Cresson. Die Berge werden jetzt flacher, die starke Lokomotive hat leichtes Spiel mit dem Zug.

Mister Johnson wendet sich an Mickey. „In dreißig Meilen erreichen wir Johnston. Dort haben wir eine Stunde Aufenthalt, es wird Kohle und Wasser ergänzt und das Personal gewechselt.

Ich schlage vor, wir essen dort etwas, der Gasthof am Bahnhof ist zu empfehlen."

Mickey nickt erfreut. Es ist schön, dass er jemanden gefunden hat, der sich hier auskennt, dann fällt ihm ein, dass er sich eine Mahlzeit in einem richtigen Gasthof wohl kaum leisten kann.

Mister Johnson mustert sein Gesicht. „Keine Sorge, junger Freund, ich lade Sie ein. Ich freue mich, einen so netten Gesellschafter gefunden zu haben. Die Fahrt ist doch sehr lang, das ist es mir wert."

Mickey bedankt sich. „Das beruht auf Gegenseitigkeit, ich bin ebenfalls froh, einen Begleiter zu haben."

Das Essen ist tatsächlich recht gut. Die Gaststätte hat sich auf Bahnreisende mit wenig Zeit eingestellt, sodass sie nicht lange warten müssen.

Mickey erfährt von Mister Johnson, dass Pittsburgh im Zentrum reicher Kohle- und Eisenerzvorkommen liegt, deshalb leben dort jetzt etwa 60.000 Menschen. »Smoky City« wird Pittsburgh genannt, wegen der vielen Schornsteine und dem vielen schwarzen Rauch, den diese ausstoßen.

„So schön wie hier in den Bergen ist es dort nicht, aber Sie werden auf jeden Fall Arbeit finden, da bin ich ganz sicher."

Allmählich wird es dunkel. Der Schaffner geht durch den Zug und zündet die Petroleumlampen an, die sich in jedem Wagen befinden. Draußen geht mit viel rotem Feuerwerk die Sonne unter. Der Zug windet sich mühsam den Chesnut Höhenzug hinauf, die Dampfwolken, die den Zug begleiten, sind jetzt rosarot angehaucht. Bald wird es ganz dunkel, der Zug fährt noch durch zwei weitere Tunnel, von denen die Fahrgäste kaum etwas mitbekommen, lediglich die Fahrgeräusche ändern sich.

Nach weiteren drei Stunden erreichen sie endlich den Bahnhof von Pittsburgh. Mickey hilft Mister Johnson, seinen Koffer vor

den Bahnhof zu tragen. Der erklärt ihm noch den Weg zu der Pension.
„Es ist etwa eine halbe Meile entfernt. Sie gehen zuerst nach Norden, bis Sie an den Allegheny River kommen, dann noch etwa zweihundert Schritte flussabwärts. Die Pension liegt direkt am Wasser, das können Sie nicht verfehlen."

Smoky City

Mickey bedankt sich herzlich und schreitet dann vorsichtig aus. Es ist fast dunkel, sodass er auf seine Schritte achtgeben muss. Er findet die Pension, sie hat ein Schild über der Tür, »Aunt Betty's Boarding House«.
MIckey fummelt die Visitenkarte aus seiner Brieftasche und betätigt den Klopfer an der Tür. Es dauert eine Weile, dann wird eine kleine Luke in der Tür geöffnet. „Sie wünschen bitte?"
Es ist eine Frau, die er kaum in dem schwachen Licht erkennen kann. Mickey reicht die Karte durch die Öffnung und sagt: „Ich komme auf Empfehlung von Mister Johnson."
Die Frau geht mit der Karte nach hinten und hält sie vor die Lampe, die dort hängt und kommt wieder zurück.
„Freunde von Willard Johnson sind auch meine Freunde. Kommen Sie herein, junger Mann."
Sie öffnet die Tür und Mickey tritt ein. Jetzt kann er die Frau besser sehen, sie ist klein und etwas pummelig, ihr schwarzes Haar ist zu einem Zopf geflochten und sie trägt einen gesteppten Hausmantel. Sie blickt aus klugen Augen zu ihm hoch.
„Sie sind preiswert, habe ich gehört?" , fragt Mickey.
„Eine Übernachtung mit Frühstück in einem Zweibettzimmer kostet fünfzig Cent. Ich habe ein Zimmer, das ist noch ganz frei, das können Sie für fünfzig Cent haben. Ist das okay?"

Mickey ist froh, überhaupt ein Dach über dem Kopf zu haben.
„Ich bin glücklich, bei Ihnen übernachten zu können, Madam. Und fünfzig Cents kommen mir sehr fair vor."
„Dann willkommen in meiner kleinen Pension. Folgen Sie mir bitte leise."
Mickey hat als Gepäck nur seinen Haversack, den hält er fest und geht hinter Aunt Betty hinterher. Er versucht mit seinen Stiefeln möglichst leise zu sein.
Das Zimmer ist klein, aber gemütlich. Mickey ist todmüde, sodass er bald eingeschlafen ist. Während er träumt, meint er immer noch das Rütteln und Schaukeln des Eisenbahnwagens zu spüren.

Am nächsten Morgen wacht er früh auf. Er wäscht und rasiert sich in der Schüssel am Waschtisch, dann nimmt er das Frühstück ein. Es gibt reichlich Rührei, Schinken und dazu Kaffee, wovon er sich gerne und reichlich bedient.
Tante Betty geht herum und schenkt Kaffee nach. Mickey bedankt sich und fragt: „Wissen Sie, wie ich zu der »Ohio Steamboat Company« komme?"
Tante Betty überlegt einen Moment. „Das Gebäude ist am Ende der Ross Street. Am einfachsten ist es, wenn Sie den Allegheny flussaufwärts gehen, bis sie den Pennsylvania Kanal erreichen. Dem folgen Sie in südlicher Richtung. Ein Stück führt als Tunnel unter dem Grant Hill hindurch, den müssen Sie umgehen bis Sie wieder auf den Kanal stoßen. Direkt neben der Schleuse des Kanals in den Monongahela River ist die Verwaltung der »Ohio Steamboat Company«.

Mickey zahlt den günstigen Pensionspreis und macht sich auf den Weg. Das Empfehlungsschreiben hat er bei sich, das hat er jetzt schon mehrfach überprüft. Die Stadt ist voller Menschen, es geht zu wie in einem Ameisenhaufen. Pittsburgh ist fast so groß wie die Hauptstadt Washington. Auf dem Allegheny River fahren viele Schiffe. Sie werden mit Dampf betrieben und haben die Schaufelräder entweder hinten oder an der Seite. Teilweise sind es Schlepper, die ein oder mehrere Kähne hinter sich herziehen. Im Hintergrund der Stadt sind dutzende von Fabrikschornsteinen zu sehen, graue und schwarze Wolken quellen dort heraus und vereinigen sich zu einer grauen Dunstwolke, die über der Stadt liegt. Die Schornsteine der Dampfer auf dem Fluss tragen ihren Teil dazu bei. Mickey erinnert sich an die Worte von Mister Johnson: »In Pittsburgh sind die größten Stahlfabriken des Landes, die reichen Kohle- und Eisenerzvorkommen haben die Ansiedlung ermöglicht«. Er erinnert sich noch daran, dass Pittsburgh deswegen den wenig schmeichelhaften Beinamen »Smoky City« erhalten hat.

Den Pennsylvania Kanal hat er schnell gefunden. Es ist ein Kanal, der für Transportzwecke durch ganz Pennsylvania gebaut worden war, sodass man für die Strecke von Philadelphia nach Pittsburgh auf dem Wasserweg nur vier Tage benötigte. Mit dem Bau der Pennsylvania Railroad wurde der Kanal zunehmend überflüssig, sodass er jetzt nicht mehr benutzt wird. So dient er Mickey nun als Orientierungshilfe. Der Weg am Kanal entlang zum Monongahela Fluss beträgt etwa eine Meile. Mickey schreitet zügig aus, nach den hunderten von Meilen, die er während des Bürgerkrieges marschieren musste, ist diese Strecke nur ein Katzensprung. Der Monongahela Fluss ist etwas breiter als der Allegheny, der andere Fluss, die beide gemeinsam hier in Pittsburgh den Ohio bilden. Dann sieht er sein Ziel, das Verwaltungsgebäude der »Ohio Steamboat Company«. Es ist ein zweistöckiger Backsteinbau, der an der Straßenecke Water Street und Ross Street steht.

Etwas nervös betritt Mickey das Gebäude durch den Haupteingang an der Straße, nun wird hoffentlich wieder ein neuer Lebensabschnitt beginnen. Hinter der Tür befindet sich ein Raum für den Pförtner. Es ist ein alter Herr, schon etwas gebeugt, ihm trägt er sein Anliegen vor. „Ich möchte mich erkundigen, ob Sie Arbeit für mich haben. Ich habe eine Empfehlung dabei."

Der grauhaarige Mann sieht nur kurz hoch, dann spricht er undeutlich: „Gehen Sie bitte in das Büro am Ende des Ganges." Er zeigt mit seiner krummen Hand in die Richtung. „Dort befindet sich das Personalbüro."

Mickey geht in die angegebene Richtung. Er kommt an mehreren Büros vorbei, Stimmengewirr ist zu hören. Dann sieht er das Schild an der Tür: »Personnel Office« steht dort in goldenen Buchstaben. Er klopft an.

„Herein!", hört er eine dunkle Männerstimme. Mickey öffnet die Tür und tritt ein. Er blickt auf zwei Schreibpulte, hinter denen je ein Mann steht.

Der eine der beiden kommt auf ihn zu und reicht ihm die Hand zum Gruß. „Willkommen, junger Mann. Ich bin Miles O'Keefe, was kann ich für Sie tun?"

Mickey legt die Empfehlung von Mister Wilson auf den Tisch. „Ich suche nach Arbeit, ich habe hier eine Empfehlung mitgebracht, ich hoffe, sie hilft mir weiter."

Mister O'Keefe wirft einen Blick auf das Schreiben. „Das ist ja schon mal ganz schön. Was können Sie denn?"

Die Frage hatte Mickey befürchtet. Welche von seinen wenigen Kenntnissen, sollen ihm denn hier von Nutzen sein? „Ich habe als Soldat vier Jahre am Bürgerkrieg teilgenommen. Ich habe geholfen, Bäume zu fällen. Besondere Kenntnisse habe ich leider keine." Mickey hat das Gefühl, dass es besser ist, die Wahrheit zu sagen.

Der Personalchef sieht ihn an. „Sie sind groß und kräftig. Wie ich dem Empfehlungsschreiben entnehme, sind Sie sehr aufmerksam und hilfsbereit. Das ist mehr, als mancher Andere zu bieten hat. Was haben Sie denn mit den gefällten Bäumen gemacht?"
„Wir haben die Zweige und Äste entfernt und daraus Knüppeldämme gebaut. Ich habe auch mitgeholfen, provisorische Brücken zu bauen."
„Das ist doch was, ich habe auch schon eine Idee, wo wir Sie einsetzen können." Er dreht er sich zu dem zweiten Mann in dem Büro um. „Henry, würdest du bitte Jake aus der Tischlerei hierher zu mir bitten?"
Henry verschwindet, wenige Minuten später kommt er wieder. Hinter ihm geht ein großer, kräftiger Mann.
Miles O'Keefe macht sie beide miteinander bekannt. „Jake, ich habe hier einen Kandidaten für dich, Mickey Callaghan." Zu Mickey gewandt, ergänzt er: „Das ist Jakob Waldorf, der Leiter unserer Tischlerei."
Mickey sieht zu dem Mann hin. Er ist genau so groß wie er, vielleicht ist er Ende dreißig, sein schwarzes Haar ist stellenweise schon etwas dünn. Mit seinen dunklen Augen, um die er viele kleine Lachfältchen hat, sieht er Mickey an. Er streckt eine große Hand aus. „Ich bin Jakob, du kannst wie alle anderen auch, Jake zu mir sagen."
Mickey ergreift die Hand und erhält einen wohlmeinenden, kräftigen Händedruck. Er ist erleichtert, bis hierher hat alles geklappt, sein zukünftiger Chef scheint sehr nett zu sein.
Der Personalchef gibt Mickey noch einige Informationen mit. „Sie erhalten vier Dollar die Woche. Das ist nicht viel, dafür haben Sie Gelegenheit, hier zu wohnen und zu essen. Und nun wünsche ich ihnen viel Erfolg. Kommen Sie nach der Mittagspause noch einmal kurz hierher, damit ich Ihre Personalien notieren kann."

Mickey nickt und folgt seinem neuen Chef. Auf dem Weg zur Tischlerei gibt er ihm schon eine kurze Einführung. „Unsere Firma hat fünf Dampfschiffe, die reparieren wir in dieser Werft. Dazu gehören eine Schlosserei und eine Tischlerei. Neben mir haben wir noch fünf weitere Mitarbeiter in der Werkstatt. Wir haben zurzeit sehr viel zu tun, deshalb ist uns jede Hilfe recht." Er sieht Mickey an. „Wenn du dich geschickt anstellst, werden wir dich behalten."
„Ganz sicher, Mister Waldorf, äh, Jake. Ich werde mir große Mühe geben."
„Ich bin übrigens Deutscher, wie noch viele andere hier. Deshalb habe ich einen für englische Zungen merkwürdigen Namen."

In der Tischlerei wird er den anderen Kollegen vorgestellt. Es ist eine gemischte Gruppe aus ganz jungen und älteren Mitarbeitern, die sich jedoch gut zu verstehen scheinen.
„Mit Mickey haben wir einen neuen Benjamin in unserer Gruppe", sagt Jake. „Bisher war das immer Will, aber Mickey scheint noch ein paar Jahre jünger zu sein."
Ein junger Mann aus der Gruppe gibt ihm die Hand. „Hallo Mick, ich bin Will oder auch Wilfried. Willkommen bei den Holzschnitzern!"
Mickey erfährt, dass Wilfried Kruse dreiundzwanzig Jahre alt ist. Er ist ebenso Deutscher wie Jakob »Jake« Waldorf. Er bewohnt eine Kammer auf dem Dachboden der Werft, Mickey soll mit zu ihm ziehen. Er ist ein schlanker, blonder Mann, einen halben Kopf kleiner als Mickey. Er stubbst Mickey in die Seite. „Hey, guck nicht so ängstlich, wir werden uns schon gut vertragen."
Mickey atmet hörbar aus, ja er ist noch sehr verspannt. Eine ganz neue Umgebung und neue Kollegen, das macht wohl jeden etwas nervös.

Mickey wird von Jake betreut. Es ist viel zu tun, auf der Slipanlage in der kleinen Werft liegt ein großer Raddampfer, der eine Karambolage mit einem anderen Schiff hatte. Nun sind das Unterschiff und ein Teil der Aufbauten beschädigt. Mickeys Tätigkeiten beschränken sich heute auf das Zuschauen und das Zureichen von Werkzeug.
„Du musst immer gut aufpassen, was ich dir vormache. Du bekommst dann Gelegenheit, es selbst zu versuchen, sodass du möglichst bald selbstständig arbeiten kannst."
Am Abend wird Mickey von Will auf das Zimmer mitgenommen, das er nun mit ihm gemeinsam bewohnen soll. Über der Werkstatt ist ein Dachboden, in dem eine Kammer abgetrennt ist. Es stehen zwei Betten, ein Tisch und ein Schrank darin.
„Ist es dir nicht unangenehm, dass du dein Zimmer jetzt mit mir teilen sollst?", fragt Mickey seinen Kollegen.
Wilfried lächelt. „Nein, gar nicht. Dann ist es nicht mehr so langweilig", lacht er vergnügt.

Unten in der Werkstatt ist eine Toilette, die direkt in den Monongahela geleitet wird, und ein Waschraum für die Arbeiter. Schnell hat sich Mickey, oder auch Mick, wie er von seinen neuen Kollegen genannt wird, die Örtlichkeiten in der Werft gemerkt. Er ist ein aufmerksamer Mitarbeiter, der geschickt ist und eine schnelle Auffassungsgabe besitzt. Er lernt mit der Feinsäge, dem Hobel und dem Stecheisen umzugehen. Schon bald kann er alleine arbeiten und wird für die Gruppe um Jakob Waldorf eine wertvolle Hilfe.

Mickey versteht sich jeden Tag besser mit seinem Mitbewohner. Bald kennt jeder die Vergangenheit des Anderen. Wilfried Kruse ist der Sohn deutscher Einwanderer. Er hat zu Hause in

Harrisburg noch fünf jüngere Geschwister. In den Kohlegruben in Pittsburgh hatte er zwei Jahre gearbeitet, bis er die Stelle hier in der Werft gefunden hatte. „Glaube mir", sagt er zu Mickey, „die Arbeit in den Kohlegruben ist eine Schinderei. Das macht kaum jemand auf Dauer mit. Sie haben dort viele frühere Sklaven, die sind Kummer gewohnt und froh, überhaupt eine Arbeit zu haben".
Zwei Straßen weiter ist eine Gemeinschaftsküche, in der viele der Mitarbeiter aus der Nachbarschaft zum Essen gehen. Mickey hat von seiner Firma Essensgutscheine erhalten und macht gerne Gebrauch von dieser günstigen Möglichkeit. Schon ab fünf Uhr morgens ist dort geöffnet und es wird Frühstück angeboten. Der Arbeitsbeginn, die Mittagspause und das Ende der Arbeit wird von einer Dampfpfeife auf der Werft angezeigt. Das Signal wird von jedem auch in der ungünstigsten Ecke wahrgenommen.

In den wenigen Minuten, die Mickey von der Mittagspause bleiben und auch nach der Arbeit, sitzt er mit Will gerne am Ufer des Monongahela und sie beobachten das Treiben auf dem Fluss. Sie sehen den Raddampfern zu, wie sie mit qualmenden Schornsteinen, laut fauchender Maschine und brausenden Wasserrädern an ihnen vorbeifahren.
„Da würde ich gerne mitfahren", sinniert Mickey.
„Wohin würdest du denn fahren wollen?", fragt ihn sein Kollege.
„Ach, ich weiß auch nicht. Nur irgendwohin." Mickey ist fast sein ganzes bisheriges Leben unterwegs gewesen, sodass ihm die drei Monate Arbeit auf der Werft schon wie eine Ewigkeit vorkommen. Die Arbeit gefällt ihm und die Kollegen sind alle sehr freundlich und hilfsbereit.

Will gehen andere Dinge durch den Kopf. Er sieht seinen Freund an und fragt: „Sag mal, hast du eigentlich schon mal ein Mädchen gehabt?"
„Wie sollte das gehen? Ich habe mit vierzehn Jahren bei der Armee angefangen und bin vor drei Monaten entlassen worden. Und was ich in den drei Monaten getrieben habe, weißt du ja."
Wilfried sieht ihn nachdenklich an. „Da ist dir bisher wirklich etwas entgangen."
Mickey sieht ihn skeptisch an. Irgendetwas muss dran sein, an den Mädchen. Er fühlt jedes Mal einen Kloß im Hals, wenn er sich bei der hübschen Elli in der Küche etwas zu essen bestellt. Sie sieht ihn dann immer so merkwürdig an, dass ihm ganz weich in den Knien wird.
Wilfried klopft ihm auf die Schulter und sagt: „Das müssen wir unbedingt ändern, gleich bei der nächsten Gelegenheit."
„Hast du denn eine Freundin?", fragt Mickey ihn.
Will lächelt vor sich hin. „Nein, keine feste Freundin, aber immer mal eine andere. Glaube mir, das macht einen Riesenspaß!"
„Was ist denn das, eine feste Freundin?", will Mickey wissen.
„Ein Mädchen ist dann eine feste Freundin, wenn die Beziehung lange dauert. Richtig lange, so ein paar Wochen oder so." Dann macht er eine Pause. „Aber wer will das schon. Immer wieder eine Neue, das ist doch gerade das, was Spaß macht."

Es ist August 1865, es ist Nacht und Mickey liegt in seinem zu kurzen Bett und schläft. Es ist sehr warm unter dem Dach und Mickey ist spät eingeschlafen. Irgendetwas lässt ihn aufwachen, er hat die Decke im Schlaf aus dem Bett geworfen und liegt nun nackt da. Er zieht die Decke wieder hoch und sieht im Dunkeln an die Decke.

Was ist das für ein Geräusch? Er hat sich an die Geräusche vom Fluss gewöhnt, das Stampfen der Dampfmaschinen, das Geplätscher der Schaufelräder, das Gurgeln des Wassers an den Buhnen. Doch was ist das? Das ist anders. Es knistert irgendwo. Mit einem Mal ist er hellwach und springt aus dem Bett. Er läuft zur Tür und öffnet sie, ein brenzliger Geruch steigt ihm in die Nase. Schnell läuft er die Treppe hinunter. Mittlerweile hat er gelernt, sie mit geschlossenen Augen zu benutzen, so dass ihn die Dunkelheit nicht stört. Unten angekommen, spürt er, dass der Geruch nach Rauch stärker wird, er blickt in die Halle. In einer Ecke sieht er Feuerschein. Hastig springt er die Treppe wieder rauf und weckt seinen Freund.
„Will, schnell, du musst aufstehen! Feuer!"
Will kommt langsam hoch und sieht Mickey verständnislos an. Mickey wiederholt seinen Ruf und schüttelt ihn an der Schulter. „Los, Will! Du musst dich anziehen!"
Mickey läuft wieder die Treppe hinunter. Es ist überall finster, er findet deshalb den Weg nicht sofort. Dann hat er gefunden, was er sucht, es ist das Ventil für die Dampfpfeife. Er dreht es auf und sofort dröhnt das Horn laut durch die Nacht, auf der Werft und in der Nachbarschaft ist es gut zu hören.

Endlich kommt Will die Treppe heruntergelaufen, einen Arm hat er erst halb in seiner Jacke. „Wir haben eine Pumpe, ich nehme den Schlauch und du kannst sie betätigen!", ruft ihm Will zu, dann zeigt er ihm, wie er die Pumpe bedienen muss. Es ist ein langer Hebel, der von beiden Seiten mit je einer Person auf und ab bewegt werden muss.
„Du musst alleine pumpen, ich werde den Schlauch nehmen und die Spritze dirigieren."
Mickey fängt an zu pumpen. Da eine Person auf der Gegenseite fehlt, ist es sehr mühsam. Er ist sehr kräftig, sodass er doch einen ausreichenden Wasserstrahl erzeugen kann.

Die Tür geht auf und einige Nachbarn kommen hereingestürzt. Jemand hat eine Petroleumlampe mitgebracht, sodass sie jetzt besser sehen können. Einer der Männer kommt zu Mickey an die Pumpe und hilft mit. Beide zusammen erreichen, dass sie einen starken Strahl abgibt. Mickey arbeitet mit aller Kraft, die er aufbringen kann. Die Nacht ist sehr warm, ihm und seinem Helfer läuft der Schweiß in Strömen hinab.

Das Feuer ist in der Kombüse auf dem Schiff ausgebrochen, das zur Reparatur auf ihrer Slipanlage liegt. Die Flammen haben bereits das darüber liegende Deck erreicht. Der Wasserstrahl bewirkt zwar etwas, um das Feuer zu löschen, müsste er aber noch kräftiger sein. Jetzt kommt von der gegenüberliegenden Seite ein zweiter Wasserstrahl hinzu. Es ist die Wasserpumpe der Feuerwehr, die inzwischen eingetroffen ist. Dort sind viel mehr Leute an einer größeren Pumpe, sodass ein ausreichend starker Wasserstrahl das Feuer erreicht. Eine halbe Stunde später haben die Männer den Brand unter Kontrolle. Mickey und sein Helfer können jetzt aufhören. Es gelingt ihm kaum, die Finger von dem Griff zu lösen, so fest hat er den Hebel gehalten. Er bricht beinahe zusammen, er hängt über dem Pumpenhebel und atmet schwer. Seinem Helfer geht es auch nicht besser, beide ruhen sich eine Weile aus.
Mit einem Mal hört die Dampfpfeife auf zu dröhnen. In der Aufregung hatte er den lauten Ton verdrängt und das Pfeifen nicht mehr bemerkt. Es hatte bis jetzt auch niemand Zeit gefunden, sie abzustellen, aber jetzt ist sie still.
Die Leute der Feuerwehr gehen mit der Spritze auf das Schiff und suchen noch nach verbliebenen Feuernestern. Mickey wäscht sich seinen schweißüberströmten Körper im Waschraum und geht dann langsam zu seinem Dachzimmer hoch. Er liegt gerade ein paar Minuten im Bett, da kommt Will auch herein.

„Hallo, Mick, bist du noch wach?", fragt er leise.
„Ja. Ist unten alles klar?"
„Ja. Das war prima von dir. Ich mag mir gar nicht vorstellen, was passiert wäre, wenn du mich nicht geweckt hättest. Wie hast du das eigentlich bemerkt?" Mickey überlegt. Ja, woran hat er es bemerkt? „Ich weiß auch nicht, da war so ein Geräusch..."

Am nächsten Tag lernt Mickey die Tante von Frenchie kennen. Eben dieser und dessen Freundin hatten ihn in Washington um sein gesamtes Geld gebracht.
Ein junger Mann aus der Verwaltung kommt in die Werkstatt und bittet Mickey, ihm zu folgen. Er wird in ein großes Büro geführt, das mit edlem Holz ausgekleidet ist. Der Teppich ist so dick, dass es sich anfühlt, als wenn man auf einem weichen Moosboden geht. Selbst die Wände sind mit dunklem Holz verkleidet und mit großen Bildern mehrerer Dampfschiffe geschmückt. Hinter einem riesigen Schreibtisch sitzt eine Frau, sie ist schlank und hat kurz geschnittene, graue Haare. Sie steht auf, kommt auf Mickey zu und sagt: „Ich bin Brigitte Cooper. Mir und meinem Mann gehört diese Firma. Setzen Sie sich doch, bitte." Dann führt sie ihn zu einem Tisch an der Wand. Er steht vor einem großen Fenster, durch das man von oben auf den Monongahela hinuntersehen kann.
Mrs. Cooper geht an einen Schrank und holt zwei Gläser heraus. „Möchten Sie Whisky oder Cognac?", wird er gefragt.
Mit Whisky hat Mickey schlechte Erfahrungen gemacht, so sagt er: „Cognac, bitte", obwohl er nicht weiß, worin der Unterschied besteht.
Mrs. Cooper setzt sich zu ihm an den Tisch. „Auf unseren jungen Helden!" Sie hebt das Glas und nimmt einen Schluck daraus, Mickey nippt ebenfalls vorsichtig an dem Glas.

„Ich habe heute Morgen eine tolle Geschichte über Sie gehört. Erzählen Sie doch mal, wie ist das gewesen?"
So toll kam Mickey das gar nicht vor, so sagt er nur: „Ich habe Rauch gerochen und dann das Feuer bemerkt."
Die Firmenchefin sieht ihn lächelnd an. „Das war doch wohl nicht alles. Sie haben ihrem jungen Kollegen das Leben gerettet und dadurch, dass Sie die Dampfpfeife betätigt haben, haben Sie die ganze Umgebung alarmiert. Erst dadurch konnte der Brand gelöscht werden."
Mickey zuckt mit den Schultern – „wenn Sie meinen." Und wieder muss er seine Lebensgeschichte erzählen. Er erzählt in knappen Worten von der Zeit bei der Armee und wie er Arbeit gesucht hatte.
„Wie sind Sie auf meine Firma aufmerksam geworden?"
Damit war das Gespräch an einer Stelle angekommen, die Mickey unangenehm war. „Kennen Sie einen Francois Meunier, wir haben ihn »Frenchie« genannt?"
„Ja, das ist ein Neffe von mir. Seine Mutter ist meine Schwester. Was ist denn mit ihm?"
„Er hat mir von Ihnen erzählt, und dass er hoffte, hier Arbeit zu finden."
„So wie ich ihn kenne, hat er sich immer um Arbeit gedrückt, deshalb kann ich mir das gar nicht vorstellen."
Mickey staunt, Frenchie ist also schon länger als Taugenichts bekannt. Daraufhin erzählt er von dem Überfall und dem Diebstahl seines Soldes.
Mrs. Cooper ist ehrlich entsetzt. „Oh, das tut mir wirklich leid für Sie! Meinem Neffen traue ich das leider zu, meine Schwester ist wirklich geschlagen mit ihm!" Sie fügt hinzu: „Ich werde mir überlegen, wie ich mich bei Ihnen revanchieren kann, für Ihre große Tat in der vergangenen Nacht sowie den Diebstahl durch meinen Neffen. Lassen Sie es mich wissen, wenn Sie einen besonderen Wunsch haben."

Mickey und seine Chefin leeren noch das Glas Cognac, dann geht Mickey wieder zurück in die Werkstatt. Hier fühlt er sich wieder wohler, in dem großen und vornehmen Büro war ihm sehr unbehaglich gewesen.
Will kommt auf ihn zu. „Du hast also schon unsere Chefin kennengelernt. Das ist mir bisher noch nicht vergönnt gewesen." Er klopft ihm auf die Schulter. „Du hast es verdient, Mick, ich freue mich für dich!"

Die Schäden des Feuers auf dem Schiff ziehen die Reparatur noch weiter in die Länge. Das verbrannte Holz wird entfernt und wird durch neue Planken ersetzt. Mickey fährt jede Woche, meistens mit Will als Begleiter, zu einer Sägerei, die flussaufwärts am Monongahela liegt. Dort ist ein dampfbetriebenes Sägewerk, bei der sie sich das zurechtgeschnittene Holz abholen. Ihr Wagen wird von zwei Pferden gezogen, die dann von Mickey geführt werden.
Die Sägerei versorgt viele Werften in Pittsburgh mit Holz. Die Bäume werden in der Nähe in den Bergen geschlagen, teilweise kommen sie auch als Flöße vom Oberlauf des Monongahela.
Gemeinsam laden sie das Holz auf, es sind Bretter, die nach Maß geschnitten sind. In ihrer Tischlerei ist eine Hobelbank, dort werden sie in die endgültige Form gebracht.
Auf dem Rückweg sitzen Will und Mickey wie üblich auf dem Kutschbock und unterhalten sich, während die Pferde schnaufend den schweren Wagen ziehen.
„Mick, hast du kommenden Sonntag schon etwas vor?"
Mickey grinst. „Du weißt doch genau, was ich an den Sonntagen immer mache. Ich langweile mich, manchmal gehe ich spazieren, oder ich liege in der Sonne."

„Das habe ich mir doch gedacht." Will sieht Mickey schelmisch an. „Am Sonntag habe ich ein Treffen mit meinem Mädchen und einer Freundin von ihr organisiert. Was sagst du dazu?"
Mickey schluckt, nun ist es soweit. Er spürt Freude und Unbehagen zugleich. Was ist, wenn er sich zu ungeschickt anstellt und das Mädchen verärgert? Oder wenn sie ihn auslachen sollte? „Das klingt sehr aufregend. Was meinst du, Will, ob ich das wohl hinkriege?"
Will klopft ihm beruhigend auf den Arm. „Du machst das schon. Du wirst sehen, das geht wie von selbst."
Mickey ist sich nicht so sicher, aber jetzt gibt es kein Zurück mehr. Jetzt muss es endlich passieren.

Zwei Tage später ist Sonntag. Die beiden Tage vorher hat Mickey immer wieder an seine Verabredung denken müssen. „Wie sieht sie denn aus?", fragt er Will. „Ist sie nett?"
Will lächelt amüsiert. „Sie ist sehr nett, sie sieht auch ganz passabel aus. Sie wird dir gefallen, da bin ich ganz sicher."
Mickey und Will machen sich heute fein zurecht. Sie waschen sich im Waschraum von oben bis unten und ziehen sich frisch gewaschene Kleidung an. Das war ein Tipp von Will, die Wäscherei ist ein paar Straßen weiter und wird von ein paar Chinesen betrieben, sodass sie keine Arbeit mit der Wäsche haben.

Um 3 Uhr am Nachmittag wollen sie sich an der Markthalle im Zentrum treffen. Der Weg ist nicht weit, sodass die beiden jungen Männer zu Fuß gehen.
„Was machen wir denn jetzt gleich?", fragt Mickey. Er hat sich noch nie mit einem Mädchen verabredet, sodass er sich zunehmend unwohl fühlt.
„Ich denke, das ergibt sich", sagt Will. „Wir könnten zu den Überresten des alten Fort Pitt gehen, dort kann man schön an

der Flussgabelung sitzen, aber ich habe noch eine bessere Idee."
Er hebt seine Hand, die einen großen Leinenbeutel hält. „Sieh mal, was ich hier habe!"
„Was ist denn da drin?"
„Da sind zwei Decken drin, außerdem vier Teller und Gabeln. Den Kuchen dazu bringen die Mädchen mit. Und außerdem", - er greift in den Beutel und holt eine Flasche Wein heraus: „Tatata!"
Mickey staunt nicht schlecht. „Wo hast du die denn her?"
„Du kennst doch Elli, die kleine Hübsche aus der Küche?"
„Ja, sicher, wir gehen doch jeden Tag zum Essen dort hin."
„Siehst du. Ich habe ihr schöne Augen gemacht und ihr noch etwas zugesteckt - und peng!"
Mickey staunt wieder. Sein Kumpel Will ist schon ein Tausendsassa. Von ihm kann er in mancher Hinsicht noch etwas lernen.
Die beiden Mädchen warten schon auf sie. Die Größere ist Annie Gusher, ein blondes, schlankes Mädchen in einem Kleid, die Haare hat sie zu einem Kranz geflochten. Will geht auf sie zu und nimmt sie in den Arm. „Hallo, mein Schatz, ich freue mich, dich zu sehen!" Dann gibt er ihr einen Kuss.
Ihre Freundin ist Mildred Kershaw. Sie ist auch schlank, wie alle jungen Mädchen. Sie hat schwarze lange Haare, die sie offen trägt. Sie hat dunkle Augen und sieht Mickey damit schüchtern an.
Will stellt die Mädchen vor. Mickey gibt beiden die Hand, dabei sieht er sie aufmerksam an. Mildred ist einen Kopf kleiner als er, sie sieht immer nach unten auf den Boden.
Will sieht sie an, legt einen Finger unter ihr Kinn und hebt ihr Gesicht. „Seit wann bist du denn so schüchtern? Du willst wohl nur nicht gleich unangenehm auffallen, was?"
Das Mädchen sieht Mickey in die Augen und lächelt ihn an.

„Was sag ich denn, es geht doch!", lacht Will und gibt seinem Mädchen wieder einen Kuss.
Mickeys Blick versinkt in den großen dunklen Augen von Mildred. Sie fasst zaghaft nach seiner Hand und stellt sich so dicht neben ihn, dass er ihr Haar riechen kann.
Will übernimmt die weitere Planung, er fragt Annie: „Was ist denn jetzt mit dem Kuchen?"
Annie hat einen Korb bei sich. „Der ist hier drin, außerdem vier Gläser und ein Korkenzieher, wie du es gewünscht hast."
„Das hast du fein gemacht", lobt Will sie und drückt sie an sich. „Jetzt müssen wir nur noch ein schönes Plätzchen finden, wo wir uns nett hinsetzen können", erklärt Will. „Ich habe auch schon eine Idee. Seit dem Brand vor zehn Jahren sind ein paar Stellen am Fluss unbebaut geblieben und die sind jetzt schön zugewachsen."
Will führt die Vier an. Sie gehen ein Stück an der Uferstraße entlang, dann erreichen sie ein leeres Grundstück, lediglich vorne an der Straße steht noch die Ruine eines Hauses. Das Grundstück hat ein leichtes Gefälle zum Allegheny hinunter, Birken und anderes Gebüsch wuchern darauf und haben es in eine kleine Wildnis verwandelt. Will kennt sich hier aus, er geht voraus, Mickey geht als letzter hinter den Mädchen her. Vor ihm geht Mildred, ihre schwarzen Haare liegen hinten auf ihrem blauen Kleid. Ich weiß gar nicht, was Will hat, denkt Mickey. Sie sieht doch gut aus, nur ihre Nase ist vielleicht etwas groß.
Dann hat Will den Platz erreicht, den er gesucht hatte. Es ist ein kleiner Grasfleck, umgeben von Gestrüpp, nach vorne hat man einen ungehinderten Blick auf den Allegheny River.
„Oh, hier ist es aber schön!", ruft Mildred aus. Annie scheint den Platz schon zu kennen, sie und Will breiten die beiden Decken nebeneinander aus.

Der Untergrund bildet hier eine kleine Stufe, sodass man ein bisschen besser sitzen kann. Annie holt den Kuchen heraus, den Will dann anschneidet und auf die Teller verteilt. Zuletzt holt er die Flasche Wein heraus.

„Oh!", rufen beide Mädchen zugleich. Annie ist nicht ganz so überrascht wie Mildred, sie hatte das schon erwartet, sie sollte schließlich die Gläser mitbringen.

Mickey hört, dass Annie zweiundzwanzig ist und Mildred einundzwanzig. Annie arbeitet in der Allegheny Cotton Weberei. Es gibt dort Wohnungen für die Arbeiterinnen, sie teilt sich mit drei anderen ein Zimmer.

„Und was machst du, Mildred?", fragt Mickey.

„Ich bin Zimmermädchen auf der Ohio Queen."

„Ach", sagt Mickey, „das ist doch der Dampfer, der bei uns nebenan liegt."

„Was meinst du, warum Mildred jetzt hier ist", lacht Will. „Sie ist sonst dauernd unterwegs und höchstens einmal in der Woche hier in Pittsburgh. Der Dampfer gehört übrigens der »Ohio Steamboat Company«, deshalb kennen wir uns."

„Und warum seid ihr Freundinnen, ihr seht euch doch kaum einmal", fragt Mickey die beiden Mädchen. „Ihr arbeitet doch sicher auch zehn Stunden am Tag, so wie wir."

„Wir sind gemeinsam in Pittsburgh zur Schule gegangen, das ist jetzt sechs Jahre her, aber seitdem treffen wir uns immer mal wieder. Solche Tage wie heute, dass es mal an einem Sonntag für uns beide gemeinsam klappt, sind eher selten."

„Ja, genau", sagt Will, „darum wollen wir diesen seltenen Tag nicht mit Reden verbringen." Er legt einen Arm um Annie und zieht sie ins Gras. Eng aneinandergeschmiegt liegen sie dort und küssen sich.

Mildred sieht zu Mickey auf. „Ich habe gehört, dass du noch nie ein Mädchen gehabt hast?"

„Ich, äh, nein." Es ist Mickey unangenehm, dass gerade ein Mädchen das fragt. „Ich bin doch erst achtzehn Jahre alt, und die letzten vier davon habe ich im Bürgerkrieg zugebracht."
Sie lehnt ihren warmen Körper an Mickey und legt eine Hand auf seinen Arm. „Du bist ein sehr hübscher Junge, dir werden die Mädchen noch hinterherlaufen."
Dann stützt sie sich etwas auf und gibt Mickey einen Kuss auf die Wange. Das unangenehme Gefühl, das Mickey bis jetzt umklammerte, verschwindet langsam. Er beginnt sich in Mildreds Nähe wohl zu fühlen.

Will sieht zu den beiden hinüber. Er grinst und ruft Mickey zu: „Lass sie nur machen, sie kann das gut!" Dann lacht er und dreht sich wieder zu Annie um.
Mickey ist erschrocken. Hat Will auch schon mal mit Mildred…? Er mag diesen Gedanken nicht zu Ende denken. Er versucht es wie Will, er legt einen Arm um Annie und zieht sie in das Gras hinunter. Willig folgt Mildred ihm und erwidert seine zaghaften Küsse.
Die Zeit vergeht wie im Fluge, der Kuchen ist aufgegessen, der Wein ist leer. Mickey fühlt sich wie im siebten Himmel. Mildred weiß, wie man küsst, und hat es ihm gezeigt.
Will steht auf und hilft Annie beim Aufstehen. „So, ihr zwei. Jetzt kommt das Hauptgericht!"
Mickey löst sich aus Mildreds Armen. Wie meint Will das, gibt es noch eine Steigerung?
Es gibt sie, wie Mickey bald erleben wird. Alle vier erheben sich und packen bei dem schwächer werdenden Licht ihre Mitbringsel ein. Dann gehen sie die Straße am Hafen entlang und landen nach einer Viertelstunde an der Werft, auf der die beiden Männer arbeiten. Will verschwindet mit Annie in einer der Kabinen des Schiffes, das auf ihrer Slipanlage liegt, Mickey und Annie gehen in das Zimmer, das er mit Will bewohnt.

Es ist jetzt dunkel im Zimmer. Mickey sieht in dem schwachen Licht, dass Mildred sich auszieht und dann unter die Decke eines der Betten schlüpft. Er nimmt seinen Mut zusammen und legt ebenfalls seine Kleidung ab. Dann legt er sich zu Mildred unter die Decke.

Eine Stunde später poltert es auf der Treppe und die Tür geht auf. Will kommt herein und zündet die Petroleumlampe an.
„Aufstehen! Ihr habt jetzt Zeit genug gehabt!" Er lacht und zieht Annie in das Zimmer. Sie sind beide angezogen und sehen belustigt auf das Bett, auf dem die beiden liegen. Mickey ist es peinlich und er bedeckt mit der Decke seine Blöße. Mildred hockt im Bett, die Decke bedeckt gerade ihre Beine, ihr Busen schimmert weiß in dem schwachen Licht. Sie kichert, als sie seine Versuche, sich zu bedecken, bemerkt. Sie steigt vor den Augen der anderen aus dem Bett und zieht sich dann in aller Ruhe an.
Will bemerkt Mickeys Scham und sagt: „Dreht ihr zwei euch doch mal einen Moment um, unser frisch gebackener Mann muss noch seine Hose anziehen."
Schnell springt Mickey aus dem Bett und kleidet sich an.
Annie ist praktisch veranlagt. „Ihr habt doch unten in der Werkstatt einen Herd, dort werde ich mit Mildred für unsere beiden Helden etwas zu Essen machen."
Sie ergreift Mildreds Hand und verschwindet mit ihr auf die Treppe.
Will sieht Mickey schmunzelnd an. „Na, habe ich zu viel versprochen?"
Mickey ist nicht nach Sprechen zumute. Er kann immer noch nicht fassen, was ihm eben passiert ist. Will weist auf ein kleines Handtäschchen, das auf dem Tisch liegt.
„Hier, Mickey! Das ist die Handtasche von Mildred. Sie ist geöffnet, das heißt, du solltest dort etwas hineinlegen."

Mickey ist verblüfft. Es war also nicht die reine Liebe. Aber egal, es war unglaublich. Er bekommt jetzt noch weiche Beine, wenn er daran denkt, was Mildred alles mit ihm angestellt hat.
„Ein Dollar ist in Ordnung, das bekommt Annie auch von mir."
Mickey denkt über die Mädchen nach, sind das jetzt Freundinnen, wenn man sie dafür entlohnt?
„Bezahlt man immer, wenn man mit einer Frau zusammen ist?"
„Nicht, wenn man es aus reiner Liebe macht. Unsere beiden Mädchen mögen uns zwar, man bekommt sie mit etwas Geld aber schneller ins Bett."
Mickey schüttelt den Kopf. Den Dollar war es allemal wert und er legt ihn gerne in die kleine Tasche.

Ein junger Mann kommt in das Verwaltungsgebäude der »Ohio Steamboat Company«. Er ist elegant gekleidet, trägt etwas längere schwarze Haare und einen Schnurrbart. Er tritt durch die Tür und meldet sich bei dem alten Pförtner an.
„Warten Sie hier im Besucherraum", sagt dieser und geht mit schlurfenden Schritten in Richtung Geschäftsleitung, um den Gast anzukündigen. Nach einer Weile kommt er zurück und sagt mit seiner undeutlichen Stimme: „Unsere Chefin wird gleich zu Ihnen kommen, einen kleinen Moment bitte."
Fünf Minuten später kommt die Besitzerin Brigitte Cooper aus ihrem feinen Büro und geht mit klappernden Schuhen hinunter in den kleinen Raum, in dem ihr Besucher sitzt.
Der junge Mann steht auf und will ihr die Hand geben. „Hallo, Tante Brigitte, wie schön dich zu sehen!"
Mrs. Cooper ignoriert die dargebotene Hand und sieht ihn zornig an. „Das ist ein starkes Stück, dass du dich hierher traust, Francois!"

„Ja, weißt du, in Washington zu studieren ist nicht so preiswert, wie ich angenommen hatte..."
„Halte bitte deinen Mund und rede nicht so einen Unsinn. Du studierst nicht und du arbeitest auch nicht. Du bist nur hier, um Geld von mir zu schnorren!" Sie hat sich in Wut geredet, ihre Augen blitzen. „Vor einem Vierteljahr hast du, gemeinsam mit einer deiner fragwürdigen Freundinnen, einen jungen Mann ausgeraubt!"
„Tante Brigitte, lass dir doch erklären..."
„Ich pfeife auf deine Erklärungen, verlass meine Firma und lass dich hier nie wieder sehen!"
„Liebe Tante, warte doch einen Moment!"
„Verschwinde auf der Stelle! Ich werde sonst unseren Pförtner rufen. Der sieht zwar klapprig aus, mit der Waffe ist er aber immer noch gefährlich."
Francois, oder auch Frenchie, sieht ein, dass er verloren hat.
„Wenn du es so haben willst, dann auf Wiedersehen", er erhebt sich von dem Stuhl.
„Kein Wiedersehen, auf Nimmerwiedersehen!"

Keine fünf Minuten später steht Francois Meunier wieder auf der Straße. Zornschnaubend denkt er darüber nach, was ihm gerade widerfahren ist. Wieso weiß seine Tante von dem Überfall auf Mickey Callaghan? Von seiner damaligen Freundin kann sie das nicht erfahren haben, es bleibt nur noch Mickey selbst. Er muss den Strohhalm mit der Arbeitsstelle aufgegriffen haben und ist jetzt hier. Dieser verdammte Kerl! Jetzt hat er seine bequeme Geldquelle versiegen lassen. Das kann er so nicht hinnehmen - dafür soll er büßen!

Raub der Lohngelder

Francois Meunier entfernt sich zähneknirschend von der »Ohio Steamboat Company«. Was für ein dummer Zufall, dass dieser Mickey Callaghan tatsächlich seinem vagen Hinweis auf seine Tante gefolgt war. Irgendwie muss er jetzt zu Geld kommen, aber wie? Dann hat er eine Idee. Ja, diese Idee gefällt ihm richtig gut. Dabei kann er zu Geld kommen und die Sache dann Callaghan in die Schuhe schieben! Seine Laune bessert sich schlagartig und er beschleunigt seine Schritte.

Francois Meunier hatte drei Jahre nach seinem Eintritt in die Armee der Nordstaaten, seinen Vertrag nicht verlängert. Das Risiko, doch noch ums Leben zu kommen, war ihm eindeutig zu hoch gewesen. Die Freiheit der Sklaven hatte ihm nie etwas bedeutet, der Eintritt in die Armee war eine willkommene Gelegenheit gewesen, unterzutauchen und sich der Verfolgung durch mehrere Opfer, die er ausgenommen hatte, zu entziehen. Nach der Entlassung im Jahr 1864, war er dann für mehrere Monate bei seiner Tante Brigitte Cooper in Pittsburgh untergekommen. Da er aber nie viel Sinn für normale Arbeit hatte, hatte ihm seine Tante nahegelegt, sich anderweitig seinen Lebensunterhalt zu verdienen. So war er dann wieder in Washington gelandet. Dort herrschte während des Bürgerkrieges und danach ein ziemliches Chaos, sodass er sich dort sicher fühlte und wieder dreiste Überfälle beging, die ihm ein ganz ordentliches Auskommen ermöglichten. Ein besonders dicker Fisch war der Diebstahl der Prämie und des Soldes von diesem Callaghan. Wenn nur seine Freundin Caroline nicht einen so unverschämt hohen Anteil davon hätte haben wollen! Diese gierige Hexe! Die Beziehung zu dem Miststück war dann auch bald wieder zu Ende.

Hier in Pittsburgh hatte er vor einem Jahr ein paar Freunde gehabt. Einer davon, Jimmy Pinkton, ist für seinen Plan genau der Richtige. Vor ein paar Tagen hatte er ihn in einem Lokal in der Innenstadt getroffen und sie hatten vereinbart, sich so bald wie möglich wieder zu treffen. Und genau das hat er jetzt vor.
Sein Freund lebt in einem alten Hausboot, das am Duquesne Way, also am Hafen des Allegheny River, liegt. Es hat ein rotes Geländer, hatte Pinky gesagt.
An dem Ufer des Allegheny liegen viele kleine Schiffe und Boote, auch ein paar Hausboote sind dabei. Dann hat er es gefunden. Es ist ein kleines, kaum zehn Schritt langes Boot, ohne Antrieb und kurz vor dem Verfall. Das Geländer kann man kaum als „rot" bezeichnen, es ist mehr rostfarben. Und wenn sein Kumpel nicht zu Hause ist? Was soll's, er würde auf ihn warten. So wie er Pinky kennt, hat der bestimmt etwas Whisky herumstehen.
Das Hausboot ist mit einer Planke und einem wackligen Handlauf mit dem Ufer verbunden. Das schmutzige Wasser des Allegheny läuft mit schlürfenden Geräuschen an dem Boot entlang. Die ehemals weiße Farbe ist überall abgeblättert, zwei Fenster haben zerbrochene Scheiben. Frenchie tritt an die Tür und klopft. Als sich niemand meldet, drückt er die Klinke hinunter und öffnet sie. Drinnen ist es dunkel, die Gardinen sind zugezogen, etwas Tageslicht schimmert herein.
„Pinky!", ruft Frenchie, doch niemand meldet sich. Der Aufbau besteht nur aus zwei Räumen. Der erste, in dem er jetzt steht, ist Küche und Wohnraum zugleich. Es stinkt nach Moder, überall liegt Unrat umher. Frenchie schüttelt sich unmerklich. Sein Freund war schon immer unordentlich gewesen. Aber was soll's, er will ja nicht mit ihm leben, sondern einen Geldtransport überfallen. Und dafür ist Pinky genau der Richtige.

Der zweite Raum ist ein Schlafzimmer. Ein Bett und ein Schrank stehen darin. Das Bett ist unordentlich, selbst in dem schwachen Licht kann Frenchie sehen, dass die Wäsche schmutzig ist. Hier ist also auch niemand, Frenchie geht wieder in den ersten Raum zurück. Er sieht sich nach Whisky um. Der Schrank ist mit schmutziger Wäsche und Geschirr gefüllt. Unter dem Tisch liegen ein paar Flaschen herum, die im Rhythmus des schwankenden Bootes hin und her rollen. Fast alle sind leer, eine ist noch halbvoll. Frenchie hebt sie hoch und nimmt einen kräftigen Schluck. Nach einem Glas sucht er gar nicht erst, das wäre ganz sicher ebenso schmutzig, wie alles hier auf dem Boot.

Plötzlich wird die Tür aufgestoßen und ein Mann springt herein, eine Waffe erhoben und auf Frenchie gerichtet.
„Was machen Sie auf meinem Boot?", ruft er. Er hat ungepflegtes langes Haar und einen Bart.
„Pinky, ich bin es, Frenchie!", antwortet Francois, er hebt aber vorsichtshalber die Hände. Dann wird er in dem Dämmerlicht erkannt.
„Frenchie, altes Haus. Fast hätte ich dich erschossen." Dann lacht er laut, steckt den Revolver fort und klopft seinem Bekannten auf die Schulter.
„Was machst du hier, du willst doch bestimmt nicht nur meinen Whisky stehlen?", fragt er, holt sich ein Glas aus dem Schrank und setzt sich zu seinem Besucher auf das Sofa.
Frenchie erzählt ihm von seinem Plan, die Lohngelder zu rauben und einen alten Kriegskameraden damit zu belasten. Auch seine Idee für den Fluchtweg erläutert er ihm.
Jimmy Pinkton nickt. „Die Idee für die Flucht ist gut, sonst hast du nach so einem Überfall auch kaum eine Chance, dich zu verdrücken. Die Lage des Büros neben dem alten Kanal ist für unsere Zwecke perfekt."

„Kennst du jemanden, der uns den Zeitplan für den Geldtransport verraten kann?"
Pinky überlegt eine Weile. „Doch, ich kenne jemand bei der Polizei, der muss aber ordentlich geschmiert werden."
Die beiden Gauner tüfteln noch eine Weile an dem Plan herum, dann sind sie sich sicher, dass es ohne Probleme ablaufen wird.
„Das größte Problem wird sein, Callaghan vorher dort fortzulocken, damit er während des Überfalles kein Alibi hat", sagt Frenchie. „Aber was soll's. Wenn er sich nicht fortlocken lässt oder zu früh zurückkommt, machen wir wenigstens eine ordentliche Beute."
Beiden fällt doch noch ein, wie sie Mickey Callaghan vom Tatort weglocken können. Zufrieden lehnen sie sich zurück und lassen sich den Whisky schmecken.

Die Lohngelder werden in den meisten Betrieben am Sonnabendabend ausgezahlt. Damit das möglich ist, kommt am Nachmittag ein Geldtransport der Pittsburgh Bank und beliefert die Firmen mit dem nötigen Bargeld.
„Zu Beginn der Fahrt sind das mehrere tausend Dollar", weiß Pinky. „Und da die »Ohio Steamboat Company« die erste der Firmen ist, sahnen wir dort alle Lohngelder ab." Dann lacht er zufrieden und Frenchie stimmt mit ein. Ja, so kann es klappen, so würde die Abfuhr durch seine Tante noch ein gutes Ende finden - jedenfalls gut in seinem und in Pinkys Sinne.

Es ist kurz nach der Mittagspause am Sonnabend. Bei dem Pförtner der »Ohio Steamboat Company« meldet sich ein Junge und hinterlässt eine Botschaft. Der Pförtner schlurft zu der Tischlerei und gibt die Nachricht an Mickey Callaghan weiter. „Sie sollen noch heute Nachmittag zu dem Bahnhof der

Ohio und Pennsylvania Railroad kommen. Dort ist ein Paket an Sie, das abgeholt werden soll."
„Ein Paket? Wer schickt mir denn ein Paket?", staunt Mickey.
Jeremy Irons, der Pförtner, zuckt mit den Schultern.
„Wo ist überhaupt dieser Bahnhof?", fragt Mickey.
Der Pförtner ist ein guter Kenner von Pittsburgh. Vor zehn Jahren war er Watchman der Nightwatch gewesen, einem Vorläufer der heutigen Polizei. „Der ist auf der anderen Seite vom Allegheny River. Da müssen Sie die Roberto-Clemente-Brücke überqueren, das wird bis zum Bahnhof eine Weile dauern."
Sein Vorarbeiter, Jakob Waldorf, kommt hinzu und hört sich das an. „Geh man schon los, Mickey, der Arbeitstag ist sowieso bald zu Ende."

Mickey bedankt sich und verschwindet in sein Zimmer auf dem Dachboden. Er zieht sein Arbeitszeug aus und steigt in die Kleidung, die er sich noch in Washington gekauft hatte. Er informiert Will und geht mit raschen Schritten fort, die Strecke bis zum Bahnhof beträgt etwa drei Meilen. Wer ihm wohl etwas schicken mag? Er zermartert sich das Hirn, aber ihm fällt beim besten Willen niemand ein.

Der Geldtransportwagen der Pittsburgh Bank fährt vor dem Bürogebäude der »Ohio Steamboat Company« vor. Der Kutscher greift nach seiner Flinte, sein Nachbar steigt vom Kutschbock, mit einem Revolver im Gurt. Er öffnet den Verschlag zu dem Wagen und lässt sich von dem Mann, der sich noch in der Kutsche befindet, eine große Tasche geben, währenddessen der Kutscher die Umgebung beobachtet, die Flinte schussbereit.
Der Mann in der Kutsche steigt aus und geht mit gezogener Waffe hinter seinem Kollegen her.
Frenchie und Pinky springen aus einer Toreinfahrt neben dem Bürogebäude heraus. Beide haben einen Revolver in der Hand.

Pinky ruft laut: „Hände hoch! Wir wollen euer Geld! Wer sich wehrt, wird erschossen!"
Frenchie trägt Stiefel mit hohen Absätzen, dazu trägt er einen Stetson mit mittelbreitem Rand, er trägt einen dunklen Gehrock und eine graue Hose. Den Schnurrbart hat er sich schon bei Pinky abgenommen. Beide Gauner haben sich ein Halstuch über Nase und Mund gebunden.

Der Kutscher hebt seine Flinte und zielt in Richtung der beiden Diebe. Doch bevor er schießen kann, fällt ein Schuss aus Pinkies Revolver und der Kutscher bricht auf seinem Sitz zusammen, laut klappernd fällt die Flinte auf den Bürgersteig.
„Der Nächste, der sich rührt, wird ihm folgen!", ruft Pinky den beiden Wachleuten zu, den noch rauchenden Revolver in der Hand. Die haben die Geldtasche fallen lassen und die Hände erhoben. Frenchie greift nach der am Boden liegenden Tasche, Pinky beugt sich in die Kutsche und holt eine weitere schwere Tasche heraus, dann laufen sie beide in Richtung der Try Street davon.
Der ganze Spuk hat vielleicht zwei Minuten gedauert. Aus dem Bürogebäude kommen Menschen herausgelaufen, aus der Water Street und dem benachbarten Schiffsausrüster kommen Leute geeilt, sodass innerhalb von Minuten die Straße vor der »Ohio Steamboat Company« voller Menschen ist.
Der Pförtner Jeremy Irons hebt seine Stimme. „Leute!", er räuspert sich, „Leute, einer muss die Polizei holen!"
Es melden sich mehrere, der Pförtner bestimmt einen, der sofort losläuft. Jeremy Irons sieht sich den leblosen Kutscher an. „Das war ein guter Schuss", murmelt er. „Für den hier können wir nichts mehr tun!"
Er ruft sich einen der Zuschauer und trägt den toten Kutscher in den Toreingang. Aus seiner Pförtnerloge holt er eine Decke, mit der er den Toten bedeckt.

Als er aus der Toreinfahrt kommt, fährt gerade die Kutsche der Polizei vor. Die Pferde sind schnell gelaufen, sie schnaufen noch laut. Zwei Männer steigen aus, beide tragen zivile Kleidung, einer von ihnen ist ein Wachmann, der andere ist der Leiter der Polizei.
Der jüngere der beiden Wachmänner des Geldtransportes beschreibt den Überfall, der Polizeichef macht sich ein paar Notizen.

Ein junger Mann kommt mit raschen Schritten auf die Menschenmenge zu, es ist Mickey Callaghan. Er schäumt noch vor Wut, auf dem Bahnhof hat niemand etwas von einem Paket gewusst. Er hat jeden der Angestellten befragt, aber sein Weg war umsonst gewesen.

„Da! Das ist der Räuber!", ruft einer der beiden Wachmänner und zeigt mit dem Finger auf den sich nähernden Mickey.
Der fällt aus allen Wolken, was ist denn hier passiert? Alle Menschen auf der Straße sehen ihn an. Der Polizeichef zieht einen Revolver heraus und richtet ihn auf Mickey. „Junger Mann, kommen Sie her! Und keine falsche Bewegung!"
Mickey hebt die Hände und geht langsam auf den Polizisten zu.
„Ja, das ist er", wiederholt der Wachmann eifrig. „Er sieht genauso aus und so groß ist er auch."
Mickey wird nach Waffen durchsucht, aber er hat nicht einmal ein Messer bei sich. Dann bindet man ihm die Hände auf den Rücken.
„Was ist denn los! Ich weiß nicht, wovon Sie sprechen!", ruft Mickey immer wieder verzweifelt. Er wird in die Pförtnerloge geführt und dort von dem Polizeichef befragt. „Wo sind Sie die letzte halbe Stunde gewesen?"

„Ich war am Bahnhof der Ohio und Pennsylvania Railroad. Da sollte angeblich ein Paket für mich sein, das ich abholen sollte."
„Kann das irgendjemand bezeugen?"
Mickey denkt einen Moment nach. „Alle, mit denen ich am Bahnhof gesprochen habe, könnten das bestätigen."
Der Polizeichef nickt. „Okay, das werden wir überprüfen. Das können wir erst Montag tun, bis dahin werden Sie unser Gast sein."
Mickey ist entsetzt. „Wir müssen sofort herausfinden, wohin die wirklichen Verbrecher verschwunden sind. Je länger wir warten, desto weniger Chancen haben wir, sie zu finden."
„Ich weiß nicht, wen Sie mit »wir« meinen, außerdem haben wir Sie doch schon, Sie sind doch einer der beiden Verbrecher."
Mickey ruft verzweifelt: „Ich sage doch, ich war am anderen Ende der Stadt am Bahnhof."
„Sie müssen es uns schon überlassen, wie wir unsere Arbeit machen."
Da mischt sich der Pförtner in das Gespräch ein. „Es stimmt. Ich habe vor einer Stunde eine Nachricht von einem Jungen entgegengenommen. Danach sollte Mister Callaghan ein Paket vom Bahnhof der Ohio und Pennsylvania Railroad abholen."
„Ach, tatsächlich?", der Polizeichef zögert einen Moment. „Ein Beweis ist das nicht, wir werden der Sache aber nachgehen. Der junge Mann kommt jedenfalls erst einmal mit."
Mickey ist entsetzt. Die Räuber können ihre Flucht ungehindert fortsetzen und er wird eingesperrt, unfähig etwas auszurichten. Vielleicht kann ihm Jeremy Irons helfen. „Mister Irons, ich war es nicht. Können Sie mir helfen, damit ich nicht ins Gefängnis muss?"
Der Pförtner glaubt Mickey, er kennt ihn gut und traut ihm einen Überfall nicht zu - schon gar nicht bei der Firma, bei der er Lohn und Brot gefunden hat. Und außerdem: Warum sollte

er zurückkommen, nachdem der Überfall so gut geklappt hatte?

„Ich denke, da können wir etwas machen, ich hole mal die Chefin." Er schlurft los, so schnell es seine krummen Beine erlauben.

Nur wenig später mischt sich auch Brigitte Cooper in das Getümmel. Sie lässt sich von dem Polizeichef informieren.

„Es sieht so aus, als wenn einer Ihrer Angestellten daran beteiligt war."

Mrs. Cooper ist überrascht. Noch überraschter ist sie, als sie hört, dass es Mickey Callaghan sein soll. „Ich möchte sofort mit ihm sprechen!"

Ohne zu Zögern wird sie zur Pförtnerloge geführt. Mickey springt auf, als sie hereinkommt. Neben ihm steht ein Watchman, mit der Hand an seinem Revolver.

„Mister Callaghan, was muss ich da hören?", fragt sie Mickey und mustert ihn eindringlich.

„Glauben Sie mir bitte, Mrs. Cooper! Ich bin es nicht gewesen! Ich bin unter einem Vorwand fortgelockt worden!", er macht eine Pause und holt Luft, „und nun hänge ich hier fest und die Diebe können in aller Ruhe verschwinden." Ihm fällt noch ein Argument ein: „Sie verschwinden mit unserem Lohn, den bekommen weder Sie noch wir ersetzt. Wenn wir uns jetzt sofort auf die Suche machen würden, können wir sie vielleicht fangen und das geraubte Geld sicherstellen."

Mrs. Cooper dreht sich zu dem Pförtner herum, der die ganze Zeit dabeisteht und das Gespräch aufmerksam verfolgt. „Was sagen Sie dazu, Jeremy? Ich neige dazu, unserem jungen Mann zu glauben."

Jeremy Irons räuspert sich. „Ich bin ganz Ihrer Meinung, Madam. Wenn wir sofort versuchen, die Verbrecher zu finden, dann haben wir eine kleine Chance."

Mrs. Cooper denkt einen Moment nach, dann sieht sie ihren Pförtner an. „Wir gehen so vor: Ich lasse jetzt unseren jungen Mann auslösen, dann können Sie mit ihm losziehen und sich auf die Suche nach den Dieben machen. Sie achten mir aber darauf, dass Mickey Callaghan nicht flüchtet. Sie sind mir für ihn verantwortlich!"
Mickey schöpft wieder Hoffnung, endlich glaubt ihm jemand. Er hatte sich schon im Gefängnis gesehen. Bei dieser Vorstellung kommen ihm die Erinnerungen an die Gefangenenlager der Konföderierten hoch. Fast sofort bemächtigt sich seiner eine schreckliche Angst. Nein, in ein Gefängnis will er niemals wieder!
„Vielen Dank, Mrs. Cooper." Eine schwere Last fällt ihm plötzlich von der Seele.
„Keine Ursache. Ich habe nicht vergessen, was Sie unlängst für unsere Firma getan haben." Sie verlässt den Raum und sucht nach dem Polizeichef.
Kurz darauf kommt dieser zu Mickey. „In meiner Funktion habe ich die Möglichkeit, nach Belieben und ohne Angabe von Gründen, Festsetzungen vorzunehmen oder Gefangene freizulassen. Mrs. Cooper hat mich überzeugt, dass Sie hilfreicher für uns sein können, wenn Sie frei sind." Er löst die Fessel von Mickeys Handgelenken. „Sie dürfen die Stadt nicht verlassen, morgen Vormittag müssen Sie sich bei uns melden. Ist das klar?"
„Ja, ja!", Mickey ist froh, die Fessel los zu sein, er wendet sich an Jeremy Irons. „Kennen Sie den Jungen, der die Nachricht für mich überbracht hatte? Ist es vielleicht jemand aus der Nachbarschaft?"
Der alte Pförtner überlegt, schließlich nickt er. „Ich habe ihn schon einmal gesehen. Ich glaube, er wohnt in einer der Nebenstraßen."

„Fein. Den suchen wir auf und fragen ihn, wer ihn hierher geschickt hat."
„Ja, sehr gut. Das mach ich, Sie können die Leute in der Straße befragen, ob jemand beobachtet hat, welchen Weg die Verbrecher genommen haben."
Er räuspert sich und sieht Mickey an: „Sagen Sie doch Jerry zu mir, das bin ich so gewohnt."
„Fein, Jerry, wie ich heiße, weißt du ja inzwischen", er lächelt seinen Kollegen an.

Sie gehen beide auf die Straße. Jeremy geht sofort los, zu dem Haus, wo er den Jungen vermutet. Mickey wendet sich an die Zuschauer. „Hallo, alle mal herhören!" Er winkt mit dem Arm und macht so auf sich aufmerksam. „Hat jemand gesehen, welchen Weg die Verbrecher genommen haben? Der eine der beiden sah so aus wie ich!"
Es melden sich ein paar Passanten, die Mickey dann befragt. Die Beschreibung der beiden Flüchtenden hat er sich von einem der Wachleute schon geben lassen. Der eine Verbrecher ähnelte ihm, der andere war etwas kleiner, er hatte langes, ungepflegtes, dunkelblondes Haar und einen Bart, der unter dem Halstuch hervor sah. Einer der Zuschauer hat es genau beobachtet und hilft jetzt eifrig mit. „Sie sind dort entlanggelaufen!", er zeigt in die Richtung der Werft, „beide Männer haben je eine Tasche getragen."
„Konnten Sie sehen, wohin sie verschwunden sind?"
„Sie sind an der Hausecke rechts abgebogen, dann waren sie nicht mehr zu sehen."
Mickey befragt noch einige andere Leute aus der Traube der Zuschauer, es ergeben sich aber keine weiteren Erkenntnisse mehr.

Jeremy Irons kommt wieder zurück. Er hat den Jungen bei sich, den sie nun beide nach dem Auftraggeber der Nachricht befragen.

Der Junge sieht zu Mickey hoch. „Er sah so aus wie Sie. Na ja, fast genauso. Er war etwas kleiner als Sie, auf dem Kopf trug er einen Stetson, so wie Sie."

Jetzt sieht Jeremy Mickey nachdenklich an. „Ich ahne, wer es ist, es ist der Mann, der sich vor zwei Wochen bei Mrs. Cooper vorgestellt hatte. Ich vermute, es war ihr Neffe - ein unangenehmer Bursche... Er trug einen Schnurrbart, den hat er sich jetzt wohl abgenommen, um dir noch ähnlicher zu sein."

Mickey schlägt sich mit der flachen Hand vor die Stirn. „Ja, richtig. Jetzt passt alles zusammen."

Jeremy bedankt sich bei dem Jungen, dann gehen sie rasch die Straße hinunter, wobei Mickey mit seinen langen Beinen auf den alten Kollegen Rücksicht nehmen muss, obwohl er am liebsten laufen würde. An der Hausecke sehen sie sich um. Weit und breit ist niemand zu sehen, kein Dieb und auch kein Passant. „Sie sind wie vom Erdboden verschluckt!", Mickey sieht sich ratlos um.

Jerry zuckt die Schultern. „Wir müssen uns in den anliegenden Häusern erkundigen, vielleicht finden wir noch einen Zeugen."

Er sieht sich wieder um und blickt in alle Richtungen, mit einem Mal beginnt sein Gesicht zu leuchten. „Der alte Kanal! Ich verwette meine rechte Hand, dass sie im Pennsylvania Kanal verschwunden sind. Das ist der einzige Weg, ungesehen zu entkommen!"

Dann geht er, so rasch es seine alten Beine ermöglichen, fünfzig Schritte weiter und blickt in den künstlichen Wasserlauf hinunter, der hier mitten durch die Stadt verläuft.

Mickey folgt ihm und blickt nun seinerseits auf das trübe Wasser des Kanals. Jerry erklärt ihm seinen Gedanken. „Der Pennsylvania Kanal ist vor über zwanzig Jahren für den Transport von Menschen und Gütern in kleinen Flussbooten vom Land Pennsylvania gebaut worden. Seitdem es seit zehn Jahren die Eisenbahn gibt, wird der Kanal nicht mehr benutzt. Er verbindet hier den Monongahela mit dem Allegheny, ein Teil führt hier in Pittsburgh als Tunnel unter dem Grant Hill hindurch." Er macht eine Pause und grinst Mickey an. „Ich wette, dass sie sich im untertunnelten Kanal versteckt halten." Er geht an dem Wasserlauf entlang und sieht aufmerksam auf das Wasser hinunter. „Sie sind hier hineingesprungen, ganz sicher. Das Wasser ist nicht tief, höchstens vier Fuß. Im Tunnel haben sie wahrscheinlich einen Kahn bereit gehalten, mit dem sie sich jetzt aus dem Staub gemacht haben!"
Nach dreihundert Schritten erreichen sie den südlichen Eingang des Tunnels. Er ist hier etwa 13 Fuß breit und ebenso hoch. Jeremy und Mickey versuchen beide, in den Tunnel hineinzusehen, wegen der Dunkelheit ist jedoch nichts zu erkennen.
Mickey beginnt sich auszuziehen, bis er nur noch seine Unterwäsche trägt, dann klettert er in den Kanal hinunter.
„Sei auf der Hut, mit denen ist nicht zu spaßen!", ruft ihm Jeremy nach, aber Mickey ist schon im Tunnel verschwunden.

Das Wasser reicht Mickey bis über die Knie, der Boden besteht aus Fels und ist mit kleinen Steinbrocken übersät. Noch kann Mickey keine Spur der Verbrecher erkennen. Das Licht, das vom Tunnelausgang hereindringt, wird immer schwächer. Er tastet sich an der Wand entlang, und versucht möglichst wenig Geräusche zu machen. Schließlich kann er gar nichts mehr sehen, er ist auf seine Ohren und seinen Tastsinn angewiesen.

Etwas stößt gegen sein Bein, er greift danach und hebt es vorsichtig hoch. Er befühlt es, es ist ein Hut mit Krempe. Das wird ein Hut sein, den einer der beiden Flüchtenden verloren hat und jetzt auf dem Wasser schwimmt.

Jetzt kann er den Anfang des Tunnels erkennen, ein schwacher Lichtschein dringt aus der Ferne herein. Mickey bückt sich zur Wasseroberfläche und versucht, etwas gegen die helle Tunnelöffnung zu erkennen.

Er bemerkt ein Boot, es liegt an der Wand. Leise, tief über das Wasser gebeugt, nähert er sich dem Kahn. Nichts rührt sich, das einzige Geräusch ist ein leises Gluckern. Er erreicht das Boot und hält ein Ohr gegen die Bordwand. Es ist leise, doch dann hört er etwas. Es sind zwei Männer, die sich leise unterhalten.

Mickey hat genug beobachtet. Er wendet geräuschlos und geht den Weg zurück, kalt strömt das Wasser um seine Beine. Es ist wieder ganz dunkel, sodass er sich tastend vorwärts bewegt. Verglichen mit den Märschen durch die Sümpfe von South Carolina, die Beine knietief im Schlamm, dazu Marschgepäck auf dem Rücken und eine schwere Muskete in der Hand, ist der Weg durch den Kanal der reinste Spaziergang. Nach einer gefühlten Ewigkeit erreicht er das Ende des Tunnels. Jeremy steht dort und sieht aufmerksam zu ihm hinunter.

„Und? Hast du etwas gefunden?"

Mickey lacht und hebt den nassen Hut hoch. „Beweisstück Nummer eins! Außerdem schwimmt dort ein Boot, in dem habe ich Männerstimmen gehört. Du hattest Recht, Jerry, sie sind dort in dem Tunnel."

„Nun komm mal raus aus dem Wasser."

Jerry reicht ihm eine Hand und hilft ihm aus dem Kanal heraus. „Weißt du was? Ich gehe kurz zu unserem Büro und hole ein paar Dinge."

Bevor Mickey noch antworten kann, ist der alte Mann hinter der nächsten Ecke verschwunden.
Mickey ist sehr zufrieden mit ihrem Ergebnis. Was jetzt kommt, erscheint ihm einfach. Die Polizei soll sich um die beiden kümmern, dann kann der Fall abgeschlossen werden.

Eine Viertelstunde später taucht Jerry wieder auf. Er trägt eine große Tasche, aus der er jetzt ein Handtuch holt und es Mickey reicht. Dann holt er neues Unterzeug aus der Tasche. „Ich hoffe, es passt. In deiner Größe ist schwer etwas zu finden."
Doch es passt, jedenfalls beinahe. Schnell zieht sich Mickey an, dann fragt er Jerry: „Wie geht es jetzt weiter? Ich meine, holen wir die Polizei, oder wie machen wir das?"
Jerry schüttelt den Kopf. „Ich war selbst einmal bei der Polizei. Das war früher ein korrupter Haufen, und bis heute hat sich daran kaum etwas geändert."
„Was sollen wir jetzt machen?", fragt Mickey, überrascht über diese Aussage.
„Wir erledigen das selbst. Ich vermute, dass die Verbrecher den Tunnel zum Allegheny hin verlassen werden, weil das Boot in der Nähe des hinteren Tunnelausganges liegt. Wir müssen Wache stehen und warten, bis sie herauskommen."
„Könnte die Polizei das nicht besser machen?"
„Glaube mir Mickey, denen traue ich nur bedingt über den Weg. Denke nur daran, dass ziemlich sicher einer von ihnen den Zeitplan für den Geldtransport an die Gauner verraten hat."

Jerry hat auch Decken mitgebracht, auf die sie sich setzen. Und etwas zu essen, es ist Brot und ein Stück Schinken. Später sammeln sie ihre Sachen ein und gehen in die Nähe des Tunnelausgangs, an dem sie die Diebe erwarten. Sie vereinbaren einen Wachwechsel, Jerry deckt sich mit einer Decke zu und schläft

auch bald ein. Mickey steht hinter einer Mauer und sieht zu dem Kanal hinunter. Es wird immer dunkler, bald ist nichts mehr zu erkennen, er verlässt sich jetzt ganz auf seine Ohren.
Um Mitternacht weckt er Jerry, der nun den anstrengenden Teil der zweiten Nachtwache übernimmt. Mickey legt sich hin und schläft bald ein.

Er erwacht, als ihn eine Hand an der Schulter berührt. „Aufwachen! Ich glaube, es geht los."
Es ist noch beinahe dunkel, ein schwacher Lichtschein von Osten her lässt erste Umrisse erkennen. Mickey folgt Jerry, der mit der Hand zu dem Kanal hinunter zeigt. Ein dunkler Schatten bewegt sich langsam über das Wasser, hinten auf dem Boot ist der Umriss eines Mannes zu sehen, der es mit einer Stange langsam vorwärts schiebt. Leise, ohne ein Geräusch zu machen, folgen Jerry und Mickey dem Kahn. Das Boot erreicht den kurzen Tunnel unter den Bahngleisen der Pennsylvania Railroad. Der Kanal ist hier nur wenige Schritte vom Bahnhof entfernt, dort kommt das Boot zum Stillstand.
Jeremy flüstert Mickey ins Ohr: „Die warten jetzt sicher auf den nächsten Zug. Soweit ich das weiß, ist das nicht vor acht Uhr."
Jeremy greift wieder in seine große Tasche und holt einen Revolver heraus. „Das wird gleich gefährlich, es ist besser, du hast dann auch eine Waffe. Sie ist geladen, du kannst doch damit umgehen?"
Mickey nickt und schmunzelt vor sich hin. Wenn Jerry wüsste, wie gut er das kann!

Zwei lange Stunden warten die beiden, immer ein Auge auf das Boot unter der Brücke gerichtet. Es ist jetzt hell, wenn man sich bückt, kann man den Kahn in allen Einzelheiten erkennen. Nun fängt das Boot an, sich zu bewegen, einer der Männer schiebt es mit einer Stange unter der Brücke hervor. Es erreicht eine Stelle, an der Stufen in den Stein gehauen sind. Die beiden Diebe steigen nun die Treppe hoch, jeder hält eine Tasche in der Hand. Als sie oben ankommen, springen Jerry und Mickey aus ihrem Versteck hervor.

„Hände hoch!", ruft Mickey, „Taschen fallen lassen und hoch mit den Flossen!"

Und wieder ist es der Begleiter von Frenchie, wieder ist er schnell mit der Waffe zur Hand. Er hebt seinen Revolver und zielt auf Jerry, er hat aber nicht mit der Reaktionsschnelligkeit von Mickey gerechnet. Dessen sechster Sinn für Gefahr hat die Bewegung schon in den Anfängen erkannt, er zieht seinen Revolver und schießt, noch ehe der Verbrecher seinen Finger gekrümmt hat. Der Körper des Mannes sackt leblos zusammen, die Tasche entgleitet seiner Hand und fällt die Treppe hinunter.

Jerry steckt seinen Revolver ein und geht zur Treppe, um die Tasche, die bis zum Wasser hinuntergefallen ist, zu bergen. In dem Moment sieht Frenchie seine Chance gekommen. Er springt vor, um Mickey den Revolver zu entreißen. Mickey ist schneller als er, er tritt zur Seite und stellt ihm ein Bein, über das er fällt. Frenchie rappelt sich auf und stürzt sich auf Mickey, der nur darauf gewartet hat, der braucht nur seine Faust zu heben. Diese Faust ist das Letzte, was Frenchie sieht. Ein kräftiger Haken trifft ihn am Kinn, dann sackt er zusammen.

Jerry klettert mit der Tasche die Steintreppe hoch, er hat den letzten Hieb von Mickey noch mitbekommen. Sein Blick fällt auf die beiden Körper, die leblos am Boden liegen und sieht Mickey an. „Vielen Dank, du hast mir das Leben gerettet." Er grinst und sagt: „Ich bin sehr froh, dass du auf meiner Seite bist. Als Gegner bist du echt gefährlich!"

Dann bricht plötzlich Trubel aus, der Schuss aus Mickeys Revolver hat Schaulustige angelockt. Auch die Polizei trifft ein. Der Schriftzug auf der Kutsche weist sie als Watchmen aus, Uniformen gibt es bei dieser Truppe nicht.
Sie stehen neben den beiden Männern, die am Boden liegen. Frenchie fängt an, sich zu bewegen. Sein Kollege, Pinky, ist tot. Mickey hat ihn genau ins Herz getroffen, ein dunkler Blutfleck breitet sich auf dem Hemd aus.
Die beiden Watchmen lassen sich von Jerry Irons den Hergang erzählen. Sie haben von dem gestrigen Überfall von der Nachtschicht erfahren und können den Vorfall jetzt richtig einordnen.

Nach fünfzehn Minuten trifft auch der Polizeichef ein. Immer, wenn Tote im Spiel sind, verlässt er sein Büro. Er kommt zu Jerry und Mickey und schüttelt beiden die Hand. „Meinen Glückwunsch, das haben Sie sauber hinbekommen." Er wendet sich zu Mickey. „Es tut mir leid für den falschen Verdacht, aber nach Lage der Dinge konnten wir nicht anders handeln."
Mickey nickt nur und nimmt die Tasche, die Jerry ihm reicht und sie streben in Richtung Monongahela River, zur Ohio Steamboat Company. „Was passiert jetzt mit dem Geld?", möchte Mickey wissen.
„Das wird von der Polizei beschlagnahmt und in ein paar Tagen können wir darüber verfügen."

Es ist Sonntagmorgen, Mickey und Jerry betreten die Verwaltung der Ohio Steamboat Company. Im Bürogebäude herrscht Ruhe, auch auf der Werft rührt sich niemand. Jeremy Irons führt Mickey hinein. „Unsere Chefin ist möglicherweise hier, sie arbeitet mitunter auch an Sonntagen."

Jeremy hat, wie fast immer, recht. Mrs. Cooper sitzt an ihrem Schreibtisch über einem Brief und sieht hoch, als die beiden Männer hereinkommen. Sie blickt Jeremy Irons fragend an.
„Sie waren die ganze Nacht fort, was hat es denn gegeben?"
Jeremy berichtet ausführlich von ihrem Abenteuer. Mit jedem Satz, den er vorbringt, leuchten die Augen von Mrs. Cooper immer heller. Ihr Gesicht strahlt, als er von den sichergestellten Geldtaschen berichtet.
„Das haben Sie beide außerordentlich gut gemacht, ich bin hoch erfreut."
Sie tritt an ein kleines Schließfach in dem Schrank an der Wand und öffnet es. Jeder erhält einhundert Dollar aus ihrer Hand.
Jeremy und Mickey freuen sich riesig. Mickey strahlt besonders, jetzt kann er sich den lange gehegten Wunsch nach einem eigenen Revolver erfüllen. „Vielen, vielen Dank, Mrs. Cooper", bringt er stotternd hervor.
„Das ist mir Ihre Arbeit wert. Stellen Sie sich nur vor, die Verbrecher wären mit dem Geld auf Nimmerwiedersehen verschwunden."
Mickey verlässt mit Freudensprüngen im Herzen das Büro, die Belohnung hält er fest in der Hand.

Jeremy Irons bleibt einen Moment zurück, um mit Mrs. Cooper unter vier Augen zu sprechen. „Der junge Callaghan ist ein außerordentlich schneller und treffsicherer Schütze. Dazu kann er boxen wie kein Zweiter. Wenn ich es nicht mit meinen eigenen Augen gesehen hätte, würde ich es nicht glauben."
„Und was schlagen Sie deshalb vor?"
„Mickey ist in der Tischlerei sicher gut aufgehoben, aber man sollte seinen besonderen Fähigkeiten Rechnung tragen. Ich

denke, dass er sich besonders gut als Wachmann für unsere gelegentlichen Geldtransporte eignen würde."
„Hm, das klingt vernünftig. Mister Brayden, der das Geld bisher immer bewacht hat, ist doch gesundheitlich stark angeschlagen. Ich sollte ihm einen ruhigeren Posten vermitteln."
„Da wird sich unser junger Kollege freuen, zumal so ein Auftrag immer mit einer Prämie verbunden ist."

Auf dem Mississippi unterwegs

Bei seinen Kollegen ist Mickey der Held des Tages. Alle freuen sich über das zurückgeholte Geld und darüber, dass die Verbrecher ihrer gerechten Strafe zugeführt worden sind. Dass der eine der beiden tot ist, ist nur recht und billig. Schließlich hat er einen der beiden Wachleute erschossen und wer weiß, was er sonst noch alles verbrochen hat.

Zwei Wochen später wird Mickey wieder in das Büro von Mrs. Cooper gerufen.
„Du hast es gut", sagt Will. Ich war noch nie bei unserer Chefin und du triffst sie jetzt schon zum vierten Mal."
„Vielleicht werde ich entlassen?", scherzt Mickey.
Will boxt ihn auf den Arm. „Ach, Unsinn, das ist bestimmt etwas Gutes."

Etwas unsicher betritt Mickey das edle Büro von Mrs. Cooper. Er fühlt sich immer etwas gehemmt, wenn er diesen beinahe heilig erscheinenden Raum betritt. Die Chefin kommt ihm entgegen, ein Lächeln im Gesicht.
Neben ihr steht ein alter Mann, er ist etwas krumm und hat wenige graue Haare auf dem Kopf. Er sieht Mickey neugierig an und streckt ihm die Hand entgegen. „Hallo Mickey, ich bin William Brayden. Du darfst gerne Billy zu mir sagen."

Erfreut über die freundlichen Worte, ergreift Mickey die dargebotene Hand. Dann setzen sich alle drei an den Besprechungstisch am Fenster.

Madam Cooper erläutert den Grund für die Einladung. „Mister Brayden ist unser Wachmann. Immer, wenn wir einen Geldtransport durchführen müssen, ist er dabei. Eines unserer Schiffe, die Ohio Queen, ist für diesen Zweck mit einem Stahlschrank ausgerüstet. Seine Aufgabe ist es, den Transport auf das Schiff und von dem Schiff zusammen mit dem Wachpersonal der örtlichen Bank zu begleiten. Während der Fahrt befindet sich das Geld im Safe, dann muss er lediglich einen möglichen, aber unwahrscheinlichen Aufbruch verhindern."

William Brayden nickt dazu.

„Haben Sie dem noch etwas hinzuzufügen?", fragt die Chefin.

„Ja, noch eine Kleinigkeit. Ich verwahre bei diesen Gelegenheiten auch Wertsachen der Passagiere, die für diese Fälle ihre Fahrten gerne so einrichten, dass ich dabei bin."

Mrs. Cooper fährt fort. „Mister Brayden ist nun nicht mehr der Jüngste, und wir wissen nicht, ober er einem möglichen Überfall noch gewachsen sein wird. Deshalb komme ich jetzt gerne auf einen von ihm geäußerten Wunsch für einen Nachfolger zurück. Das wird nun möglich, weil Sie mir von Jeremy Irons als möglicher neuer Wachmann empfohlen worden sind. Ist das in Ihrem Sinne?"

Mickey schluckt. Das klingt sehr interessant und aufregend. Es erfüllt zudem einen seiner Wünsche nach einer Schiffsreise auf dem Mississippi. Er nickt und antwortet: „Sie könnten mir keinen größeren Gefallen tun, als mit dieser Aufgabe."

Mrs. Cooper strahlt. „Sehr schön, dann hat Sie Jeremy richtig eingeschätzt. Die Begleitfahrten finden etwa alle zwei Wochen statt, das ist sehr verschieden. Beim nächsten Transport in fünf

Tagen ist eine beträchtliche Summe von Memphis nach Cincinnati zu überführen. Dabei werden Sie William Brayden begleiten und er kann Sie in die Aufgabe einführen."

Nachdem das Gespräch mit Mrs. Cooper beendet ist, stehen William Brayden und Mickey Callaghan noch vor ihrem Büro.
„Ich bin erstaunt, wie jung du bist", sagt der alte Mann zu seinem Nachfolger, „ich habe von Jerry schon tolle Sachen von dir gehört."
„Ach, weißt du", erwidert Mickey, „ich habe den Bürgerkrieg mitgemacht, da war mein Leben ständig in Gefahr, so schnell kann mich jetzt nichts mehr erschüttern."

Mickey bekommt von seiner Chefin etwas Geld, um seine Ausrüstung zu ergänzen. „Sie sind drei Wochen unterwegs, da müssen Sie Kleidung zum Wechseln dabei haben", sagt sie beinahe etwas mütterlich.
So besucht er mit William Brayden einen Herrenausstatter in Pittsburgh, um sich noch etwas Kleidung zu kaufen. Eine Tasche kommt noch dazu, sie soll seine Umhängetasche, den alten Haversack, ersetzen, der inzwischen sehr fadenscheinig geworden ist.
Das Thema Waffen wird, sehr zur Freude Mickeys, ebenfalls bedacht.
„Du musst für diese Aufgabe anständig bewaffnet sein", erklärt ihm William Brayden, „diese Geldtransporte sind immer eine Verlockung für alle Arten von Gaunern."
Mickey findet sich in einem Gunshop wieder. Auf Empfehlung von William Brayden lässt Mickey sich Revolver zeigen und zusätzlich die kleinen Deringer.
„Man kann nie wissen, was alles passiert. Der Deringer kann als zusätzliche, leicht zu verbergende Waffe mitunter sehr hilfreich sein."

Die Wahl des Revolvers fällt Mickey leicht, er entscheidet sich für den Colt Navy. Das ist der Revolver, mit dem er bei Morgan Karniggle das Schießen erlernt hatte und den er auch zeitweise während des Bürgerkrieges verwendet hatte. Er ist im Kaliber .36 und wird mit Papierpatronen geladen.
William Morgan schmunzelt, als er sieht, wie zügig sich Mickey für diese Waffe entscheidet. Mickey bemerkt sein anerkennendes Nicken. „Mit so einer Waffe habe ich schon oft geschossen, da muss ich mich nicht umgewöhnen."

Es ist ein Montagmorgen im September 1865. Es ist noch sehr früh, die Sonne wird in einer halben Stunde aufgehen. Die tiefschwarze Finsternis der Nacht ist einem dunklen Grau gewichen, die Umrisse der Schiffe an der Anlegestelle sind eben zu erkennen. Mickey und sein neuer Kollege William, oder auch Billy, sind mit Gepäck zu der Anlegestelle am Monongahela River unterwegs. Auf dem Fluss liegt dichter Nebel, das helle Holz der Dampfer schimmert durch die sich allmählich lichtende Dunkelheit. Roter, flackernder Schein dringt aus den Feuerstellen der Kessel auf dem Kesseldeck und wird vom Nebel zuckend reflektiert.
Als sie die Anlegestelle erreichen, dringen erste Sonnenstrahlen durch den Nebel. Die Heizer sind seit ein paar Stunden dabei, die Kessel zu befeuern. Schwarzer Qualm dringt aus den beiden Schornsteinen, gelegentlich huscht ein glühendes Stückchen Holz oben heraus und verglimmt auf dem Weg zum Wasser. Wie in einem Ameisenhaufen wimmelt es vor dem Schiff, jeder scheint jedem etwas zuzurufen. Mickey folgt seinem erfahrenen Kollegen zu der Planke, die auf das Schiff führt. Es herrscht ein so dichtes Gedränge an dieser Stelle, dass sie etwas warten müssen. Männer mit Säcken auf der Schulter gehen gebückt unter ihrer schweren Last über die schaukelnde Planke.

„Was mag bloß in diesen vielen Säcken sein?", fragt er seinen Kollegen.

„Ich bin nicht ganz sicher, möglicherweise ist es Weizen", erwidert Billy.

Mickey sieht an dem Schiff entlang. Die Ohio Queen ist das größte und modernste Schiff der »Ohio Steamboat Company«. Es hat den Antrieb am Heck, ist also ein »Sternwheeler«. Seit zwei Jahren ist es im Einsatz.

Kutschen fahren oben an der Straße vor, Passagiere steigen aus und die Fahrer laden das Gepäck ab. Dann findet sich eine Lücke in dem steten Strom der Schauerleute und Mickey folgt Billy auf das Schiff. Billy geht vor, er kennt sich hier aus. Er benutzt die Treppe zum Cabin Deck hinauf und geht zielsicher auf eine Tür an der langen Reihe der Kabinen zu.

„Wir haben hier in eine Kabine einen Stahlschrank eingebaut, eine Verbindungstür führt in meine Schlafkabine." Er öffnet die Tür der benachbarten Kabine. „Diese Kabine ist für dich. Bei späteren Fahrten wirst du meine Kabine an meiner Stelle benutzen können."

Mickey stellt seine Tasche in dem kleinen Raum ab und folgt Billy in dessen kleine Kammer. Der erste Raum ist leer bis auf einen Schreibtisch, statt einer Tür befindet sich ein Safe an der Rückwand. Eine Zwischentür führt in die daneben liegende Schlafkabine. Mickey sieht sich neugierig um.

„Sieh dir das gut an, bei der nächsten Fahrt wird es dein Reich sein. Ich werde dir noch das ganze Schiff zeigen und dich auch den Offizieren vorstellen, wir haben noch Zeit genug auf unserer Reise."

Mickeys Herz klopft vor Aufregung. Es ist alles so schön hier, die Türen und die Einrichtung sind aus edlem Holz. Die Kabine ist klein, etwa 8 Fuß im Quadrat (2,5 x 2,5 m) und hat in einer Ecke ein Waschbecken. Über der Tür ist ein kleines Fenster, das auf die Promenade zeigt und jetzt den ersten Schein des

Morgens hereinlässt. Ein weiteres Fenster ist in der Tür, vor das sich eine hübsche Gardine ziehen lässt. Die zweite, gegenüberliegende Tür, führt direkt in den großen Salon. Mickey verstaut seine Tasche und geht auf die Promenade hinaus. Der Betrieb am Pier hat nicht nachgelassen. Immer noch treffen Fahrgäste ein. Die Ohio Queen hat fünfundachtzig Kabinen für ebenso viele Fahrgäste, die nun auf das Schiff strömen. Viele werden von Dienern begleitet, die das Gepäck tragen. Etwa einhundert Deckspassagiere haben inzwischen einen Platz zwischen der Ladung im unteren Deck gefunden. Der Strom der Schauerleute lässt nach, eine Viertelstunde später wird der Steg eingezogen. Ein langanhaltender, ohrenbetäubend lauter Pfiff ertönt aus der Dampfpfeife, lauter als Mickey ihn von der Werft her erinnert. Das ganze Schiff ruckt und bebt, als wolle es sich vor Anstrengung selbst zerreißen. Dann beginnt sich das Schaufelrad am Heck mit rhythmischem, lautem Klatschen zu drehen, der Abdampf der Zylinder stößt in regelmäßigen Puffs aus zwei kleinen Schornsteinen heraus. Langsam setzt sich das Schiff rückwärts in Bewegung, einige Korrekturen sind noch notwendig, dann ändert sich die Drehrichtung des Rades. Erst langsam, dann immer schneller, Gischt sprüht vom Schaufelrad in einer langen Fahne hinter dem Schiff her. Der Rauch aus den Schornsteinen verdeckt teilweise die noch schwache Sonne und Rußpartikel rieseln herab. Billy tritt neben ihn und lehnt sich ebenfalls über das rot gestrichene Geländer. Er freut sich an dem lebhaften Interesse des jungen Mannes. „So eine Dampferfahrt ist auch für mich jedes Mal ein Erlebnis."
„Das kann ich mir gut vorstellen, ich bin wirklich begeistert!" Mickey spürt das Stampfen der Maschinen auf dem Kesseldeck, das Stakkato des Wasserrades erzeugt ein Beben aus einer kribbelnden Mischung aus Kraft und Geschwindigkeit. Das

große Schiff schäumt mit einer Geschwindigkeit von etwa fünfzehn Meilen die Stunde (25 km/h) den Ohio hinunter.
„Wir werden bis nach New Orleans an der Mündung des Mississippi fahren, dort bleiben wir einen Tag und reisen dann zurück, den Mississippi flussaufwärts. In Memphis nehmen wir den Geldtransport entgegen und behalten das Geld bis nach Cincinnati am Ohio, unsere Reise endet dann nach insgesamt drei Wochen wieder in Pittsburgh."
Mickey fühlt sich wie im siebten Himmel, was für ein Erlebnis! Alle seine geheimen Sehnsüchte nach Abenteuern und Reisen werden jetzt erfüllt.
„Bis zur nächsten Anlegestelle in Huntington wird es noch etwa einen Tag dauern. Bis dahin werde ich dich der Crew vorstellen. Zuerst zeige ich dir, wo die Duschen und die Toiletten sind."

Mickey folgt Billy hinunter auf das Kesseldeck. Auf den freien Flächen ist die Ladung untergebracht, einen großen Teil nehmen die Feuerung, die Dampfkessel und die Dampfmaschinen ein. Die Ohio Queen ist mit sechs Dampfkesseln ausgestattet, die Heizer haben gut zu tun.
„Die Feuerung wird mit Holz betrieben. Bei dieser Geschwindigkeit benötigen wir die Holzmenge von über dreißig Bäumen pro Tag."
Mickey staunt, das hatte er nicht erwartet. „Das ist aber viel! Wo bekommen wir das Holz denn her?"
„Etwas mehr als ein Tagesvorrat lagert hier auf dem Schiff, deshalb muss der Kapitän auch zusehen, dass wir bei jeder Anlandung Holz nehmen können. Ist das mal nicht möglich, muss die Mannschaft unterwegs Holz schlagen."
Billy sieht die Überraschung auf Mickeys Gesicht, er grinst ihn an und sagt: „Wenn man Pech hat, wird man als Hilfe hinzugezogen!"

„Du willst mich verkohlen!"
„Nein, im Ernst. Kabinenpassagiere sind davon ausgenommen, aber den Deckspassagieren kann das passieren, dafür wird ihnen die Passage ganz oder teilweise erlassen."

In den nächsten Tagen lernt Mickey das Schiff von oben bis unten kennen. Billy führt ihn nun nach oben. „Das hier ist das Texasdeck. Das heißt so, weil die Kabinen etwas größer und auch teurer sind, als die auf dem Cabin Deck."
Mickey sieht sich um. Zwischen den Kabinen und der Reling stehen Stühle. Manche davon sind mit Passagieren besetzt, die sich entspannt zurücklehnen und die Fahrt genießen. Andere sind in eine lebhafte Diskussion verwickelt. Eine weitere Treppe höher kommen sie zum obersten Deck, dem Sonnendeck.
„Hier sind die Kabinen für den Kapitän und seine Crew, also der Steuermann, die Lotsen und die zwei Buchhalter. Das Deck nennt man auch das Hurricane Deck, weil hier oben immer ein frischer Wind weht."
Jetzt im September scheint die Sonne zeitweise noch sehr kräftig. Mickey und Billy lehnen sich an das Geländer und sehen auf den vorbeiziehenden Fluss hinunter. Ab und zu verdunkeln die Rauchfahnen der beiden Schornsteine die Sonne.
Die Erkundung geht weiter. Billy geht nach vorne, hier stehen Liegen, auf denen es sich einige der Passagiere bequem gemacht haben. Neben einer der Liegen steht der Kapitän und spricht mit der Frau, die dort liegt.
Billy wartet einen Moment, bis sich der Kapitän ihm zuwendet. „Hallo, mein lieber Billy! Was führt dich zu mir?"
„Darf ich dir meinen Nachfolger vorstellen? Horace, das ist mein junger Kollege Mickey Callaghan."

Kapitän Horace Bixby reicht Mickey die Hand. Er ist etwa vierzig Jahre alt, hat blonde Haare und einen sauber geschnittenen Bart. Er mustert Mickey aufmerksam aus blauen Augen.
„Nun, junger Mann, wie gefällt Ihnen mein Schiff?"
Mickey muss nicht lange überlegen. „Ich habe noch nie einen so wunderbaren Dampfer gesehen! Am besten gefällt mir das Sonnendeck, da kann man so schön im Stuhl sitzen und die Fahrt genießen!"
Kapitän Horace Bixby schmunzelt über Mickeys Begeisterung. „Sie werden noch ausreichend Gelegenheit haben, mein Schiff kennenzulernen."
„Ja, das werde ich ganz sicher. Billy, ich meine Mister Brayden, ist ein sehr kundiger Führer."
Der Kapitän wendet sich an Willam Brayden. „Du willst aufhören mit der Begleitung der Geldtransporte, das hast du mir gar nicht erzählt", er droht ihm scherzhaft mit dem Finger.
„Ja, das ist richtig. Ich habe in vielen Gelenken Schmerzen, im Falle eines Falles wäre ich sicher nicht mehr schnell genug. Ich habe eine ruhige Tätigkeit im Büro in Aussicht, von dort werde ich sicher immer wieder von dem schönen Ohio träumen."
„Das freut mich für dich, alter Knabe", er blickt dann zu Mickey hoch. „Dein Nachfolger erfreut sich offensichtlich bester Gesundheit."
„Ich hoffe, dass Sie mit mir zufrieden sein werden", antwortet Mickey mit einem Lächeln.
Der Kapitän klopft Mickey auf den Arm. „Wir kommen miteinander klar, dass merke ich schon."

Als Nächstes ist der Besuch im Steuerhaus geplant. Es befindet sich ganz oben auf dem Sonnendeck. Das Steuerrad hat wohl zehn Fuß Durchmesser. Im Moment sind zwei Lotsen hier. Der eine der beiden, es ist ein junger Mann, wird von seinem erfahreneren Kollegen unterrichtet. Mickey wird auch hier von

Billy vorgestellt. Sein alter Kollege scheint auf diesem Schiff wirklich jeden zu kennen.

Der ältere Lotse ist Ernest Baldwin, ein Mann Ende vierzig, mit beginnendem grauen Haar und einem freundlichen Lächeln. „Willkommen auf der Ohio Queen, mein Junge. Ich wünsche Dir viele Prämien und keine Überfälle."

„Auf der Ohio Queen hat es noch keinen Überfall gegeben. Ich wünsche uns allen, dass es dabei bleibt", freut sich William Brayden.

Mickey gefällt es in dem Steuerhaus. Es befindet sich 40 Fuß (12 m) oberhalb des Wasserspiegels, er kann weit in alle Richtungen sehen. Er lauscht den beiden Lotsen eine Weile und ist beeindruckt von der Menge an Informationen, die der ältere der beiden an seinen jungen Schüler weitergibt. Dann folgt Mickey seinem Kollegen, der inzwischen einen freien Stuhl auf dem Sonnendeck gefunden hat und den schönen Tag auf dem Fluss genießt.

Am nächsten Tag wird Mickey in die Bedienung des Stahlschrankes eingewiesen. „Wir werden uns zuerst den Schmuck von Mrs. Kennedy holen und ihn dann im Safe ablegen."

Mickey erfährt, dass Mrs. Kennedy die Frau des Bürgermeisters von New Orleans ist. Sie hatte ihre Eltern in Pittsburgh besucht und ist nun auf dem Weg zurück. William Brayden hat eine Verabredung mit ihr auf dem Texasdeck.

Mrs. Kennedy steht an der Reling und unterhält sich mit einem anderen Passagier. Sie haben sich an die Reling gelehnt und sehen beide auf den vorbeiziehenden Fluss hinunter. William Brayden und Mickey Callaghan stehen hinter ihr. Billy räuspert sich, um auf sich aufmerksam zu machen.

Mrs. Kennedy dreht sich um und lächelt, als sie ihren alten Bekannten erkennt. „Mein lieber Mister Brayden, das ist schön, Sie einmal wiederzusehen."

Billy ist ganz Gentleman, er haucht einen Kuss auf die Hand, die sie ihm reicht. Mickey sieht der Begrüßung aus angemessener Entfernung zu. Mrs. Kennedy ist Ende dreißig und hat ihre langen blonden Haare zu einem Haarkranz geflochten. Sie trägt ein hellblaues Kleid mit einer dunkelblauen Samtjacke, über die Hände hat sie seidene Handschuhe gezogen. Sie sieht zu Mickey hinauf.
„Das ist also Ihr junger Kollege. Da haben Sie ja einen verdammt attraktiven Nachfolger gefunden!"
Mickey wird verlegen und versucht sich auch in einem Handkuss, der ihm nicht so elegant gelingt, wie William. Mrs. Kennedy lächelt über seine Unbeholfenheit. „Das wird noch, junger Mann. Wir werden das noch üben!" Sie lächelt ihn verschmitzt an.
„Wir können jetzt zu meiner Kabine gehen, dann gebe ich Ihnen meinen Schmuck mit", schlägt sie William Brayden vor. Mickey ist froh, dass das Thema gewechselt wurde. In Gegenwart so eleganter Damen fühlt er sich unwohl.
Mrs. Kennedy bewohnt eine der First Class Kabinen auf dem Texasdeck. Sie verschwindet in ihrer Kabine, kommt mit einer Schatulle zurück und händigt sie William Brayden aus. „Da haben Sie das gute Stück." Sie öffnet den Deckel und enthüllt eine Halskette mit vielen Rubinen. „Bei Ihnen bin ich sicher, dass mein Schmuck gut aufgehoben ist." Sie drückt Willam Brayden das Kästchen in die Hand, dabei zwinkert sie Mickey zu.

Auf dem Weg zu der Kabine mit dem Stahlschrank gibt Willam Brayden Mickey etwas Nachhilfe. Er hat Mickeys Beklemmung bemerkt und versucht ihm zu helfen. „Keine Sorge, Mrs. Kennedy ist eine ganz reizende Person. Sie macht sich lediglich einen Spaß daraus, dich zu necken."
„Meinst du wirklich?"

„Ganz sicher. Sie lebte früher in einfachen Verhältnissen, bis sie den wohlhabenden Hugh Kennedy geheiratet hat, der seit Juli Bürgermeister von New Orleans ist."

William tritt in die Kabine mit dem Stahlschrank, gefolgt von Mickey. Der schließt die Kabinentür und verfolgt jede von Willams Bewegungen. Der Safe ist ein Stahlschrank, der innen etwa drei Fuß im Quadrat misst und zwei Fuß tief ist. Das Öffnen erfolgt über ein Zahlenschloss.
„Du musst dir genau merken, wie oft du in welche Richtung drehen musst und bei welcher Zahl du die Drehung beendest."
Es sind vier Zahlen einzustellen. Mickey passt genau auf.
„Wenn du nur einmal etwas falsch einstellst, musst du wieder ganz von vorne beginnen. Merke dir die Zahlen gut, ohne sie aufzuschreiben."
Nach der vierten Zahl öffnet William den Safe, bis auf ein kleines Büchlein ist er leer. Er legt die Schmuckschatulle von Mrs. Kennedy hinein und schließt die Tür wieder.
„So, jetzt öffne die Tür wieder!", fordert er seinen Kollegen auf.
Mickey hat sich den Ablauf gut merkt und öffnet die Tür in ein paar Augenblicken.
„Sehr schön, das klappt ja schon ganz gut", lobt er ihn. „Gib die Zahlen niemals weiter. Nicht einmal der Kapitän kennt die Kombination. Nur in dem Safe in Mrs. Coopers Büro sind die Zahlen hinterlegt."
Mickey nickt, „keine Sorge, du kannst dich auf mich verlassen."

William Brayden tritt durch die Trennungstür in seine Kabine, Mickey verabschiedet sich und verlässt den Raum, in dem der Safe steht, zum großen Speisesaal hin. Dort ist im Moment alles leer, in einer Stunde werden dort die Tische gedeckt, dann wird richtiges Gedränge herrschen. Mickey sieht sich um und

prägt sich die Einzelheiten des großen Raumes ein. Zum Bug und zum Heck hin ist je eine große Tür, dazu sind an beiden Seiten je über vierzig Türen, die zu den einzelnen Kabinen führen. Er hört leises Gekicher in der Nähe, eine Tür wird geöffnet und eines der Zimmermädchen kommt heraus. Sie steht mit dem Rücken zu ihm, sie steckt sich ein Geldstück in die Tasche ihrer Schürze und verschwindet dann in der Wäschekammer. Sie hat lange, schwarze Haare, die zu zwei Zöpfen geflochten sind. Mickey überlegt, das Mädchen kommt ihm irgendwie bekannt vor. Er hat sie zwar nur von hinten erblickt, aber das Kichern und die Art wie sie geht, das hat er schon einmal gesehen. Er geht zur Wäschekammer, deren Tür noch offen steht, als er sie erreicht, kommt das Mädchen wieder heraus. Sie läuft ihm fast in die Arme und sieht zu ihm hoch. „Entschuldigen Sie bitte", sagt sie, dann überzieht ein Lächeln ihr Gesicht.
Auch Mickey hat sie jetzt erkannt. „Mildred! Was machst du denn hier?"
Sie greift nach einer seiner Hände und hält sie fest. „Hast du das vergessen? Ich bin doch eines der Zimmermädchen auf diesem Schiff."
„Natürlich! Wie konnte ich das vergessen! Es ist schön, dich wiederzusehen. Ich habe unsere letzte Begegnung nicht vergessen", sagt Mickey und sieht ihr in die Augen.
Sie lächelt ihn an und flüstert leise. „Ich habe es auch nicht vergessen. Es war sehr schön mit dir." Sie stellt sich auf die Zehenspitzen und flüstert ihm ins Ohr: „Sag mir doch deine Kabinennummer, ich besuche dich heute Nacht."
Mickey ist glücklich. Erst die schöne Reise auf dem Fluss, die nette Gesellschaft der Bootsleute und jetzt auch noch eine heiße Nacht! Er beugt sich zu dem Mädchen hinunter und flüstert ihr seine Kabinennummer ins Ohr.

Es ist dunkel. Die Ohio Queen hat Anker geworfen. Es gibt Kapitäne, die noch in der Nacht oder bei Nebel fahren, aber das Risiko, das Schiff zu verlieren, ist sehr hoch. Kapitän Bixby geht auf Nummer sicher und fährt nur bei Tageslicht oder bei sehr hellem Mondschein. Immer wieder gibt es Schiffbruch, weil ein Snag (Baum, der unter der Wasseroberfläche schwimmt) übersehen wird.

Der Ohio gurgelt am Schiff vorbei. Es ist eine milde Nacht, es scheint ein bleicher Mond, der jedoch meistens von silbernen Wolken verdeckt wird. Mickey liegt halb angezogen auf dem Bett und wartet auf Mildred. Je länger er an sie denkt und an das, was beide wollen, desto weniger kann er es abwarten. Endlich klappt die Tür und leise kommt sie herein. „Hallo, mein Liebling", flüstert sie. Schnell hat sie sich ausgezogen und huscht unter seine Decke.

Es gab wieder für Mickey und offenbar auch für Mildred eine unvergessliche Stunde. Schließlich schlüpft sie aus seinen Armen und zieht sich leise an. „Es tut mir leid, mein lieber Mickey. Ich muss morgen früh hoch, wir müssen beim Ausrichten des Frühstückes helfen."

Mickey bekommt noch einen Abschiedskuss, dann ist sie verschwunden.

So vergehen die nächsten Tage. In der Sonne sitzen und auf das Wasser hinuntersehen, immer wieder ein Gespräch mit William und in der Nacht ein Besuch seines Mädchens. Ein Besuch, den er von Mal zu Mal sehnsüchtiger erwartet.

Mildred ist eine von sechs Zimmermädchen, außerdem gibt es noch sieben Stewards, die sich um die Passagiere kümmern. Mildred muss Betten machen, fegen, auch Wäsche waschen und Schuhe putzen gehört zu ihren Pflichten.

Huntington liegt hinter ihnen, ebenso Cincinnati. Mickey steht oft an der Reling und verfolgt mit großem Interesse alle Vorgänge auf dem Schiff und an der Anlegestelle. Heute Nachmittag werden sie Louisville erreichen. Hier befindet sich das einzige Hindernis für das Schiff von Pittsburgh bis zur Mündung des Mississippi. Der Ohio hat hier auf eine Länge von zweieinhalb Meilen Stromschnellen, die das Befahren mit Schiffen verhindern. Seit zwanzig Jahren kann man mit einem Kanal die gefährlichen Strudel umgehen.

Mit viel Geschick steuert der Schiffsführer die Ohio Queen in den schmalen Kanal. Mit Schrittgeschwindigkeit fährt das große Schiff in die enge Fahrrinne, an deren Ende sich die Schleusenkammer befindet. Der Kanal ist hier gerade doppelt so breit wie das Schiff, das fünfundsechzig Fuß misst. Nach eineinhalb Meilen erreichen sie die Schleuse. Die Schleusenkammer ist dreihundert Schritte lang, sodass sich hinter der Ohio Queen noch ein weiteres, kleineres Dampfschiff einfindet. Der Höhenunterschied beträgt sechsundzwanzig Fuß. Neugierig verfolgt Mickey jeden der Vorgänge. Das hintere Tor wird geschlossen, dann öffnet der Schleusenwärter ein Wassertor. Mit viel Rauschen und Sprudeln entleert sich das überschüssige Wasser aus der Schleusenkammer in den Ohio, bis der Wasserspiegel in der Schleuse und im Fluss gleich hoch ist. Durch Drehen an einem großen Rad wird das hölzerne Schleusentor geöffnet, die Ohio Queen kann ihre Fahrt nach Cairo fortsetzen. In der Nähe von Cairo mündet der Ohio in den Mississippi. Der ist dort eine Meile breit und liefert mehr Wasser, als der Mississippi selbst an dieser Stelle führt.
Die Lotsen werden gewechselt, jetzt betritt ein Kenner des unteren Mississippi die Ohio Queen und wird vom Kapitän in Empfang genommen.

„Hier in Cairo haben wir die Hälfte unserer Fahrt hinter uns gebracht", erklärt ihm Billy. „Bis zur Mündung des Mississippi sind es noch einmal etwa eintausend Meilen."

Mickey bekommt von Billy nun das Kesseldeck gezeigt. Hier unten, direkt über dem Wasser, ist es das wichtigste Deck auf dem Schiff. Horace Bixby sagt zwar, das Sonnendeck sei das Wichtigste, aber Mickey glaubt, dass er ihn nur verkohlen will. Hier unten sind die sechs Dampfkessel untergebracht, hier befinden sich die Ladung und das Holz für die Feuerung. Die Decksleute haben hier ihre Unterkünfte, sie hausen in engen Kabinen und schlafen in Hängematten, immer zwei übereinander. Es ist heiß und stickig, überall riecht es nach Maschinenöl. Die Hälfte der Männer auf diesem Deck sind Schwarze. Die Arbeit ist hart und schmutzig. Es gibt vier Feuerwehrleute, die hier untergebracht sind, je zwei halten immer Wache.
„Da die Schiffe aus Holz sind und hier immer das Feuer im Kessel brennt, ist eine Feuerwache unerlässlich", erläutert ihm Billy. „Es sind schon viele Schiffe nur durch Brand verlorengegangen."
Die Deckspassagiere halten sich hier auf. Sie sitzen und liegen auf Kisten oder auf dem Boden. Mickey sieht bestürzt, wie wenig Platz sie haben.
„Dafür ist die Fahrt fast umsonst. Wenn sie den Decksleuten bei der Arbeit helfen können, ist es mitunter ganz frei." Billy weiß alles über das Schiff, dann behauptet er: „Die Dampfschiffe werden bald der Vergangenheit angehören."
Mickey sieht ihn verblüfft an. „Wie kommst du denn darauf?"
„Die Konkurrenz durch die Eisenbahn ist zu groß. Zurzeit sind noch viele der Bahnlinien durch den Bürgerkrieg zerstört. Wenn erst die Schäden repariert worden sind, wird es mit der Dampfschifffahrt bergab gehen, glaube mir."

Billy wird Recht haben, denkt Mickey. Er selbst hängt mit einer träumerischen Romantik an diesen Dampfern. Es ist zwar schade, aber so ist der Lauf der Zeit.

Mildred liegt neben ihm im Bett. Er hält sie im Arm. Da sagt sie leise: „Du, Mickey?"
„Ja?"
„Es tut mir selbst leid, aber wir müssen für eine Woche mit unserem Liebesspiel aussetzen."
Mickey bekommt einen Schreck. „Warum denn das? Gefällt es dir nicht mehr bei mir?"
„Nein, nein. Das ist es nicht", sie macht eine Pause. „Alle drei Wochen sind die Frauen unpässlich, dann müssen sie damit pausieren."
„Das ist aber schade", Mickey ist ganz betrübt. Mildred gibt ihm einen Kuss. „Vielleicht können wir uns ja trotzdem sehen" sagt sie und lächelt ihn an.

Auf dem Weg nach New Orleans halten sie an vielen Häfen. Bei jedem Halt ist viel Trubel an der Anlegestelle. Karren fahren fort oder kommen an, Passagiere und Schauerleute bilden ein wildes Knäuel. In jedem Hafen wird Holz genommen, Kapitän Bixby hat das gut organisiert. Mit Hilfe des Ladebaumes und einer Gangspill werden die etwa drei Fuß langen Bündel auf die Ohio Queen gehievt.
In der Nacht liegen sie meistens an einer Anlegestelle, mitunter ankern sie im Strom in der Nähe des Ufers. Schließlich erreichen sie New Orleans. Es ist der letzte Hafen am Fluss, fünfundneunzig Meilen bevor der Mississippi in den Golf von Mexiko mündet. Obwohl es Ende September ist, herrscht eine große Hitze und die Luft ist feucht. Die Schauerleute, die jetzt das Schiff entladen und wieder beladen, haben ihre Oberkörper

entblößt, Schweiß läuft in Strömen an ihren glänzenden Körpern herunter. Die Schwarzen unter ihnen stimmen einen melodischen Singsang an.

Mrs. Kennedy verlässt hier das Schiff. Ihr Mann hat eine Kutsche vorfahren lassen und holt sie persönlich ab. Vorher hat sich Mrs. Kennedy ihre Schmuckschatulle geben lassen, nicht ohne Mickey durch ein bezauberndes Lächeln zu verwirren.

Früh am nächsten Morgen, direkt zum Sonnenaufgang, setzt sich das große Schiff wieder in Bewegung. Der Himmel ist bedeckt, die Sonne versteckt sich hinter dunklen Wolken. Billy sieht in den Himmel. „Das sieht nach Regen aus, da werden wir uns drinnen aufhalten müssen."
Seine Ahnung bestätigt sich bald. Schwerer Regen peitscht gegen die Fenster, auch die letzten Passagiere haben das Sonnendeck verlassen. Im großen Speisesaal sind einige Tische gut besetzt. Eine Traube von Zuschauern hat sich um die Sitzenden geschart. Mickey nähert sich neugierig, es sind Kartenspieler. Sie spielen Blackjack oder Poker. Es geht offensichtlich um große Einsätze.
Billy sieht sein erstauntes Gesicht. „Glücksspiel ist an Land verboten, aber auf den Schiffen ist es noch erlaubt. Das wird jetzt kräftig ausgenutzt."
„Hast du da schon einmal mitgemacht?"
„Ich habe es mal versucht. Ich rate dir, lass die Finger davon, da hast du entweder mit Betrügern oder mit Berufsspielern zu tun."
„Nein, das kommt nicht in Frage!" Mickey denkt an sein Geld, das er sich mühsam verdienen muss. Es mit Kartenspiel auf die Schnelle zu verlieren - nein, das muss nicht sein.

Eine Woche nach der Abfahrt in New Orleans erreichen sie Memphis in Tennessee. Tennessee ist der Staat auf der Ostseite, westlich vom Fluss liegt der Staat Arkansas. Wie immer verfolgt Mickey den Betrieb an der Anlegestelle. Passagiere verlassen und betreten das Schiff. Kutschen fahren vor und speien Fahrgäste aus. Aus einer steigen jetzt drei Männer aus, die auf die Ohio Queen zukommen. Sie sind sehr elegant gekleidet.
Hier in Memphis sollen sie den Geldtransport übernehmen. Das soll erst stattfinden, nachdem alle Lade- und Entladetätigkeiten beendet sind. Billy übernimmt die Führung für die Bewachung der Geldübergabe. „Du stellst dich auf das Hurricane Deck. Ist dein Revolver geladen?"
Mickey lüpft die linke Seite seiner Jacke. In einem Schulterholster steckt sein nagelneuer Colt. „Erwartest du Probleme?"
„Nein, eigentlich nicht. Aber man muss immer auf alles vorbereitet sein. Ich gehe dem Transport entgegen, du beobachtest von oben."

Das Gewühl an der Anlegestelle ist fast beendet, als ein geschlossener Wagen vorfährt. Neben dem Kutscher sitzt ein bewaffneter Mann und auf einer Bank an der Rückseite sitzen zwei weitere bewaffnete Wachleute. Der Wagen hält, der Verschlag wird von innen geöffnet und zwei weitere Männer kommen mit einer großen Tasche heraus. Einer der Männer geht voran und die anderen zwei folgen den beiden Trägern. Mickey hat von der hohen Position auf dem Sonnendeck eine gute Übersicht. Aufmerksam beobachtet er alle verbliebenen Personen an der Anlegestelle. Es ist alles ruhig, der Tross mit dem Geld geht über die Laufplanke und verschwindet im Schiff. Mickey eilt zur Treppe, um den weiteren Weg des Transportes zu bewachen. Die Männer gehen durch den Speisesaal auf die Kabine mit dem Stahlschrank zu. Billy eilt voraus und öffnet den Safe, Mickey bleibt an der Tür des Speisesaales stehen und beobachtet die Umgebung. Nach ein paar Minuten ist es geschafft, der Safe ist verschlossen, Billy kommt mit den Trägern und den Wachleuten heraus und Mickey schließt sich der Gruppe an. Sie verabschieden sich von den Angestellten der Bank, dann sind sie alleine.

Billy seufzt hörbar. „So, das wär erst einmal geschafft. Das ist die zweitgrößte Geldmenge, die ich in meinem Leben zu bewachen hatte."
„Wie viel ist es denn?"
„Es sind über zehntausend Dollar. Es ist für die Bank von America in Cincinnati bestimmt. Dort wird bei der Entladung wieder so viel Aufwand veranstaltet."
„Kann während der Schiffspassage nichts passieren?"
Billy schüttelt seinen grauen Kopf. „Das ist nahezu unmöglich. Und wenn, dann nur über meine Leiche."
Mickey sieht seinen alten Kollegen erschrocken an. „Rede nicht so einen Unsinn!"

Ab jetzt hat Mickey nicht mehr so viel Muße, an der Reling zu stehen und dem majestätischen Strom zuzuschauen. Immer wieder schlendert er, scheinbar gelangweilt, über jedes Deck. Dabei mustert er alle Passagiere und auch die Angehörigen der Mannschaft. Er kennt inzwischen die üblichen Abläufe, sodass ihm Abweichungen sofort auffallen würden.
Die drei Männer, die in Memphis eingestiegen sind, kommen ihm merkwürdig vor. Sie sind immer unter sich und sie gehen Gesprächen mit anderen Passagieren aus dem Weg. Mickey kann es nicht beschreiben, aber irgendwie passt die elegante Kleidung nicht zu den Dreien. Sie bewegen sich plump, sie machen kräftige Schritte wie ein Cowboy oder Farmarbeiter, anstelle vornehmer Bewegungen. Sie tragen Gehröcke mit Hosen, so wie Mickey auch. Dazu tragen sie niedrige Zylinder,

zwei in dunklem Grau, einer ist schwarz. Etwas merkwürdig findet Mickey, dass der Eine um den grauen Zylinder eine rosa Schleife trägt, das kommt ihm etwas zu weiblich vor. Morgen will er mit Billy über diese auffälligen Gäste sprechen.

In dieser Nacht kommt Mildred wieder zu ihm. Wie Ausgehungerte fallen sie übereinander her.
Am nächsten Morgen sitzen Billy und Mickey beim Frühstück. Mickey nickt mit dem Kopf zum Ende des Saales, wo sich die drei Gäste befinden. „Billy, siehst du die drei Männer dort am vorletzten Tisch?"
„Ja, ich sehe sie. Was ist mit ihnen?"
„Ich habe ein ungutes Gefühl bei denen. Ich weiß nicht warum, aber irgendetwas stimmt da nicht."
Billy sieht unauffällig zu den Dreien hin. Dann nickt er. „Du hast recht, ich kann es nicht benennen, aber ich finde sie auch merkwürdig. Ich schlage vor, dass du sie den Rest der Fahrt im Auge behältst."

So geschieht es. Immer wieder kreuzt Mickey den Weg der drei Gäste. Er versucht auch, ihre Gespräche zu belauschen, aber außer zusammenhanglosen Fetzen, kann er nichts verstehen.
Am nächsten Tag sieht er von weitem, dass einer von ihnen mit Mildred Kershaw spricht. Wenig später läuft er ihr über den Weg, sie kommt gerade mit Wäsche aus einer der Kabinen. Er hält sie an und fragt: „Was wollte der Mann von Dir?"
Mildred sieht auf den Boden. „Gar nichts."
„Doch, irgendetwas muss er doch gewollt haben!"
Mildred zögert, dann sagt sie: „Er hat mich gefragt, ober ich ihm ein Hemd bügeln würde", sie hebt den Arm mit der Wäsche.

„Hm." Mickey bleibt etwas beunruhigt, oder ist er nur eifersüchtig? Er nimmt sich vor, noch besser auf die drei Gäste und seine Mildred aufzupassen.

In der nächsten Nacht liegen sie in der Nähe von Columbus in Kentucky, nicht mehr allzu weit vom Ohio entfernt. Das Ufer mit der Anlegestelle Columbus ist etwa 40 Yards entfernt. Das Wasser gurgelt an der Ankerkette entlang. Ein Heizer ist wach, er hält die Feuerung auf Sparflamme, irgendwo treiben sich die beiden Feuerwehrleute der Wache herum. Der Mond scheint sehr spärlich, seine schmale Sichel gibt nur wenig schwaches Licht, sodass die Pappeln am Ufer nur als schwarze Schatten zu erkennen sind.

Mildred kommt leise in Mickeys Kabine. Er hat sie schon erwartet und liegt fast unbekleidet auf seinem Bett. Warm kuschelt sich Mildred an ihn. Sie zieht heute alle Register, sie beißt in Mickeys Schulter, sie stöhnt und schreit unterdrückt immer wieder in sein Ohr.
Da war doch etwas? Mickey glaubt ein Geräusch aus dem Nebenraum gehört zu haben. Aber Mildred fällt über ihn her und seine Gedanken kennen nur noch ein Programm.
Dann wieder hört Mickey etwas, er hält Mildred zurück, die heute kaum zu bremsen ist. „Moment mal, mein Spatz, sei mal einen Moment leise."
Mildred zieht seinen Kopf gegen ihre Brust, sodass Mickey nichts mehr hören kann. Doch ihr hübscher Busen verfehlt jetzt seine Wirkung. Mickey hört die Tür der Nachbarkabine klappen, dort steht der Safe.
Der Safe!
Mit einem Mal ist Mickey hellwach. Er springt aus dem Bett und zündet die Petroleumlampe an. Er streift blitzschnell seine

Hose über und greift nach dem Revolver, der auf dem Schränkchen neben dem Bett liegt.

„Mickey, warte doch!", ruft Mildred, doch Mickey muss erst dem Geräusch nachgehen.

„Sei mal einen Moment leise!" Er verlässt seine Kabine und geht rasch zu der Nachbarkabine hinüber. Die Tür ist offen. Beunruhigt stürmt er hinein, den Revolver in der Hand.

Was für ein schreckliches Bild! Es ist fast finster, aber trotzdem sieht er, dass jemand auf dem Boden liegt. Laut ruft Mickey zu Mildred hinüber: „Bring mir die Lampe, schnell!" Die anderen Passagiere schlafen, das ist ihm jetzt egal, hier stimmt etwas nicht. Mildred kommt mit der Lampe aus seiner Kabine. Als ihr Schein auf den Kabinenboden fällt, schreit sie laut auf und hält sich vor Schreck eine Hand vor den Mund. Mickey stürzt sich auf den am Boden liegenden Mann. Es ist Billy, seine linke Hand ist mit einem Messer am Boden aufgespießt, die rechte Hand hält er vor ein Auge und wimmert leise.

„Oh Gott! Das habe ich nicht gewollt!", ruft Mildred. Sie stellt die Lampe auf den Tisch und bückt sich zu Mickey hinunter. Der steht auf und sieht sich um. Die Tür vom Safe steht offen. Das flackernde Licht der Lampe fällt hinein. Es ist nur schwach, er sieht aber, dass die Geldtasche fehlt.

Billy lebt noch. Er flüstert ganz leise: „Es waren die Drei. Du musst sie aufhalten!"

Mickey dreht sich zu Mildred. „Ich muss hinter den Verbrechern her! Du kennst doch deine Passagiere, ist ein Arzt dabei?"

Mildred nickt, sie hat Tränen in den Augen.

„Hol' den aus seinem Bett, ich muss jetzt los!"

Mit dem Revolver in der Hand, nur mit einer Hose bekleidet, läuft er zum Bug, durch die vordere Tür des Speisesaales hinaus und blickt über die Reling nach unten auf das Kesseldeck. Es

ist fast dunkel, nur das schwache Mondlicht beleuchtet gespenstisch die Szene auf dem Vordeck. Auf dem Fluss kann Mickey ein Boot erkennen, es ist mit zwei Ruderern besetzt und kommt mit der Strömung auf das Schiff zu. Es ist nur noch ein paar Riemenschläge von der Ohio Queen entfernt.
Unten an der Reling kann er drei Männer erkennen, einer von ihnen hält eine große Tasche, einer sieht zu dem Boot und ein dritter blickt zum Kabinendeck hoch. Dieser hat einen Revolver in der Hand, er bemerkt Mickey und schießt auf ihn. Einer der Männer ruft zu den Ruderern. „Mensch, Higgy, mach schneller! Wir werden verfolgt!"
Der Schuss ging an Mickey vorbei, das schwache Licht erlaubt kein genaues Zielen und die Kugel schlägt in die Holzwand hinter ihm ein. Er zielt über den Lauf, so gut er es bei dem Mondlicht vermag und schießt zurück. Er schießt viermal und versucht, soweit möglich, zu treffen. Zwei der Männer auf dem Vorschiff fallen um, der Dritte hebt erschrocken beide Hände. Einer der beiden Männer auf dem Ruderboot ist vornüber gekippt, einer der Riemen ist in den Fluss gefallen und treibt davon. Der zweite Mann versucht das Boot mit dem verbliebenen Riemen so zu dirigieren, dass es nicht gegen das Dampfschiff stößt, dann verschwindet es wie ein schwarzes Gespenst in der Dunkelheit.

Die Schüsse haben die Passagiere und die Crew aus dem Schlaf gerissen. Überall werden Lampen angezündet. Stimmen werden laut, dann kommen die beiden Feuerwehrleute der Wache als erste auf das Vordeck.
„Haltet den Mann fest!", ruft Mickey den Männern zu, „ich komme sofort hinunter!" Er steckt sich den Revolver in den Hosenbund und läuft die Treppe hinab.

Die Feuerwehrleute und die inzwischen dazu gekommenen Decksleute halten den Verbrecher fest. Mickey nimmt die am Boden liegende Geldtasche und hebt sie auf.
„Vielen Dank für eure Hilfe, Jungs!"
Er sieht dem Verbrecher ins Gesicht. „Fesselt ihn und sperrt ihn ein!"
Die Männer nicken und zerren den Mann fort, Mickey blickt auf die beiden am Boden liegenden Männer. Der Eine scheint tot zu sein, der Andere bewegt sich etwas.
Der Kapitän kommt die Treppe herunter. Er gibt ein lustiges Bild ab, weil er aus Gewohnheit zu seinem Morgenmantel seine Kapitänsmütze aufgesetzt hat. Mickey gibt ihm eine kurze Zusammenfassung. „Es waren fünf Männer, zwei davon auf einem Boot, das jetzt nicht mehr zu sehen ist. Einer ist tot, einer ist verletzt, ein weiterer lebt und wird jetzt eingesperrt. Und hier ist das Geld!", triumphierend hebt er die Tasche hoch. „Ich muss jetzt zu meinem Kollegen Billy, dem hat man anscheinend die Safe-Kombination durch Folter abgepresst."
Schnell springt er mit der schweren Tasche die Treppe hoch und läuft ans Ende des Decks zu der Kabine von William Brayden.
Ein Arzt und Mildred Kershaw sind bei ihm. Billy ist von ihnen auf das Bett gelegt worden. Der Arzt dreht sich zu Mickey um.
„Er lebt, seine linke Hand wird er jedoch nicht mehr benutzen können." Er macht eine kurze Pause. „Sein rechtes Auge ist ihm ausgestochen worden. So haben die Verbrecher die Kombination erpresst. Lassen Sie ihn bitte in Ruhe, morgen können Sie wieder mit ihm sprechen."
Er zieht er die Tür auf und verabschiedet sich. Mickey wendet sich zu Mildred, die wie ein Häufchen Elend in der Ecke steht, Tränen laufen ihr vom Gesicht herunter.
„Nun zu dir, mein Mädchen. Was hattest du mit dem Überfall zu tun?"

Mildred schluchzt. „Das habe ich nicht gewollt, wirklich nicht, der arme Billy!"

Sie weint wieder. In Bruchstücken erfährt Mickey, dass sie von einem der Männer Geld bekommen hat, damit sie Mickey für eine Weile ablenkt.

„Das ist dir ja beinahe gelungen!" Mickey ist wütend und zieht sie aus der Kabine. „Du bist mir vielleicht ein Früchtchen! Was soll ich jetzt von deiner Zuneigung halten?"

Mildred weint wieder. „Der Mann hat mir gesagt, dass er Billy einen Streich spielen wollte. Dass es so enden würde, habe ich nicht gedacht."

Mickey schüttelt den Kopf. Einem dummen Mädchen kann man das vielleicht glauben machen. Weinend wendet sie sich ab. Jetzt tut sie Mickey beinahe wieder leid.

Gleich am nächsten Morgen betritt Mickey die Kabine von Billy. Es geht ihm besser, der Arzt hatte ihm noch in der Nacht die Hand und das Auge verbunden. Billy ist jetzt wieder ansprechbar und Mickey schildert seinem Kollegen, dass sie die Verbrecher, außer den beiden auf dem Boot, gefasst haben und dass auch das Geld sichergestellt ist.

Billy lächelt fast ein bisschen, als er die Geschichte hört, dankbar drückt er Mickey eine Hand. „Das hast du gut gemacht. Ich sehe schon, dass es eine gute Entscheidung war, dir diesen Job zu geben."

Er macht eine Pause und fragt: „Wo warst du eigentlich, als ich dich gerufen habe?"

Mickey schluckt. Diesen Fehler wird er sich niemals verzeihen können. Er fühlt sich richtig schlecht, als er daran denkt. Er räuspert sich, er hat einen dicken Kloß im Hals. „Du wirst es kaum glauben. Ich lag nebenan, mit einem Mädchen im Bett."

Jetzt muss Billy doch etwas lächeln. „Nur so etwas konnte es sein. Hat es sich denn gelohnt?" Vorsichtig grinst er Mickey an.

„Man hatte ihr Geld gegeben, damit sie mich ablenkt, das ist ihr auch beinahe gelungen. Aber nun ist sie zerknirscht, sie ist auch noch in der Nacht bei dir gewesen."

„Das habe ich bemerkt, sie hat viel Zeit an meinem Bett verbracht. Sei nicht so streng mit ihr."

„Na, du bist gut! Du hättest auch tot sein können!"

In Cincinnati wird das Geld wieder abgeholt. Diesmal holt Mickey die Tasche aus dem Stahlschrank und übergibt sie den Wachleuten der Bank. In Zukunft wird er das immer alleine machen.

Bis nach Pittsburgh bleibt Billy im Bett liegen. In jeder freien Minute kommt Mildred zu ihm. Sie pflegt ihn und vertreibt ihm die Zeit, soweit es ihr möglich ist, was er gerne annimmt. Zu Mickey ist Mildred bis nach Pittsburgh nicht wieder gekommen. Sie sprechen miteinander, wenn sie sich auf dem Schiff begegnen, das ist alles. Jedenfalls für diese Fahrt...

In Pittsburgh kommt Mickey wie üblich am Morgen in die Tischlerwerkstatt, als wäre nichts vorgefallen. Seine Kollegen haben von seinem neuesten Abenteuer noch nichts gehört.

Will fragt ihn zuerst. „Wie war denn die Reise nach New Orleans? War viel los?"

Mickey schmunzelt, dann erzählt er ihm die Geschichte. Mildreds Anteil daran erwähnt er nicht, Will muss nicht alles wissen, die Sache ist ihm selbst auch ein bisschen peinlich. Sein Kollege ist aus dem Häuschen, als Mickey von dem Überfall erzählt.

„Das ist ja kaum zu glauben! Und du hast das ganz alleine vereitelt?"

„Na ja, jedenfalls beinahe."

Bevor Mickey fortfahren kann, kommt Mrs. Cooper in die Tischlerei, in Begleitung von Jeremy Irons.

Mickeys Kollegen machen große Augen, in die Werkstatt kommt die hohe Chefin sonst nie. Sie kommt sofort auf Mickey zu und drückt seine Hand. „Mein lieber Mickey Callaghan, ich bin ihnen außerordentlich verbunden. Wie kann ich Ihnen jemals danken?"

Mickey schluckt. „Was soll ich dazu sagen? Ich habe nur meine Pflicht getan."

Jerry steht im Hintergrund und strahlt über das ganze Gesicht. Er freut sich mit Mickey und auch darüber, dass er mit seinem Gespür für Mickeys Fähigkeiten richtig gelegen hat.

Seine Chefin dreht sich um. „Kommen Sie jetzt bitte mit in mein Büro, dort sehen wir weiter."

Jerry schüttelt Mickey die Hand, bevor sie Mrs. Cooper folgen. „Meinen Glückwunsch, Mickey, das hast du gut gemacht."

Mickey ist glücklich über die große Freude, die er seinem Kollegen und seiner Chefin bereitet hat.

Im Büro angekommen, gibt es erst einmal einen Schluck Cognac. Das ist nicht so Mickeys Geschmack, aber soll er das Mrs. Cooper sagen?

„Mein lieber Mickey Callaghan", beginnt seine Chefin, „was fangen wir mit Ihnen an? In der Tischlerwerkstatt scheinen Sie mir ein wenig fehl am Platz zu sein. Obwohl", - sie macht eine Pause -, „obwohl ich von dort nur Gutes höre."

Mickey ist das viele Lob etwas unangenehm. Er räuspert sich verlegen.

„Ich habe mir gedacht, dass Sie Bewachung und Verteidigung zu Ihrer Hauptaufgabe machen sollten. Was sagen Sie dazu?"

So weit im Voraus hat Mickey noch nicht geplant. „Ich, äh... entschuldigen Sie bitte, das kommt jetzt etwas plötzlich."

Mrs. Cooper lächelt ihn an. „Wir haben alle Zeit, die wir brauchen. Denken Sie in Ruhe darüber nach."
Mickey entspannt sich wieder. „Ja, das ist mir lieber. An welche Möglichkeiten hatten Sie denn gedacht?"
Mrs. Cooper sieht Jeremy Irons an. „Erzählen Sie es bitte, Jerry."
Jerry rückt sich in seinem Stuhl zurecht und beginnt. „Eine Möglichkeit wäre die Mitarbeit in der Sicherheitsabteilung der Bank von America. Der Geschäftsführer ist ein guter Freund von Mrs. Cooper", er nickt zu seiner Chefin hin, „der nimmt dich auf jeden Fall."
„Und was muss ich da machen?", erkundigt sich Mickey.
„Du wirst in die Planung und Ausführung von Geldtransporten der Bank von America eingebunden. Dann wirst du das, was du jetzt gemacht hast, alle paar Tage durchführen. Das bedeutet für dich einen neuen Vorgesetzten und einen neuen Arbeitgeber."
Mickey zögert. „Habe ich noch andere Möglichkeiten?"
Jetzt mischt sich Mrs. Cooper wieder ein. „Sie bleiben hier und werden bei Bedarf für andere ausgeliehen. Dann bleibe ich ihre Vorgesetzte."
„Das Letztere gefällt mir besser, der erste Vorschlag ist mir zu viel Veränderung auf einmal. Kann ich es mir trotzdem noch überlegen?"
„Ja, sicher. Denken Sie nur in Ruhe darüber nach."

Mickey wählt die zweite Variante. Dann hat er die Möglichkeit, immer mal wieder eine Reise den Ohio und den Mississippi entlang zu erleben. Auf der anderen Seite bleiben ihm seine Kollegen erhalten. Dass er bei dieser Variante sein Leben seltener riskiert, ist ihm nicht in den Sinn gekommen.

Schon eine Woche später, es ist Anfang Oktober 1865, kommt Jeremy Irons zu Mickey in die Werkstatt und ruft ihn zu Mrs. Cooper. Gespannt folgt Mickey seinem älteren Kollegen in das große Büro. Dort wird Mickey ein Stuhl angeboten.
Die Chefin kommt gleich auf den Punkt: „In vier Tagen fährt die Belle of Cincinnati von Cincinnati nach St. Louis. Dort wird eine Bewachung gewünscht. Nach Cincinnati können Sie mit unserer Ohio Princess kommen, die fährt morgen flussabwärts."
Mickey freut sich. „Das klingt gut, dann kann ich wieder neue Menschen und ein neues Schiff kennenlernen."
Und noch etwas", fügt Mrs. Cooper hinzu, „es gibt etwas Neues von dem Überfall auf die Ohio Queen."
„Ach, das ist ja interessant." Mickey hört gespannt zu.
„Es hat keinen Toten gegeben. Der niedergeschossene Verbrecher ist wieder erwacht. Er hat einen Bauchschuss. Ob er allerdings überlebt, bleibt abzuwarten."
Mickey schüttelt den Kopf. „Das lag am schlechten Licht, ich treffe sonst besser."
„Vielleicht ist es auch besser so, man wird die Verbrecher dann später ihrer Strafe zuführen können."
Sie fährt fort. „Die Diebe sind verhört worden, dabei ist etwas sehr Interessantes herausgekommen. Der Mann auf dem Ruderboot soll mein lieber Neffe, Francois Meunier, gewesen sein." Sie lehnt sich zurück und betrachtet amüsiert Mickeys Minenspiel.
Mickey springt fast aus dem Stuhl. „Das gibt es doch nicht! Ich denke, der sitzt im Gefängnis von Pittsburgh!"
Jetzt ergreift Jerry das Wort. „Das haben wir auch gedacht. Es ist ihm aber gelungen, vor einem Monat auszubrechen. Er soll es auch gewesen sein, der den Raub auf die Ohio Queen geplant hat. Wir vermuten deshalb, dass er sowohl Komplizen bei der Polizei als auch bei der Bank of America hat."

Mickey nickt und ergänzt: „Das könnte Einiges erklären. Er scheint mehr der Kopf, als der brutale Täter zu sein, das passt."

Früh am nächsten Morgen findet sich Mickey am Hafen ein. Die Ohio Princess qualmt bereits mächtig, die Ladetätigkeiten werden bald beendet sein. Lediglich der Ladebaum ist in Aktion und befördert noch mehrere Bündel Feuerholz auf das Schiff.
Auf diesem Schiff ist Mickey nur Passagier, in Cincinnati wird seine Fahrt beendet sein. Das Schiff, mit dem er jetzt fährt, die Ohio Princess, ist eine der drei kleineren Schiffe der »Ohio Steamboat Company«. Die anderen heißen Monongahela Princess und Allegheny Princess. Das zweite der großen Schiffe ist die Gordon Cooper, es ist nach dem Gründer der Firma, dem Mann von Mrs. Cooper, benannt. Die drei Schiffe der Princess-Gruppe sind kleiner, haben aber auch einen geringeren Tiefgang, sodass sie auch bei niedrigem Wasserstand eingesetzt werden können.
Mickey bringt sein Gepäck in die Kabine und macht zuerst einen Rundgang durch das Schiff, dann geht er zum Kapitän und stellt sich vor.
Der Kapitän ist ein alter Hase, er ist kurz vor dem Ruhestand. Er ergreift Mickeys Hand und schüttelt sie. „Willkommen an Bord, junger Mann. Wie gefällt ihnen mein kleiner Dampfer? Er ist nicht so schön wie die Ohio Queen, nicht wahr?"
Mickey lächelt. „Das kann man so nicht sagen. Sie hat auch ihren Charme, das sieht man erst auf den zweiten Blick."
„Lass gut sein, mein Junge. Es ist ein alter Seelenverkäufer, ich weiß das schon." Er lacht aus vollem Hals.

Cincinnati ist in zwei Tagen erreicht. Die Ohio Princess ist handlicher und leichter zu manövrieren. Dazu hat sie einen geringeren Tiefgang, sodass der Kapitän sie wegen der geringeren

Gefahr auf einer Sandbank aufzulaufen, in den Nächten durchfahren lässt. In Cincinnati verlässt Mickey das Schiff und sieht sich zuerst einmal im Hafen um. Die Schiffe liegen an einem flachen Abhang, der zur Stadt hin von einigen Häusern begrenzt wird. Eines dieser Häuser hat ein Gästezimmer für ihn. Er findet es schnell, es ist das Metropol Hotel, ein Haus mit acht Zimmern.

Am nächsten Morgen geht es wieder früh los. Mickey ist zwei Stunden vor Abfahrt der Belle of Cincinnati an der Anlegestelle. Es ist ein mittelgroßes Schiff mit einhundertfünfundachtzig Fuß (56 m) Länge und mit vier Dampfkesseln bestückt. Wie ein großer schwarzer Schatten liegt es an der Anlegestelle, nur aus den Feuerbüchsen leuchtet ein flackernder Schein in die Dunkelheit.

Mickey sucht zuerst wieder den Kapitän auf. Er findet ihn vorne auf dem Kesseldeck. Er heißt Richard Calhoon und ist ein schlanker, drahtiger Mann Mitte vierzig mit einem gewaltigen Bart. Sein Schnurrbart ist gefettet und zu zwei langen Enden gezwirbelt. Er weiß bereits, dass jemand kommen soll, um seine wertvolle Zusatzladung zu bewachen.

Mickey stellt sich vor. „Ich bin von der Ohio Steamboat Company. Mein Name ist Mickey Callaghan und ich bin beauftragt, ihren Geldtransport zu begleiten."

Kapitän Calhoon stellt sich ebenfalls vor. Er hat eine tiefe, wohlklingende Stimme. „Es freut mich, Sie kennenzulernen, junger Mann. Ihnen eilt bereits ein erstaunlicher Ruf voraus."

Mickey ist erstaunt. „Tatsächlich? Woher wissen Sie das?"

Der Kapitän sieht ihn an. „Sie kennen nicht den »Cincinnati Star«, nicht wahr?"

„Nein, der ist mir unbekannt."

„Das ist unsere hiesige Zeitung. Vor einer Woche gab es einen langen Artikel über den Geldraub auf der Ohio Queen. Wenn nur die Hälfte davon stimmt, dann brauche ich mir über meine wertvolle Ladung keine Sorgen zu machen."

Mickey ist überrascht über den Wirbel, den sein Einsatz bewirkt hat. Ist das nun gut oder schlecht für ihn? Es könnte von Vorteil sein, wenn die möglichen Diebe erfahren, dass das Stehlen nicht einfach ist, wenn er dabei ist.

„Vielleicht sollten Sie ein Schild anbringen, »Unser Geld wird bewacht durch Mickey Callaghan«.

Der Kapitän und Mickey lachen beide, dann drückt Mickey dem Kapitän die Hand. „Es tut mir leid, Sie jetzt verlassen zu müssen, aber ich möchte mir die gesamte Umgebung ansehen, bevor das Geld eintrifft."

Mickey wendet sich ab und geht zu der Anlegestelle. Die Sonne wird gleich über den Bergen erscheinen, der graue Dunst beginnt sich aufzuhellen. Bisher ist von dem Geldtransport nichts zu sehen. Mickey mustert jeden einzelnen der Männer, die hier arbeiten. Die eintreffenden Passagiere werden ebenfalls genau beobachtet.

Es geht alles glatt, der Transport des Geldes bis in den Geldschrank läuft ohne Zwischenfälle oder Auffälligkeiten ab.

Die Strecke auf dem Ohio, die nun folgt, hat Mickey jetzt schon einmal in beide Richtungen erlebt. Auch die Schleuse von Louisville kennt er schon. Trotzdem genießt er jede Meile der Strecke. Der spätere Präsident der Vereinigten Staaten von Amerika, Thomas Jefferson, schrieb nach einer Reise, die ihn auch am Ohio entlang führte, es wäre der schönste Fluss der Welt. Jetzt, nachdem viele Orte mit Industrie am Ohio entstanden sind, hat sich die Qualität des Wassers erheblich verschlechtert. Die vielen bewaldeten Hügel auf beiden Seiten und die vielen Schleifen, die immer wieder neue, liebliche Landschaften enthüllen, machen trotzdem jede Meile zu einem Erlebnis.

Die Stadt Cairo liegt am Ohio, dort wo er in den Mississippi mündet. Ab hier führt die Fahrt den Mississippi flussaufwärts. Dieser Teil der Fahrt ist für Mickey neu, interessiert verfolgt er jeden Teil der Strecke. Der Mississippi hat hier viele kleine Inseln und Sandbänke. Der Lotse versteht sein Handwerk. Unermüdlich qualmend folgt die Belle of Cincinnati ihrem Kurs. Mal geht es steuerbord, mal backbord an den Inseln vorbei. Ein guter Lotse kennt auch jede einzelne Sandbank, alle Veränderungen prägt er sich genauestens ein, um sie für spätere Fahrten bereit zu haben.

St. Louis wird am frühen Nachmittag erreicht. Mickey steht auf dem Texasdeck und beobachtet das Treiben an der Anlegestelle. Die Übergabe des Geldes soll erst stattfinden, nachdem etwas Ruhe eingekehrt ist. Ein emsiges Treiben beherrscht noch über zwei Stunden die Szenerie vor dem Schiff. Dann trifft die Kutsche ein. Es sind zwei bewaffnete Männer und ein schwarzer Gehilfe, die sich der Belle of Cincinnati nähern. Mickey begrüßt die Männer und geleitet sie zu dem Stahlschrank.
Der Anführer der drei ist ein Hüne von einem Mann. Er ist sogar noch etwas größer als Mickey. Er grinst ihn an, als sie sich begegnen. Mit seinem Revolver stubbst er an den Hut, um Mickey zu begrüßen. Er ist etwa Mitte dreißig, trotzdem beherrscht ein beinahe jungenhaftes Grinsen sein Gesicht.
Mickey verbeugt sich übertrieben und versucht ein Grinsen zu unterdrücken. „Es freut mich, dass Sie mich von der Last meiner Verantwortung befreien."
„Ich bin entzückt, Ihnen helfen zu können!", dann lachen Sie beide, wobei Mickey auffällt, dass der große Wachmann keinen Moment seine Augen von dem Transport abwendet. Mit solchen Kollegen macht die Arbeit Spaß.

„Was machen Sie heute Abend?", fragt er unversehens Mickey. „Das Schiff geht doch erst morgen zurück, oder?"
„Ich habe noch keine Pläne, ich würde mich jedoch freuen, Ihnen Gesellschaft leisten zu dürfen."
„Prima! Ich hole Sie ab, sobald ich den Zaster losgeworden bin."

Etwa zwei Stunden später kommt der Wachmann an den Pier. Mickey steht auf dem Texasdeck und beobachtet das abnehmende Treiben vor dem Schiff. Der Leichter mit dem Brennholz ist gerade längsseits gekommen und die Decksleute sind mit dem Abladen beschäftigt. Die Gangspill quietscht bei jeder Umdrehung, einige der Männer singen dabei.
Der große Mann winkt zu Mickey hinauf und Mickey erwidert seinen Gruß. Dann läuft er mit munteren Schritten die Treppe hinunter und geht über die Laufplanke an Land.
Der große Kerl reicht Mickey eine unglaubliche Pranke. „Ich heiße Malcolm Everett, für meine Freunde bin ich Malli. Wie du heißt, habe ich schon in der Zeitung gelesen."
Mickey schüttelt den Kopf. „Ich weiß jetzt nicht, ob ich mich über den Artikel freuen soll. Ich heiße Mickey oder Mick."
„Sieh es mal so. Ich denke, wir zwei werden ganz sicher nicht überfallen werden", dann lacht er ein sympathisches Lachen.
Malcolm Everett hat sich umgezogen, er trägt eine elegante lange Jacke mit Reiterstiefeln, so wie Mickey. Er hat kurzgeschnittenes blondes Haar und einen akkurat geschnittenen kurzen Bart. Seine blauen Augen sehen munter lächelnd in der Gegend umher.
„Hast du für heute Abend etwas Bestimmtes vor?", fragt Mickey neugierig seinen Kollegen.
„Darauf kannst Du Dich verlassen! Zuerst zeige ich dir ein paar Ecken von St. Louis, dann gehen wir zu meinem Lieblingslokal."

St. Louis ist eine riesige Stadt, sie ist mit 160,000 Einwohnern etwa doppelt so groß wie Washington oder Pittsburgh. Es ist die größte Stadt, die Mickey je gesehen hat und er ist froh, dass sich Malcom so gut auskennt. Er führt Mickey die Seventh Carondelet Avenue entlang, die längste Einkaufsstraße in St. Louis. Mickey kann sich an den vielen Geschäften und den Betrieben gar nicht satt sehen, die sich in einer endlosen Reihe an der Straße entlang ziehen.

„Hast du am Bürgerkrieg teilgenommen?", fragt Malcolm Mickey.

„Ja, ich bin die ganze Zeit dabei gewesen. Die letzten zwei Jahre bin ich in Shermans Armee gewesen und bin dann als Corporal entlassen worden."

Malcolm nickt. „Ich war mir nicht sicher, weil du noch so jung bist. Ich habe mich bei den Südstaaten unter General Jackson geschlagen."

Mickey weiß jetzt nicht, wie er das einordnen soll. Nach seinem bisherigen Weltbild waren die Mitglieder der Südstaaten Armee allesamt schlechte Menschen. Für Malcolm scheint das nicht zuzutreffen.

Malcolm bemerkt die Pause, die Mickey macht. „Wir treffen uns nachher mit ein paar Freunden von mir, die bilden ein Gemisch aus Soldaten beider Lager. Ich bin übrigens Lieutenant gewesen. Also: Kopf hoch, Corporal!" Er fügt noch hinzu: „St. Louis ist auch zu Zeiten des Bürgerkrieges nicht eindeutig auf einer der beiden Seiten gewesen. Zeitweise sind hier geflohene Sklaven aufgenommen worden, bis das auf Betreiben der Südstaaten abgeschafft worden ist."

Das Lokal, das sie später aufsuchen, ist das Dressel's Public House in der Euclid Avenue. Malcolm wird hier bereits erwartet. Er geht zielsicher auf einen großen Tisch zu, an dem schon sechs Männer sitzen und wird lebhaft begrüßt.

„Hier, seht mal, wen ich mitgebracht habe!" Er schiebt Mickey nach vorne, der sich etwas unsicher hinter ihm gehalten hat.
„Das ist Mickey Callaghan, der Held von Cincinnati!"
Mickey versucht sich ein bescheidenes Aussehen zu geben, er macht eine abwehrende Bewegung mit den Händen. Es nützt aber nicht viel, er wird sofort zu den Männern auf die Bank gezogen und muss über sein Abenteuer berichten. Viel Anteilnahme gibt es für Willam Brayden, der bei den meisten der Männer gut bekannt war.
Ein weiterer Gast kommt zur Tür herein.
„Hallo, Sam!", wird er von den Freunden gerufen. Mickey dreht sich um, und wen sieht er? Er traut seinen Augen kaum. Es ist Samuel Bruhnke, der zeitweise sein Vorgesetzter während des Bürgerkrieges gewesen war!
Mickey wird auch sofort von Samuel Bruhnke erkannt. Er trägt eine Uniform mit den Rangabzeichen eines Majors.
„Hallo, Mickey Callaghan! Was für eine Überraschung!" Er drängt sich zwischen den bereits sitzenden Männern hindurch und setzt sich zu Mickey.
Es gibt für alle eine Lage Bier, St. Louis ist ein Zentrum deutscher Brauereikunst.
Mickey zeigt auf die Rangabzeichen an der Jacke von Samuel Bruhnke. „Wie soll ich dich denn jetzt ansprechen? Mit Herr Major oder mit Sam?"
Samuel Bruhnke knufft ihn in die Rippen. „Mit Sam, bitte, so wie es alle anderen hier auch machen."
Mickey erfährt, dass Samuel Bruhnke seit einem halben Jahr hier in St. Louis stationiert ist. Er ist kürzlich zum Major befördert worden und hat die Aufgabe, alle Forts, die sich in und in der Umgebung von St. Louis aus der Zeit des Bürgerkrieges befinden, aufzulösen. Seine Zentrale und seine Mitarbeiter sind in den Jefferson Baracks untergebracht.

„Was machst du hier in St. Louis?", möchte er von Mickey wissen.
Auch Mickey hat eine Menge zu erzählen. Stolz erzählt er seinem früheren Vorgesetzten von seiner Aufgabe als Transportbegleiter für die »Ohio Steamboat Company«.
„Wie lange willst du das machen? Nach meiner Einschätzung wird das Geld in ein, zwei Jahren nur noch mit der Bahn transportiert werden."
Mickey zuckt mit den Schultern. „Ich habe keine Vorstellung. Ich mache es noch so lange, wie es mir gefällt, dann sehe ich weiter."
Das Essen ist von guter Qualität. Dazu gibt es immer wieder eine Runde Bier. Mickey ist nicht mehr ganz nüchtern, als er sich spät am Abend von den neuen Freunden verabschiedet. Der Abschied von Samuel Bruhnke fällt ihm besonders schwer, sie hatten während des Krieges vieles gemeinsam erlebt, das schüttelt man nicht so einfach ab.
„Ich hoffe, wir sehen uns eines Tages wieder", erhofft sich Samuel Bruhnke zum Abschied.
„Das wünsche ich mir auch, ich weiß ja jetzt, wo ich dich finden kann."

Dieser Winter ist nicht besonders kalt. Mickey hört von seinen Kollegen in der Tischlerei, dass manchmal der Ohio und seine beiden Quellflüsse zufrieren. Dieses Mal wird der Schiffsverkehr nicht behindert und ihnen bleibt die Arbeit erhalten. Mickey wird, von Zeit zu Zeit, immer wieder mit Bewachungsaufgaben betraut. Bisher ging es immer glatt, ohne Diebstahl und Überfall.

Es ist Frühjahr 1866, Mickey ist vor kurzem neunzehn Jahre alt geworden. Ein neuer Begleitauftrag kommt auf ihn zu. Dieses Mal ist es die Pittsburgh Bank, ihr Geld soll von hier bis

nach Memphis begleitet werden. Der Transport wird auch dieses Mal mit der Ohio Queen stattfinden.
Es geht wieder früh los, Kapitän Bixby will so lange wie möglich das Tageslicht ausnutzen. Mickey ist wie üblich früh an der Anlegestelle, es ist noch fast dunkel und es regnet etwas. Er schüttelt sich und nimmt auf seinem Beobachtungsplatz auf dem Texasdeck einen Stuhl in Beschlag. Als die Kollegen der Bank eintreffen, geht er ihnen entgegen. Die Übernahme des Geldes läuft reibungslos ab. Mickey gibt sich einen Ruck, um immer wieder alle Dinge und Personen zu kontrollieren, er muss aufpassen, dass diese einfach erscheinenden Aufträge nicht zu Nachlässigkeit verführen.
Wenig später ist die Ohio Queen unterwegs. Der Regen kommt aus einem grauen Himmel, die sonst so schönen grünen Ufer des Ohio verschwinden hinter einem grauen Vorhang. Die Regentropfen, die auf dem Deck landen, sind mit Ruß beladen und bilden nun einen schwarzen Schmierfilm auf dem Holz.
Zum wiederholten Male geht Mickey durch den großen Salon auf dem Kabinendeck, da kommt ein Mädchen aus der Küche. Es ist Mildred Kershaw. Als sie Mickey erkennt, huscht ein zaghaftes Lächeln über ihr Gesicht.
„Guten Tag, Mildred! Nun komm doch her, ich beiße dich nicht."
Zaghaft geht sie ein paar Schritte auf Mickey zu, bis sie klein und schutzbedürftig vor ihm steht.
Mickey legt seine Arme um sie und zieht sie an sich. „Du bist meine kleine dumme Nuss."
„Bin ich nicht!", doch dann sieht sie nach unten und legt ihren Kopf an seine breite Brust.
„Was hast du heute zu tun?", fragt Mickey sie.
„Es geht so, es ist uns aber untersagt, mit den Passagieren privat zu verkehren."

„Und was bedeutet das?"
„Du musst bis heute Abend warten, dann komme ich wieder zu dir." Sie lächelt ihn zaghaft an und verschwindet leise.
Am Abend, es beginnt dunkel zu werden, öffnet Mildred seine Tür. In Ermangelung von Stühlen setzen sie sich beide auf das Bett. Mickey greift nach ihrer Hand und hält sie.
„Bist du gar nicht verheiratet?", fragt er nach einer Weile, „oder hast du einen Freund?" Es ist das erste richtige Gespräch, das Mickey mit Mildred beginnt.
„Ich war einmal verheiratet, mit einem Corporal der Nordstaaten. Er ist bei Gettysburg gefallen." Ihre Stimme wird leise und sie ist den Tränen nahe.
„Du Arme", sagt Mickey und zieht sie an sich.
„Mit mir kannst du auch nicht viel anfangen, du bist doch vier Jahre älter als ich, oder nicht?", fragt er sie.
„Doch, ich glaube, es sind vier Jahre."
„Such du dir lieber einen netten Mann, der für dich sorgen kann. Ich kann nichts und ich habe nichts. Ich bin bloß ein Herumtreiber."
Mildred schmiegt ihren Kopf an seine Brust. „Dafür macht es viel Spaß mit dir." Dann zieht sie ihn auf das Bett hinunter und sie kuscheln noch eine ganze Weile miteinander.

Cincinnati ist wieder einer ihrer Haltepunkte. Während der Ladearbeiten schlendert Mickey scheinbar gelangweilt über die Decks. Seinen scharfen Augen entgeht nichts, sorgfältig mustert er jeden Ankömmling.
An der Anlegestelle kommt ein weiterer Wagen an. Der Mann neben dem Kutscher springt ab und dann bringen er und der Kutscher mehrere Kisten zur Ohio Queen. Mickey sieht sich natürlich diesen Vorgang genau an. Was wohl in den Kisten sein mag? Da blickt der Mann hoch zum Texasdeck, auf dem

Mickey steht. Ihre Augen treffen sich und sie erkennen sich beide.
„Curt!"
„Mickey!"
Es ist Curt Hemsworth, mit dem er viele Abenteuer während des Krieges überstanden hatte.
Curt ruft ihm zu: „Einen kleinen Moment, ich komme gleich zu dir!"
Doch Mickey will nicht warten. Er läuft mit großen Sätzen die Treppe hinunter und verlässt das Schiff. Er läuft auf seinen Freund zu und sie umarmen sich. Freude strahlt aus ihren Augen.
„Ich fasse deine Kisten mit an, dann bist du schneller damit fertig."
Gemeinsam ist es schnell geschafft. Zwei lange Taschen behält Curt in der Hand.
„Was hast du da eigentlich drin?", fragt Mickey.
„Das ist eine lange Geschichte, die erzähle ich dir nachher. Lass mich erst einmal mein Gepäck auf meine Kabine schaffen."

Sie sitzen auf dem Texasdeck und sehen auf den Fluss hinaus. Der Regen hat aufgehört und die Sonne scheint durch die sich auflösenden Wolken hindurch. Sie nähert sich bereits dem Horizont und das Goldgelb geht langsam in ein immer dunkler werdendes Rot über.
Mickey hört, dass Curt jetzt Vertreter bei der »Winchester Repeating Arms« geworden ist. Er soll die Vertretung in New Orleans übernehmen und dort die neuen Waffen anbieten.
„Du kannst dich doch noch an das Repetiergewehr von Spencer erinnern?", fragt Curt Hemsworth.
„Ja, sicher, ich habe viel damit geschossen."

„Der Konstrukteur von Oliver Winchester hat zusammen mit dem Leiter der Fabrikation eine verdammt gute Waffe entwickelt. Es ist die Winchester 1866, sie ist eine erhebliche Verbesserung gegenüber dem Gewehr von Spencer. Ich werde sie dir morgen mal zeigen."
Mickey berichtet von seiner Arbeit bei der »Ohio Steamboat Company« und von den gelegentlichen Bewachungsaufgaben, die er ab und zu erledigt.
Es gibt viel zu erzählen. In einem Nachbarort von Cincinnati wohnen die Eltern von Curt Hemsworth, die er besucht hatte.
„Auf dem Weg von New Haven in Connecticut nach New Orleans habe ich dort ein paar Tage pausiert, um meine Eltern zu besuchen. Hätte ich das nicht getan, wären wir uns wohl nie begegnet."

Am nächsten Morgen begegnen sich die beiden Freunde wieder. Curt führt Mickey in seine Kabine, dort holt er unter dem Bett die lange Ledertasche hervor und legt sie auf das Bett. Er grinst Mickey vielversprechend an und öffnet die Tasche.
Zwei Winchester 66 sind dort aufbewahrt, nagelneu und in ölgetränkte Tücher gewickelt. Curt nimmt eine heraus und gibt sie Mickey.
„Hier, nimm sie mal in die Hand."
Mickey ergreift sie vorsichtig. Der Systemkasten aus Messing glänzt matt unter einer dünnen Ölschicht.
„Sie wird mit Patronen im Kaliber .44 Randfeuer geladen. Die machen einen ordentlichen Wumms", erklärt Curt dem staunenden Mickey. „Du müsstest mal damit schießen, dann wirst du wirklich staunen."
„Ich werde mal mit Kapitän Bixby sprechen, ob wir hier vom Schiff aus schießen dürfen", sagt Mickey.
„Das hört sich wie eine gute Idee an!"
Mickey sucht den Kapitän auf und erklärt ihm seine Idee.

„Das ist kein Problem, Sie müssen nur dafür sorgen, dass die Passagiere vorher informiert werden", antwortet ihm Horace Bixby. Er kann Mickey in seinem jugendlichen Eifer nur schwer etwas abschlagen. „Ich werde heute Abend zum Essen bekanntgeben, dass morgen ein Probeschießen stattfindet, das scheint mir am einfachsten und bewirkt auch gleich ein bisschen Reklame."
Mickey strahlt den Kapitän an und bedankt sich überschwänglich.

Am nächsten Tag ist wieder schönes Wetter. Der Ohio fließt langsam dahin, die Sonne wird in jeder Welle mit viel Glitzern vervielfältigt.
Es haben sich bereits Zuschauer eingefunden, die Passagiere sind dankbar für die Abwechslung. Mickey und Curt kommen mit einem der beiden Gewehre auf das Texasdeck, Mickey trägt eine kleine Tasche mit der Munition.
Nun ist der Vertreter Curt in seinem Element. Er erklärt den staunenden Zuschauern die Bedienung der neuen Waffe. In seiner Kabine hat er das Messing poliert, es blinkt nun in der Sonne. Mickey hält ihm die Tasche mit den Patronen hin und Curt schiebt fünfzehn Patronen in das Rohr unter dem Lauf. Die Zuschauer staunen über die große Anzahl. Curt hebt die Waffe und gibt einen Schuss ab. Seine Zuschauer halten sich die Hände auf die Ohren, dann demonstriert Curt die Kadenz der Waffe. Schnell bewegt er den Ladehebel und gibt einen Schuss nach dem anderen ab, bis zu einem Schuss alle zwei Sekunden. Seine Gäste kommen aus dem Staunen nicht heraus, auch Mickey ist beeindruckt. Dann drückt er Mickey die Waffe in die Hand. „Jetzt versuch du es mal!"
Mickey nimmt sie ehrfürchtig in die Hand. Der Lauf ist noch heiß nach der schnellen Schussfolge. Er greift zur Munition und ergänzt die verschossenen Patronen. Er hebt die Waffe an

das Auge und zielt über Kimme und Korn. Ein Baum am Ufer, etwa dreihundert Schritte entfernt, muss jetzt daran glauben. Mickey zielt und schießt, ein Zweig löst sich und fällt herab. Dann gibt er noch ein paar schnelle Schüsse in die Luft ab.
„Das ist wirklich eine erstaunliche Konstruktion", sagt er begeistert und gibt Curt das Gewehr zurück.
Der strahlt über das ganze Gesicht. „Meine Herren", sagt er zu den Anwesenden, „Sie sind eben Zeuge der neuesten Entwicklung der Waffenfabrik Winchester in Connecticut geworden. In wenigen Tagen können Sie diese wunderbare Waffe in meiner Vertretung in New Orleans oder später bei anderen Waffenhändlern erwerben."
Dann dringen die Zuschauer auf ihn ein und bedrängen ihn mit Fragen. Wie teuer wird die Waffe sein, bekommt man überall Munition, und so fort. Geduldig beantwortet Curt Hemsworth alle Fragen.

Später sitzt er wieder mit Mickey auf dem Deck und sie lauschen dem Plätschern des Schaufelrades.
„Mick, ich habe eine Idee."
Mickey sieht ihn an. „Lass mal hören!"
„Pass auf, was hältst du davon: Du fängst bei mir in der Vertretung von Winchester in New Orleans an. Dann kümmere ich mich um den ganzen bürokratischen Kram und du führst die Waffen vor. Das kann keiner besser als du."
Mickey staunt und reißt den Mund auf vor Überraschung. „Das klingt sehr verlockend. Darüber muss ich erst eine Nacht schlafen."
Curt grinst. „Lass dir nicht zu viel Zeit. So ein Angebot bekommst du sobald nicht wieder."
Mickey beginnt zu grübeln. Curt hat recht. Er würde gerne mit ihm zusammenarbeiten. Dazu kommt die unklare Zukunft der Geldtransporte mit dem Dampfschiff. Er zögert nicht mehr

lange. „Okay, ich mache es. Ich muss nur diesen Transport zu Ende bringen und dann werde ich die Kündigung einreichen." Curt strahlt und drückt ihm die Hand. „Glaube mir, du hast eine gute Entscheidung getroffen. Ich freue mich darauf, dich in meiner Firma zu haben."

In der nächsten Nacht kommt Mildred zu ihm. Sie hat einen Schlüssel, mit dem sie alle Kabinen betreten kann. Leise legt sie sich zu Mickey.
Er erzählt ihr von der neuen Tätigkeit, die er in ein paar Wochen beginnen wird. „Dann werden wir uns nicht mehr sehen", sagt er traurig und hält sie im Arm.
„Das ist schade, ich habe dich gern gehabt", antwortet sie und gibt ihm einen Kuss auf die Wange.

Im Memphis begleitet Mickey die Kiste mit dem Geld vom Schiff hinunter. Er verabschiedet sich von Curt, der bis New Orleans auf dem Schiff bleiben wird.
„Wir sehen uns in New Orleans", sagt Curt.
„Ja, das wird aber noch mindestens einen Monat dauern", sagt Mickey und verabschiedet sich mit einer Umarmung von seinem Freund.

In der Ohio Steamboat Company ist man wenig begeistert über Mickeys Pläne. Trotzdem wünschen ihm alle Kollegen und ganz besonders seine Chefin alles Gute für die Zukunft.
„Mein lieber Mickey, ich habe Sie immer mehr in mein Herz geschlossen. Ich bedaure sehr, dass Sie uns verlassen wollen. Ich kann Ihren Wunsch aber gut verstehen und wünsche Ihnen für Ihre Zukunft alles Gute."
Mickey ist etwas mulmig zumute. Er verspürt ein Kratzen im Hals und räuspert sich.

„Ich verlasse Sie mit einem lachenden und einem weinenden Auge. Ich habe immer gerne bei Ihnen gearbeitet und weiß ihre Fürsorge zu schätzen."
Weitere traurige Abschiede gibt es bei Jeremy Irons und seinem Kollegen Will. Er umarmt ihn fest und murmelt einen etwas erstickten Abschiedsgruß.

New Orleans

Das Schiff, mit dem Mickey in sein neues Leben startet, ist wieder die Ohio Queen unter Kapitän Bixby. Sie fährt eine lange Reise den Ohio entlang bis nach New Orleans in der Nähe der Mündung des Mississippi in den Golf von Mexiko.
Der Tag auf dem Ohio beginnt trübe, das entspricht Mickeys Stimmung. Sie sollte eigentlich gut sein, ein neuer Lebensabschnitt beginnt jetzt, die Trennung von seinen Freunden wiegt jedoch schwer. Schwerer, als Mickey sich das vorgestellt hatte. Er steht an der Reling und sieht auf das vorbeiziehende Wasser hinunter. Der Frühling hat die Hügel am Ohio in ein frisches Grün getaucht. Regenwolken verschleiern ab und zu den Blick in die Ferne.
Mickey grübelt vor sich hin. Was erwartet ihn in New Orleans? Außer Curt Hemsworth kennt er niemanden. Es wird schon gut gehen, sagt er sich schließlich. Alle neuen Schritte, die er in der Vergangenheit getan hatte, waren völlige Neuanfänge - und es hatte immer geklappt.

Die Ohio Queen hat den Mississippi erreicht. Rhythmisch klatscht das Schaufelrad am Heck auf das Wasser. Langsam ziehen die Ufer vorbei, gelegentlich passieren sie eine Insel. Schiffe kommen ihnen entgegen, sie sind schon von weitem an ihren qualmenden Schloten zu erkennen. Selten begegnen sie einem

Segelschiff, das mühsam versucht, gegen den schnellen Strom des Mississippi anzukommen.

Er vermisst Mildred Kershaw. Sie hatte ihm auf mancher Fahrt die Nächte so angenehm versüßt. Er hört vom Kapitän, dass sie gekündigt hat.

„Ich habe Gerüchte gehört, nach denen sie einen Mann gefunden haben soll."

Horace Bixby zwinkert mit den Augen. „Als Zimmermädchen war sie schon viel zulange hier, da musste etwas passieren."

Ja, die kleine Mildred. Hoffentlich hat sie jetzt einen Mann für die Zukunft gefunden, er wünscht es ihr von ganzem Herzen.

Sechs Tage später hat das Schiff New Orleans erreicht. Mickey steht an die Reling gelehnt und beobachtet das Anlegemanöver. New Orleans ist eine große Stadt, ähnlich groß wie St. Louis. Sein Blick gleitet die lange Reihe der Dampfer am Pier entlang. Es liegen etwa fünfzig Dampfboote hier, große und kleine. Wie immer in den Häfen, wenn ein neues Schiff anlegt, beginnt ein wirres Gedränge und Geschiebe. Mickey hat keine Eile, er hat seine Habseligkeiten in einer Tasche verstaut, die jetzt neben ihm steht. Die Waffen, die er zuletzt verwendet hatte, hatte er abgeben müssen, sie waren Eigentum der »Ohio Steamboat Company«. Er sieht an der langen Reihe der Häuser entlang. Ob Curt wohl kommt, um ihn abzuholen? Für alle Fälle kennt er die Adresse. Es ist die Canal Street Nummer 13. Sie soll direkt am Mississippi beginnen, neben dem Mansion House, das ist angeblich nicht zu verfehlen. Doch er braucht nicht zu suchen, er erkennt einen Mann, der seinen Hut schwenkt, es ist Curt Hemsworth.

Mickey verlässt das Schiff. Er sieht sich noch etwas wehmütig nach dem stolzen Dampfschiff um, dann wendet er den Blick nach vorne und begrüßt seinen Freund. Der sieht auf dessen

Tasche hinunter: „Ist das alles, was du bei dir hast? Ich bin extra mit der Kutsche gekommen."
Wieder umarmen sich die beiden, sie sind beide froh, dass sie jetzt wieder zusammen sein können. Die Tasche ist schnell verstaut, sie steigen in die Kutsche und fahren zu dem Geschäft von Curt Hemsworth. Es ist ein kurzer Weg zur Canal Street, die in New Orleans zu den edlen Adressen gehört. Curt erklärt, dass er die Vertretung der Winchester Repeating Arms Company für Mississippi, Texas und Louisiana betreibt. Dazu gehören ein Ladengeschäft, eine Werkstatt und ein Büro.
„Am Rande der Stadt habe ich einen Schießplatz, das ist dann eher dein Arbeitsplatz." Mickey sieht sich aufmerksam um und nimmt jede Kleinigkeit in sich auf. Sie betreten den Laden, er ist beeindruckt von der Größe und der edlen Ausstattung.
Curt bemerkt seine erstaunten Blicke. „Winchester ist nicht irgendeine Firma, die lassen sich das etwas kosten."
Es gibt ein Büro, in dem zwei Buchhalter arbeiten und eine Werkstatt. Ein Mann, etwa Mitte vierzig, ist über eine Werkbank gebeugt und richtet sich auf, als die beiden Männer hereinkommen. Er ist hager, hat klug blickende, schwarze Augen und schütteres rotes Haar. Er stellt sich selbst vor:
„Ich bin Sean Aldridge. Als ich noch mehr Haare hatte, wurde ich von meinen Freunden „Red" gerufen. Willkommen in New Orleans."
Curt fügt noch hinzu: „Sean habe ich direkt von Winchester in New Haven übernommen. Das hat mich viel Überredungskunst gekostet, aber ich wollte ihn unbedingt haben. So einen tüchtigen Büchsenmacher findet man selten."
Sean Aldridge räuspert sich verlegen.
Mickey ergreift die dargebotene Hand und stellt sich auch vor.
Nun wendet sich Curt an die beiden Männer:

„Meine Idee ist, dass dich Sean in die Kunst des Büchsenmachens einweiht. In der Werkstatt ist an manchen Tagen besonders viel zu tun, dann kannst du ihm zur Hand gehen."
„Oh ja, das klingt sehr interessant."
Mickey sieht zu Sean Aldridge hin, der ihn aus strahlenden Augen ansieht. Hier bei dem Waffenmeister wird es ihm bestimmt gefallen.

Curt stellt ihm dann die beiden Männer im Büro vor. „Dies sind Walter Kerns und Maxwell Procter. Meine Herren, darf ihnen meinen Freund und künftigen Mitarbeiter, Mickey Callaghan, vorstellen?"
Auch von den beiden Herren wird Mickey freundlich aufgenommen. Schließlich führt ihn Curt in das Obergeschoss des Hauses. „Hier wohne ich und hier ist noch ein schöner Raum für dich." Er führt Mickey in ein Zimmer, das etwa dreizehn mal sechzehn Fuß misst. Es ist ein heller Raum mit einem großen Fenster, das auf die Baumreihe der Canal Street hinausblickt.
Mickey stellt seine Tasche ab. „Hier werde ich mich bestimmt wohlfühlen!" Er strahlt Curt an, der zufrieden lächelt.

In den nächsten Tagen wird Mickey in den Betrieb eingewiesen. Immer wieder kommt Kundschaft, die bedient werden möchte. Curt ist der geborene Verkäufer, geschickt preist er die Vorzüge der neuen Waffen von Winchester an.
Mickey beobachtet ihn genau und mischt sich bei Gelegenheit in das Gespräch ein.
Curt gefällt das sehr. „Ich wäre froh, wenn du mich ab und zu im Verkaufsraum vertreten könntest, ich möchte mich mehr um Werbung und Vergrößerung des Geschäftsbereiches kümmern. Liebend gern würde ich noch die Vertretung für die Waffen von Colt Armory übernehmen. Die haben ihren Sitz

lustigerweise auch im Staat Connecticut, aber in Hartford statt in New Haven."

Zwei Tage später lernt Mickey den Schießplatz kennen. Curt und er fahren ein paar Minuten mit der Kutsche an den Stadtrand. Hier hat er ein Gelände gepachtet, das direkt am Ufer des Mississippi liegt. Es stehen ein paar Zielscheiben in 100, 200 und 400 Schritt Entfernung darauf.
„So, mein Freund. Das hier ist dein Betätigungsfeld, hier kannst du unseren Kunden die Waffen vorführen. Sie dürfen auch gerne selbst schießen."
Curt hat eine Winchester 66 mitgebracht, mit der Mickey eine lange Serie Übungsschüsse abgibt. „Eine wirklich wunderbare Waffe! Noch besser wäre es, wenn es sie mit Zentralzünder geben würde."
„Ja, das denke ich auch. Den Wunsch habe ich bereits gegenüber Oliver Winchester geäußert. Ich denke, dass die Jungs in New Haven bereits daran arbeiten."

Es ist viel Betrieb im Laden, auch im Büro laufen viele Bestellungen ein. Mickey hilft wie bereits angekündigt, viel in der Werkstatt aus. Sean, oder auch „Red", erklärt Mickey bereitwillig die Technik, Reparatur und Einstellung der Repetiergewehre. Auch hier ist Mickey ein gelehriger Schüler und kann bald die meisten Arbeiten selbsttätig ausführen.

Ein paar Wochen später wird die Tür des Ladens geöffnet und eine attraktive Frau kommt herein. Mickey arbeitet in der Werkstatt und kann sie durch die halb geöffnete Tür erkennen. Curt und sie sprechen lebhaft miteinander. Dann ruft er ihn zu sich. „Mickey, komm doch mal her!"

Er legt die Feile auf die Werkbank und geht in den Laden hinüber. Er stutzt, die Frau kennt er doch? Es ist eine elegant gekleidete Frau Ende dreißig, ihre blonden Haare sind unter einer bestickten Haube versteckt. Sie blickt hoch und sieht den hereinkommenden Mickey an. Sie erkennt ihn ebenfalls. „Mister Callaghan!", ruft sie und lächelt den verblüfften Mickey an.
„Ihr kennt euch?", fragt Curt erstaunt.
„Ich hatte die Gelegenheit, Mrs. Kennedy auf der Ohio Queen kennenzulernen. Mein Kollege und ich hatten damals Schmuck von ihr verwahrt."
Mrs. Kennedy reicht Mickey die Hand und er übt sich wieder in einem Handkuss. Er gelingt ihm jetzt etwas eleganter, als bei seinem ersten Versuch.
Mrs. Kennedy lächelt ihn verschmitzt an. „Sehen Sie, es geht doch."
Mickey ist es trotzdem etwas unangenehm, da mischt sich Curt ein. „Nun lasst doch diese Förmlichkeiten. Mickey, das ist Cinderella Kennedy, meine Cousine."
Der ist verblüfft. „Du hast eine Cousine?"
„Na ja, viele Menschen haben eine Cousine." Er grinst belustigt.
„So habe ich das nicht gemeint. Ich bin vielmehr überrascht, die Frau des Bürgermeisters als deine Cousine wiederzutreffen."
Mickey ist etwas nervös, weil ihn Mrs. Kennedy wieder anlächelt.
„Für meine Freunde bin ich Cindy." Sie ergreift seine Hand und drückt sie. Ihr erneutes Lächeln bringt Mickey vollends durcheinander.
Cindy Kennedy sieht Mickey an. „Du bis natürlich auch eingeladen. Ich würde mich freuen, wenn auch du uns Gesellschaft leisten würdest."

Bevor Mickey noch nachfragen kann, rafft sie ihren langen Rock und rauscht nach draußen.

Nachdem Cindy Kennedy das Geschäft verlassen hat, sagt Mickey: „Deine Cousine ist ganz besonders hübsch."
„Ja, das stimmt. Was meinst du, warum sie ausgerechnet vom steinreichen Hugh Kennedy geheiratet worden ist?"
Er zögert kurz und fügt dann hinzu: „Du solltest mal ihre Tochter sehen, die ist noch viel hübscher als ihre Mutter."
„Sie hat eine Tochter?", fragt Mickey erstaunt.
„Ja, warum denn nicht. In diesem Fall ist es ein uneheliches Kind, das sie mit in die Ehe gebracht hatte, als sie vor zehn Jahren geheiratet hatte. Die kleine Alice war damals gerade acht Jahre alt. Bisher hat sie ihr Mann nicht adoptiert, deshalb heißt sie immer noch Granger mit Nachnamen. Vielleicht überlegt er es sich noch, sie haben bisher keine eigenen Kinder."
Er fügt noch hinzu: „Das habe ich beinahe vergessen. Ich, das heißt wir, sind zu ihrem Geburtstag eingeladen. Sie wird nächste Woche vierzig, da gibt es am Wochenende eine große Feier bei den Kennedys."
Mickey zieht die Augenbrauen hoch. „Ich werde mir wohl noch etwas zum Anziehen kaufen müssen. Und ein Geschenk ist auch fällig. Hast du schon eine Idee, du kennst sie doch besser?"
„Für deine Bekleidung kann ich dir Humphrey & Sons empfehlen. Die sind auch hier in der Canal Street, nur zwanzig Häuser weiter nach Norden. Das Geschenk sollte eine kleine Waffe für ihre Handtasche sein. Ich dachte an einen Deringer. Du könntest mit Sean eine Gravur dafür anfertigen."

Ein paar Tage später kommt ein alter Kunde von Curt in den Laden. Mickey berät gerade einen Interessenten, der den Revolver genau erklärt bekommen möchte.

„Hallo, Tommy, was kann ich heute für dich tun?", hört Mickey seinen Freund fragen.

„Ich möchte mir das neue Gewehr von Winchester mal ansehen. Wenn es mir gefällt, werde ich es in mein Angebot mit aufnehmen."

Curt überlegt kurz, dann wendet er sich zu Mickey und sagt: „Lass mich deinen Kunden übernehmen, du kannst das hier besser."

Curt stellt Mickey den Mann vor. „Das ist Tom Wilson, ein Waffenhändler aus Vermilionville und einer meiner besten Kunden. Ich möchte, dass du ihm die Winchester 66 vorführst."

Mickey begrüßt den Mann. Er ist etwa Ende fünfzig, hat graues Haar und einen ebensolchen Bart. Er trägt einen eleganten schwarzen Gehrock und einen Zylinder. Mickey holt eine ihrer Vorführwaffen, eine Schachtel Munition und geleitet den Waffenhändler zu dessen Kutsche. Sie steigen beide ein, Mickey erläutert Mr. Wilson kurz den Weg, dann ziehen die Pferde an. Nach wenigen Minuten haben sie den Schießplatz erreicht.

„Was möchten Sie denn sehen, haben Sie besondere Vorstellungen?"

„Ja, junger Mann. Zeigen Sie mir bitte, wie treffsicher die Waffe ist und wie schnell man mit ihr schießen kann. Ich habe schon Wunderdinge darüber gehört und möchte nun sehen, ob das stimmt."

Mickey lächelt ihn an. „Keine Sorge, Sie werden zufrieden sein."

Er lädt das Magazin des Gewehrs und gibt drei Schüsse auf die Scheibe in 400 Yards Entfernung ab. Dann lädt er drei Patronen nach und schießt auf die Scheibe in 200 Yards Entfernung. Dieses Mal versucht er, so schnell wie möglich zu schießen. Er hat die fünfzehn Schuss des Magazins in einer halben Minute leergeschossen.

„Junger Mann, das war wirklich sehr beachtlich. Nun bin ich auf das Ergebnis gespannt."

Mickey und Mister Wilson gehen zu den Zielscheiben. Die Scheibe mit den fünfzehn Schuss in zweihundert Yards Entfernung, hat einen Streukreis von acht Zoll. Mister Wilson sieht darauf und schüttelt immer wieder den Kopf. „Das ist unglaublich, wirklich unglaublich!"

Dann gehen sie zu der Scheibe am Ende des Schießplatzes. Das Wasser des Mississippi glitzert in der Sonne, ein Schwarm Pelikane fliegt auf und verschwindet in einer weißen Wolke. Dafür hat Tom Wilson kein Auge, er sieht auf die Schießscheibe und staunt. „Mister Callaghan, wenn ich das nicht sehen würde, dann würde ich es nicht glauben."

Der Streukreis der drei Treffer beträgt neun Zoll. Mickey hat eine neue Auflage mitgebracht und tauscht sie gegen die alte aus. „Sie können es mal selbst versuchen, ich führe es auch gerne noch einmal vor."

„Danke, junger Mann, ich würde es gerne selbst versuchen."

Tom Wilson ist ein alter Hase. Schnell lernt er mit der Waffe umzugehen, und gibt auch einige gute Treffer ab.

Er nickt zufrieden, als er sich seine Ergebnisse ansieht. „Wirklich, eine sehr gelungene Konstruktion. So gut wie Sie werde ich wohl nie werden, aber Sie haben mich von der Leistungsfähigkeit der Waffe überzeugt."

Eine Woche später kommt von der Firma »Wilson Guns« aus Vermilionville eine Bestellung über einhundert Winchester 66. Curt kommt mit dem Telegramm in der Hand zu Mickey, der gerade in der Werkstatt sitzt und mit einem feinen Stichel die kleine Waffe für Cindy Kennedy graviert.

„Hier, Mickey, sieh dir das mal an. Einhundert Winchester! So viel hat der alte Knabe noch nie bei mir gekauft."

Mickey freut sich mit ihm, dann zeigt er stolz auf die Waffe auf der Werkbank. „Wie gefällt dir das?"
Es ist eine kleine Rose mit dem Text im Kreis: »Curt und Mickey, 1866«.
Curt ist begeistert. Das ist tatsächlich sehr hübsch, wirklich. Wenn du mal nicht mehr schießen willst, stelle ich dich als Graveur ein."
Mickey lacht. „Der Dank gebührt Red, er hat eine unglaubliche Fähigkeit darin, die er mir mit viel Geduld beigebracht hat."
Red steht hinter ihnen und schmunzelt nur. Es macht ihm Spaß, Mickey etwas beizubringen, denn er ist aufmerksam und lernt schnell.

Die große Geburtstagsfeier bei den Kennedys steht bevor. Mickey hat sich eine neue Jacke gekauft, sie ist aus dunkelblauem Samt. Curt hat sich ebenfalls besonders elegant gekleidet. Das Geschenk ist in einer Holzschatulle, die mit rotem Samt ausgeschlagen ist. Die beiden Freunde steigen in die Kutsche von Curt und fahren an den Stadtrand von New Orleans. Es ist Mitte Juni, obwohl der Tag dem Ende zugeht, ist es sehr heiß und feucht. Das Haus, vor dem Curt hält, ist eine riesige Villa. Es ist ein großes, zweistöckiges Haus, Es ist aus Backsteinen gemauert, hohe weiße Säulen zieren die Eingangstreppe. Es sind schon viele Gäste da, die in Scharen in dem großen Garten zwischen den Palmen stehen und sich unterhalten. Schwarze Diener laufen mit Tabletts umher und bieten Getränke an.
Auch Mickey bekommt etwas ab. Es ist ein rötliches Mixgetränk, an dem er vorsichtig kostet. „Hm, lecker. Was ist denn das?", fragt er seinen Freund.
„Das ist ein Sazerac, das ist ein Gemisch aus Bourbon, etwas Anisbitter, Zucker und etwas Wasser. Das ist ein Cocktail, der

von einem Apotheker aus New Orleans zuerst gemischt wurde. Aber nun lass uns das Geburtstagskind aufsuchen."
Mickey und er leeren genüsslich ihre Gläser und stellen sie auf eines der vielen Tabletts, die von den Dienern immer wieder in die Küche gebracht werden.

Mickey folgt seinem Freund. Sie finden die Frau des Hauses in einer großen Traube von Menschen. Sie sieht heute atemberaubend aus. Die blonden Haare sind zu einem Zopf geflochten, den eine rote Schleife ziert. Dazu trägt sie ein bodenlanges rotes Kleid. Ihren Hals schmückt eine Halskette, die bei jeder Bewegung kleine bunte Funken versprüht. Ihr Mann steht neben ihr und hält stolz ihre Hand. Sie ist die schönste Frau heute Abend, das weiß er und sonnt sich in ihrer Schönheit.
Curt und Mickey grüßen ihren Gatten und beglückwünschen seine Frau zu ihrem Geburtstag. Cindy ist froh, die beiden zu sehen, und bedenkt sie mit einem strahlenden Lächeln. „Wie findet ihr meine Halskette? Die hat mir mein Liebling geschenkt." Sie dreht sich zu ihrem Mann und gibt ihm einen Kuss auf die Wange. „Es ist ein Diamanthalsband - so etwas Schönes habe ich noch nie gehabt."
„Mit so einem Geschenk können wir natürlich nicht mithalten. Aber wir haben hier etwas, das von Herzen kommt." Curt hebt die kleine Holzschatulle und öffnet den Deckel. „Hier bitte, von mir und meinem Freund Mickey."
Oh, das ist aber schön!" Cindy Kennedy nimmt die kleine Waffe in die Hand und hebt sie hoch. „Sieh doch mal, Hugh! Was für ein Kleinod!"
Curt schmunzelt über die Bemerkung. „Also, es ist ein Kleinod im Kaliber .45. Ein gefährliches Kleinod, sozusagen."
Hugh Kennedy nimmt den Deringer in die Hand und sieht sich die Gravur an. „Wirklich, wunderschön."

„Ja", sagt Curt, „eine schöne Frau muss sich verteidigen können."
Cindy Kennedy lächelt dazu. Dann sagt sie: „Dann würde es sie aber nicht geben." Sie ruft ein Mädchen aus dem Hintergrund des Raumes zu sich. „Alice, komm doch bitte mal her!" Mickey sieht zu dem gerufenen Mädchen hinüber. Eine blonde Elfe in einem langen, dunkelblauen Kleid kommt zu ihnen. Ihre langen Haare hat sie zu einem Kranz um den Kopf geflochten.
„Was gibt es, Mutter?"
Mickey starrt das junge Mädchen an. Schlank, ein bildhübsches Gesicht, blaue Augen. So viel Schönheit hat er noch nie gesehen. Er schüttelt unmerklich den Kopf und ruft seine Gedanken zur Ordnung.
„Darf ich dir, Mickey, meine Tochter Alice vorstellen?"
Ein Lächeln wie ein Sonnenstrahl trifft Mickey. Er schluckt und ergreift eine kleine zarte Hand. Er räuspert sich und ist etwas verlegen. „Es freut mich, Sie kennenzulernen. Es ist mir eine besondere Ehre…."
Weiter kommt er nicht. Curt stößt ihn an und sagt: „Nun rede nicht so einen Blödsinn." Er nimmt das junge Mädchen in seine Arme und sagt: „Meine liebe Alice, du siehst heute bezaubernd aus."
Mickey kommt sich wie ein Trottel vor. Der richtige Umgang mit Mädchen ist offenbar nicht so einfach, da muss er noch viel lernen.

Schnell wird es draußen dunkel. Die schwarzen Diener laufen herum und zünden die Petroleumlampen im Garten und im Haus an. Mickey steht gerade allein da, ein Glas Sazerac in der Hand. Da tritt die Tochter des Hauses auf ihn zu.
„Schmeckt ihnen das Nationalgetränk von New Orleans?"
„Ja, ich könnte mich daran gewöhnen, es ist sehr lecker."

„Es ist 1838 von einem Antoine Peychaud zuerst gemischt worden. Wenn Sie möchten, können Sie etwas Eis dazu bekommen."
„Eis? Eis im Sommer?"
„Doch. Es ist Eis, das von Schiffen aus Grönland hierher bis nach New Orleans gebracht wird. Wir heben es in einem isolierten Gewölbe unter dem Haus auf. Bis wir es brauchen, ist das meiste Eis bereits geschmolzen, aber für die Getränke reicht es noch."
Mickey staunt, was für ein Reichtum! „Ist das nicht furchtbar teuer?"
„Der Mann meiner Mutter gehört zu den reichsten Familien im Land, für den spielt Geld keine Rolle."
„Sie mögen Hugh Kennedy nicht besonders?"
„Meine Mutter mag ihn, das genügt doch, oder?" Ihre blauen Augen blitzen im Licht der Petroleumlampe. „Er ermöglicht mir ein gutes Leben und er liebt meine Mutter, das sollte eigentlich reichen. Aber irgendwie komme ich nicht mit ihm klar."
„Oder er mit Ihnen?", fragt Mickey lächelnd.
„Fangen Sie nicht auch noch so an!", sie zieht ihre Augenbrauen zusammen. „Können Sie mir auch so einen Sazerac besorgen? Mir ist jetzt danach."
Mickey muss nicht weit gehen. Er erhält ein Glas und bringt es dem jungen Mädchen.
„Vielen Dank! Sie setzt es an und trinkt es fast in einem Zug leer.
„Jetzt geht es mir wieder besser. Erzählen Sie doch mal von sich, ich möchte nicht mehr über meinen Stiefvater reden."
Mickey erzählt von seiner Vergangenheit. Er streift kurz seine Eltern, er erzählt vom Bürgerkrieg, der Arbeit auf der Werft in Pittsburgh und von der Wachaufgabe bei den Geldtransporten.

„Sie haben ja ein aufregendes Leben hinter sich. Darf ich fragen, wie alt sie sind?"

„Ich bin im Frühjahr achtzehn geworden."

Alice kichert. Dann sind Sie - verdammt, können wir uns nicht endlich duzen - ein halbes Jahr älter als ich."

„Ich heiße Mickey. Mickey Callaghan."

Alice Granger hebt ihr Glas und trinkt den Rest. „Weißt du, Mickey, ich bin hier nur von alten Leuten umgeben, meistens sind es Bekannte von meinem Stiefvater. Da bin ich natürlich froh, wenn mir endlich ein junger Mann wie du über den Weg läuft." Sie macht eine Pause und sieht zu ihm hoch. „Und noch dazu so ein gut aussehender!"

Mickey mag keine Komplimente, sie machen ihn verlegen. Er lächelt unsicher und sieht auf den Boden.

„Mein Pflegevater hat eine schwarze Band eingeladen, die gleich die neue Musik spielen wird. Ich mag die gar nicht und wäre froh, wenn du mir dabei Gesellschaft leisten würdest."

Mickey ist schon aufgefallen, dass es in New Orleans viele Schwarze gibt, die Sonderrechte zu haben scheinen.

„Sind die Neger hier frei oder leben sie als Sklaven?"

„Das ist beides möglich. In New Orleans lebte schon zu Zeiten des Bürgerkrieges die größte Anzahl freier Neger. Nun lass uns die Musik anhören, ich bekomme sonst Ärger mit meinem Pflegevater."

Sie nimmt Mickey bei der Hand und führt ihn zu einer Bank am Rande der Terrasse. Dort haben sich schon einige schwarze Musiker aufgestellt. Nach einigen vorsichtigen Takten beginnt die Musik. Alice hat Recht, sie klingt auch für Mickey etwas ungewohnt. Die meisten Gäste scheinen sie zu mögen, den Musikern wird zwischen den einzelnen Stücken lebhaft applaudiert. Alice lehnt sich an Mickey, der wohlig ihren warmen Körper spürt. Wieder gibt es für beide einen Sazerac, dieses Mal schwimmt etwas Eis darin. Mit Staunen lutscht Mickey an den glatten und kalten Stücken.

Es ist schon spät, als sich viele der Besucher verabschieden. Auch Curt und Mickey gehören zu den Gästen, die jetzt ihre Kutsche aufsuchen. Mickey verabschiedet sich von Alice. Sie schlingt ihre Ärmchen um ihn und drückt ihn kräftig.
Auf dem Heimweg in der Kutsche sagt Curt: „Mir scheint, da haben sich genau die Richtigen gefunden."
„Du hast recht. Sie ist wirklich sehr hübsch. Dazu ist sie auch besonders nett und klug und sie scheint mich zu mögen."
„Das ist mehr, als viele andere behaupten können. Sie hat eine lange Reihe Verehrer, die hat sie jedoch alle abblitzen lassen."

Es ist jetzt Herbst im Jahr 1867. Das vergangene Jahr war für Mickey das Schönste in seinem bisherigen Leben gewesen. Die Arbeit im Waffengeschäft gefällt ihm gut, er hat nette Kollegen. Dazu ist sein Chef gleichzeitig sein bester Freund.
Das allerbeste jedoch ist die Freundschaft mit Alice Granger. Immer wenn es seine Arbeit und ihre Verpflichtungen ermöglichen, treffen sie sich. Mickey genießt das Zusammensein mit dem hübschen und aufgeweckten Mädchen und offensichtlich findet die kleine Schönheit auch Gefallen an Mickey.

Eines Tages besucht Tom Wilson, der Waffenhändler aus Vermilionville, den Laden in der Canal Street. Curt spricht mit ihm und sie tauschen ihre Erfahrungen mit Kunden und technische Dinge aus. Dann fragt Mister Wilson: „Sagen Sie, Mister Hemsworth, gibt es eigentlich eine Bedienungsanleitung oder auch ein technisches Handbuch für die Winchester 66?"
Curt überlegt einen Moment. „Nein bisher nicht. Ich habe das schon vor Monaten in New Haven angemahnt, aber ich habe

von dort noch nichts gehört." Dann fällt ihm etwas ein. „Mickey! Komm doch bitte mal her."

Mickey kommt aus der Werkstatt und wischt sich die schmutzigen Hände an einem Tuch leidlich sauber, dann gibt er Tom Wilson die Hand.

„Sage mal, Mickey, könntest du, eventuell mit Sean Aldridge zusammen, eine Bedienungsanleitung und ein Werkstatthandbuch für die Winchester 66 anfertigen?"

Mickey überlegt, der Wunsch geht in eine Richtung, mit der er sich bisher nicht beschäftigt hatte. „Könnte sein", sagt er nachdenklich, „ich kann es gerne versuchen."

Curt nickt und freut sich. „Das ist schön. Ich werde gleich morgen an die Firma in New Haven schreiben. Vielleicht ist dort schon etwas Ähnliches in Planung - nicht dass wir doppelte Arbeit machen."

Tom Wilson hat eine Frage an Mickey. „Junger Mann, sind Sie schon einmal in Texas gewesen?"

Mickey sieht Tom Wilson überrascht an. „Nein, niemals. Ursprünglich komme ich aus Kansas, so weit wie jetzt bin ich noch nie von zu Hause fort gewesen." Im selben Moment fragt er sich, wo denn eigentlich sein Zuhause ist. In Kansas, an das er sich kaum noch erinnern kann, oder hier in New Orleans?

Mister Wilson nickt und erzählt, warum er diese Frage gestellt hat. „Es gibt immer wieder Rindertrecks von Texas nach Kansas. Einer meiner Kunden, ein Oliver Wheeler, hat Anfang dieses Jahres den ersten Cattle Trail auf der Chisholm Strecke von San Antonio in Texas nach Abilene in Kansas durchgeführt. Das hat sich als sehr lukrativ herausgestellt und nun sucht man immer wieder nach Cowboys für diese Unternehmungen."

Mickey überlegt. „Wieso sollen Rinder von hier unten, achthundert Meilen weit bis nach Kansas, getrieben werden?"

„Das ist eine gute Frage, sie ist aber leicht zu beantworten. Die Rinder haben sich in Texas während des Bürgerkrieges in Massen vermehrt. Es gibt sie umsonst oder für wenig Geld. In den großen Städten im Osten aber werden hohe Preise dafür bezahlt."
„Aber wie kommen die Rinder von Kansas in den Osten?"
„Ja, das ist der Grund, warum es erst seit einem Jahr stattfindet. Ein Mister McCoy hat eine Rinder-Verladestation in Abilene errichtet, seitdem sind schon zehntausende der Longhorns nach Abilene getrieben worden."
Mickey überlegt eine Weile und schüttelt dann den Kopf. „Sehen Sie, Mister Wilson, hier fühle ich mich sehr wohl. Ich habe eine Freundin, die ich vielleicht heiraten könnte. Nein, vielen Dank für das Angebot."
Mister Wilson grinst. „Das mit der Freundin sehe ich ein. Da fällt mir auch kein Gegenargument mehr ein. Ich werde es mir aber erlauben, Sie daran zu erinnern, wenn ich mal wieder hierherkomme."
Mickey nickt dazu. „Ja, das wäre nett. Wer weiß, was bis dahin noch alles passiert."

Es ist Frühjahr 1868 in New Orleans, Louisiana. Mickey ist jetzt einundzwanzig Jahre alt.
Die Tage, die in den letzten Monaten mit acht bis zehn Grad Celsius fast als kalt zu bezeichnen waren, beginnen wieder unerträglich heiß zu werden. In den Geschäftsräumen und in der Werkstatt der Winchester Vertretung in New Orleans stehen alle Türen und Fenster offen, um etwas Wind durch die Räume wehen zu lassen.

Alice Granger wird wie jeden Tag in der Woche von dem schwarzen Kutscher der Familie Kennedy, Joseph, in die Jesuit

High School an der Kreuzung der Baronne und Common Street gebracht, das liegt am Rande der Stadt im Westen.
Es ist noch früh am Morgen, ein Dunst liegt über der Stadt, der sich in Kürze auflösen wird. Vom Mississippi her ist das Pfeifen eines der Dampfschiffe zu hören. Alice nimmt ihre Tasche mit den Büchern und den Schreibunterlagen und verabschiedet sich von ihrem schwarzen Diener. Am späten Nachmittag wird Joseph sie wieder abholen, er ist sehr gewissenhaft, diese Dienste gehören zu seinen täglichen Aufgaben.

Es ist 3:30 am Nachmittag. Pünktlich steht ihr schwarzes Faktotum mit dem Einspänner vor der Schule. Es ist ein kleiner Wagen, mit einem Kutschbock und einem geschlossenen Abteil mit zwei Sitzplätzen dahinter. Nur wenige Minuten später kommt Alice aus der Schule. Sie ist in Begleitung von zwei Freundinnen, die sich verabschieden. Fröhlich schlendernd kommt Alice auf die Kutsche zu. Heute Abend hat sie sich mit Mickey verabredet. Sie freut sich darauf und im Kopf beginnt sie Pläne für den Abend zu schmieden. „Guten Tag, Joseph!", grüßt sie freundlich ihren Diener.
„Einen schönen guten Tag, Miss!", erwidert der Schwarze ebenso freundlich. Er mag die Tochter seiner Chefin, sie ist freundlich zu ihm und dem übrigen schwarzen Personal.
Alice steigt in die Kutsche, sie klappt die Tür zu und wartet darauf, dass im nächsten Moment Joseph mit einem Zungenschnalzen dem Pferd das Zeichen zum Start gibt.
Zwei Männer kommen plötzlich auf die Kutsche zu. Beide haben sich ein Tuch vor das Gesicht gebunden. Einer springt mit gezogener Waffe in das Abteil zu dem jungen Mädchen, der andere hat ebenfalls eine Waffe, er klettert auf den Kutschbock.
„So, Nigger, du fährst jetzt nach unseren Angaben. Zuerst einhundert Yards geradeaus!"

Er duldet keine Widerworte und unterstreicht das mit einer Bewegung seines Revolvers in die angegebene Richtung.
Was soll der schwache und alte Schwarze machen? Er überlegt kurz, sich zu wehren, aber ein Blick auf den bewaffneten Mann erstickt jeden Gedanken daran im Keim. Er wendet die Pferde und fährt in die angegebene Richtung.
Drinnen im Wagen geht es heftiger zur Sache. Alice schreit, sie schreit so laut sie kann, und versucht den Mann zu kratzen.
Der fackelt jedoch nicht lange. „Halt' die Klappe, du Schreihals!" Er gibt dem zarten Mädchen einen kräftigen Schlag mit der Faust ins Gesicht, sodass Alices Kopf gegen die Rückwand des Wagens schlägt. Ihr schwinden fast die Sinne, vor Schmerz und Wut beginnt sie zu weinen.
„Selbst schuld, warum hast du keine Ruhe gegeben!"
Die Kutsche verlässt die Stadt auf einem sandigen Nebenweg in Richtung einer der zahllosen Lagunen.

Im Haus der Kennedys ist das Ausbleiben von Alice noch nicht aufgefallen. So gegen 6:00 Uhr fragt Mrs. Kennedy einen ihrer Diener: „Ist meine Tochter noch nicht von der Schule zurück?"
„Nein, Missis. Joseph ist auch noch nicht da."
Cindy überlegt einen Moment. „Schicke doch bitte jemand zu der Canal Street, vielleicht ist sie ja zu ihrem Freund Mickey gefahren."
„Ja, Missis, sofort."

Zehn Minuten später fährt eine kleine Kutsche vor dem Waffengeschäft von Curt Hemsworth vor. Der junge Schwarze springt vom Kutschbock und geht in den Laden.
„Hallo Jimmy, was macht du denn hier?", fragt Mickey den jungen Mann. Er kennt inzwischen alle Bediensteten aus dem Hause Kennedy.
„Ich soll Sie fragen, ob die junge Miss vielleicht bei Ihnen ist."

„Nein. Warum wollt ihr das wissen?"
„Sie ist bisher nicht nach Hause gekommen."
„Hm. Das ist ja merkwürdig." Mickey überlegt einen Moment. „Weißt du was, ich komme gleich mit dir mit!"
Gemeinsam laufen sie beide hinaus und dann dirigiert der schwarze Junge geschickt das Pferd durch die Straßen von New Orleans. Schließlich stoppt er das Gespann vor dem herrschaftlichen Gebäude, das Mickey inzwischen so gut kennt, wie sein eigenes Zimmer.
Er geht hinein, drinnen kommt ihm Cindy Kennedy mit tränenüberströmtem Gesicht entgegen.
„Mickey!", ruft sie, „ich bin so froh, dass du kommen konntest. Es muss etwas mit Alice passiert sein!"
„Nun erzähl doch erst einmal ganz langsam. Wir werden deine Tochter schon wiederfinden."
Und Mickey erfährt, dass man eigentlich nicht viel weiß. Der alte Joseph hat sie am Morgen zur Schule gebracht und ist am Nachmittag losgefahren, um sie wieder abzuholen. Und von der Fahrt sind weder er noch Alice, zurückgekehrt.
Hast du ein Pferd für mich?", fragt Mickey. „Mit einem Pferd bin ich schneller als mit der Kutsche. Ich werde zur Schule reiten und mich dort erkundigen, ob jemand etwas weiß."
„Ja, natürlich. Ich werde unseren Stallmeister bitten, ein Pferd für dich zu satteln."

Hinter dem hohen Haupthaus stehen noch ein paar kleinere Gebäude. Eines davon ist der Stall, mit Platz für mehrere Pferde und drei Kutschen. Der Stallmeister ist auch ein Schwarzer. Er reißt seine Augen weit auf, als er hört, was passiert ist. Schnell hat er ein Pferd für Mickey gesattelt, einen Moment später galoppiert Mickey die Straße hinunter.
Die Schule ist am gegenüberliegenden Ende der Stadt. Das Pferd ist es gewohnt Kutschen zu ziehen, aber Mickey hat den

Umgang mit Pferden noch nicht verlernt und kommt schnell mit dem Tier zurecht.

Er erreicht die Schule und reitet vor das kleine Häuschen des Hausmeisters. Er springt ab und läuft zur Tür. Die Staubwolke, die sein Pferd aufgewirbelt hat, hat sich noch nicht aufgelöst, da betätigt er schon heftig den Klopfer.

Mickey hört hastige Schritte, die Tür wird geöffnet und ein grauhaariger Mann sieht ihn an. „Junger Mann, warum haben Sie es so eilig?"

„Wir vermissen Alice Granger, haben Sie sie gesehen?"

Der alte Hausmeister dreht sich um und ruft: „Rosita! Kommst du bitte mal?"

Eine schwarze Frau kommt aus dem Wohnzimmer. Sie ist in einem mittleren Alter und sieht recht gut aus. Der Hausmeister fragt sie: „Die Tochter der Kennedys wird vermisst. Hast du etwas gesehen?"

Die hübsche Schwarze mit dem krausen Haar überlegt einen Moment. „Ich habe die Kutsche von hinten gesehen, als sie fortfuhr. Neben Joseph saß noch jemand auf dem Kutschbock, mehr habe ich nicht erkannt."

„Haben Sie gesehen, wohin die Kutsche gefahren ist?"

„Sie ist in die Common Street eingebogen und dann geradeaus gefahren."

Mickey sieht beide an. „Sie ist bis jetzt nicht zu Hause angekommen. Es könnte sein, dass etwas passiert ist. Ist ihnen sonst noch etwas aufgefallen?"

Der Hausmeister hat noch etwas beobachtet: „Vor Schulschluss hat in der Nebenstraße eine grüne Kutsche gestanden, die ist später fortgefahren. Mir ist aufgefallen, dass die rechte Tür fehlte."

Mickey bedankt sich und springt auf sein Pferd. Er reitet bis zum Ende der Common Street. Dort klopft er an ein paar

Haustüren und erkundigt sich, ob irgendetwas bemerkt worden ist. Leider kann er nichts mehr erfahren, so reitet er zu dem Haus der Kennedys zurück.
Cindy Kennedy sitzt im Wohnzimmer auf der Chaiselongue und hält ein Taschentuch in der Hand, mit dem sie sich ab und zu Tränen abtupft.
Mickey berichtet von seinen Nachforschungen. „Ich fürchte, wir können jetzt nicht mehr viel machen. Es ist etwas passiert, so viel ist sicher. Ich schlage vor, ich fahre jetzt zurück zu unserem Geschäft und komme in zwei Stunden mit Curt zurück."
Cindy nickt nur, sie bekommt kein klares Wort heraus.

Auf dem Weg zurück macht sich Mickey große Sorgen. Hoffentlich ist seiner Freundin nichts passiert. Jeder Gedanke an ein Unglück, lässt sein Herz fast stillstehen.
Curt ist genauso erschrocken wie Mickey, als er die Geschichte erfährt. Mickey spannt das Pferd wieder an, dann fahren sie zu den Kennedys.
An der Tür kommt ihnen Cindy Kennedy entgegen. Sie hält ein Blatt Papier hoch.
„Dieses Schreiben ist vor zehn Minuten hier eingetroffen. Sehen sie nur!"
In großen Druckbuchstaben steht dort:

»WIR HABEN IHRE TOCHTER. GEGEN EIN LÖSEGELD VON 25.000 DOLLAR ERHALTEN SIE SIE ZURÜCK. MORGEN ABEND ERHALTEN SIE EINE NACHRICHT ZUR GELDÜBERGABE«.

„Was sollen wir tun? Ich bin ganz verzweifelt."
Mickey ist entsetzt. Hoffentlich lebt Alice noch, solche Verbrecher sind zu allem fähig.
„Weiß Hugh schon Bescheid?", fragt Curt.

„Er ist in seinem Büro im Rathaus. Ich habe eben jemanden losgeschickt, um ihn zu benachrichtigen."
Dann fragt Mickey: „Was ist mit der Polizei, kann die vielleicht helfen?"
Curt und Cindy winken fast gleichzeitig ab. Dann erklärt Curt: „Mit der Polizei ist nicht viel los, das sind bessere Nachtwächter. Wir werden das selbst in die Hand nehmen müssen."
Eine Stunde später kommt Hugh Kennedy nach Hause. Er ist sehr gefasst und lässt sich jedes Detail schildern.
„Können Sie das Geld besorgen?", fragt ihn Curt.
„Das habe ich bereits veranlasst. Ich werde es morgen Nachmittag erhalten."
„Uns bleibt nichts weiter übrig, als zu warten, bis sich die Entführer melden", sagt Cindy Kennedy. Ihr Mann greift nach ihrer Hand und hält sie. „Wir tun alles, was wir können, mein Schatz."
Seine Frau lehnt sich an ihn und weint leise.

Der folgende Tag vergeht mit quälender Langsamkeit. Mickey ist mit Curt im Laden, er kann jedoch keinen klaren Gedanken fassen. Alle seine Sinne kreisen um seine entführte Freundin. Wenn schon eine neue Botschaft der Entführer gekommen wäre, hätten die Kennedys es ihn sicher wissen lassen. Nach Geschäftsschluss fahren er und Curt wieder zu den Kennedys. Dort weiß man noch nicht mehr, alle warten auf eine Nachricht der Entführer. Ein großer Stein poltert auf die Terrasse, es ist ein Zettel daran gebunden. Mickey stürzt sich darauf und bringt die Nachricht zu Hugh. Der faltet den Zettel auseinander.
Es sind wieder große Druckbuchstaben. Jetzt steht dort:

»Bringen Sie das Geld zur St. Bernard Avenue. Halten Sie vor Nummer 13, die Kutsche soll genau vor der Tür stehen, das

Geld in einer Tasche auf dem Kutschbock. Warten Sie dort auf weitere Nachrichten«.

„Da fahren wir jetzt sofort hin", sagt Curt. Ich werde die Kutsche lenken, Mickey wird mit dem Pferd hinterher reiten, dann sind wir beweglicher."
„Ja, ausgezeichnet, ich würde mich gerne vorher noch bewaffnen", sagt Mickey.
„Gute Idee. Ich fahre mit dem Geld in der Kutsche schon einmal los, du reitest zu meinem Geschäft und holst dir ein Gewehr."
Es ist inzwischen dunkel geworden. Ein paar Petroleumlampen beleuchten mit gelbem Schein einige Kreuzungen, aus manchen Fenstern leuchtet ein blasses Licht auf den Bürgersteig. Gelegentlich sind noch Kutschen unterwegs, einige davon sind mit Petroleumlampen ausgestattet. Sie leuchten nur schwach, die Kutschen sind im Dunkeln jedoch besser zu erkennen.
Mickey reitet eilig zu ihrem Geschäft und holt sich zwei der Repetiergewehre, mit denen er so gut umzugehen versteht, dazu ein paar Schachteln mit Patronen. Curt ist inzwischen mit der Kutsche zu der angegebenen Adresse unterwegs.
Es ist eine dunkle Straße. Eine Seite ist mit kleinen Häusern bebaut, sie stehen ohne Zwischenraum dicht an dicht. Mickey reitet mit seinem Pferd neben den Kutschbock, auf dem Curt sitzt und reicht ihm eine der beiden Winchester und eine Schachtel Patronen hinüber.
Curt steht mit der Kutsche genau wie angegeben vor der Nummer 13. Mickey hat sich mit seinem Pferd ein Stück entfernt postiert und versucht, in dem schwachen Licht etwas zu erkennen.
Sie warten, langsam tröpfeln die Minuten dahin. Endlich, nach einer Viertelstunde, öffnet sich eine Tür zu einem Hinterhof, eine dunkle Gestalt kommt heraus, ergreift die Tasche mit dem

Geld und verschwindet sofort wieder. Bevor Mickey und Curt reagieren können, ist es wieder still. Mickey springt vom Pferd und läuft auf die Tür zu. Sie ist verschlossen. Curt hämmert mit der Faust gegen die Eingangstür des Hauses. Sie wird bald geöffnet und eine kleine Frau sieht durch den Türspalt. Als sie die Waffe sieht, die auf sie gerichtet ist, will sie die Tür wieder schließen, aber Curt hat schon einen Fuß dazwischen.
„Bitte, tun Sie mir nichts", wimmert sie.
Es stellt sich heraus, dass die Frau keine Ahnung hat, was auf ihrem Hinterhof passiert ist. Es gibt von dort einen Ausgang auf die dahinter liegende Straße. Mickey ist sofort auf seinem Pferd und reitet um den Häuserblock herum. Im Schein einer Lampe sieht er in der Ferne den dunklen Schatten eines Reiters in eine Nebenstraße biegen. Er reitet, so schnell es das Pferd ermöglicht, dorthin. Aber hier gibt es keine Laterne mehr und er sieht nur in völlige Dunkelheit.
Die Verbrecher haben sich das schlau ausgedacht, vor morgen früh sind ihnen die Hände gebunden.
Er reitet zu Curt zurück. Der hält einen Zettel in der Hand und versucht in dem Dämmerlicht die Nachricht zu entziffern.
„Dieser Zettel ist neben der Tasche zurückgelassen worden. Ich kann nur nichts erkennen!"
Schnell reitet Mickey zu dem Haus der Kennedys zurück, gefolgt von Curt mit der Kutsche. Im Haus stürzen sie zu einer der Petroleumlampen und lesen die Nachricht. Dort steht:

»GEHEN SIE ZU DER DELARONDE STREET 5 IN ALGIER, SEHEN SIE IN DEN BRIEFKASTEN. «

„Algier ist auf der anderen Seite des Mississippi. In der Nacht fährt keine Fähre. Es wird lange dauern bis wir dort sind, wenn es in der Nacht überhaupt möglich ist", sagt Curt. Dann fällt ihm etwas ein: „Ich kenne einen der Steuermänner gut, der könnte uns jetzt noch hinüberbringen."

Es ist nahezu völlig dunkel, als sie den Hafen von New Orleans erreichen. An der Pier liegt eine lange Reihe Dampfschiffe. Aus einigen leuchtet der rote Schein der Feuer, aus manchen Dampfmaschinen ist ein leises Fauchen zu hören. Wie dunkle Ungeheuer liegen ihre großen Schatten im Wasser. Curt geht zielstrebig auf eines der Boote zu. Es ist ein kleines Schiff, er betritt die Laufplanke und ruft laut: „Ahoi! Ist jemand an Bord?" Und dann noch einmal „Ahoi!"
Es ist fast Mitternacht, vielleicht ist der Heizer noch wach. Und tatsächlich, ein Schwarzer, in der Dunkelheit kaum zu erkennen, steht unvermittelt an der Reling.
„Ich muss unbedingt deinen Chef sprechen, es ist sehr wichtig."
Der Schwarze murmelt etwas und verschwindet im Dunkeln. Kurz darauf kommt ein anderer Mann heraus, der sich gerade seine Jacke zuknöpft.
„Gott sei Dank, dass du da bist", sagt Curt. „Lass uns an Bord kommen, wir haben ein dringendes Anliegen!"
„Nur zu, kommt an Bord, dir helfe ich immer gerne."
Curt erklärt den Grund ihres Überfalles. „Wir müssen möglichst sofort nach Algier hinüber, kannst du uns rüberbringen?" Der alte Steuermann wiegt nachdenklich seinen Kopf. „Mein alter Heizer ist ganz alleine, sonst würde es wohl gehen."
Da meldet sich Mickey zu Wort. „Ich kann Ihren Mann unterstützen. Zu zweit schaffen wir das."
Der Steuermann nickt. „Okay, ich gehe sofort in den Steuerstand, der alte Charles wird dir sagen, was du machen musst."
Mickey folgt dem alten Mann in den Maschinenraum. Eine Petroleumlampe gibt ein schwaches Licht, aus den Klappen der

beiden Feuerbüchsen scheint es rötlich heraus. Es riecht nach verbranntem Holz und Maschinenöl.

„Mister, Sie reichen mir von hinten das Holz zu, das geht am schnellsten."

Eine Viertelstunde später hat der Kessel genügend Druck zum Fahren, der Steuermann sendet aus dem Steuerhaus ein Glockensignal in den Maschinenraum, dann geht die Fahrt los. Es herrscht ein ohrenbetäubender Lärm vor der Maschine. Der Dampfer hat zwei seitliche Schaufelräder, die Dampfmaschine zischt rhythmisch, an allen Enden quietscht etwas. Mickey hat gut zu tun, er greift nach hinten in das Holzlager und reicht ein Holzscheit nach dem anderen seinem Oberheizer zu. Das Feuer in der Heizung strahlt mit unerträglicher Hitze und bringt den Schweiß der beiden Männer zum Laufen. Mickey drängt sich ein Vergleich mit dem Höllenfeuer auf, dort muss es ähnlich zugehen.

Nach einer Viertelstunde wird das Schiff langsamer. Mickey spürt ein paar Ruderbewegungen, dann kommt das Glockensignal zum Abstellen der Maschine. Schnell verlässt er sein heißes Verließ und läuft zum Vorschiff. Curt und er springen das kleine Stück vom Schiff an Land und gehen eilig zu der Delaronde Straße. Es leuchtet eine Petroleumlampe in der Nähe, sodass sie das Haus Nummer 5 bald finden. Das Haus scheint unbewohnt, an der Hauswand ist ein Briefkasten, Mickey hebt den Deckel und greift hinein. Er findet einen Zettel, den er herausholt. Curt und er eilen zu der Straßenlaterne, um die Nachricht lesen zu können. Auf dem Zettel ist die gleiche Druckschrift, wie auf der ersten Nachricht auch.

»OKWATA LAGUNE«

Curt wendet den Zettel, sieht auf die Rückseite. „Ist das alles? Damit kann man kaum etwas anfangen!"

Mickey untersucht gründlich den Briefkasten, er kann jedoch keinen weiteren Hinweis finden.

„Dann müssen wir eben sofort wieder zurück. Die Okwata Lagune ist ohnehin auf der anderen Seite des Flusses."

Das Dampfschiff, die „James Beard", liegt noch am Pier. „Ich habe mir gedacht, dass ihr bald zurückkommt und habe Charly angewiesen, die Maschine unter Dampf zu halten." Der Steuermann freut sich über seine gute Idee.

Die Fahrt zurück geht ebenso flott, wie vorher in die entgegengesetzte Richtung, Mickey kommt es dennoch so vor, als ginge es im Schneckentempo. Beim Verlassen des Schiffes verspricht Curt seinem Bekannten noch eine ordentliche Prämie, dann eilen sie zu den Kennedys.

Es ist drei Uhr am Morgen, das Haus ist hell erleuchtet. Ungeduldig werden die beiden Freunde erwartet.

Curt hat den Zettel mit der kurzen Nachricht in der Hand. „Am liebsten würde ich jetzt noch los. Wenn es nur nicht so dunkel wäre."

Hugh Kennedy hat eine Idee. „Ich kenne einen alten Indianer, es ist eher ein Mestize, ein Mischling aus einem Natchez-Indianer und einer weißen Frau. Es gibt hier wohl keine Ecke, die er nicht kennt."

„Kann er uns jetzt mitten in der Nacht helfen?"

„Die Nacht ist nicht das Problem. Wenn er zu Hause ist, wird er uns bestimmt helfen." Hugh geht mit seinen Freunden in den Stall. Der Stallmeister ist noch wach und sucht für Curt und seinen Herrn noch ein Pferd aus. Da Hugh als Einziger weiß, wo der Indianer lebt, führt er die kleine Gruppe an.

„Er wird Seminolen-Timmy genannt. Ich kenne ihn seit dem Anfang des Bürgerkrieges. Er hat uns geholfen, geflüchtete Sklaven auf die Schiffe der Nordstaatler auf dem Mississippi zu bringen."

Mickey ist verblüfft. Hugh Kennedy hat offensichtlich noch einige Seiten, die er nicht kennt und eigentlich auch nicht erwartet hatte.

Die Pferde spüren die Wege, sodass das geringe Licht des Mondes ausreicht, um den Pfad nicht zu verlieren. Am Rande der Stadt führt sie Hugh zu einer kleinen Hütte. Er klopft an die Tür und ruft: „Timmy, mach bitte auf!"

Sie haben Glück. Der Halbindianer ist anwesend. Die Tür wird einen Spalt breit geöffnet und ein Mann sieht heraus.

Hugh spricht ihn an. „Timmy, wir brauchen deine Hilfe, möglichst sofort."

Das müde Gesicht des alten Mannes erhellt sich, als er den Mann vor der Tür erkennt. „Wartet einen Moment, ich ziehe mich nur fertig an."

Ein paar Minuten später kommt er heraus. Hugh erklärt ihm ihr Problem. „Meine Tochter Alice ist entführt worden. Es könnte sein, dass sie an der Okwata Lagune versteckt gehalten wird. Wir wollen deshalb noch in der Nacht dorthin und nicht bis zum Morgen warten."

Der Halbindianer denkt eine Weile nach. „Am Ufer der Lagune kenne ich zwei Hütten, nur die können es sein."

Mickey kann es nicht mehr abwarten. „Worauf warten wir noch, lasst uns losreiten!"

Hugh Kennedy nickt dazu. „Ja, je eher, desto besser! Ich reite wieder nach Hause, ich wäre euch nur im Wege. Ihr zwei seid kriegserfahren, das könnt ihr besser als ich. Ich reite zurück zu Cindy, sie ist bestimmt außer sich vor Sorge!"

Timmy geht hinter die Hütte und kommt mit einem Pferd zurück. „Wir können bis kurz vor die beiden Hütten reiten, ein kleines Stück müssen wir zu Fuß gehen."

Es ist fünf Uhr morgens, ein erster grauer Schimmer erscheint im Osten. Mickey kann immer noch nicht viel erkennen. Dem

Halbindianer und den Pferden genügt es, sie gehen einen gleichmäßigen Schritt.

„Die Lagune ist ein Teil eines Sumpfgebietes, das ist unpassierbar. Ihr müsst dort auf Schlangen und Alligatoren achten. Die Hütte ist schwer zu finden, das ist ein gutes Versteck." Dann grinst er unmerklich. „Aber nicht gut genug für den alten Timmy."

Der Indianer kennt den Weg genau, das geringe Licht reicht ihm aus. „Bleibt genau hinter mir, auf beiden Seiten ist Sumpf."
Im Gänsemarsch reiten die drei Männer durch die Sümpfe. Der feste Weg ist kaum zu erkennen. Die Luft ist erfüllt von Geräuschen, die viele Tiere verraten. Geräusche, die Mickey nicht kennt und noch nie gehört hat. Allmählich wird es heller, die Sonne wird bald aufgehen und mit ihren heißen Strahlen die Moskitos, Schlangen und Alligatoren wecken. Sträucher wachsen am Rand des Weges, Floridamoos hängt in langen Fetzen von den Bäumen herab. Schließlich erreichen sie eine Gabelung.
Seminolen-Timmy sieht sich zu den beiden um. „Hier gibt es zwei Möglichkeiten, es steht an jedem Ende der beiden Wege eine Hütte."
Die Drei sehen sich ratlos an, dann fällt der Blick von Mickey auf eine Kutsche. Sie steht etwa einhundert Yards weiter, sie ist mit der Hinterachse schon im Sumpf verschwunden. Sie ist grün und wo die rechte Tür sein sollte, ist nur eine Öffnung.
„Da!", er zeigt in die Richtung der halb versunkenen Kutsche. „Der Hausmeister hat genau so eine Kutsche erwähnt!"
Die Drei zögern nicht lange und reiten weiter, an der Kutsche vorbei. Dann lässt Seminolen-Timmy halten.

„Wir müssen jetzt noch ein kleines Stück zu Fuß gehen. Es sind vielleicht noch zweihundert Schritte. Es ist jetzt ganz in der Nähe, wahrscheinlich schlafen die Verbrecher aber noch."
Doch Mickey hält die beiden zurück. „Wir müssen uns einen Plan ausdenken. Solange das Mädchen in der Hütte ist, können wir die Verbrecher nicht angreifen. Wir müssen warten, bis sie alle draußen sind."
„Ja, du hast Recht", sagt der Halbindianer. „Wir müssen uns hier verstecken und abwarten, bis in der Hütte Leben einkehrt."
„Die Verbrecher rechnen ganz sicher nicht damit, dass wir schon hier sind. Ohne unsere Helfer hätte es sicher noch zwei Tage gedauert, bis wir das Versteck gefunden hätten", sagt Curt leise zu den anderen.
Die drei Männer verstecken sich hinter einem Gebüsch, etwa einhundert Yards von der Hütte entfernt. Die Sonne scheint und heizt mit ihren Strahlen die Landschaft auf, Dunst steht über dem Wasser. Moskitos summen herum und quälen die drei. Aus dem Wasser kommen gurgelnde Geräusche, Mickey will gar nicht wissen, was das ist. Immer wieder zerdrückt er einen der sechsbeinigen Plagegeister.

Endlich geht die Tür der Hütte auf. Ein Mann kommt heraus, stellt zwei Taschen auf das Grasstück davor und verschwindet wieder in der Behausung.
„Aha, jetzt geht es los", flüstert Mickey.
Ein anderer Mann erscheint. Er geht hinter die Hütte und kommt nach ein paar Minuten zurück, dabei zieht er seine Hose hoch und schließt seinen Gürtel. Es gibt keine Toilette in der Hütte, zur Notdurft geht man in das Gebüsch. Kurz danach kommt ein dritter Mann heraus, um sein Geschäft zu erledigen. Als er zurückkommt und noch an seinem Gürtel nestelt, entfährt Mickey beinahe ein lauter Ruf.

„Frenchie!"

Er kann gerade noch seine Stimme dämpfen. Seine Kameraden sehen ihn an. „Ich kenne den Mann!", zischt Mickey den Anderen zu, „er hat mich mal um ein paar hundert Dollar erleichtert und später einen Überfall auf meinen Geldtransport angestiftet!"

Seine beiden Begleiter nicken und sehen zu der Hütte. Bisher scheinen es nur drei Männer zu sein.

Mickey wird ganz unruhig. Sie sind ganz sicher richtig hier, doch wo ist Alice Granger?

Seine Frage wird ein paar Minuten später beantwortet. Frenchie kommt wieder heraus und führt ein Mädchen an einer Leine hinter die Hütte. Über den Kopf ist ihr ein Sack gebunden worden. Mickey erkennt ihr Kleid, es ist ein einfaches grünes Kleid, das sie oft zur Schule anzieht.

Sein Magen krampft sich unwillkürlich zusammen, als er sie sieht. Hoffentlich haben ihr die Schweine nichts angetan.

Frenchie kommt ohne Alice hinter der Hütte hervor. Eine Bewachung ist unnötig, nach hinten erstreckt sich der Sumpf, dort kann niemand fliehen.

Die zwei anderen Männer kommen aus der Hütte heraus, der eine der beiden trägt die Tasche mit dem Geld. Sie scheinen miteinander zu streiten.

Mickey flüstert den beiden Anderen zu: „Jetzt! Die Gelegenheit ist günstig! Curt, nimm du den Mann rechts ins Visier, ich konzentriere mich auf den in der Mitte und Frenchie, der jetzt links steht. Schnell, bevor das Mädchen auftaucht!"

Beide Männer heben ihre Winchester. Die Entfernung von etwa einhundert Yards ist für einen geübten Schützen kein Problem. Zwei Schüsse krachen, der Mann in der Mitte bricht durch Mickeys Schuss zusammen, der rechte wird von Curt getroffen und sackt ebenfalls zu Boden. Schon ist Mickeys

Winchester wieder schussbereit, da hebt Frenchie die Hände. Keine Sekunde zu früh.

Mickey tritt gemeinsam mit seinen Begleitern aus dem Versteck hervor. Langsam, mit angelegten Waffen, gehen sie auf die Hütte zu.

Frenchie hat die Hände noch erhoben und sieht die Ankömmlinge an. Da erkennt er Mickey und seine Augen weiten sich vor Schreck. „Callaghan! Nur du konntest es sein!"

„Dasselbe könnte ich von Dir behaupten!"

Erschrocken tritt Frenchie einen Schritt zurück. Er stolpert über einen abgestorbenen Baum, der dort liegt und fällt nach hinten.

Hinter ihm ist kein fester Boden mehr. Das Wasser der Lagune ist mit grünem Kraut bedeckt und gaukelt einen festen Boden vor. Frenchie fällt mit dem Oberkörper auf die grüne Masse, die sich teilt und schwarzes Wasser freigibt.

Plötzlich wirbelt das Wasser, zwei Alligatoren erheben sich blitzschnell. Ihre kräftigen Schwänze peitschen das Wasser. Ein furchtbarer, zahnbewehrter Kiefer öffnet sich. Frenchie schreit plötzlich, ein animalischer Schrei, der den drei Kameraden das Blut in den Adern gefrieren lässt. Curt und der Halbindianer springen auf Frenchie zu und ergreifen seine Beine. Mit vereinten Kräften ziehen sie den Mann aus dem Bereich der Bestie heraus.

Mickey hat im Bürgerkrieg manchen Schrecken erlebt, trotzdem packt ihn Entsetzen, als er auf Frenchie hinabsieht. Sein rechter Arm ist oberhalb des Ellenbogens abgebissen worden. Blut sprudelt aus dem Stumpf hervor. Frenchie ist kalkweiß, er ist ohnmächtig geworden. Curt reißt sein Hemd entzwei und bindet mit einem Stoffstreifen den Stumpf ab, um die Blutung zu stillen.

Mickey läuft hinter die Hütte. Es ist hier schattig, ein entsetzlicher Gestank nach fauligem Wasser und menschlichen Exkrementen erfüllt die stickige Luft. Dann sieht er Alice, sie hat eine Leine um die Taille, die mit dem anderen Ende an einen Zweig geknotet ist. Über dem Kopf hat sie immer noch den Sack. Sie hockt am Boden, unfähig sich zu rühren. Der Schrei von Frenchie hat sie vor Angst erstarren lassen.

Mickey schlägt das Herz bis zum Hals. Er streckt eine Hand aus, um den Knoten des Sackes zu lösen, da schreit Alice vor Angst. Mickey bleibt fast das Herz stehen.

„Alice! Ich bin es, Mickey! Es ist alles vorbei!"

Dann hat er endlich den Sack von ihrem Kopf entfernt. Sein Mädchen sieht schrecklich aus. Die Haare sind zerwühlt und schmutzig. Ihr linkes Auge ziert ein Veilchen, das Kleid ist eingerissen und verdreckt.

Mickey zieht sie an sich und legt seine Arme um sie. „Du bist jetzt in Sicherheit, der Schrecken ist vorbei."

Sie liegt in seinen Armen, er spürt ihre Schultern zucken, Tränen laufen von ihrem Gesicht herunter und tropfen auf sein Hemd.

Sie blickt zu ihm hoch und wischt sich mit einem Ärmel über das feuchte Gesicht, ganz vorsichtig versucht sie zu lächeln.

„Du kannst dir nicht vorstellen, wie schrecklich es hier war! Ich habe gedacht, ich würde dich nie wiedersehen!"

„Hat man dir etwas angetan?"

„Ich habe zu Beginn einen Faustschlag auf ein Auge bekommen, davon abgesehen hat man mich nicht angerührt."

Mickey nimmt sie bei der Hand und führt sie vor die Hütte. Seminolen-Timmy hat drei Pferde gefunden, sie waren auf einem Grasplatz in der Nähe der anderen Hütte angebunden.

„Vor der anderen Hütte steht auch noch eine Kutsche. Auf dem Kutschbock liegt ein Neger, dem ist jedoch nicht mehr zu helfen."

Mit Curts Hilfe bindet Mickey Frenchie und die beiden anderen Männer auf den Pferden fest. Einer der beiden ist tot, der andere hat einen Treffer in den Oberschenkel bekommen.
Als Alice den blutigen Armstumpf von Frenchie sieht, zuckt sie zusammen und weint wieder.
Langsam reitet die Kolonne mit den sechs Pferden aus dem Sumpf heraus. Alice sitzt vor Mickey auf seinem Pferd, er hält sie so fest, wie er kann.
Seminolen-Timmy führt die Kolonne an. Jetzt im hellen Sonnenlicht hat Mickey Gelegenheit, sich das Halbblut näher anzusehen. Er ist etwas älter, sein schwarzes Haar zeigt graue Strähnen. Die kräftige Nase des Indianers hat er von seinem Vater, für einen reinen Indianer ist seine Haut zu hell. Seine Lederjacke zieren gefärbte Stachelschweinborsten.
„Ohne deine Hilfe wären uns die Verbrecher entwischt. Ich denke, der Vater von Alice wird sich großzügig bedanken", sagt Mickey zu Timmy.
Der alte Halbindianer lächelt. „Das Geld der Weißen bedeutet mir nur wenig. Ich helfe immer gerne, wenn es nötig ist."

Die Kennedys erwarten die Gruppe bereits voller Ungeduld. Mit einem Freudenschrei läuft Cindy Kennedy auf ihre Tochter zu und nimmt sie in den Arm. Eine junge Schwarze wird angewiesen, eine Badewanne mit warmem Wasser zu füllen.
Die beiden Freunde setzen sich mit Hugh Kennedy zusammen. Sein Gesicht ist wegen der langen Anspannung aschfahl. Jetzt ist der Schrecken vorbei und er ist in der Lage, wieder zu lächeln. „Kann ich euch etwas zu trinken anbieten?"
Die beiden schütteln fast gleichzeitig den Kopf, dann sagt Mickey: „Wir haben uns die ganze Nacht um die Ohren geschlagen. Ich denke, Curt und ich werden jetzt erst einmal ausschlafen."

Curt lacht dazu und sagt: „Ganz Recht, Mickey", und an Hugh Kennedy gewandt „Wir kommen gerne später auf dein Angebot zurück."
„Ja, sobald Alice sich wieder wohl fühlt, kommen wir gerne wieder", ergänzt Mickey.

Die beiden Freunde kommen ein paar Tage später erneut zu der Villa. Es wird eine großartige Feier im kleinen Kreis. Der Koch des Hauses hat einige leckere Gerichte zubereitet.
„Greift zu, meine Freunde, genießt die Spezialitäten der Küche von New Orleans", lädt sie der Hausherr ein.
Alice ist wieder hergestellt. Ihr blaues Auge verschwindet langsam. Ihre hübschen langen Haare sind wieder sauber und gepflegt. Sie sitzt ganz dicht neben Mickey und hält seine Hand. Hugh Kennedy bemerkt es, jetzt hat er gegen die Beziehung keine Einwände mehr. Mickey Callaghan war ihm immer zu jung erschienen, aber er ist mehr Mann als mancher Ältere.

Zwei Wochen später kommt Hugh Kennedy in das Waffengeschäft von Curt Hemsworth. Er geht zu ihm, dann hört Mickey sie miteinander tuscheln.
„Komm doch bitte zu uns ins Büro!", ruft ihn Curt.
Mickey ist neugierig geworden, er legt das Werkzeug hin und geht in das Büro seines Chefs. Dort stehen Hugh Kennedy und Curt Hemsworth beieinander und strahlen Mickey an. Auf dem Schreibtisch liegt eine lange Tasche.
Hugh Kennedy sieht mit leuchtenden Augen zu Mickey.
„Mein lieber Mickey Callaghan. Ich bin Dir und meinem Freund Curt Hemsworth zu besonderem Dank verpflichtet. Deshalb möchte ich mich Dir jetzt erkenntlich zeigen."
Er fasst an die Schnallen der Gewehrtasche und öffnet sie behutsam.

Mickey traut seinen Augen kaum. Zum Vorschein kommt eine Winchester 66. Aber nicht irgendeine, es ist eine Sonderanfertigung. Der Systemkasten aus Messing blinkt und blitzt, das Holz der Schulterstütze und des Schaftes ist mit viel Mühe zu Hochglanz poliert worden.
Curt gibt eine Erklärung dazu ab: „Diese Waffe wurde auf meinen Wunsch und auf Kosten unseres Freundes Hugh ganz besonders sorgfältig hergestellt. Jedes einzelne Teil wurde von Hand nachgearbeitet und die Endkontrolle hat der Leiter der Fabrikation, Nelson King, persönlich durchgeführt."
Hugh Kennedy fordert Mickey auf: „Nun nimm sie doch in die Hand!"
Mickey hebt das Gewehr hoch. Das Holz ist glatt und fühlt sich wie Seide an. Er dreht die Waffe und sein Blick fällt auf die Unterseite des Systemkastens. Dort steht doch etwas? Er sieht genau hin. Mit einem feinen Stichel ist dort etwas eingraviert:

»Für Mickey Callaghan von seinem Freund Curt Hemsworth«.

Mickey ist gerührt. „Das kann ich nicht annehmen!"
Hugh Kennedy schüttelt den Kopf und grinst. „Das wirst du wohl müssen, dein Name steht drauf!" Ohne, dass man darüber gesprochen hat, ist Hugh Kennedy zu dem vertraulichen Du übergegangen. „Das kommt gar nicht in Frage, jetzt, wo es schon graviert worden ist."
Curt fügt noch hinzu: „Hugh wollte aus allem rausgehalten werden, deshalb ist er in der Signatur auch nicht erwähnt. Ich selbst habe genügend Waffen. Ich wusste, dass man dir damit eine ganz besondere Freude bereiten würde."
„Das ist euch wirklich gelungen, ich kann es gar nicht fassen", findet Mickey seine Sprache wieder.

Mickey und Sean sind mit der Bedienungsanleitung und dem Werkstatthandbuch fast fertig. Mit viel Mühe hat Mickey zahllose Skizzen angefertigt, um die Details für die Montage und Demontage zu verdeutlichen. Zwei Wochen hat es gedauert, eine komplette Abschrift herzustellen, die nun unterwegs zu Winchester in Connecticut ist.

Tom Wilson betritt den Laden. Geschäftlich muss er immer wieder nach New Orleans und er benutzt diese Gelegenheiten gerne, um die Vertretung von Curt Hemsworth aufzusuchen und ein Gespräch unter Fachleuten zu führen.

Jetzt zeigen ihm Curt und Mickey die Vorabversion der späteren Handbücher.

Tom Wilson blättert in dem umfangreichen Werk. „Das ist Ihnen ausgezeichnet gelungen, meine Hochachtung."

„Vielen Dank, ich werde es an meinen Co-Autor Sean Aldridge weitergeben."

Dann fällt Mickey etwas ein: „Was macht eigentlich Ihr Mister Wheeler? Gibt es die Viehtriebe noch?"

„Seitdem Oliver Wheeler die ersten Longhorns den Chisholm Trail nach Abilene getrieben hat, sind bestimmt schon 40.000 Rinder in Abilene verladen worden, und es werden immer noch mehr.

„Wie lange wird es noch so weitergehen?"

Der alte Tom Wilson nickt. „Das ist eine gute Frage. Es steckt ein großer Gewinn dahinter. Ich denke, es werden noch über hunderttausend Rinder den Weg nach Kansas nehmen. Wenn Sie dabei sein wollen, sagen Sie nur Bescheid."

Mickey wehrt ab. „Nein danke, ich bin hier so gut wie verlobt, das kann ich meiner Zukünftigen nicht zumuten."

Einen Monat später kommt Curt zu Mickey. „Ich werde dich für ein paar Wochen alleine lassen. Meinst du, dass du das ohne mich schaffst?"

„Doch, das wird schon. Was ist denn der Grund für deine Reise?"
Ich bin von Oliver Winchester persönlich eingeladen worden. Außerdem will ich dann die Gelegenheit nutzen, bei der Firma Colt Armory vorbeizusehen, die sich ganz in der Nähe befindet. Dort will ich den Vertrag für die Vertretung unter Dach und Fach bekommen."
„Das wäre schön. Werden wir uns dann noch vergrößern müssen?", fragt Mickey.
„Ich denke schon, mindestens einen Mitarbeiter muss ich dann noch einstellen." Er fügt noch hinzu: „Auf dieser Fahrt habe ich nette Begleitung. Hugh Kennedy mit Frau und Tochter werden mich begleiten."
Mickey bekommt einen Schreck. „Dann werde ich Alice lange nicht sehen können!"
„Die beiden Frauen bleiben nicht so lange. Hugh fährt bis nach Washington, die Frauen nur bis zu ihren Verwandten in Cincinnati."
Mickey ist trotzdem nicht ganz glücklich. „Zwei Wochen wird das mindestens dauern!"
„Ja, das stimmt wohl. Du musst deine Freundin vorher und hinterher verwöhnen."
Dann lachen sie beide. Mickey ist nicht wohl bei dem Gedanken, seine große Liebe so lange entbehren zu müssen.

Eine Woche später legt das Dampfschiff in New Orleans ab. Mickey ist an der Anlegestelle, um sich von seinen Lieben zu verabschieden.
Er umarmt Alice und mag sie gar nicht loslassen. Immer wieder küssen sich die beiden. Hugh nimmt schließlich ihre Hand und führt sie an Bord der Natchez III.
„Du bekommst sie bald wieder, mein Junge. Ich schlage vor, dass wir dann eure Verlobung feiern werden."

Mickey Herz macht einen Freudensprung. Trotzdem, er fühlt eine unklare, dunkle Vorahnung. Die Gene seines Vaters signalisieren ihm eine Gefahr.

Der Trail von Texas nach Kansas

Eine Woche ist vergangen, Mickey ist im Laden und verhandelt mit einem Kunden. Die Tür geht auf und ein Nachbar von der Canal Street kommt herein. Er schwenkt eine Ausgabe des »New Orleans Chronicle« in der Hand.
„Mister Callaghan", ruft er. „Haben Sie die Zeitung schon gelesen?"
Mickey schüttelt den Kopf. „Nein, dazu habe ich vor dem Abend meist keine Zeit. Gibt es etwas Wichtiges?"
„Das kann man so nennen. Die Natchez III ist gesunken!"

Mickey erstarrt. Seine Hände zittern plötzlich, er fühlt, wie sich eine Eiseskälte in seinem Körper ausbreitet. Seinem Nachbarn entreißt er die mitgebrachte Zeitung.

`»Schiffsunglück auf dem Mississippi«`

steht dort in großen Buchstaben. Fast die ganze erste Seite ist mit dem Bericht über das große Unglück gefüllt. Auf der Natchez III gab es eine Explosion von zwei ihrer vier Dampfkessel. Ein Feuer ist daraufhin ausgebrochen, die Ladung, die zu großen Teilen aus Baumwolle bestand, hat zu brennen begonnen. Fast die gesamte Besatzung und die meisten der Passagiere sind dabei ums Leben gekommen.
Mickey kann es nur mühsam verarbeiten. Seine Alice war mit an Bord, das Liebste, was er hatte. Außerdem war Curt Hemsworth anwesend, sein bester Freund und Chef. Und um das Unglück noch zu steigern, die Mutter von Alice und deren Mann, der eine große politische Karriere vor sich hatte.

Noch weiß man nicht, ob sie vielleicht überlebt haben. Da die meisten jedoch entweder ertrunken oder verbrannt sind, besteht nur wenig Hoffnung.
Mickey kommen die Tränen. Er hat noch nie in seinem Leben geweint. Sein Vater hat es nicht zugelassen, während des Krieges war dazu keine Zeit, sodass die Tränen fast schmerzhaft fließen. Er sitzt in einer Ecke in der Werkstatt und weint. Sean hat sich diskret zurückgezogen.
Er weiß nicht, wie lange er so gesessen hat. Er wischt sich das Gesicht ab und steht auf. Du musst etwas tun, geht ihm durch den Kopf. Er nimmt sich ein Blatt Papier und entwirft ein Telegramm. Er schickt es an die Reederei der Natchez III in Natchez am Mississippi, mit der Bitte, die Überlebenden auf die folgenden Namen zu überprüfen. Dann folgen die vier Namen seiner Freundin, deren Vater und Mutter und sein Freund Curt Hemsworth.

Es dauert eine Woche, bis eine Antwort eintrifft. „Es tut uns leid. Wir bedauern, Ihnen mitteilen zu müssen, dass die von Ihnen aufgeführten Personen sich nicht unter den Überlebenden befinden."
Tränen verschleiern den Blick auf das Papier. Er muss sich setzen. Dann krümmt er sich zusammen und weint hemmungslos. Der harte Bursche, für den er immer gehalten wurde, ist bis in das Innerste seiner Seele getroffen.

Die Firma Winchester reagiert schnell. Nach nur zwei Wochen kommt ein Mann in den Laden. Mickey geht zu ihm und fragt höflich: „Womit kann ich Ihnen dienen?"
Der Mann ist etwas älter, vielleicht Ende vierzig. Er trägt eine kleine Nickelbrille und hat graues, kurzgeschnittenes Haar.
„Die Frage ist nicht, womit Sie mir dienen können, sondern was ich für Sie tun kann."

Dann streckt er eine Hand aus. „Gestatten Sie, ich bin Mister Leland. Ich bin von der Firma Winchester als neuer Leiter dieser Filiale bestimmt worden."

Als wenn Mickey nicht schon genug Unglück erlebt hätte, der neue Vorgesetzte entpuppt sich als wahrer Tyrann. „Wie viel Geld haben Sie verdient? Zehn Dollar in der Woche?"
„Ja", sagt Mickey vorsichtig. „Ich habe unseren Kunden die Leistungsfähigkeit der Waffen von Winchester vorgeführt."
„Ja, das schon. Aber Sie haben keine Ahnung von der Führung eines Geschäftes. Sie können keine Anfragen bearbeiten und keine Angebote erstellen."
Mickey ist ungewohnt eingeschüchtert. Der Verlust seiner Lieben hat ihm seinen Lebensmut genommen und er spürt wenig Lust, sich mit dem neuen Chef zu streiten.
„Sie erhalten ab sofort fünf Dollar die Woche. Eine Wohnung müssen Sie sich besorgen, da ich das ganze Obergeschoss für mich benötige."
Das war jetzt doch etwas viel auf einmal, selbst für so einen starken Mann wie Mickey Callaghan.

Zwei Wochen später kommt Tom Wilson in die Filiale. Er hat von dem neuen Leiter gehört und möchte jetzt seine Aufwartung machen. Mickey läuft ihm zuerst über den Weg. Tom Wilson ergreift seine Hände.
„Mein lieber Freund, das Schicksal meint es zurzeit nicht besonders gut mit Ihnen. Ich wünsche Ihnen von ganzem Herzen, dass Ihnen unser Herrgott die Kraft gibt, das Unglück zu meistern, und dass Sie sich nicht unterkriegen lassen."
„Vielen Dank für die netten Worte. Ich kann sie gut gebrauchen".

Mickey bedauert insgeheim, dass ihn seine Eltern nicht religiös erzogen haben. Möglicherweise könnte ihm der Glaube jetzt die Kraft geben, die er so dringend benötigt.

Mister Leland kommt aus seinem Büro auf die beiden Herren zu. Er unterbricht das Gespräch von Mickey und sagt zu Tom Wilson: „Ich bin erfreut, mich Ihnen als neuer Leiter dieser Vertretung vorstellen zu dürfen. Was ist der Grund Ihres Besuches?"

Tom Wilson zögert etwas. „Ich wollte noch Vorschläge für die Gestaltung der Bedienungsanleitung und des Werkstatthandbuches abgeben, das der junge Mister Callaghan und ihr Werkstattleiter angefertigt haben."

„Was haben die gemacht?", fragt Mister Leland etwas verblüfft.

„Na ja. Es gibt so etwas von Winchester noch nicht. Deshalb hatte ich vorgeschlagen, das auf Eigeninitiative hin zu entwickeln."

Mister Leland versteift sich etwas - falls das noch möglich ist - und antwortet: „Ich denke nicht, dass Tätigkeiten dieser Art von ein paar Angestellten erledigt werden sollten. Diese Aufgabe gehört ganz klar in die Hand der Firma Winchester, nur von dort dürfen solche Dokumente herausgegeben werden."

„Ich finde das Ergebnis von Mister Callaghan und Mister Aldridge aber ausgezeichnet", versucht Tom Wilson den Filialleiter zu besänftigen.

„Nein, das ist ganz und gar nicht meine Ansicht. Das muss Fachleuten vorbehalten bleiben."

Mickey wendet sich ab und geht in die Werkstatt. Sein Gemüt ist schwer angeschlagen, er verträgt im Moment keinerlei Tiefschläge mehr. Da ruft Tom Wilson hinter ihm her: „Junger Mickey, kommen Sie doch bitte zu mir!"

An Mister Leland gewandt sagt er: „Ich möchte Ihnen einen ihrer fähigsten Mitarbeiter für einen Moment entführen!"

Dann geht er mit Mickey vor die Tür. Ein leichter Wind weht und die Sonne scheint. Hier ist es angenehmer als in der stehenden Hitze des Geschäftes.
Mickey sieht Tom Wilson neugierig an.
„Mister Callaghan, falls Sie noch Interesse an der Teilnahme an einem Rindertreck haben, kann ich Sie vermitteln. Alle paar Wochen findet einer statt."

Mickey horcht auf. Das wäre doch etwas! Hier hält ihn jetzt nichts mehr. Alle seine schönen Pläne und Zukunftsaussichten sind geplatzt wie eine Seifenblase und haben ein schmerzhaftes Loch hinterlassen. Ein Viehtreck, zurück nach Kansas, fort von diesen heißen und feuchten Gefilden mit ihren Mücken und Giftschlangen, das wäre jetzt eine Lösung.

Kurz entschlossen sagt er: „Wenn Sie auf mich warten mögen, ich komme sofort mit. Ich muss nur noch ein paar Kleinigkeiten einpacken."
Der Waffenhändler sieht ihn erstaunt an. „Das geht ja jetzt schnell. Lassen Sie sich Zeit, ich warte gerne."
Tom Wilson geht zur Kutsche, die er bittet, noch einen Moment zu warten, und Mickey eilt auf sein Zimmer hinauf, das ihm ohnehin nicht mehr lange gehören wird. Er packt eine Reisetasche mit ein paar Kleinigkeiten. Dann nimmt er seine Winchester, die er wie einen Schatz hütet. Sie ist ihm jetzt noch wertvoller geworden, sie ist das einzige Andenken an seinen Freund Curt Hemsworth. Außerdem hat er sich etwas Geld angespart, das er sich jetzt einsteckt. Die Bewachungsprämien der »Ohio Steamboat Company« und das gute Gehalt bei Curt Hemsworth haben ihm ermöglicht, ein kleines Polster zurückzulegen. Er verlässt das Geschäft, ohne sich von Leland zu verabschieden und ohne einen Blick zurückzuwerfen.

Vermilionville (es wurde später in Lafayette umbenannt) ist 130 Meilen von New Orleans entfernt. Dorthin fährt die Texas & New Orleans Railroad. Zuerst müssen sie mit der Fähre den Mississippi nach Algier überqueren. Mit der Kutsche lässt sich Tom Wilson zu der Anlegestelle fahren. Beide haben zwei Taschen Gepäck, das ist für die beiden Männer gut zu tragen. Sie betreten die Fähre und erreichen bald Algier. In der Nähe der Anlegestelle kennt Tom Wilson ein Hotel, in dem er häufig übernachtet, wenn er sich in New Orleans aufhält.

„Heute fährt kein Zug mehr, es geht erst morgen früh weiter", erklärt ihm Tom Wilson. Dann sitzen sie noch lange im Restaurant des Hotels. Tom Wilson kennt Louisiana und Texas genau, er beantwortet Mickey jede seiner Fragen.
Für eine Weile hat Mickey seine Schicksalsschläge vergessen. Aufmerksam lauscht er den Worten von Tom Wilson. „Wie komme ich von Vermilionville nach San Antonio?"
„Bis dahin fährt dieselbe Bahn wie nach Vermilionville."
„Sollte ich dann nicht gleich bis San Antonio fahren?"
„Das wäre eine Möglichkeit. Das hat aber keine Eile, da der Viehtrieb, für den ich Sie vorgesehen habe, erst in einem Monat starten soll. Bis dahin knüpfe ich noch die Kontakte zu dem Führer des neuen Trecks."
Dann sieht er Mickey an: „Ist das die einzige Bekleidung, die Sie besitzen?"
„Ich habe noch eine andere Jacke, die ist aber ähnlich wie diese."
Tom Wilson schmunzelt. „So können Sie sich unmöglich als Cowboy bewerben. Ich schlage vor, dass Sie sich demnächst passende Kleidung kaufen."

Am nächsten Morgen beginnt die Fahrt mit der Eisenbahn. Der Westen von Louisiana war nicht von den Kämpfen des

Bürgerkrieges betroffen gewesen, sodass die wenigen Eisenbahnlinien auf dieser Seite des Mississippi betriebsbereit sind.
Der erste Teil der Fahrt führt sie bis an den Atchafalaya Fluss. Er bildet hier ein riesiges Sumpfgebiet, an dieser Stelle ist er noch eine halbe Meile breit. Die Eisenbahn endet hier und wird auf der anderen Seite der Bucht fortgesetzt. Die Passagiere müssen den Zug verlassen, die Fracht wird auf Handkarren umgeladen und dann wird die Mündung des Atchafalaya mit einer dampfbetriebenen Fähre überquert.
Sie setzen die Fahrt mit dem Zug fort, über New Iberia erreichen sie endlich Vermilionville.
„Bei der Weiterfahrt müssen Sie in New Iberia nach San Antonio umsteigen", wird Mickey von Mister Wilson informiert.
Vermilionville ist ein Ort mit etwa eintausend Einwohnern. Mickey wird von Tom Wilson zu dem Gasthaus in der Nähe des Bahnhofes geführt.
„Junger Mann, schlafen Sie sich erst einmal aus, ich werde Sie morgen besuchen, dann planen wir ihre weitere Zukunft."

In der Nacht quält Mickey ein unruhiger Schlaf, wie so häufig in der letzten Zeit nach dem schrecklichen Unglück. Immer wieder sieht er Alices Gesicht vor sich, auch meint er, Curt sprechen zu hören. Ein wilder Bilderwirbel stürmt durch seinen Kopf, bis er schließlich schweißgebadet aufwacht.
Am Morgen wird er von Tom Wilson aufgesucht, er führt ihn zuerst zu seinem Waffengeschäft. Außer Tom Wilson gehört noch ein Büchsenmacher in einer kleinen Werkstatt zu seinem Geschäft. Er begrüßt Mickey freundlich.
„Wenn ich auf Geschäftsreise bin, ist er mir eine unschätzbare Hilfe, denn sonst könnte ich gar nicht fort", erklärt Tom Wilson. Stolz zeigt ihm der Geschäftsmann seine kleine, aber blitz-

saubere Firma. „Die Repetiergewehre von Winchester verkaufen sich gut, die 66er ist das zur Zeit beste Gewehr auf dem Markt."
„Welchen Revolver können Sie mir denn empfehlen?", fragt Mickey den Fachmann.
„Tja, es gibt verschiedene, von Colt und von Smith & Wesson zum Beispiel. Meiner Ansicht nach ist der Colt Navy von 1861 der beste. Wollen Sie den einmal sehen?"
Mickey lächelt. „Sehen muss ich ihn nicht, ich habe schon viel damit geschossen. Ich möchte einen kaufen, komplett mit Holster und zwei Schachteln Papierpatronen."
„Aha, ich merke schon - da spricht der Fachmann." Tom Wilson grinst Mickey an, er wendet sich nach hinten und holt die Teile aus dem Lager.
Er kommt mit der Waffe und einem schön punzierten Holster wieder zurück. Mickey legt es probeweise an und steckt die Waffe hinein. Tom Wilson sieht ihm dabei zu und bemerkt: „Das sieht schon sehr gut aus. Wir werden Ihnen in den nächsten Tagen noch eine geeignete Cowboy Kleidung aussuchen müssen."
Zwei Wochen später hat Mickey alles zusammen, was er für den Rindertreck benötigt. Bis zur Abfahrt nach San Antonio hilft er im Waffengeschäft des Mister Wilson aus. Er trägt dabei seine neu erworbene Kleidung, eine dunkle Hose aus kräftigem Stoff und eine Jacke aus Leder, sowie zwei Hemden aus derbem Baumwollstoff. Reitstiefel und einen Hut mit Krempe besitzt er seit seiner Entlassung aus der Armee. Während der Arbeit auf dem Pferd, wird er sich noch einen Lederschutz für die Hosenbeine, die Chaps, anlegen. Außerdem ist er wieder im Besitz einer Wachsjacke. Mit einer ähnlichen war er vor Jahren in den Bürgerkrieg gezogen, etwas wehmütig denkt er an seine alte, die ihm häufig so nützlich gewesen war.

Tom Wilson hat die Aufnahme von Mickey in den Viehtrieb bereits mit Hilfe von mehreren Telegrammen geklärt. Es werden Männer gesucht, die reiten können und die Herde gegen Feinde wie Diebe und Indianer verteidigen können. Die Teilnahme am Bürgerkrieg kommt ihm jetzt zugute.
Der Abschied von Tom Wilson ist kurz, aber herzlich. „Junger Freund, ich wünsche ihnen alles Gute für Ihre Zukunft. Lassen Sie sich nicht unterkriegen!"

Der Anführer des Trecks, der Trailboss, wohnt in einer Ranch im Westen von San Antonio. Dort werden sich in der nächsten Woche die Cowboys und die Hilfskräfte einfinden. Von Vermilionville aus fährt Mickey mit der Eisenbahn über New Iberia, Orange und Houston nach San Antonio. Die Strecke beträgt fast fünfhundert Meilen und dauert über zwei Tage. In der Nacht hat Mickey nur wenig Schlaf bekommen. Während der Fahrt musste er mit dem harten Holzsitz vorliebnehmen, außerdem hat er sich davor gefürchtet, wieder Alpträume zu erleben. Alpträume, in denen ihm seine verlorenen Freunde und seine tote Verlobte erscheinen. Mit einem Brummschädel, seiner großen Tasche und dem Futteral, in der sich seine Winchester 66 befindet, verlässt er den Bahnhof.

San Antonio ist eine große Stadt mit achttausend Einwohnern. Die Ranch, die Mickey aufsuchen soll, ist die Edgewood Farm. Tom Wilson hat ihm empfohlen, sich mit der Kutsche dorthin bringen zu lassen, ein Pferd würde ihm später vom Trailboss gestellt werden. Mickey muss nach dem Weg zu der Haltestelle der Kutsche fragen, San Antonio ist nicht mit einem Blick zu übersehen.
Er teilt sich die Kutsche mit einem Geschäftsmann, der beruflich nach Atascosa unterwegs ist. Während der eine Stunde dauernden Fahrt kommen sie ins Gespräch.

„Es gibt Millionen Rinder hier. Kein Mensch weiß, wem die alle gehören", erklärt ihm sein Reisegefährte. „Voriges Jahr ist ein Oliver Wheeler mit 2500 Longhorns Richtung Kansas aufgebrochen, seitdem findet ein Trail nach dem anderen statt."
„Kennen Sie den Besitzer der Edgewood Farm?"
„Ja, sogar sehr gut. Der Mann heißt Patrick Hawkins. Aber der reitet nicht selbst, er hat sich einen Trailboss engagiert, der die Zusammenstellung und Führung der Mannschaft übernimmt."

Der Weg ist trocken, immer wieder weht Staub durch die Fenster, die nur durch einen Vorhang abgedeckt werden können. Sie erreichen die Pferdewechselstation in der Nähe der Edgewood Ranch und Mickey verabschiedet sich von seinem Gefährten, der bis Atascosa noch eine Weile zu fahren hat.
Ein Mann und ein kleiner Wagen, der von einem Pferd gezogen wird, stehen an dem Tor zur Relaisstation. Es ist ein junger Mann mit langem, schwarzem Haar. Er reicht Mickey seine Hand.
„Willkommen! Ich bin Teddy. Ich werde während des Trails auf die Pferde achtgeben." Teddy ist vielleicht sechzehn Jahre alt, nun mustert er seinen Gast aufmerksam. Mickey erinnert der Junge ein wenig an sich selbst vor vier Jahren. Während der Fahrt zur Ranch fragt Mickey ihn aus. „Wie viele Cowboys werden denn am Trail teilnehmen?"
„Bisher sind es acht. Es soll, laut Winston, außer dir noch jemand kommen, sodass wir dann zehn sein sollten. Dazu kommen noch unser Koch und meine Wenigkeit."
„Winston ist der Trailboss?"
„Ja, genau. Ich mag ihn, mitunter ist er jedoch sehr streng."

Sie nähern sich der Ranch. Ein großes Haupthaus beherrscht die kleine Wiese, um die sich die übrigen Gebäude scharen.

Teddy lenkt den kleinen Wagen bis vor ein Nebengebäude. Es scheint das Bunkhouse zu sein, das Schlafhaus der Cowboys.
Teddy springt vom Wagen und geht zum Haus, draußen steht eine Pumpe mit einem Wassertrog zum Waschen. Das Haus ist innen recht dunkel, die Fenster sind klein und die Petroleumlampe brennt noch nicht. Ein großer Tisch und eine Anzahl Doppelbetten sind die einzigen Möbel in dem Raum. Auf einem der Betten liegt ein Mann, drei sitzen am Tisch und spielen in dem schwachen Licht Karten.
„Ich stelle dich schon einmal vor", sagt Teddy, „der Rest der Mannschaft scheint auf der Ranch unterwegs zu sein."
Der Mann auf dem Bett richtet sich auf und sieht Mickey mit schwarzen Augen an.
„Das ist Wichita", beschreibt ihn Teddy. „Er ist halb Mensch und halb Indianer", dann lacht er über seinen Witz. Wichita hat nicht viel vom Indianer, lediglich seine Hautfarbe erinnert an seine Vorfahren. Er hat schwarzes, schulterlanges Haar und hat sich einen Lederstreifen um die Stirn gebunden, als Erinnerung an seine indianische Mutter, wie Mickey später erfährt. Er reicht Mickey seine Hand und grüßt ihn freundlich.
Die Männer am Tisch haben ihre Karten beiseitegelegt.
„Das sind Horry, Jimmy und Roger", stellt Teddy die drei vor. Mickey stellt sich als Mick vor und reicht allen die Hand. Es sind junge Männer zwischen zwanzig und dreißig. Der Älteste scheint Roger zu sein. Er hat eine auffällig dunkle Gesichtsfarbe und schwarze Haare. Er bemerkt Mickeys forschenden Blick und erklärt ihm: „Ich bin Mexikaner. Mein vollständiger Name ist Rodriguez. Du kannst gerne, wie alle anderen, Roger zu mir sagen."
Dann beginnt ein munteres Gespräch. Mickey soll erzählen, was er bisher getrieben hat, ebenso fragt er seine neuen Kollegen aus.

Horry, oder Horace, war auch Soldat im Bürgerkrieg. Roger ist Schafhirte in Mexiko gewesen. Jimmy will nicht verraten, was er früher gemacht hat und welche Umstände ihn in die Einöde westlich von San Antonio geführt haben. Mickey erzählt auch nicht alles. Dass der Tod seines geliebten Mädchens ihn hierher verschlagen hat, braucht niemand zu wissen. Er kann ohnehin noch nicht darüber sprechen, schon bei dem Gedanken daran fällt ihm das Atmen schwer.

Mehrere Reiter kommen auf den Hof geritten. Mickey vernimmt Gesprächsfetzen von Männern, dann springt die Tür auf und vier weitere seiner neuen Kollegen kommen herein.
Die Männer klopfen ihm auf die Schulter und stellen sich gegenseitig vor. Es sind Ernie, Bill, Freddy und Cherry. Drei sind so jung wie er, der vierte, den sie Cherry nennen, ist mit etwas über vierzig ein alter Hase.
Cherry gibt ihm die Hand, wie die anderen auch. „Mein voller Name ist Jubal Cherfield. Du kannst auch Jubal sagen. Wenn du mich Opa nennst, wie die anderen jungen Hüpfer manchmal, dann gibt es was mit dem Lasso."
Mickey lacht und klopft ihm auf die Schulter. „Keine Sorge, so etwas mache ich nicht, Opa!" Mickey lacht zusammen mit den anderen. Cherry hebt seinen Zeigefinger: „Sei froh, dass mein Lasso draußen am Sattel hängt."
Alle sind freundlich zu Mickey. Ihre genauen Charaktere wird er ohnehin erst während des Trecks kennenlernen.

Die Tür nach draußen ist noch geöffnet, ein Mann mittleren Alters kommt herein. Er muss der Chef sein, das muntere Gespräch der Cowboys verstummt. Der Trailboss kommt auf ihn zu, er mustert ihn kurz und gibt ihm die Hand. „Du musst Mickey Callaghan sein, oder?"
„Der bin ich. Und du bist Winston Fairbanks, unser Chef?"

„So ist das. Du kannst Winston zu mir sagen. Solange du machst, was ich sage, sind wir die besten Freunde. Wenn nicht, kannst du deine Sachen packen."
Er drückt Mickey kräftig die Hand und fährt fort: „Ich denke, das wird nicht nötig sein. Du bist übrigens der Einzige, den ich unbesehen eingestellt habe, alleine auf Empfehlung von Tom Wilson."
„Mister Wilson hat hoffentlich nicht übertrieben", sagt Mickey.
„Nein, ich kann mich in der Regel auf ihn verlassen."
Er macht eine Pause und geht auf die Tür zu. „Jetzt komm mit raus, ich stelle dir unseren Koch vor und zeige dir noch ein paar Dinge, die du wissen musst."
Mickey folgt seinem Chef zu einem Lagerhaus hinüber. Dort steht der Chuckwaggon, der Versorgungswagen für die nächsten drei Monate und das Reich des Kochs. Der kommt gerade mit einer Kiste auf den Armen aus dem Lagerhaus heraus.
„Na, Gerry, hast du immer noch nicht alles zusammen?", fragt der Trailboss.
Gerry grinst. Es ist ein kräftiger Mann Mitte dreißig. Winston stellt ihn Mickey vor. Gerry mustert seinen neuen Kollegen sorgfältig und macht dann ein betrübtes Gesicht: „Wenn du noch mehr so große Kerle einstellst, Winston, komme ich mit meinen Vorräten nicht zurecht!" Er verzieht sein Gesicht zum Lachen und klopft Mickey auf die Schulter. „Willkommen bei der verrücktesten Mannschaft, die je San Antonio verlassen wird."
Winston Fairbanks schüttelt den Kopf und geht mit seinem neuen Mitglied weiter. „Glaube ihm das bloß nicht. Ich hoffe, dass es gelegentlich lustig wird, der Treck ist aber beileibe kein Zuckerlecken."
„Ich bin unter General Sherman durch die Sümpfe Virginias marschiert, schlimmer kann jetzt nichts mehr werden."

Winston nickt. „Das ist sicher wahr. Deine Bürgerkriegserfahrung war der Hauptgrund, dass ich dich eingestellt habe, ohne dich zu gesehen zu haben."
Er führt Mickey an ein Gatter, mit Blick auf eine riesige Weide, die bis zum Horizont zu reichen scheint. Tausende von Longhorns stehen dort, ihre gewaltigen Hörner wirken furchterregend.
„Das hier ist unsere Herde. Es sind fast dreitausend Stück. Wir haben sie in den letzten Wochen von mehreren Ranches zusammengetrieben. Sie müssen noch ein Brandzeichen bekommen, dann können wir los."
„Rinder brennen gehört zu den Dingen, mit denen ich keine Erfahrung habe."
„Das macht nichts. Halte dich an Jubal, der hat viele Jahre mit Rindern zugebracht."

Die nächste Woche ist mit viel Arbeit gefüllt. Die Cowboys arbeiten von Sonnenaufgang bis zur Dunkelheit. Nachts fällt Mickey in einen tiefen, traumlosen Schlaf. Das ist gut so, denn dann kreisen seine Gedanken nicht so häufig um seine verlorene Liebe.
Die Männer sind grob, aber nett. Sie machen derbe Scherze, die Mickey ebenso heftig zurückgibt. Er ist nach dem Pferdejungen der Jüngste hier, aber auch der größte und kräftigste.
Mickey wendet sich an Jubal Cherfield. „Ich habe gehört, du kennst dich mit Rindern aus? Ich brauche etwas Nachhilfeunterricht."
„Da bist du bei mir genau richtig. Ich mache es dir vor und du fragst, wenn du etwas nicht verstehst."
Jubal Cherfield, Cherry, weiß alles über Rinder. Mickey lernt mit dem Lasso umzugehen, Kälber und Rinder einzufangen, Brandzeichen zu brennen. Unermüdlich lehrt ihn Jubal eine

Tätigkeit nach der anderen. Es gefällt ihm, wie rasch sein junger Gehilfe lernt, mit dem Lasso umzugehen. Reiten kann Mickey schon von Kindesbeinen an, das Lenken und Aussortieren der zu brennenden Rinder ist jedoch kein leichtes Unterfangen. Es strengt vor allem die Pferde an, die mitunter stundenweise wegen Erschöpfung ausgetauscht werden müssen.

Eines Tages, im April 1868, ist es soweit. Der Chuckwaggon vom Koch ist bis unter die Plane beladen, die Rinder sind alle mit neuen Brandzeichen versehen worden. Sie sind zusammen mit der Verkaufsbescheinigung die Besitzurkunde für die Tiere.
„Ohne die Brandzeichen und ohne Papiere kann ich die Rinder später nicht verkaufen", erklärt Winston Mickey, als er die Unterlagen in eine Ledertasche steckt.

Der letzte Cowboy ist jetzt auch eingetroffen. Er heißt Stanley Woods oder Woody. Ein weiterer junger Mann, auch ein früherer Soldat, mit dem sich Mickey sofort gut versteht.
Winston Fairbanks startet den Trail im Dunst eines frühen Morgens. Grauer Nebel liegt über der Wiese, aus den Nüstern der Rinder tritt weißer Atem aus.
„Jungs, jetzt gibt es über zwei Monate harte Arbeit und keine Mädchen mehr!"
Keiner lacht, von irgendwo erschallt ein Buh-Ruf.

Die Cowboys verteilen sich um die Rinder herum. Der alte Jubal Cherfield ist der Mann an der Spitze, der Pointrider, Mickey folgt ihm an der rechten Flanke. Die anderen Kollegen verteilen sich um die Herde herum. Teddy hat als Letzter, mit der Aufsicht über fast fünfzig Pferde, gut zu tun.
Gerald Burr, der Koch Gerry, ist schon über eine Meile voraus. Sein Wagen wird von zwei Ochsen gezogen. Er muss den

nächsten Rastplatz auswählen und dann das Essen vorbereiten. Wenn die Cowboys eintreffen und der Kaffee nicht dampft, muss er sich das Murren der Männer gefallen lassen.

Der Trail führt fast exakt in nördlicher Richtung. Abweichungen gibt es nur, wenn das Gelände oder ein Fluss es erfordern. Winston Fairbanks erklärt es den Männern. „Wir folgen genau dem Chisholm Trail. Das ist die Route nach Norden, die der Halbindianer Jesse Chisholm als Handelsroute erkundet hatte. Ich habe die Strecke schon fünfmal mitgemacht, sie ist nicht einfach, aber es ist zu schaffen."
„Gibt es Markierungen an dem Trail?", fragt Woody.
„Ganz selten gibt es eine Handelsstation, das ist aber ein Ausnahmefall. Ich habe noch eine Karte mit einer Skizze. Ihr müsst euch auf sie und auf mein Gedächtnis verlassen."
„Und was ist mit dem Koch? Der ist mitunter so weit voraus, dass wir ihn nicht sehen können", fragt Mickey.
Winston schmunzelt. „Das ist eine gute Bemerkung.", er macht eine kurze Pause, „Gerry ist früher mit Handelswagen für Jesse Chisholm gefahren, er kennt die Strecke besser als ich."

Der erste Tag lässt sich gut an. Die Sonne ist nicht zu sehen, dichte Wolken bedecken den Himmel. Es sieht nach Regen aus. Mickey hat seine Wachsjacke hinter dem Sattel festgebunden. Die Rinder werden in flottem Schritt getrieben.
„Das werden etwa fünfundzwanzig Meilen pro Tag werden", sagt Cherry, „unsere Tiere sind noch unruhig und das Treiben nicht gewohnt. So sind sie heute Abend müde und schlafen etwas. In den nächsten Tagen werden wir langsamer werden, damit sie Gelegenheit zum Grasen haben. Er lacht. „Wir wollen Abilene nicht mit völlig abgemagerten Longhorns erreichen!"

Am Abend, in der Nähe des Rastplatzes, drängen die Cowboys die Tiere zusammen, sodass sie eine leichter überschaubare Herde bilden. Die Nachtwachen werden ausgelost, immer zwei Männer müssen Wache halten und die Tiere beobachten.
Der Koch hat das Essen fertig. An seinem Chuckwaggon hat er die hintere Klappe abgesenkt, sodass sie als Abstellfläche dient. Die Männer bedienen sich, es gibt Brot mit Bohnen, dazu gebratenen Speck. Der Koch hat Holz gesammelt, zwei von Mickeys Kameraden haben ein Lagerfeuer entfacht, um das sie nun hocken und ihr Mahl genießen.
„Gerry ist gar nicht schlecht", sagt Mickey. „Ich habe während des Bürgerkrieges selten so gut gegessen."
„Wenn das Fleisch ausgehen sollte, müssen wir ein paar gute Schützen unter uns aussuchen, die dann etwas Essbares schießen", antwortet Winston, während er an seinem Speck kaut.

Mickey hat jetzt wieder Gelegenheit, sich mit seinen Kameraden zu unterhalten. Während des Tages blieb die Unterhaltung auf Zurufe beschränkt. Die Entfernung war groß, der Lärm der Rinder hat jedes Gespräch verhindert. Teddy sitzt etwas abseits, den anderen Kameraden ist er etwas zu jung und unreif. Mickey kann sich gut in Teddys Lage versetzen, er hatte das zu Beginn des Krieges auch häufig am eigenen Leibe erleben müssen. Er nimmt seinen Teller und setzt sich zu ihm. „Was treibt dich denn in so jungen Jahren auf einen Rindertrieb?"
Teddy beißt von seinem Brot ab und isst es nachdenklich. „Ich komme aus San Antonio. Meine Eltern sind bei einem Eisenbahnunglück ums Leben gekommen."
„Bist du jetzt ganz alleine?"
„Ich habe noch jüngere Geschwister, die sind bei einem Onkel und zwei Tanten untergekommen. Für mich war kein Platz mehr."

Seine Augen füllen sich kurz mit Tränen, dann kaut er wieder unverdrossen auf dem harten Brot. Mickey klopft ihm auf die Schulter. „Du machst es richtig. Lass dich nicht unterkriegen."
Teddy lächelt zaghaft. „Das ist gar nicht so einfach."
„Ich weiß, Teddy. Ich bin mit vierzehn von zu Hause ausgerissen und musste mich von da an alleine durchschlagen."
Der Junge reißt die Augen auf. „Tatsächlich! Dann warst du noch zwei Jahre jünger als ich."
„Ja, und es hat auch geklappt. Ich kann allerdings nicht behaupten, dass aus mir etwas geworden ist. Sieh mich an! Ich bin, wie so viele andere, ein nutzloser Herumtreiber."
Er verlässt den Platz neben Teddy und setzt sich wieder neben Woody.
Teddy strahlt. Mickey ist sein heimliches Vorbild und jetzt hat er sich zu ihm gesetzt und sich für ihn interessiert. Jeden Tag hat er sich gefragt, ob die Teilnahme an einem Rindertreck eine gute Entscheidung gewesen war, jetzt ist er sich sicher, dass es richtig war.

Woody erzählt gerade eine Geschichte aus seinem Leben. Er erzählt von der größten Klapperschlange, die er je gesehen hat. Ganz langsam war sie auf ihn zu gekommen und hat dabei laut mit ihrem Schwanz gerasselt. In seiner Not hat er dann zu seinem Blechteller gegriffen und laut mit dem Löffel darauf geklappert. Die Schlange hat sein Rasseln für einen gefährlichen Gegner gehalten und ist schnell davongekrochen.
Die Männer lachen und Woody freut sich über seinen Scherz.
Es wird noch ein lustiger Abend. Die Sonne versinkt und das Lagerfeuer wirft flackernde Lichter über die Gesichter der Männer.
Mickey fühlt sich hier wohl, es hat etwas von dem Lagerleben während des Krieges. Später nehmen sich die Männer ihre De-

cken und legen sich in die Nähe des Feuers zum Schlafen nieder. Er hat zusammen mit Roger die Wache ab 2:00 am Morgen. Es ist eine undankbare Zeit für die Wache, er wird von Ernie aus dem tiefsten Schlaf gerissen. Das Feuer ist inzwischen niedergebrannt, man sieht lediglich noch etwas Glut unter der Asche.

Am nächsten Tag erreichen sie den ersten Fluss, es ist der Guadelupe. An der Furt liegt New Braunfels, ein Ort mit über dreitausend Einwohnern. Einige der Cowboys kaufen sich hier Tabak und andere Kleinigkeiten, die sie vergessen haben.
Die Überquerung des Guadelupe ist einfach, das Wasser ist nicht tief, die Rinder und Pferde bleiben mit den Hufen auf dem Grund und brauchen nicht zu schwimmen.
Zwei weitere Tage später erreichen sie Austin. Die Hauptstadt von Texas hat etwa genauso viele Einwohner wie das deutschstämmige New Braunfels. Hier fließt der Colorado River, ein Fluss mit einer Breite von etwa einhundertzwanzig Yards. Die Mannschaft hat sich inzwischen eingespielt, die Leute kennen sich gut und jeder schätzt den Anderen.
Der Colorado ist tiefer als der Guadelupe, die Pferde und die Rinder müssen ein kleines Stück schwimmen.
„Ihr Männer müsst flussabwärts mit den Pferden bleiben, damit uns die Viecher nicht abtreiben!", ruft Winston. Unnötigerweise, denn die Schar hat sich bereits hinter Cherry eingeordnet, der auf seinem Pferd den Weg vorgibt.
Das kurze Stück geht für alle glimpflich ab. Die Männer sind bis zur Hüfte nass, die Stiefel sind voll Wasser. Fluchend ziehen sich die Männer die Stiefel aus und entleeren das Wasser.
Jimmy hat seinen Stiefel in der Hand und sieht sorgfältig hinein. Er schüttelt ihn immer wieder und hält die Hand darunter.
„Wonach suchst du, Jimmy?", fragt ihn Mickey.

„Ich hatte einen Fisch gefühlt, den hätte mir Gerry zum Abendessen braten können!" Dann lacht er, als er Mickeys skeptischen Blick sieht.
Der schüttelt den Kopf, da ist er in eine nette Gruppe geraten. „Wenn du zwei Fische findest, kannst du mir einen abgeben!"

Das Land ist flach, das Gras ist nicht sehr üppig, aber den Longhorns genügt es. Ab heute regnet es. Die meisten Männer haben wie Mickey eine Wachsjacke dabei, die sie sich jetzt angelegt haben. Der Regen wird immer heftiger, erste Pfützen bilden sich.
Heute Abend wird im Regen gegessen. Der Einzige, der kaum nass wird, ist Gerry. Er hockt unter der Plane seines Wagens und verteilt die Portionen. Einige der Männer versuchen, einen leidlich trockenen Platz auf der windgeschützten Seite des Chuckwaggons zu ergattern. Am Ende stehen nur die Leute ohne Regenkleidung dort, die Männer mit Wachsjacke haben für ihre weniger gut ausgerüsteten Kameraden den Platz freigemacht.

Sie streifen Waco und Fort Worth und erreichen nach zwei Wochen den Red River. Der bildet hier die Landesgrenze zwischen Texas und dem Indianerland. Seit Austin regnet es, die Männer haben keinen trockenen Faden mehr am Körper.
Wegen des vielen Regens der letzten Tage führt der Red River viel Wasser, skeptisch blicken Winston und Gerry in die rasch vorbeifließenden Fluten. Die Breite mag vielleicht 100 Yards sein.
„Es nützt nichts, wir müssen da hindurch!", ruft Winston den Männern zu. Das bedeutet, dass geschwommen werden muss. An den Küchen- und Gerätewagen von Gerry werden von Horry und Ernie zwei zehn Schritt lange und über einen Fuß

dicke Stämme einer Schwarzpappel angebunden, damit sein schweres Gefährt schwimmfähig wird.

Dann geht es los. Immer ein Mann reitet mit seinem Pferd neben den Rindern her. Die Tiere sind verängstigt und brüllen so laut, dass sich die Männer kaum verständigen können, ihre langen Hörner schlagen gefährlich bei den heftigen Bewegungen ihrer Köpfe. Eine Gruppe von über hundert Tieren treibt plötzlich mit der Strömung ab. Mickey und drei seiner Kameraden schwimmen auf ihren Pferden neben ihnen her, und versuchen sie langsam zum Ufer zu lenken. Das Pferd unter Mickey ist am Ende seiner Kräfte, Mickey hört es laut schnauben und heftig strampeln. Er legt seine Hand an ein Ohr und beruhigt das Tier mit leisen Worten.

Kurz vor dem Ufer nimmt die Strömung wieder zu. Ein dutzend Longhorns brüllen erbärmlich, seinen beiden Kollegen und ihm gelingt es nicht mehr, die Tiere zu lenken. Mickey greift nach dem Lasso, lässt es dann aber hängen, es ist sinnlos. Erschrocken sehen die Männer den davon treibenden Tieren hinterher. Ihr angstvolles Brüllen wird bald vom Tosen des Wassers verschluckt.

Die Männer sind klatschnass, der Regen und das Wasser des Red River haben sie von oben bis unten durchweicht. Der einzige, der noch leidlich gut aussieht, ist der Koch. Er sitzt geschützt unter der Plane auf seinem Bock. Nun muss er auch durch den Fluss. Die Ochsen werden abgeschirrt und separat durch den Fluss geführt. Vier der Kameraden binden ihr Lasso an dem Wagen fest, dann ziehen sie an und das Gefährt bewegt sich auf das Wasser zu. Der Strom ergreift den Wagen und dreht ihn längs zur Strömung. Die vier Cowboys und ihre Pferde ziehen an ihren Lassos, um die Karre wieder geradeaus zu bewegen. Der Wagen schwimmt, die Ladefläche ist dank der Baumstämme etwas oberhalb des Wassers. Wild bewegt sich der Wagen mit den Fluten und schwankt beunruhigend nach beiden Seiten.

Aber dann ist auch das geschafft. Die Räder sind wieder auf festem Boden und die Cowboys lösen ihre Lassos. Der Rest der Mannschaft steht am Ufer und hat das nervenzerfetzende Schauspiel beobachtet.

Der Koch sieht zu den nassen Gestalten hin und lacht. „Wie seht ihr denn aus! Lauter nasse Hampelmänner!"

Das war nun zu viel. Mickey sieht zu Woody hin und kneift ihm ein Auge. Der grinst zurück, dann reiten beide zu dem Chuckwaggon, die anderen Kameraden ahnen etwas und kommen auch hinzu. Sie springen von ihren Pferden und zerren den sich heftig wehrenden Gerry von seinem Kutschbock herunter.

„Ihr Söhne einer Klapperschlange! Lasst mich los, oder es gibt heute Abend nichts zu essen für euch!"

Die Männer lachen. „Dein Essen ist uns sowieso zuwider!"

Gemeinsam schleppen sie ihn zum Wasser und lassen ihn hineinfallen. Gerry schimpft und prustet, als er zum Ufer stolpert.

„Das werdet ihr mir büßen!"

Die Männer schütten sich aus vor Lachen. Am Abend gibt es Essen wie jeden anderen Abend auch. Der Regen hat Gottseidank aufgehört, die Männer brauchen nicht mehr im Stehen zu essen, sondern können sich wieder auf den Boden setzen. Gerry brummt immer noch, als er mit einer Kelle den Männern heiße Bohnensuppe auffüllt. „Ihr habt Glück, dass ich euch Hornochsen mag, sonst müsstet ihr jetzt hungern!"

Als es dunkel wird, sitzen sie wieder am Feuer. Roger lässt sich von Gerry seine Gitarre geben, die auf dem Chuckwaggon aufbewahrt worden war. Er hat eine schöne Stimme, leise singt er spanische Lieder. Dann stimmt er ein englisches Lied an. Die Männer kennen es und singen lauthals mit.

„The Days of forty-nine", es dreht sich um die Goldsucher in Kalifornien. In den Refrain stimmen alle mit ein, auch Mickey hat ihn sich schnell eingeprägt:
> In the days of Old
> In the days of Gold
> In the days of forty-nine!

„Wir befinden uns jetzt im Indianergebiet", sagt Winston am Morgen beim Frühstück. Wir müssen auf der Hut sein. Wer Indianer sieht, kommt zu mir. Niemand unternimmt etwas auf eigene Faust!"
„Welche Stämme sind es denn?", fragt Wichita.
„Na, du musst es doch am besten wissen", sagt Freddy und erntet Gelächter.
„Es werden hier Cherokee und Arapaho sein. Überwiegend sind sie friedlich, aber stellt euch auf alles ein."

Der Tag wird wieder schön, unter der Sonne trocknet das nasse Gras. Langsam zieht sich die schier endlose Reihe der Longhorns über die Prärie. Die Ebene erstreckt sich in flachen Wellen, soweit das Auge reicht. Das Gras ist gut, sodass den Tieren immer wieder Gelegenheit zum Grasen gegeben wird.
Die einzigen Bäume stehen in der Nähe der Wasserläufe. „Das liegt an den Grasfeuern, die hier immer wieder über die Prärie ziehen. Nur die am Fluss stehenden Bäume überleben", erklärt Cherry den jungen Kollegen. „Deshalb müssen wir, wenn wir an den Flüssen sind, Holz für unser Lagerfeuer sammeln oder auch schlagen. Im Grasland werden wir nichts finden."

Interessiert beobachtet Mickey, wie sich einige seiner Kameraden Zigaretten drehen und sie später offenbar genussvoll rauchen. Auch Cherry ist sehr geschickt darin, er dreht eine Zigarette mit einer Hand, die andere Hand hält den Zügel.

„Kannst du mir das beibringen?", fragt Mickey eines Tages, „ich gebe dir Geld für das Papier und den Tabak."
Cherry führt es vor, ganz langsam, Mickey versucht es ihm nachzumachen. Es fällt ihm entweder nur der Tabak, oder auch die halbfertige Zigarette hinunter. Verbissen übt er weiter. Nach vielen Tagen und mindestens hundert Zigaretten gelingt es ihm so leidlich. Sobald seine Stängel aussehen wie eine Zigarette, raucht er sie. An den ersten kann er nicht viel finden, gelegentlich hustet er auch, aber er bleibt dabei. Ein richtiger Cowboy dreht sich seine Zigaretten und raucht sie natürlich auch.

„Indianer!"
Freddy kommt aufgeregt auf seinem Pferd zum Trailboss geritten. „Da hinten, hinter dem Gebüsch, habe ich drei Indianer gesehen!"
Winston Fairbanks sieht aufmerksam in die Richtung. Er hat ein Fernrohr dabei, mit dem kann er die Indianer genau erkennen. „Wichita!", ruft er und winkt mit dem Hut. „Komm mal her!"
Er bespricht sich mit dem Halbindianer, dann reiten sie langsam auf die Gruppe der Indianer zu. Mickey sieht, dass sie sich unterhalten. Winston und Wichita machen auffällige Gesten und zeigen immer wieder zu den Rindern hin. Eine Stunde später kommen sie zurück.
„Das ist noch glimpflich abgegangen", sagt Winston. „Angeblich ist eine größere Gruppe Indianer in der Nähe, was mir auch sehr wahrscheinlich vorkommt."
„Habt ihr euch irgendwie geeinigt?", fragt Mickey neugierig.
„Ja, umsonst war es nicht. Ich musste dem Anführer für jedes Rind 10 Cent geben. Ich habe gesagt, dass wir 2500 Rinder haben, sodass wir uns mit zweihundertfünfzig Dollar handelseinig geworden sind."

Mickey staunt. „Handelseinig? Worüber?"
Winston lächelt säuerlich. „Sie lassen uns ziehen und werden - zum Beispiel – keine Stampede auslösen."
„Aber das ist Erpressung! Wofür brauchen sie eigentlich Geld? 250 Dollar für nichts?"
Winston grinst. „Unser Dollar ist inzwischen bis in den hintersten Wigwam vorgedrungen." Er lacht und fährt fort. „Ja. Der Betrag ist jedoch relativ. Ich rechne mit einem Reingewinn von über 90.000 Dollar, sodass zweihundertfünfzig Dollar leicht zu verschmerzen sind. Das darf nur nicht häufiger passieren. Schlimmer ist auf jeden Fall eine Stampede, sei froh, dass du das noch nicht erleben musstest."

Was kann man gegen eine Stampede unternehmen?", fragt Woody, der mitgehört hat.
„Nicht sehr viel. Man muss immer dafür sorgen, dass die Longhorns nicht erschrecken oder Angst bekommen." Cherry hat sich eingemischt, er hat schon manche Stampede am eigenen Leibe erlebt.
„Und wenn es passiert ist?", fragt Mickey.
„Dann braucht man schnelle Pferde und mutige Reiter. Man muss längs der wilden Herde an die Spitze reiten und die Leittiere in einen Bogen lenken. Dann laufen sie schließlich im Kreis und geben nach einer Weile erschöpft auf."
Cherry weiß alles über Rinder, die beiden jungen Männer verarbeiten das Gehörte. „Was kann denn alles bei einer Stampede passieren?"
„Das wenigste ist noch, dass sich einige Tiere die Beine brechen. Möglich ist aber auch, dass man von den Rindern überrannt wird, dann kann es sogar Tote geben. Man muss schreien, mit der Peitsche knallen oder auch Schüsse abgeben, um die Longhorns zu lenken. Die sind dann völlig panisch und nichts und niemand kann sie aufhalten."

Sie überqueren zwei der Nebenflüsse des Arkansas, den Red Fork Arkansas und den Salt Fork Arkansas. Der eine führt roten Schlamm mit sich, der andere entspringt in der Nähe einer großen Salzwüste.
„Beide entspringen in Kansas, das Land, das wir in etwa zwei Tagen erreichen werden. Bis Abilene dauert es dann noch eine Woche", erläutert Winston.
Die Männer sind jetzt seit zwei Monaten unterwegs, immer sehnsüchtiger wünschen sie sich ihr Ziel herbei. Seit zwei Wochen haben sie kein Haus und keinen Menschen mehr gesehen. In manchen Momenten platzt jemandem der Kragen, weil er einen dummen Spruch leid ist.
Das Wetter wird wieder schlechter. In der Ferne ballen sich dunkle Wolken zusammen, der Wind frischt auf. Die Sonne scheint durch immer dunkler werdende Wolken, eine schwefelgelbe Dämmerung umhüllt die Männer und ihre Tiere. Plötzlich zuckt ein Blitz aus einer Wolke, wenige Sekunden später rollt ein Donner durch die Wolken. Cherry sieht besorgt in den Himmel. „Ein Gewitter können wir gar nicht gebrauchen. Durch nichts anderes geraten die Tiere so leicht in Panik, wie durch Blitz und Donner".
Winston lässt den Trail anhalten und die Tiere zusammentreiben.
Erste Regentropfen fallen, dann immer mehr und schließlich braust ein Gewittersturm auf sie hinunter. Es ist fast nachtdunkel, man kann gerade die Longhorns und die anderen Reiter erkennen. Die Tiere brüllen verängstigt. Das Gewitter wird heftiger, Blitz an Blitz jagt über den Himmel und zuckt in die Prärie. Ein Donnerschlag geht ohne Pause in den nächsten über. Der Regen prasselt in schweren Tropfen herunter, die Männer sind klitschnass, das Wasser läuft ihnen in die Stiefel hinein. Wieder zuckt ein Blitz. Er zischt in die Baumgruppe,

die nur zweihundert Schritt entfernt ist. Die Dunkelheit ist plötzlich taghell, eine Sekunde später folgt der Donner. Ein ohrenbetäubendes Krachen poltert los und nimmt kein Ende. Das war zu viel für die angstgeplagten Tiere. Die ersten Tiere laufen los, erst langsam, dann immer schneller. Die Panik steckt alle an, wie eine Lawine stürzen die Tiere los.

„Auf die Pferde!", rufen Winston und Cherry fast gleichzeitig. „Haltet sie auf!"

In wenigen Sekunden sind die Männer im Sattel. Mickey und seine Kollegen reiten, so schnell es ihre Pferde erlauben, neben den Longhorns her. Mickey reitet hinter Jubal Cherfield her, so kann er nichts verkehrt machen. Der reitet vorweg, er treibt sein Pferd zum Äußersten, langsam nähert er sich der Spitze der wie von einer wilden Furie gehetzten Tiere. Jetzt reitet er auf einer Höhe mit den Leittieren. Er zieht seinen Revolver und schickt ein paar Kugeln in den Himmel. Seine Kameraden machen es ihm nach, auch Mickey feuert ein paar Schüsse ab. Das Krachen der Revolver übertönt für einen Moment das Donnern aus dem Firmament. Ändern die wilden Rinder ihren Kurs? Doch da, ganz allmählich wird aus dem gestreckten Lauf eine Kurve. Die Cowboys schießen immer weiter, bis die Revolver leer sind. Die Rinder laufen einen immer engeren Bogen, die ersten Tiere haben das Ende ihrer eigenen Herde erreicht und laufen noch eine Viertelstunde im Kreis, wobei sie immer langsamer werden. Das verzweifelte Brüllen der Tiere wird leiser.

„Gottseidank, wir haben es geschafft!", ruft Cherry. Sein Ruf kommt aus tiefstem Herzen. „Morgen, wenn es wieder hell ist, müssen wir die Verluste prüfen."

In dieser Nacht bleiben die meisten Männer wach, bereit einzugreifen, falls noch etwas passieren sollte.
Das Gewitter nimmt ab und der Regen hört auch auf, der Rest der Nacht verläuft ruhig. Am Morgen liegt noch Nebel über dem Meer aus Gras, der sich schnell lichtet. Der Koch klappert bereits in seinem Wagen, der Kaffee ist schon fertig, die Männer rollen sich aus ihren Decken. Alles ist nass und sie schimpfen laut.
„Noch so eine Nacht und ich beschwere mich bei der Geschäftsleitung!", ruft Freddy. Die Cowboys lachen, sie sind froh, dass niemand Blessuren davongetragen hat.
Mickey und Woody knoten ihre Lassos zusammen und spannen sie wie eine Wäscheleine vom Chuckwaggon zu einem nahen Strauch. Schnell folgen die anderen Cowboys ihrem Beispiel und hängen ihre nassen Decken und einen Teil der Kleidung darüber.

Nach dem Frühstück reiten einige der Männer über die Prärie und suchen nach verletzten oder toten Rindern. Mickey reitet mit ihnen.
Das Gras ist in einer großen Fläche bis auf den nassen Boden niedergetrampelt. Immer wieder liegt ein Rind auf der Erde, die langen Hörner ragen in den Himmel. Die toten Tiere bleiben wo sie sind, die verletzten Rinder werden erschossen.
„Die holen sich in den nächsten Tagen die Coyoten", sagt Cherry. „Wir können ihnen nicht mehr helfen."
Eine Zählung ergibt, dass ihnen dreiundfünfzig Tiere verloren gegangen sind. Als Cherry es Winston mitteilt, zuckt dieser die Schultern.
„Das ist zwar bedauerlich, hält sich aber in Grenzen. Bisher haben wir sehr viel Glück gehabt."

Am kommenden Abend sitzen die Cowboys wieder am Lagerfeuer und erzählen sich Geschichten. Jeder versucht den Anderen, mit einem noch abenteuerlichen Erlebnis zu übertrumpfen.
Mickey fällt auch etwas ein. Als das Lachen über die eben gehörte Geschichte verklingt, sieht er seine Kameraden an und beginnt zu erzählen. „Hat schon mal jemand einen Alligator gesehen?", fragt er.
Einige nicken, andere kennen keinen Alligator.
„Also, das sind Tiere, die sind etwa zehn Schritte lang und so dick wie ein großer Baum. Das Maul ist zwei Schritte lang und mit den schrecklichsten Zähnen bestückt, die ihr euch vorstellen könnt." Er macht eine Pause und sieht seine Zuhörer an.
„Also, das war folgendermaßen: Ich habe einmal einen Mann verfolgt, der ist in einen Sumpf geflüchtet. Da kommt doch so ein Alligator angeschwommen und - Happs - weg war der ganze Mann."
Seine Zuhörer staunen.
„Nur eine Hand sah noch aus dem Maul heraus. Da habe ich meine Winchester geschnappt und der Bestie die beiden Augen weggeschossen. Und was glaubt ihr, ist dann passiert?"
„Es ist weggeschwommen?"
„Ja, richtig. Es hat aber vorher den Mann wieder ausgespuckt. Seitdem hat er eine Narbe am Handgelenk."
Die Männer wissen nicht, ob sie das glauben sollen oder nicht. Einige staunen und andere lachen. Mickey grinst sie an und lehnt sich zufrieden zurück.

Die letzten Tage, bevor die Männer Abilene erreichen, kennen sie kein anderes Thema als die Stadt. „Du warst doch schon mal da, wie sieht es denn da aus?", wird Cherry immer wieder gefragt.

„Ich war letztes Jahr im September da. Da gab es vier Saloons und drei Bordelle. Man konnte sich neue Kleidung und Ausrüstung in mehreren Geschäften kaufen."
„Was sind denn Bordelle?", fragt Teddy, der Jüngste unter ihnen.
„Das darfst du noch nicht wissen", grinst Cherry.
Mickey dreht sich zu Teddy. „Wissen darfst du das schon, du solltest nur noch nicht hineingehen."
Dann erklärt er es Teddy. „Es gibt dort Mädchen, die für Geld alles tun, was man sich wünscht."
„Und was ist denn daran so schlimm?", fragt Teddy unsicher.
Nun weiß auch Mickey keine weitere Erklärung mehr. Er räuspert sich und sagt: „Dafür bist du noch nicht alt genug, warte noch zwei Jahre, dann kannst du dir das mal ansehen."

Es sind die letzten Tage im Juni 1868, als der Trail Abilene erreicht. Die Männer sind erschöpft, schmutzig, ihre Kleidung ist beschädigt. Das Land ist hier so flach wie ein Handtuch. So weit das Auge reicht, ist nur Ebene zu sehen. In der Ferne erkennen sie die Rauchwolke einer Dampflok.
„Das ist die Kansas Pacific Railroad", erklärt Cherry. „An deren Bahnhof in Abilene sind die Gatter für unsere Longhorns errichtet worden."
Die Herde erstreckt sich über eine Länge von dreihundert Yards, sie bewegen sich in mehreren Reihen. Die letzte Hürde bis zum Stockyard, wie der Viehhof für die Rinder genannt wird, ist der Smoky Hill River, der südlich von Abilene zu überqueren ist. Hier ist für die durstigen Tiere noch eine Gelegenheit zum Trinken. Es ist ein vierzig Yards breiter, flacher Fluss, der leicht zu überqueren ist.
Von weitem kann man ein paar Häuser erkennen. Jetzt, nur noch wenige hundert Yards vor dem Ziel, drehen die Männer durch. Sie werfen ihre Hüte in die Luft und springen in das

Wasser. Sie kriechen in voller Kleidung auf allen vieren hindurch und trinken dabei das Wasser. Winston hat Mühe, seine Leute auf dem letzten Stück zu einem geordneten Viehtrieb zu motivieren.
„Männer!", ruft er, „wir haben es gleich geschafft. In einer Stunde könnt ihr alle Badefässer von Abilene benutzen, so oft wie ihr wollt."
Dann ruft er Teddy zu sich. „Teddy, du hast jetzt die Aufgabe, euch bei dem Barbier und im Badehaus anzumelden. Und in den Saloons kannst du auch gleich Bescheid geben. Unser Trail ist im Anmarsch!"
„Ja, mach ich, Boss!" Mit einem strahlenden Gesicht springt der Junge auf ein Pferd und verschwindet in einer Staubwolke. Die Männer steigen wieder auf ihre Pferde. Sie schwenken ihre Hüte und rufen aus vielen Stimmen: „Abilene, wir kommen!"
Nur mit Mühe können sie sich dazu aufraffen, ihre Tiere weiter zu leiten. Cherry reitet wie immer voraus und führt seine Kameraden in die Stadt. Die Longhorns haben sich über die ganze Straße ausgebreitet. Auf den Gehsteigen haben sich Menschen angesammelt. Einige Einwohner von Abilene winken den Männern zu. Die Rinder brüllen und die Cowboys rufen sich Scherze zu. Es ist ein ohrenbetäubender Lärm.

„Ich bin der erste beim Barbier!"
Teddy, dem noch kein Bart wächst, lacht und ruft: „Ätsch, dafür bin ich der erste in der Badewanne!"
Vor einem der Saloons steht eine Frau und winkt den Männern zu.
„Habt ihr die gesehen?", ruft Freddy seinen Kollegen zu. „Da muss ich heute Abend noch hin."

Woody ruft zu Winston hinüber, der neben Cherry den Trail anführt: „Winston, wann bekommen wir unseren Lohn?"

„Ja, das wollen wir auch wissen!", rufen die anderen wie im Chor.
Winston grinst und ruft zurück: „Ich werde die Rinder heute Abend oder morgen verkaufen. Ihr könnt aber nachher ein paar Dollar bekommen, damit die Mädchen nicht länger warten müssen."
Die Männer johlen vor Freude. Mickey wird ebenfalls von der Aufregung angesteckt. Endlich ist die Schinderei vorbei. Heute Nacht will er endlich wieder in einem richtigen Bett schlafen, aber vorher will er ausgiebig baden.

Es dauert eine Weile, bis die fast dreitausend Longhorns in die Gatter getrieben worden sind. Die Männer werden ungeduldig. Nun haben sie so lange alle Entbehrungen auf sich nehmen müssen, jetzt liegt das Ziel greifbar vor ihnen.
Endlich wird das letzte Gatter geschlossen. Ein paar Cowboys sind schon vorausgeritten, Mickey ist einer der letzten. Winston, Woody, Cherry und er haben noch die Rinder gezählt, dann sind sie endlich fertig. Vor dem Geschäft des Barbiers steht schon eine kleine Schlange, die Männer feixen und unterhalten sich. Zwei Frisierstühle sind drinnen, der Barbier und sein Gehilfe arbeiten, so schnell sie können. Auf dem Hof hinter seinem Geschäft hat der geschäftstüchtige Friseur drei große Fässer mit angewärmtem Wasser stehen. Alle Bottiche sind belegt, die übrigen Männer sitzen auf einer Bank davor und drängen zur Eile. Sie wollen heute Abend alle gut aussehen.

Winston kommt die Straße entlang und sucht seine Leute auf. „Hier Jungs, ich habe bereits einen Vorschuss auf die Rinder erhalten. Jeder bekommt von mir schon mal fünfzig Dollar. Morgen gibt es den Rest."
Ein vielfaches Gejohle schallt ihm entgegen. „Ein dreifach Hoch auf Winston!"

Winston Fairbanks schüttelt den Kopf und sucht seine in der Stadt verteilten Leute auf. „Verrückte Bande." Er lächelt vor sich hin. Seine Tiere sind leidlich gut genährt und er hat nur wenige Verluste gehabt. So sind fast alle dreitausend Rinder in Abilene angekommen. Mit Joseph McCoy, dem Viehaufkäufer, hat er einen Preis für alle Longhorns von 140.000 Dollar ausgehandelt. An Löhnen hat er 1500 Dollar zu zahlen, so bleibt ein phantastischer Gewinn. Er sendet noch am Abend ein Telegramm an seinen Chef, Patrick Hawkins. Sein eigener Lohn für den Trail wird etwa dreihundert Dollar sein. Das ergibt zusammen mit dem Lohn, den er für die letzten Trecks erhalten hat, eine ordentliche Summe. Jetzt kann er sich bald die Ranch kaufen, auf die er schon eine Weile ein Auge geworfen hat.

Im »Trails End« Saloon geht es hoch her. Mickey und die anderen Jungs haben sich an ein paar Tische und die Bar verteilt. Der Whisky ist schon reichlich geflossen, und einige der Männer fangen an zu singen. Dazwischen laufen einige der Damen herum und versorgen die durstigen Männer. Sie bringen ihnen zu trinken, wobei sie manches Mal einen Klaps auf den Hintern bekommen. Ernie ist etwas mutiger, er nimmt ein entgegenkommendes Mädchen in den Arm und versucht ihr einen Kuss zu geben.
Je später der Abend wird, desto lustiger wird es. Einige Übermütige stehen spät in der Nacht auf der Straße und schießen mit ihren Revolvern in die Luft. Im Hotel geht es zu wie im Taubenschlag. Die Männer laufen laut rufend rein und raus, als wäre es mitten am Tag. Der Manager hat es aufgegeben, die aufgeregte Bande zu beruhigen.

Am nächsten Morgen sind einige der Männer wieder auf der Straße. Mickey ist auch unter ihnen, ihm brummt der Schädel

von gestern Abend. Es war entweder zu viel oder zu billiger Whisky gewesen. Nun will er sich eine neue Hose kaufen. Seine jetzige hat einen langen Riss am Bein. Im General Store ist er nicht alleine. Einige seiner Kollegen haben den Wunsch, ihren Lohn für etwas schönes Neues auszugeben. Als er die Tür öffnet, kommt ihm Teddy entgegen, jetzt mit einem Hut auf dem Kopf.
„Hallo, Mickey, wie findest du meinen Hut?"
Es ist ein Stetson, ein ähnlicher, wie ihn Mickey sich vor drei Jahren in Washington gekauft hatte. „Du siehst Klasse damit aus, Teddy. Er steht dir gut!"
Teddy strahlt und zeigt seinen neuen Hut überall herum.
Am zweiten Tag nach ihrer Ankunft kommt die Eisenbahn und die Tiere werden verladen. Das ist vergleichsweise einfach, da sie nur durch die Absperrgatter getrieben werden müssen. Die Hälfte der Männer reicht dafür aus.

Der Marshall von Abilene

In den nächsten Tagen löst sich die Mannschaft auf. Sie haben inzwischen alle ihren Lohn erhalten, für Mickey waren es fünfundsiebzig Dollar. Abzüglich der fünfzig Dollar, die er beim Eintreffen in Abilene erhalten hatte, erhält er jetzt noch fünfundzwanzig Dollar. Einige der Männer fahren mit der Bahn nach Kansas City, Mickey ist unschlüssig, was er machen soll. Der Abschied von den Kameraden fällt ihm schwer. Zu viel haben sie miteinander erlebt und sind bei der schweren Arbeit zusammengewachsen.

Die Hälfte der Cowboys ist noch in Abilene, da trifft ein weiterer Treck ein. Kaum sind die Gatter geleert, werden sie jetzt

von einer neuen Herde gefüllt. Die Anzahl der Tiere ist ähnlich, es scheinen etwas weniger zu sein. Eine Menge von 2500 Rindern hat sich als optimal zum Treiben herausgestellt.
Es sind neun Cowboys dabei, nicht gerechnet der Trailboss. Die Männer verhalten sich genauso wie Mickeys Kameraden, johlend und lachend ziehen sie durch die Stadt. Schüsse fallen, es sind jedoch nur Freudenschüsse. Mickey steht auf dem Gehsteig und sieht dem Treiben zu. Neben ihm steht der Verkäufer aus dem General Store.
Vor zwei Wochen hat es hier bei einer Schießerei zwei Tote gegeben", sagt er.
„Und was unternehmt Ihr dagegen?
„Unser Bürgermeister hat schon versucht, einen Gesetzeshüter zu finden. Bisher hat es noch keiner lange ausgehalten."
„Und wie ist es jetzt?", fragt Mickey.
Der Kaufmann seufzt. „Gerade jetzt haben wir niemanden. Der letzte Kandidat hat uns vor einem Monat verlassen."

Wichita, Woody und Mickey sind die letzten ihrer Mannschaft, die noch in Abilene sind. Tagsüber hocken sie auf dem Gehsteig und sehen dem Trubel auf der Straße zu, am Abend mischen sie sich unter die Besucher der Saloons. Sie genießen das Nichtstun, sie vertreiben sich die Zeit mit Scherzen und albern mit den anderen Cowboys herum.

Immer wieder kommen neue Viehherden in die Stadt. Jetzt sind es besonders viele, drei Viehtrecks sind innerhalb von zwei Wochen angekommen, die neuen und die noch nicht abgereisten Cowboys randalieren durch die Stadt. Die Straße ist voll mit Kuhdung und es stinkt, überall liegt Abfall umher.
Schüsse fallen, danach sieht sich kaum jemand um. Doch dieses Mal scheint es schlimmer zu sein, ein Mann löst sich aus dem Trubel und läuft die Straße hinunter.

„Doktor Simmons!", ruft er. „Doktor Simmons!" Dann verschwindet er in einem Haus. Mickey und Woody sind neugierig, sie stehen auf und gehen zu der Menschenmenge hinüber. Etwa zwanzig Cowboys stehen dort und schreien laut durcheinander. Sie stehen um einen Mann herum, der am Boden liegt und aus der Seite blutet. Er stöhnt leise.
Der Mann am Boden hat schulterlange, schwarze Haare und einen Lederriemen um die Stirn gebunden.
„Das ist Wichita!", ruft Mickey. „Er hat noch nie jemanden etwas getan. Er trägt noch nicht einmal eine Waffe!"
Dann wendet er sich an die umstehenden Zuschauer. „Hat jemand gesehen, wer das getan hat?"
Einige nicken, aber niemand sagt etwas.
„Na los, wer hat auf meinen Freund geschossen?"
„Es war einer von den Millers. Er ist jetzt im Saloon hinter uns", sagt schließlich jemand.
„Und, wie sieht er aus?", Mickey wird ungeduldig.
„Das ist einer im Lederzeug mit roter Mähne und einem schwarzen Hut. Aber von dem lassen sie besser die Finger, der hat noch zwei schießwütige Brüder auf seiner Seite."
Mickey springt auf, er muss etwas tun. Der Schuss auf seinen friedlichen Freund muss geahndet werden, vielleicht stirbt er am Ende noch. Mickey sieht in die Runde der Männer. „Ich brauche fünf Mann, wer kommt mit?"
Er sieht sich im Kreis der Männer herausfordernd um. Seine selbstbewusste Art und seine große, kräftige Gestalt zeigen Wirkung. Zaghaft heben ein paar ihre Hand. Mickey zeigt auf insgesamt fünf Personen.
„Ihr drei kommt mir mit. Ihr zwei", er zeigt auf die beiden restlichen Männer, „ihr geht hinten herum und kommt durch den rückwärtigen Eingang in den Saloon."
Die beiden gehen los und verschwinden neben dem Saloon. Mickey sieht die drei noch bei ihm stehenden Männer an. „Ihr

drei kommt mit mir. Ich konzentriere mich auf Miller, eure einzige Aufgabe ist es, die übrigen Gäste zu beobachten. Ich möchte nicht von hinten erschossen werden."

Die drei nicken, sie haben Mickey als Führer anerkannt. „Los jetzt, solange der Gauner noch im Saloon ist!"

Dann stürmt er hinein, seine drei Gehilfen hinter ihm her. Er braucht ein paar Sekunden, um sich an das Dämmerlicht zu gewöhnen. An der langen Theke stehen etwa zehn Männer, die Tische sind mit etwa einem Dutzend Cowboys besetzt. Am Ende der Theke steht ein Junge mit einer Bierkanne in der Hand. Der Wirt hat ihm anscheinend gerade die Kanne gefüllt, und der Junge will eben gehen. Mickeys Helfer, die jetzt hinten hereinkommen, sind ihm im Weg.

Vor der Theke steht der Gesuchte, rote Locken quellen unter einem schwarzen Hut hervor.

„Mister Miller! Drehen Sie sich um!", ruft Mickey mit scharfer Stimme.

Der Angesprochene dreht sich langsam um. Er lehnt sich mit dem Rücken und Ellenbogen an die Theke. „Wer bist du denn?", fragt er herablassend. Er zeigt ein scheinbar gelangweiltes Aussehen. Mickey lässt sich dadurch nicht täuschen, der Mann ist gefährlich.

„Wer ich bin, tut nichts zur Sache. Viel wichtiger ist, wer du bist und was du eben getan hast."

„Und was willst du jetzt machen? Einen Marshall gibt es hier nicht. Und überhaupt, was regst du dich so auf. Es war doch bloß ein Indianer!"

Der Rothaarige sieht Mickey immer noch gelangweilt an und es scheint, als wolle er sich zur Theke umdrehen. Doch Mickey kennt die Zeichen, in der nächsten Sekunde wird Miller seinen Revolver ziehen.

Plötzlich dreht sich der Mann um und streckt seine Hand nach seinem Revolver aus. Er zieht ihn hoch, aber zu spät. Mickey

ist der Schnellere, er zieht viel schneller und schießt schon, bevor der andere seinen Hahn gespannt hat. Mickey trifft trotz der Schnelligkeit präzise, der Mann stürzt auf der Stelle zu Boden.
Für einen kurzen Moment herrscht völlige Stille, dann bricht Trubel los.
„Das wurde mal Zeit, dass es dem jemand gezeigt hat!" Seine drei Begleiter kommen zu ihm und klopfen ihm auf die Schulter. Auch die beiden, die am Hinterausgang standen, treten zu Mickey. Sie freuen sich über seinen schnellen Erfolg. Der tote Mann am Boden findet kaum Beachtung, nicht mehr als eine leere Whiskyflasche.

Mickey bittet seine Begleiter, sich um den Toten zu kümmern, dann geht er wieder auf die Straße. Inzwischen ist der Arzt eingetroffen. Er beugt sich über Wichita, der auf dem staubigen Boden liegt.
„Ich habe die Wunde verbunden, ich fürchte aber, er wird es nicht überleben. Es sind innere Organe getroffen, da kann ich nichts ausrichten."
Mickey und Woody, der eben dazu gekommen ist, sind beide wütend. „Der arme Wichita!"
Beide Männer mochten den stillen und immer hilfsbereiten Halbindianer. Sie heben ihn auf, tragen ihn zum Hotel und legen ihn dort auf ein Bett. Er ist bewusstlos und spricht nicht.

Am nächsten Tag ist Wichita tot.

Mickey und Woody sind beim Bestatter und organisieren die Beerdigung. Als sie zurückkommen, spricht der Mann am Empfang des Hotels sie an. „Hat einer von Ihnen gestern Ricky Miller im Saloon erschossen?"
„Oha, jetzt gibt es Ärger", sagt Woody.

„Nein, ich soll eine Nachricht übermitteln", erwidert der Angestellte.
„Was gibt es denn?", fragt Mickey, „ich bin der Gesuchte."
„Ernest Curtis, unser Bürgermeister, hat mich beauftragt, Sie zu bitten, zu ihm zu kommen."

Mickey erhält noch eine Wegbeschreibung, dann geht er los. Der Bürgermeister wohnt in der Sycamore Street.
Mickey klopft und eine Frau in mittlerem Alter öffnet ihm.
„Guten Tag! Ich möchte den Bürgermeister sprechen!"
Die Frau reicht ihm die Hand. „Ich bin Mrs. Curtis, kommen Sie doch herein."
Sie führt Mickey in das Wohnzimmer, einen kleinen Moment später tritt Mister Curtis in die Stube. Er ist ein Mann in mittlerem Alter, er trägt eine Brille und hat einen sauber gestutzten Bart. „Guten Tag, mein Herr. Ich bin Ernest Curtis. Ich bin hier der Leiter der Bank und der Bürgermeister."
„Freut mich. Mein Name ist Mickey Callaghan. Ich bin mit dem Viehtreck des Patrick Hawkins hier vor einer Woche angekommen."
„Setzen Sie sich doch. Können Sie sich schon denken, warum ich Sie eingeladen habe?" Er greift zu einer kleinen Kiste hinter sich und bietet Mickey eine Zigarre an.
Mickey schüttelt ablehnend den Kopf und der Bürgermeister erläutert sein Anliegen. „Das ist so, wir benötigen einen Marshall in der Stadt. Wir hatten zwar schon mehrere, die sind entweder erschossen worden oder sie haben die Stadt verlassen."
„Das klingt nicht sehr einladend!", bemerkt Mickey.
„Das ist richtig, dies ist eine wilde Stadt, das will ich nicht verheimlichen. Als Ausgleich erhalten Sie dafür einhundert Dollar im Monat."
„Oh, das ist wirklich viel. Für so viel musste ich bisher vier Monate arbeiten."

„Sehen Sie, es lohnt sich für Sie. Und so wie ich gehört habe, lassen Sie sich nicht so schnell einschüchtern."
„Von wem haben Sie das gehört?"
„Mein Sohn war gestern im Saloon, um mir einen Krug mit Bier zu holen. Er hat mir sofort brühwarm erzählt, was passiert ist, nachdem er zu Hause angekommen ist." Der Bürgermeister sieht Mickey forschend an. „Oder haben Sie andere Pläne?"
Mickey denkt nach. Nein, Pläne hat er nicht. Wo soll er sich jetzt hinwenden? Was kann tun? Im Grunde kann er froh sein, dass er jetzt dieses Angebot erhält.

Mickey Callaghan ist also Marshall in Abilene. Abilene, die erste Rinderstadt im Westen. Er sitzt in seinem Büro in der Pine Street und sieht sich den Inhalt des Schreibtisches an, es sind überwiegend uralte Steckbriefe. Zwei Männer betreten das Büro.
„Guten Tag, Mickey", es ist Woody, sein Kamerad vom Viehtreck.
„Sieh mal, wen ich hier habe! Das ist Peter, mein Bruder!"
Freundlich gibt Mickey dem Bruder die Hand.
„Peter ist gestern mit dem letzten Trail hier angekommen. Er kommt eigentlich aus Kansas City, er hat eine Frau dort. Er hat mich gebeten, mit ihm zu kommen und ihm auf seiner Farm zu helfen."
„Das ist aber schön für euch beide. Da wünsche ich dir und deinem Bruder viel Glück!" Sie unterhalten sich noch ein paar Minuten, dann verabschieden sie sich herzlich und verlassen sein Büro.
Mickey sitzt auf dem Stuhl und sieht durch die offene Tür auf die Straße. Jetzt ist er wieder allein. Er kennt hier niemanden, außer vielleicht den Bürgermeister. Er fühlt sich irgendwie hilflos, dunkle, trübe Gedanken kommen in ihm hoch. Das

Bild von Alice Granger erscheint vor seinem inneren Auge. Verzweiflung packt ihn.

Eine Kugel pfeift durch die Tür und bleibt in der Wand hinter ihm stecken, das Krachen eines Revolvers hallt von den Häuserwänden wider. Mickey hechtet auf den Boden und kriecht auf den Dielen entlang zum Gewehrschrank. Dort nimmt er sich die Winchester 66 heraus, dass Geschenk von Curt Hemsworth und Hugh Kennedy. Mit dem Gewehr in der einen Hand und einer Schachtel Patronen in der anderen fühlt er sich besser. Er hockt hinter dem Schreibtisch und sieht nach draußen. Oben, auf dem Dach des Hauses auf der gegenüberliegenden Seite, bewegt sich etwas. Es ist ein Mann mit einem Revolver. Für einen Revolver ist die Entfernung zum genauen Zielen zu groß, deshalb hat der Schuss sein Ziel verfehlt.

Mickeys Blick gleitet über die Reihe der Häuser auf der anderen Seite. In einem Hauseingang sieht er noch jemanden stehen, der Mann hat auch einen Revolver in der Hand. Er prägt sich sorgfältig die Positionen der Männer ein, dann springt er auf und läuft durch die Tür auf den Gehweg hinaus. Ein Stützbalken am Gehsteig gibt ihm eine kleine Deckung. Bevor die Angreifer seine Aktion begriffen haben, hat er seine ihm vertraute Waffe angelegt und zwei Schüsse abgegeben. Den ersten auf den Mann im Hauseingang, den zweiten zu dem auf dem Dach. Eine Kugel kommt nach seinem ersten Schuss angezischt und schlägt irgendwo ein. Der Schuss war schlecht gezielt, seine Gegner sind nervös. Außerdem ist er ihnen bei dieser Entfernung mit dem Gewehr überlegen.

Jetzt sind sie nicht mehr nervös, sie sind tot. Mickey geht mit dem Gewehr in der Hand auf den im Hauseingang liegenden Mann zu, der in den Himmel starrt. Er kennt diesen Blick, er ist ihm tausendfach im Krieg begegnet. Eine Tür wird geöffnet

und eine Frau sieht heraus. Mickey lässt sich von ihr auf das Dach führen, wo der andere Schütze liegt.
Eine Weile, nachdem Ruhe eingekehrt ist, kommen neugierige Passanten angelaufen und sehen sich die Männer an. Mickey hört später, dass es die Brüder des Ricky Miller waren, Don und Maxwell.

Den ganzen Sommer kommen Viehtrecks und mit ihnen die Cowboys, die lange nur Entbehrungen kannten und auf jedes Vergnügen verzichten mussten. Mickey muss einige Schlägereien schlichten, er steckt auch manchen Faustschlag ein. Am Ende kann er dank seiner schnellen Reflexe, seiner Kraft und seiner Übung, die Angreifer überwältigen. Mit dem Gewehr und dem Revolver ist er schnell, sehr schnell und präzise. Er hat es gelernt, Gefühle auszublenden und die Kämpfe blitzschnell und genau abzuwickeln. Er bekommt bald einen Ruf als unbeugsamer, unbezwingbarer Gesetzeshüter.

Der Sommer nähert sich dem Ende, der Herbst naht und die Viehtriebe bleiben aus. Über Abilene liegt nach dem Trubel des Sommers eine fast gespenstische Stille. Von November bis März bringt der Winter fast durchweg Dauerfrost.
Es ist Februar 1869. Mickey sitzt im Saloon vor einem halb ausgetrunkenen Glas Whisky und raucht eine Selbstgedrehte. Im gusseisernen Ofen knistert leise ein Holzfeuer. Draußen liegen noch Reste Schnee, im Saloon ist es mäßig warm.
Neben ihm sitzt Marlene Coswick. Sie ist eines der Mädchen, die hier im Saloon den Männern ihren Lohn wieder abnehmen. Nun ist Ruhe, die meisten Mädchen sind zu ihren Verwandten gefahren, sofern sie welche haben, nach Kansas City, Topeka oder Lawrence.
Marlene ist keine Schönheit. Sie ist mindestens zehn Jahre älter als Mickey und wirkt sehr verlebt. Sie hat langes, braunes Haar,

das zu einem unordentlichen Knoten hochgesteckt ist. Sie trägt jetzt eine einfache Bluse und einen Rock, darüber hat sie eine selbstgestrickte Wolljacke geschlungen.

„Wieso bist du noch hier?", fragt Mickey sie.

„Das weißt du doch. Mein Mann ist schon lange tot und der Rest der Familie lebt weit im Osten."

Mickey dreht ihr eine Zigarette und reicht ihr dann ein Streichholz.

„Du bist ein Schatz, Mick! Dich könnte ich genauso gut fragen, warum du noch hier bist."

Mickey grinst sie an. Ohne Lippenstift und Schminke ist Marlene unscheinbar und blass, ganz anders, wenn sie sich geschminkt hat und dazu einen kürzeren Rock und hübsche Strümpfe trägt. Ihre Figur kann sich noch sehen lassen.

Er sinnt über ihre Bemerkung nach. Ja, warum ist er eigentlich noch hier? Schließlich antwortet er nachdenklich: „Ich glaube, ich habe einfach keine Lust mehr, herumzureisen. Seitdem ich vierzehn Jahre alt bin, bin ich kein halbes Jahr an einem Ort geblieben. Nur in New Orleans, dort war ich zwei Jahre. Dann kam der Viehtreck und nun bin ich hier."

„Was hast du denn so lange in New Orleans gemacht?"

„Ich war in ein wunderhübsches Mädchen verliebt. Wir wollten heiraten, dann ist sie ums Leben gekommen." Mickeys Stimme wird heiser, er fühlt einen Kloß im Hals. Die Tränen sitzen ganz locker, wie immer, wenn er an Alice Granger denkt.

Marlene legt ihre beringte Hand auf seinen Arm. „Ach Mickey, es tut mir leid, dass ich gefragt habe."

„Du konntest es nicht wissen. Ich hatte auch für eine Weile vergessen, dass es mir immer noch so nahegeht."

Sein Blick folgt dem Rauch seiner Zigarette, Marlene hat sich Strickzeug hervorgeholt und beginnt zu stricken. Dabei summt sie leise vor sich hin.

Er sinnt über sein bisheriges Leben nach, und darüber, was noch kommen könnte. Ja, was kann noch kommen? Außer schießen kann er immer noch nichts. Dafür prügelt er sich jede Woche mit betrunkenen Cowboys herum. Seitdem er diesen Job hat, hat er schon vier Leute erschossen. Wie soll das noch enden? Es muss etwas passieren, aber was?

Die Union Pacific

Es ist März 1869. Es hat in der letzten Nacht geschneit, in den Straßen von Abilene liegt Schnee. Mickey ist in seinem Büro und legt ein paar Holzscheite nach. Der kleine Ofen ist so heiß, dass man ihn im Dämmerlicht dunkelrot glühen sehen kann. Auf dem Ofen steht eine Kanne mit Kaffee, die ihm Marlene Coswick heute Morgen gebracht hat. Sie empfindet so etwas wie mütterliche Gefühle für den einsamen Mann in seinem kahlen Büro. Der Himmel ist bedeckt, sodass es jetzt um 10 Uhr noch so dunkel ist, dass man kaum etwas lesen kann. Die Zeitung ist vom Anfang der Woche, er hat sie bestimmt schon ein dutzend Mal gelesen.

Die Tür geht auf und ein Mann kommt herein. Mickey legt die Zeitung, die ihn inzwischen langweilt, auf den Schreibtisch. Der Fremde sieht nicht aus wie ein Cowboy. Er trägt einen schwarzen Gehrock mit einer dunkelblauen Hose, dazu flache Schuhe und einen Hut. Er hat dunkle, fast schwarze Haare und einen ebensolchen Schnurrbart.
„Guten Tag!", grüßt er Mickey und reicht ihm die Hand. „Mein Name ist Frank Buchanan, ich bin Leiter der Bauabteilung bei der Union Pacific in Cheyenne."
Mickey grüßt den Mann, der etwa dreißig Jahre alt sein mag. Er ist groß, fast so groß wie er selbst. „Ich bin Mickey Callaghan, ich bin der Marshall hier in Abilene. Was kann ich für Sie

tun?" Er bittet den Fremden, Platz zu nehmen und dreht sich eine Zigarette.

Der Besucher erläutert sein Anliegen. „Wir sind mit Lohngeldern von Omaha nach Laramie unterwegs. Wir fahren hier auf der Strecke der Kansas Pacific Railroad und nicht auf der Strecke der Union Pacific, um möglichen Überfällen aus dem Weg zu gehen. Über Denver und die Denver Pacific Railroad erreichen wir dann wieder Cheyenne."

„Was machen Sie denn ausgerechnet in unserem winzigen Rindernest?", fragt Mickey.

„Unsere Lokomotive hat einen Schaden, ich habe eben vom Bahnhof eine Reservelok aus Kansas City angefordert. Wegen des Geldtransportes und der damit verbundenen Gefahr eines Überfalles, informiere ich Sie hiermit als Vertreter des Gesetzes."

„Brauchen Sie Hilfe bei der Bewachung?", Mickey kommen seine vielen Geldtransporte bei der »Ohio Steamboat Company« in den Sinn.

„Nein, wir haben unsere eigenen Leute dabei. Es wäre nett, wenn Sie uns bei der Beschaffung von Essen behilflich wären."

Mickey schmunzelt. „Wir könnten Ihnen Hummer und Kaviar liefern, und ich übernehme die Bewachung der Essenlieferung."

Mickey lacht und der Angestellte der Union Pacific lacht mit ihm. Dessen Augen strahlen, Mickey beginnt den Mann sympathisch zu finden.

Mister Buchanan steht auf und verabschiedet sich. „Ich würde mich freuen, wenn Sie uns besuchen würden. Vor morgen kommt die Ersatzlokomotive auf keinen Fall."

„Ich komme bestimmt, darauf können Sie sich verlassen."

Der junge Ingenieur lächelt. „Fein, dann besorge ich den Wein!"

Lachend verlässt er Mickeys Büro. Mickey freut sich über die Abwechslung in diesen trüben Tagen. Er sucht Marlene und ihre verbliebenen Kolleginnen im Saloon auf. Sie sollen dem zurzeit einzigen Koch der Stadt helfen. Er scheucht ihn aus seinem Nickerchen auf und sorgt dafür, dass er seine Vorräte plündert und Essen zubereitet.

Am Nachmittag geht er zum Bahnhof hinüber. Es ist eine Lok, aus deren Schornstein eine kleine graue Dampfwolke strömt, mit drei Wagen dahinter. Der mittlere ist ein Gepäckwagen mit vergitterten Fenstern. Mickey geht zu dem vorderen Wagen. Sein Kommen ist schon bemerkt worden, jemand tritt auf die Plattform. Es ist Frank Buchanan, er winkt Mickey zu.
„Hier ist der Eingang, kommen Sie bitte herein."
Der Wagen ist umgebaut worden. Es stehen ein großer Tisch und mehrere Betten darin. Auf dem Tisch steht noch das Essgeschirr. Mickey weist darauf und sagt: „Ich hoffe, es hat Ihnen gemundet!"
„Danke der Nachfrage, die Bohnen waren gar köstlich!"
Mickey lacht und fügt noch hinzu: „Die Bohnen sind sonst nicht so beliebt, der fette Speck ist unsere eigentliche Spezialität."
Frank Buchanan lacht und schüttelt den Kopf wegen ihrer Blödelei. Er berichtet dann von dem Schaden der Lokomotive.
„Eine der beiden Kurbelstangen ist unterwegs gebrochen. Ich habe sie demontieren lassen und dann sind wir, mit nur einem Zylinder, bis hierher weitergefahren." Er legt eine Pause ein. „Die Ersatz-Lokomotive kommt morgen Nachmittag. Zum Essen haben wir anscheinend genug, was wir aber noch benötigen, wäre Holz und Wasser für die Lokomotive. Wir müssen heizen, damit der Kessel nicht einfriert und wir warmes Wasser für die Heizung haben."

Mickey überlegt einen Moment und sieht dann aus dem Fenster. „Am besten wäre es, wenn Sie ihre Lok mit dem einen Zylinder bis an den Wassertank fahren könnten. Der Tank ist über den Winter geleert, aber sie haben dort Holz und Sie können die Pumpe benutzen, außerdem stehen Sie dort freier als hier."
„Warum ist das besser?"
„Falls sie überfallen werden sollten, können die möglichen Diebe das Bahnhofsgebäude nutzen, um sich anzuschleichen. Am Wassertank stehen Sie frei und haben nach allen Seiten mindestens einhundert Schritt freie Sicht."
Frank Buchanan nickt. „Da haben Sie verdammt Recht! Ich werde das sofort veranlassen. Einen kleinen Moment, ich bin gleich wieder da." Er springt hinaus und kommt nach einem kurzen Moment wieder. Noch bevor er sitzt, ruckt der Wagen an und der Zug fährt im Schneckentempo ein kleines Stück. Jemand legt eine Weiche um, dann geht die Fahrt bis zum Wassertank weiter.
Frank Buchanan mustert Mickey und fragt dann: „Haben Sie Erfahrung mit Geldtransporten?"
„Das kann man sagen." Mickey erzählt von seiner Vergangenheit und von den vielen Geldtransporten, die er begleitet hat.
„Und jetzt sind sie Marshall in einer kleinen Westernstadt."
Mickey nickt etwas traurig. „Man kann es sich nicht immer aussuchen, man muss nehmen, was einem das Schicksal anbietet."
Frank Buchanan erzählt dann von sich. Er ist Maschinenbauingenieur und sein eigentliches Büro ist in der Zentrale der Union Pacific in Omaha. Nun beaufsichtigt er mit ein paar Kollegen die Arbeiten an der Eisenbahn zum Pacific. Zurzeit ist der Bau bis nach Ogden in Utah vorangetrieben worden.
„Sie haben etwas Vernünftiges gelernt, dann kann man sich seine Arbeit aussuchen."

Frank Buchanan nickt dazu und ergänzt: „Das ist nur teilweise richtig. Man kann mangelnde Ausbildung auch durch Tatkraft und Einfallsreichtum ersetzen." Er sieht Mickey an. „Für einen energisch auftretenden Mann, der schießen und kämpfen kann, habe ich eine Verwendung."
„Und was wäre das?"
„Was ich brauche, ist eine Art Mädchen für alles. Er muss den Ungestüm mancher Bauarbeiter dämpfen und muss jede Störung, die den Bau der Bahn verzögern könnte, beheben. Bei Bedarf muss er auch als Organisator einspringen."
Mickey denkt darüber nach. „Das klingt interessant. Auf jeden Fall ist es abwechslungsreicher als der immer gleiche Ärger mit den betrunkenen Cowboys."
„Betrunkene Bahnarbeiter sind auch nicht von Pappe. Aber es ist eben nicht nur das. Sie können es sich überlegen, sie finden mich in Laramie. Fragen Sie nach Frank Buchanan, jeder kennt mich dort."
Mickey lernt noch die übrigen Passagiere des Zuges kennen. Im Transportwagen sind drei bewaffnete Wachmänner. Die Passagiere, die sich im dritten Wagen aufgehalten hatten, sind in Junction City ausgestiegen, um dort auf einen Anschlusszug zu warten, der sie weiterbefördern soll.

Wieder in seinem Büro sinnt er über den Vorschlag von Frank Buchanan nach. Was wird er verlieren und was kann er gewinnen? Eigentlich ist die Entscheidung leicht zu treffen. Verlieren kann er einen gefährlichen Job, der zwar gut bezahlt wird, aber bei dem er – wenn auch nicht im Moment - sein Leben riskiert. Gewinnen wird er neue Kollegen und Abwechslung. Bleiben wird ihm Aufregung, so viel ist sicher.

Am nächsten Vormittag geht er zu dem kurzen Eisenbahnzug hinüber. Es herrscht leichtes Tauwetter, die Wege sind matschig. Ganz leichter Nieselregen fällt aus grauen Wolken. Mickey öffnet die Tür des Eisenbahnwagens und betritt das Abteil. Frank Buchanan sitzt über einer Landkarte, als er Mickey hört, dreht er sich um.
„Mister Buchanan?"
„Ich bin ganz Ohr, kommen Sie herein. Was kann ich für Sie tun?"
„Ich habe über Ihr Angebot nachgedacht. Ich möchte es annehmen."
Frank Buchanan strahlt. „Das freut mich sehr! Ich glaube, wir zwei passen gut zusammen. Willkommen bei der Union Pacific!" Er streckt Mickey eine Hand hin, dann fragt er: „Bei mir könnten Sie sofort anfangen. Wann stehen Sie denn zur Verfügung?"
„Ich muss mit unserem Bürgermeister sprechen. Im Moment werde ich nicht wirklich benötigt, im Winter ist nicht viel los, das könnte eventuell sofort klappen." Er fügt dann hinzu: „Wie hoch ist der Lohn bei Ihnen?"
Frank Buchanan grinst, dann antwortet er: „Am Anfang kann ich Ihnen vierzig Dollar im Monat zahlen. Wenn Sie sich bewähren, gibt es noch zwanzig Dollar mehr. Unserer Firma ist der reibungslose Ablauf der Bauarbeiten sehr wichtig. Wenn Sie das bewirken können, ist nahezu jeder Lohn gerechtfertigt."
Mickey streckt seine Hand zu Mister Buchanan aus. „Ich bin Ihr Mann. Ich freue mich jetzt schon darauf, bei Ihnen arbeiten zu dürfen." Dann zögert Mickey einen Moment. „Wenn Sie mich jetzt entschuldigen, ich muss zusehen, dass ich unseren Bürgermeister finde."
Er springt aus dem Wagen und geht sofort in die Sycamore Street, zum Haus des Bürgermeisters. Als dieser hört, dass sein fähiger Marshall seinen Dienst quittieren will, ist er bestürzt.

„Es tut mir leid, dass Sie uns so schnell wieder verlassen wollen. So einen hervorragenden Marshall wie Sie, hatten wir bisher noch nicht." Der Bürgermeister sieht ehrlich bekümmert aus. „Ich verstehe natürlich, dass Sie diese Chance ergreifen wollen und ich möchte Ihnen nicht im Wege stehen. Für diesen Monat, der erst begonnen hat, kann ich Ihnen unter diesen Umständen allerdings keinen Lohn mehr zahlen."
Mickey ist das egal. Von seinem guten Lohn hat er sich bisher ganz gut etwas zurücklegen können, sodass er diesen Ausfall des Lohnes leicht verschmerzen kann. Er verabschiedet sich vom Bürgermeister und eilt zum Saloon.

Marlene Coswick sieht ihn erschrocken an, als sie die Nachricht von seinem Fortgang vernimmt. Sie umarmt ihn und legt ihre mageren Arme um seinen Hals.
„Ich werde dich sehr vermissen. Für deine Zukunft wünsche ich dir alles erdenklich Gute. Vielleicht triffst du mal wieder ein nettes Mädchen!"
Sie zerdrückt ein paar Tränen, Mickey greift in seine Tasche und gibt ihr ein Taschentuch. „Marlene, ich werde dich auch vermissen. Pass auf Dich auf und grüße deine Kolleginnen von mir!"
Er hat seine paar Habseligkeiten rasch gepackt und eilt er zum Bahnhof.
Frank Buchanan ist überrascht, ihn schon zu sehen, „Donnerwetter, das ging aber schnell! Was sagt denn Ihr Bürgermeister?"
„Der ist nicht begeistert, er hat mich aber ziehen lassen. Wenn Sie mir nun noch sagen, wann es losgeht, dann kann ich mit Ihnen fahren."
„Das weiß ich noch nicht genau. Setzen Sie sich doch erst einmal."

Es gibt jetzt allerlei zu besprechen. Mickey erfährt schon ein paar Details für seine zukünftige Arbeit.

Frank Buchanan holt eine Karte hervor und erklärt ihm die Route der neuen Eisenbahn. „Die Union Pacific teilt sich den Bau der Eisenbahn mit der Central Pacific. Der geplante Treffpunkt beider Linien ist bei Promontory in Utah. Jetzt haben wir Ogden in den Rocky Mountains erreicht. Das sind 300 Meilen westlich von Laramie. Bis zum Treffpunkt mit der Central Pacific wird es noch vier Wochen dauern. Wir fahren zuerst bis Laramie, dort befindet sich ein Zwischenlager der Union Pacific."

„Dann sind Sie schon bald mit der Bahn fertig, wofür brauchen Sie mich dann noch?"

Frank Buchanan lacht. „Fertig ist ein dehnbarer Begriff. Fertig ist gerade der reine Schienenstrang. Was fehlt, sind die Bahnhöfe, viele Weichen und so manches Nebengleis. Da ist noch viel Arbeit für Sie. Außerdem, was glauben Sie, was jetzt an Eisenbahnen gebaut wird? Wenn wir hier fertig sind, ziehen wir nach Texas und bauen dort eine neue Bahn."

Mickeys Frage ist beantwortet worden. Es sieht jetzt so aus, als wenn sein Leben weiterhin unruhig bleiben wird.

Am Nachmittag des nächsten Tages trifft die sehnsüchtig erwartete Lok ein. Es ist der reguläre Zug, an den lediglich ein Werkstattwagen gehängt worden ist. Vier Männer steigen aus, der Wagen wird abgehängt und sie bauen in die defekte Lok eine neue Kurbelstange ein. Der Vorarbeiter sagt dazu: „Das ist so einfacher. Bei der nächsten Gelegenheit führen wir eine Generalüberholung durch, bis dahin hält es."

Mickey hat seine Habseligkeiten geholt und trägt sie in den Wagen, in dem auch Frank Buchanan schläft. Für ihn ist dort noch ein Bett frei, sodass er dort bis Laramie schlafen kann.

Die Fahrt führt zuerst mit der Kansas Pacific Railway weiter bis nach Denver in Colorado. Ab Cheyenne Wells wird die Landschaft deutlich hügeliger, die bisher endlos erscheinende Prärie geht in die Ausläufer der Rocky Mountains über. Denver liegt am North Platte River, hier ist ihre erste längere Pause. Die Lokomotive muss mit Holz und Wasser aufgefüllt werden, die Besatzung des Zuges wird gewechselt.

Frank Buchanan geht mit Mickey am Bahnhof spazieren. Die Sonne scheint, im fernen Westen erheben sich hohe Berge.

„Das sind die Rocky Mountains. Unsere Bahnarbeiter sind inzwischen dort angekommen, von hier aus sind es noch vierhundert Meilen weiter westlich zum Treffpunkt mit der Central Pacific."

Er zögert kurz. „Ich sollte vielleicht noch auf eine Besonderheit dieses Bahnbaus hinweisen."

Mickey sieht ihn an. „Und die wäre?"

„Die Gesellschaft, die zuerst den vereinbarten Treffpunkt in Promontory erreicht, erhält erhebliche Subventionen von der Regierung. Wir sind kurz davor, die Ersten zu werden, deshalb erwarte ich Störungen wie Sabotage, Anstiftung zum Streik oder ähnliche Aktionen von der Central Pacific."

Mickey grinst. „Und da bin ich Ihnen mit meinem schnellen Revolver gerade zur rechten Zeit begegnet, oder?"

„Na ja, ganz so ist es nicht. Ich erhoffe mir eine längere Zusammenarbeit, nicht nur bis zur Fertigstellung in Promontory."

Am Nachmittag geht die Fahrt weiter. Sie führt jetzt über die Schienen der Denver Pacific Railroad. Es geht etwas über einhundert Meilen am Rande der Rocky Mountains entlang, dann erreichen sie Cheyenne, einer der wilden Städte an der Trasse der Union Pacific Railroad.

Frank Buchanan sieht Mickeys neugierige Blicke und erklärt: „Cheyenne ist erst vor zwei Jahren als Station an der neuen Eisenbahn gegründet worden. Heute leben hier über eintausend Einwohner, außerdem gibt es fast vierzig Bordelle und noch mehr Saloons. Dazu mehre Spielsalons."
„Nicht schlecht für eine so kleine Stadt", staunt Mickey.
Frank Buchanan sieht sich nachdenklich um. „Nun ja, das Leben hier ist nicht eben als ruhig zu bezeichnen. Es gibt fast jeden Tag Mord und Totschlag. So eine Stadt zieht viel Gesindel an."
Vom Fenster ihres Abteils sehen sie auf waldbedeckte Hügel, in der Ferne leuchten schneebedeckte Berge. Frank Buchanan bemerkt Mickeys Blick und erklärt: „Ja, das ist etwas anderes als so ein staubiger Ort wie Abilene. Dort gibt nichts außer Weite und endlose Prärie. Hier, am Fuße der Rocky Mountains, ist es dagegen wunderschön."
Mickey muss Frank Buchanan recht geben. Die bewaldeten Hänge und die saftig-grünen Wiesen, auf denen noch etwas Schnee liegt, das ist so viel schöner als in Texas oder in Kansas. Die Fahrt führt sie weiter am Sherman Gipfel vorbei, das ist der höchste Punkt in den Laramie Bergen, den Ausläufern der Rocky Mountains. Kurz vor Laramie fährt der Zug über eine gewaltige Holzbrücke. Es ist nur ein kleiner Fluss, der Dale Creek, der überquert werden muss, die Brücke spannt sich mit einer Länge von 170 Yards und einer Höhe von 150 Fuß über das ganze Tal. Der Lokführer hat die Fahrt auf Schrittgeschwindigkeit reduziert. Mickey sieht staunend aus dem Fenster.
„Das ist der gefährlichste Punkt auf der ganzen Strecke", erklärt Frank Buchanan, „bei starkem Wind fängt die Brücke sogar an zu schwanken."
„Das will ich gerne glauben", sagt Mickey und sieht beunruhigt auf die Holzkonstruktion hinab.

Laramie liegt auf einer Hochebene in den Rocky Mountains, über 7000 Fuß hoch (2184m). Hier legt der Zug wieder eine größere Pause ein.

Laramie ist eine kleine Stadt, etwa 800 Menschen leben hier.

„Wir bleiben hier einen Tag. Wir haben noch zwei weitere Aufseher, sie sind Ihre neuen Kollegen. Wir werden sie hier aufsammeln und nach Ogden mitnehmen. Auf der Baustelle kurz hinter Ogden bahnt sich gerade ein Problem an, da können Sie uns bereits behilflich sein."

Im Hotel trifft Mickey seine beiden Kollegen. Es sind Timothy Parker und Patrick Everett.

Timothy, Tim, ist mittelgroß, aber sehr stämmig. Schwarze Augen strahlen aus einem Gesicht, das ein wilder Bart vollständig verdeckt. Patrick, genannt Pat, ist schlank und groß. Fast so groß wie Mickey, hat aber nicht dessen Kraft. Er hat kurz geschnittene, blonde Haare. Beide tragen einen Revolver am Gürtel.

„Das hier sind Ihre beiden neuen Kollegen, Tim und Pat. Sie werden sie begleiten, damit Sie sehen, was zu tun ist."

Mickey begrüßt die beiden freundlich. Pat kommt aus der Zentrale in Omaha, Tim war ein Waldläufer aus Wyoming, beide sind lebhaft und scheinen sich immer zu amüsieren.

„Mick, willkommen bei den Troubleshootern!", wird Mickey von ihnen begrüßt, sofort wird sein Name gekürzt.

„Das passt doch", sagt Patrick. „Tim, Pat und Mick! Kurz und knackig, so wie wir sind."

Mickey lacht mit ihnen und ist froh, er ist offensichtlich in die richtige Gesellschaft geraten.

„Liebe Kollegen", meldet sich Frank Buchanan, „wir haben ein Problem in Ogden. Lasst uns zusammensetzen und besprechen, was wir dagegen unternehmen können."

Ein Tisch im Saloon ist schnell gefunden. Mickey ergreift die Gelegenheit, eine Runde für Frank Buchanan und seine beiden neuen Kollegen auszugeben.
Frank Buchanan spricht zuerst. „Mickey, oder besser Mick, wie Ihre neuen Kollegen Sie nennen, Sie können mich gerne duzen, wie Tim und Pat auch. Das macht die Zusammenarbeit einfacher."
Die Gläser werden gehoben, dann geht es ans Eingemachte.
Pat erklärt Mickey: „Du bist quasi der Ersatz für einen Kollegen, den wir in Cheyenne bei einer Schießerei verloren haben. Wir haben gedacht, dass wir das letzte kurze Stück mit zwei Mann schaffen könnten, es sieht aber nicht so aus."
„Das ist leider so", führt Frank das Gespräch fort, „wir sind kurz vor dem Treffpunkt in Promontory, und es sieht so aus, als wenn wir die ersten sein werden. Die Central Pacific ist etwa zwei Wochen im Plan zurück. Wir haben den Eindruck, als wenn in unseren Bautrupp Leute eingeschleust worden sind, die die Arbeit behindern. Es ist jetzt eure Aufgabe, diese Männer herauszufinden und sie unschädlich zu machen."
„Wie sollen wir das machen?", fragt Mickey.
„Das überlasse ich euch, das ist eure Aufgabe."
„Das ist nicht so schwierig, wie es jetzt klingen mag. Wir können gut mit dem Vorarbeiter der Iren, Malcolm O'Donnell, der wird uns helfen", erklärt Tim.
Der Abend endet etwas feuchtfröhlich. Mickey erfährt, was seine Kollegen hieher verschlagen hat, er gibt auch seine Geschichte zum Besten.

Die Arbeit am nächsten Morgen beginnt früh. Es ist kalt in den Rocky Mountains, es sind zehn Grad unter null. Der Atem der Männer gefriert zu weißen Wolken, die Dampfwolke der Lok glitzert weiß in den Strahlen der Morgensonne.

Die Wachmannschaft hat den Transportwagen nicht verlassen. Ein kleiner eiserner Ofen gibt eine angenehme Wärme im Wagen. Die Fahrt führt durch verschneite Täler, nach sechs Stunden erreichen sie Ogden, den Endpunkt ihrer Fahrt. Es wird schon dunkel, sie steigen aus und folgen Frank. Er führt sie zu einem Wagen, der auf einem Nebengleis steht.
„Das ist euer Lager für die nächsten Wochen. Der geplante Treffpunkt mit der Central Pacific soll am 8. Mai sein, darauf kannst du dich schon mal einrichten", sagt er zu Mickey.
Der nimmt sein Gepäck und seine Gewehrtasche und folgt seinen Kollegen in den Wagen. Pat zündet zuerst die Petroleumlampe an, Tim holt Holz für den kleinen Ofen, der in der Ecke des Abteils steht.
Pat ist neugierig. „Mick, zeig uns doch mal deine Waffe!", fordert er ihn auf. Das macht Mickey gerne. Als er die Winchester 66 aus der Tasche holt und den beiden Kollegen in die Hand drückt, geben sie ihrer Bewunderung Ausdruck.
„Mensch, Mick! Da hast du ein besonders schönes Stück! Wun-der-bar!"
Dann sehen Sie die Gravur auf der Unterseite. Die folgende Frage ergibt sich schnell: „Wer ist denn Curt Hemsworth?"
Mickey schluckt, „das war ein sehr guter Freund, der leider nicht mehr lebt. Die Waffe ist die einzige Erinnerung, die ich noch an ihn habe."
Den beiden Männern vergeht das Lachen, stumm geben sie Mickey das Gewehr zurück.

Der nächste Tag beginnt wieder früh, wie jeden Morgen. Die Sonne ist noch nicht aufgegangen. Mickey schließt sich seinen neuen Kollegen an, die den Weg zum Küchenwagen im Dunkeln finden. Fast zwanzigtausend Arbeiter sind hier beschäftigt, die meisten davon sind Iren.

Das Frühstück wird rasch hinuntergeschlungen, dann machen sich Pat und Tim auf die Suche nach Malcolm O'Donnell.
Der entpuppt sich als ein vierschrötiger Kerl mit roten Haaren und einem lauten Bass. „Guten Morgen, ihr zwei", dröhnt seine Stimme über den Platz.
„Guten Morgen, Malcolm. Wir haben hier wieder einen Dritten, er heißt Mick", stellt Pat seinen neuen Kollegen vor.
Malcolm greift nach Mickeys Hand und drückt sie mit seiner kräftigen Pranke. „Willkommen bei den irischen Terriern!", er grinst Mickey wohlwollend an.
„Wir haben gehört, dass du Ärger mit deinen Leuten hast?", fragt Tim.
„Ja, allerdings. Ich habe zwei im Verdacht, dass sie von der Central Pacific engagiert worden sind. Die beiden machen immerzu Ärger. Mal fehlt Werkzeug, dann wieder bricht ein Hammerstiel, das hält uns ständig auf."
„Okay, ich würde sagen, du zeigst uns die beiden, wir kümmern uns dann um sie." Tim fasst das zusammen, was Pat und Mick denken.
Am Ende des Schienenstranges stehen unzählige irische Arbeiter. Sie stützen sich auf ihre Schaufeln und diskutieren laut miteinander. Der Wortführer ist ein Riesenkerl, er ist 6 1/2 Fuß (2 m) groß, hat lange, sehnige Arme und wilde schwarze Haare. Er ist der lauteste von allen. „Merkt ihr denn nicht, dass wir nur ausgenutzt werden?", ruft er laut seinen Kollegen zu, die bereits die Fäuste schwingen. „Wir sind bald am Ziel, wenn wir jetzt nicht eine Lohnerhöhung durchsetzen können, dann nie mehr. Wir streiken jetzt so lange, bis die Union Pacific klein beigibt."
Die Arbeiter brüllen laut zu seinen Worten.
„Das ist einer der beiden", sagt Malcolm O'Donnell unauffällig zu den drei Männern. „Der andere hält sich irgendwo im Hintergrund."

Sein Blick streicht über die Menge der Männer. „Da, ich sehe ihn. Könnt ihr ihn erkennen? Er steht rechts hinten. Es ist der Mann mit der roten Jacke und dem Pelzbesatz, er heißt Benedict Doyle."

Mickey und seine Kollegen erkennen ihn und nicken. Dann dreht sich Mickey zu seinen Kollegen um. „Ich habe eine Idee, was haltet ihr davon? Ich verwickle den großen Kerl in einen Boxkampf und lenke so die Arbeiter von ihrer Idee zum Streik für einen Moment ab. Ihr konzentriert euch auf den Benedict Doyle und verfolgt ihn unter Umständen."

„Der Anführer ist ein mächtiger Kerl, glaubst du, du kannst das schaffen?"

„Ich denke schon. Falls nicht, müsst ihr mich mit dem Revolver befreien. Dann haben wir allerdings verloren." Seine Kollegen nicken, schnell haben sie Mickey als Führer angenommen.

Mickey stellt sich mitten auf das Gleis und gibt einen Revolverschuss ab. Die Bauarbeiter halten für einen Moment inne und sehen ihn an.

„Männer!", ruft Mickey, „der Lohn ist unterwegs. Der Zug mit den Lohngeldern war gestern in Laramie und trifft heute hier ein!"

Die Männer sehen sich an und lachen. Geld sofort zu bekommen ist besser, als irgendwann eine Lohnerhöhung. Der große Mann mischt sich wieder ein, seine schwarzen Augen funkeln Mickey an, seine Fäuste sind erhoben. „Das ist doch nur Gerede, damit wir weiter arbeiten!"

„Ich bin zusammen mit dem Geldtransport gekommen, Ehrenwort!"

Der Wortführer kommt immer näher. Mickey mustert ihn und legt seinen Revolver auf das Gleis. „Versuch es. Wenn du mich besiegst, werden wir uns zurückziehen", fordert ihn Mickey heraus.

Der große Mann lacht hämisch. Er hat die Fäuste vor sein Gesicht gehoben und mustert seinen Gegner. Mickey kennt diese Sorte Männer. Er ist zwar stark, aber nicht sehr beweglich. Die größte Gefahr sind für ihn die langen Arme, das muss er durch Beinarbeit ausgleichen.
Der Riese beginnt mit einem Schwinger. Mickey duckt sich blitzschnell und spürt den Luftzug, als die riesige Faust an seinem Gesicht vorbeizischt. Er kontert mit einem kräftigen Schlag in den Bauch, er sieht die Verblüffung im Gesicht des Hünen. Bevor der sich von der Überraschung erholt hat, schlägt Mickey noch einen Haken in die Achselhöhle und einen weiteren auf das Kinn. Der Riese taumelt, er schüttelt sein wildes Haupt und setzt zu einem erneuten, gewaltigen Schlag an. Mickey sieht die Faust kommen, er muss jedem Schlag ausweichen, schon ein Treffer würde ihn vernichten. Er tänzelt um den Mann herum, bevor der das richtig mitbekommt. Der Riese dreht sich, um Mickey im Auge zu behalten, da hat der seinem Gegner bereits zwei weitere Treffer verpasst. Und noch einen auf das Kinn, einen Schwinger unter den Rippenbogen. Der große Mann taumelt, dann stürzt er und sinkt auf die Knie. Mickey reißt sein Knie hoch und rammt es ihm in den Bauch, dann kommt der finale Schlag auf das Kinn. Der Riese stürzt nach hinten um und liegt unbeweglich am Boden.
Die Bauarbeiter sehen verblüfft auf ihren am Boden liegenden Wortführer. Ein so schnelles Ende hatten sie nicht erwartet.
Mickey streicht sich die Haare aus der Stirn, er hebt seinen Revolver auf und setzt sich seinen hinuntergefallenen Hut auf.
„Männer, geht an eure Arbeit. Der Lohn wird heute Abend ausgezahlt. Aber nur an die, die jetzt zu arbeiten anfangen!"
Der dröhnende Bass von Malcolm O'Donnell meldet sich: „Er hat recht, Männer, wir haben schon viel zu viel Zeit verloren! An die Schaufeln, marsch!"

Brummend und noch etwas widerwillig gehen die Männer an die Arbeit.

Mickey dreht sich zu seinen Kollegen um. Pat steht noch da, Tim ist verschwunden. Auf den fragenden Blick von Mickey hin sagt er: „Tim ist auf der Spur von diesem Doyle, ihm entgeht so leicht niemand." Dann fügt er hinzu: „Wo hast du so zu kämpfen gelernt? Einen so mächtigen Gegner so schnell zu besiegen, das hat Klasse. Alle Achtung!"
Mickey nickt ein wenig traurig. Er muss einen Moment an Curt Hemsworth denken, der ihm das Boxen und viele Tricks beigebracht hatte.
Pat und Mickey finden Tim vor der Zeltstadt, in der die Arbeiter hausen. „Benedict Doyle ist jetzt in dem Zelt hinter mir. Was machen wir jetzt mit ihm?"
Mickey überlegt einen Moment. „Die beiden Handlanger sind nicht das Problem, wir müssen die Leute finden, von denen sie bezahlt werden. Früher oder später werden sie mit ihnen Kontakt aufnehmen, dann können wir sie ausschalten."
Mickey und seine Kollegen fahren mit dem nächsten Bauzug zurück nach Ogden.
„Die Auftraggeber sitzen mit großer Wahrscheinlichkeit hier, oder sie kommen hierher", vermutet Mickey. „Wir werden die Züge abwarten, die von der Baustelle kommen. Sobald einer von beiden auftaucht, muss er verfolgt werden, bis wir die Auftraggeber haben."
Die Stadt Ogden ist etwa zwanzig Jahre alt, sie ist als Mormonensiedlung gegründet worden. Jetzt hat sie bereits eineinhalbtausend Einwohner. Die Scharen an Bauarbeitern haben auch hier Bordelle und Spielhöllen entstehen lassen. Wenn zwanzigtausend Männer, davon überwiegend derbe Iren, ihre knappe Freizeit auskosten wollen, dann kann sie nichts aufhalten. Wie

eine wilde, überbordende Masse aus Männern und Fäusten brodeln sie dann durch die Stadt.

Die drei Kollegen warten immer dann am Bahnhof, wenn einer der Züge von der Baustelle kommt. Praktisch jede Stunde fährt ein Güterzug, beladen bis zur Obergrenze mit Schienen und Schwellen an das Ende der Strecke, und leer kommt er wieder zurück. Über fünf Meilen Schienen legen die Iren von Malcolm O'Donnell jeden Tag auf den frostharten Boden. Seitdem die drei Troubleshooter den Streik aufgelöst haben, müssen die Männer des Transportes wieder mit Höchstleistung arbeiten und die Lokomotiven fahren pfeifend und läutend von morgens bis abends durch die verschneite Landschaft.

Am zweiten Tag kommen die beiden Störenfriede in Ogden an. Der Große hat ein blaues Auge und eine zerschlagene Lippe. Sie bemerken nicht, dass sie verfolgt werden. Die drei Kollegen mischen sich unter das Gedränge auf dem hölzernen Gehsteig und gehen abwechseln hinter den beiden her.
Sie verschwinden in der Mitte der Stadt in einer Holztür. »Jonathan Giver, Rechtsanwalt« steht auf einem selbstgemalten Schild neben der Tür.
„Aha", sagt Pat, „das haben wir schon lange vermutet, dass dieser Rechtsverdreher dahinter steckt."
„Was schlagt ihr vor, wie wir vorgehen sollten?", fragt Mickey.
„Hier gibt es keinen Hinterausgang. Wir warten einfach mal ab", sagt Tim.
Eine halbe Stunde später kommen die beiden Störenfriede aus der Tür heraus. „Wir warten noch eine Weile, wer weiß, wer noch alles auftaucht", sagt Pat.
Und tatsächlich, eine Viertelstunde später kommt noch ein Mann aus dem Haus heraus, er ist groß und schlank. Auf den ersten Blick sieht er aus wie Mickey, er ist auch so angezogen.

Er ist jedoch einen halben Kopf kleiner, sein Hut ist schwarz statt dunkelgrün.

„Das ist er, das habe ich mir schon gedacht", sagt Pat.

„Wer ist das?", fragt Mickey. „Und was habt ihr euch gedacht?"

„Das ist Robert Kincaid, ein ganz gefährlicher Mann. Seitdem wir ihn beobachten, das ist jetzt über ein Jahr, hat er schon mehrere Leute erschossen. Er also ist der gefährliche verlängerte Arm von Rechtsanwalt Giver."

Mickey überlegt einen Moment und fragt dann seine beiden Kollegen. „Wie es scheint, sitzt sein Revolver sehr locker, das werden wir uns zunutze machen."

„Was führst du wieder im Schilde?", fragen Tim und Pat gleichzeitig.

„Schnell, lasst uns dem Kerl folgen, bevor er entwischt", sagt Mickey und verfolgt dem ahnungslosen Mann. Unterwegs erläutert er den beiden Kollegen seinen Plan. „Wir werden ihn solange reizen, bis er die Geduld verliert und seine Waffe zieht, dann ist er dran."

„Na, du bist gut. Wenn er nun zuerst schießt?"

Mickey grinst vor sich hin und sagt nichts dazu.

Robert Kincaid scheint sich sicher zu fühlen. Mit einem gemütlichen Schritt und ohne sich umzusehen, geht er den Bürgersteig entlang. Schließlich verschwindet er im »Copper Spike« Saloon.

Pat grinst, er hat schon eine Idee. „Lasst mich das mal machen Jungs, ich pfeife kurz, wenn ihr übernehmen müsst."

Robert Kincaid lehnt sich nach vorne an die Bar. Links und rechts von ihm sind noch zwei weitere Männer, die Theke ist damit noch nicht komplett besetzt. Pat drängelt sich an die Theke, sodass er neben dem Revolverhelden zu stehen kommt. Der wirft ihm wegen der Drängelei einen missmutigen Blick zu.

Robert Kincaid wirft ein Geldstück auf den Tresen, hebt die Hand, um den Barkeeper auf sich aufmerksam zu machen, und bestellt sich einen Whisky. Nur kurz darauf stellt der das Gewünschte vor ihn hin. Pat streckt eine Hand nach dem Glas aus, hebt es hoch und trinkt es in einem Zug aus.

Robert Kincaid sieht ihn erstaunt an. „Was ist denn mit dir los, das war mein Whisky!"

„Ach wissen Sie, Mister, ich finde, das geht nach Aussehen."

„Was hat das denn damit zu tun?"

„Ich finde, dass derjenige den Whisky zuerst erhalten sollte, der besser aussieht. In unserem Fall ist das doch sonnenklar."

Robert Kincaid fängt an, wütend zu werden. Grimmig zieht er seine Augenbrauen zusammen, dann legt er krachend seinen Revolver vor sich auf die Theke. „Das nächste Glas gibt es nur über deine Leiche!"

In der Zwischenzeit hat sich Mickey auf die andere Seite des Mannes geschoben. Jetzt ist es Zeit für seinen Einsatz, Pat hat zwar noch nicht gepfiffen, aber jetzt ist es soweit. Er lehnt sich ungeschickt an die Theke, dann stößt er Robert Kincaid an und spricht mit lallender Stimme: „Also, mein Lieber. Hicks! Ich finde aber auch, dass …", Mickey macht eine Pause und rülpst, dabei rempelt er den Revolverhelden wieder an. „Tschulligung! Ich finde auch, dass der Gentleman da neben dir besser aussieht als du."

Robert Kincaid greift nach seinem Revolver und tritt einen Schritt von der Theke zurück. „Spinnt ihr, ihr Idioten! Ihr wisst wohl nicht, mit wem ihr es zu tun habt!"

Er zielt mit der Waffe auf Mickeys Brust, der ihn mit offenem Mund ansieht. „Tschulligung, ich bin neu hier. Wer bist du denn?"

„Du besoffener Idiot, ich heiße Robert Kincaid. Aber das sagt dir sicher nichts."

Mickey fängt an zu lachen. „Hahaha! Ich lach mich kaputt! Milkmaid! Du bist ein Milchmädchen!"

Robert Kincaid ist kurz davor zu explodieren, sein Finger spannt sich um den Abzug. Die anderen Gäste an der Theke haben sich etwas zurückgezogen und betrachten gespannt und amüsiert zugleich das Schauspiel.

Robert Kincaid schreit mit hoher Stimme: „Das hast du nicht umsonst gesagt! Ich lasse mich nicht verhöhnen!"

Die Situation fängt an, für Mickey brenzlig zu werden. Der Revolver seines Widersachers ist auf ihn gerichtet und seiner steckt noch im Holster.

Mickey schwankt etwas und guckt plötzlich vor sich auf den Boden. Robert Kincaid folgt seinem Blick, dann sieht er wieder hoch. Er sieht genau in die Mündung von Mickeys Revolver. Dann sieht er nichts mehr. Der .36 er kracht und Blut und Haare fliegen durch die Gegend.

Ein Tumult bricht aus. Pat und Tim stellen sich auf Mickeys Seite. „Das war nicht ganz fair", sagt Tim.

„Das stimmt, er hatte keine Chance und er hat es nicht gewusst", antwortet Mickey und steckt seinen Revolver in den Holster zurück. „Aber gutes Zureden hätte wohl nichts genutzt…"

Pat hebt Mickeys Arm in die Höhe und ruft: „Fast Cally! Er lebe hoch!"

Fast Cally, der »schnelle Cally«. So weit war es gekommen, dass er in die Riege der schnellen Revolvermänner, der »Gunfighter«, aufgenommen worden ist. Ist das jetzt gut oder schlecht? Mickey macht gute Miene zum bösen Spiel und lacht mit seinen Freunden. Die anderen Gäste im Lokal haben den Zweikampf gebannt verfolgt und fangen an zu klatschen.

Der Eisenbahnbau geht ungehindert weiter. Der wichtigste Mann von Giver ist ausgeschaltet, nun muss er sich nach einem

Anderen umsehen. Und das ist nicht einfach, so einem Mann wie Mickey Callaghan sind nur wenige gewachsen.
In drei Wochen haben die irischen Bahnarbeiter den Treffpunkt mit der Central Pacific in Promontory erreicht, lediglich die letzten einhundert Yard sind noch zu verlegen. Jetzt kann sie niemand mehr aufhalten, Mickey, Tom und Pat haben jetzt nur noch wenig zu tun. Sie sehen den Bauarbeitern zu und machen Späße mit ihnen.

Pünktlich, fast wie vorgesehen, am 9. Mai 1869, findet die Zeremonie statt. Ein goldener Nagel wird zum Abschluss der ersten transkontinentalen Eisenbahnstrecke der Vereinigten Staaten in ein vorgebohrtes Loch in die letzte Schwelle gesteckt. Mickey und seine beiden Kollegen sehen sich die Zeremonie von weitem an. Die normalerweise öde und menschenleere Gegend ist voller Zuschauer und Repräsentanten der Presse, der Regierung und der beiden Bahngesellschaften. Die drei Freunde klopfen sich gegenseitig auf die Schulter, dann stehen sie auf und gehen langsam zu dem Bauzug zurück. Der bringt später die Zuschauer aus Ogden zurück in die Stadt.

„Was werdet ihr jetzt machen?", fragt Mickey seine Kollegen.
„Tja, das wissen wir auch nicht. Wir werden zuerst nach Laramie fahren und uns dann bei der Union Pacific erkundigen, wie es mit weiterer Arbeit aussieht. Frank hat doch gesagt, dass es gleich mit der nächsten Eisenbahn weitergehen soll."
„Okay, da werde ich euch begleiten."
Frank Buchanan und weitere Vertreter der Eisenbahn sind nach Ogden in Utah gekommen, der Stadt in der Nähe des Treffpunktes der beiden Eisenbahnen, des »Golden Spike«.
Frank Buchanan ist in aufgeräumter Stimmung, der Stress der letzten drei Jahre ist vorbei. Er ist froh, die drei Helfer bei sich zu haben. „Ganz klar, ihr werdet weiter beschäftigt. Wir sind

hier noch nicht fertig und ein Eisenbahnprojekt in Texas ist mir bereits angekündigt worden. Ich schlage vor, ihr macht jetzt erst einmal ein paar Tage Urlaub, dann sehen wir weiter."
Er hat eine Neuigkeit für die drei Freunde: „Morgen Abend gibt es eine große Feier, ihr seid natürlich unsere Gäste." Dann drückt er allen dreien die Hand.

Der Bodyguard

Die Feier ist eine größere Angelegenheit, ein Zelt ist dafür bereits aufgestellt worden. Alle Vorarbeiter und Bauleiter der Union Pacific sind eingeladen.
Es beginnt mit mehreren Festreden. Auch Frank Buchanan als leitender Ingenieur ist unter den Rednern.
Pat beugt sich zu seinen Freunden und flüstert: „Hoffentlich sind die bald fertig mit ihren Reden, ich werde langsam durstig."
Die beiden anderen grinsen, mit so trockenen Reden können sie auch nicht viel anfangen. Frank Buchanan legt eine bedeutungsvolle Pause ein, die Gäste sehen ihn erwartungsvoll an. „Meine verehrten Gäste. Ich habe jetzt die große Freude, ihnen den Gouverneur des Territoriums Wyoming vorzustellen. Bitte, Mister Gouverneur, beginnen Sie mit Ihrer Rede."
Ein weiterer Mann tritt an das Rednerpult. Mickey sieht nur flüchtig hin und lauscht der Flüsterstimme seiner Kollegen. „Sieh dir das an, da hat die Eisenbahn einen wichtigen Mann hierhergeholt."
Dann hört Mickey die Stimme des Redners. Die kennt er doch? Abrupt dreht er sich zum Rednerpult um. Tatsächlich! Es ist Samuel Bruhnke! Da steht er, unverkennbar. Er hat keine Uniform an, sondern einen grauen Anzug, rotblonde Locken kräuseln sich bis auf den Kragen. Er lässt den Bau der Eisenbahn kurz Revue passieren und hebt dann die Bedeutung der

ersten Bahnverbindung über den amerikanischen Kontinent von Ost nach West hervor. Er redet überzeugend, am Ende erntet er viel Applaus. Mickey hält es nicht mehr auf seinem Sitz. Er steht auf und geht zum Rednerpult. „Mister Bruhnke!", ruft er.

Samuel Bruhnke dreht sich zu ihm um. Seine blauen Augen betrachten den jungen Mann, dann geht ein Staunen über sein Gesicht. „Mickey! Was machst du denn hier?"

Seine Rede ist ohnehin fertig, rasch verlässt er den Pult, dann umarmen sich die beiden Freunde. Mickey ist überwältigt, immer wieder sieht er Samuel Bruhnke an. „Wie kommst du zu diesem Amt?"

Samuel Bruhnke grinst. „Hast du das vergessen? Mein Onkel ist General Sherman, der jetzige oberste Heeresführer. Und Ulysess Grant, sein früherer Chef, ist unser Präsident, da war das nicht schwierig." Er lacht, als er Mickey erstauntes Gesicht sieht. „Nein, offensichtlich kann ich auch was. Ich komme aus Kansas, wie du vielleicht noch weißt, das ist der Nachbarstaat von Wyoming. Aber reden wir nicht immer über mich, was machst du hier? Das Letzte was ich von dir weiß, ist, dass du Geldtransporte auf dem Mississippi begleitet hast."

Mickey umreißt kurz seinen Lebenslauf, seitdem er Samuel Bruhnke zuletzt in Saint Louis getroffen hatte. Der ist ehrlich betroffen, als Mickey das Schiffsunglück der Natchez III erwähnt.

„Ich kann mich daran erinnern, das ging damals durch alle Zeitungen. Besonders hervorgehoben wurde es, weil unter den vielen Toten der damalige Bürgermeister von New Orleans war." Er macht eine Pause. „Ich habe noch einige Verpflichtungen. Übermorgen Abend leite ich eine politische Veranstaltung im Versammlungsraum des Gemeindehauses von Laramie. Ich lade dich herzlich dazu ein."

Mickey willigt gerne ein, dann verabschieden sich die beiden Freunde.

Mickey ist früh im Gemeindehaus, wenige erste Interessenten und Samuel Bruhnke sind bereits da. Herzlich begrüßt er seinen früheren Kriegskameraden.
Der Raum hat etwa dreißig Sitzplätze und füllt sich schnell. Ein großer Anteil sind Frauen, auch zahlreiche Geschäftsleute und Rancher sind anwesend.
„Setz du dich bitte nach hinten. Mich würde später deine Meinung zu meiner Rede interessieren", sagt Samuel Bruhnke zu Mickey. Er tritt an das Rednerpult und mustert das Publikum, dann räuspert er sich und beginnt seinen Vortrag.
„Meine Damen und Herren! Ich bedanke mich für das Interesse an meinem Entwicklungsplan für das Territorium Wyoming. Unser wichtigstes Ziel sollte es sein, so bald wie möglich ein vollwertiger Bundesstaat der Vereinigten Staaten zu werden." Darauf folgt Applaus. Es folgt eine Aufzählung der Vorteile eines vollwertigen Bundesstaates. Dann erläutert der Gouverneur seine speziellen Vorstellungen. „Ich möchte erreichen, dass Frauen in dem neuen Staat ein Wahlrecht erhalten, genauso wie die Männer."
Ein Gemurmel unter den Männern und ein Getuschel in den Reihen der Frauen ist zu hören. Gouverneur Bruhnke fährt fort: „Ein weiteres Anliegen ist mir das Stärken der Rechte der kleinen Siedler."
Jetzt hat er in ein Wespennest gestochen. Zahlreiche Männer melden sich zu Wort, offensichtlich sind es Großgrundbesitzer.
„Das setzt voraus, dass wir unser Land an die neuen Siedler abgeben. Erhalten wir dafür einen Ausgleich?"
Gouverneur Bruhnke lächelt. „Sie wissen genauso gut wie ich, dass Sie ihr Land in den meisten Fällen nicht erworben, sondern sich angeeignet haben."

„Na, hören Sie mal! Wir haben es bewirtschaftet und befriedet, das soll plötzlich nichts mehr wert sein?"
Erste kleine Tumulte entstehen. „So hören Sie doch, meine Herren! Die Siedler haben die gleichen Rechte wie Sie. Das können wir nicht weiterhin ignorieren. Der Verlauf der Geschichte wird mir recht geben, da bin ich ganz sicher!"
Ein alter Rancher ist besonders verärgert. Er schüttelt die Faust und ruft: „Wahlrecht für Frauen und Rechte für kleine Siedler! Auf unsere Stimmen können Sie bei einer Wiederwahl nicht zählen!"
„Jawohl, wir haben die älteren Rechte!", ruft ein anderer.
„Sie haben keine »Rechte«, wie Sie es verstehen, jetzt nicht und in der Zukunft nicht, Sie müssen sich mit den Siedlern arrangieren! Und das Wahlrecht für Frauen wird kommen!", antwortet der Gouverneur, immer noch souverän und gelassen. Mit diesem Satz hat er aber das Fass zum Überlaufen gebracht. Einige der Männer springen von den Bänken und laufen zum Rednerpult. Die ersten Hände zerren schon an der Jacke von ihrem Landesvater.
Mickey steht auf und ruft mit lauter Stimme: „Ruhe bitte, meine Herren! Es gibt keinen Grund, jetzt handgreiflich zu werden!" Er kommt nach vorne und drängt sich zum Rednerpult durch. Er überragt die meisten der Anwesenden um Haupteslänge, sein sicheres Auftreten und seine kräftige Erscheinung unterstreichen seine Überlegenheit.
Die Männer dämpfen ihre Stimmen und lassen von Samuel Bruhnke ab. Einige rufen noch: „Sie werden schon sehen, wie weit Sie mit diesen Ansichten kommen!"

Die Veranstaltung beginnt sich aufzulösen. Einige der Frauen bleiben noch und kommen nun nach dem Tumult auf den Redner zu. „Wir freuen uns, dass endlich die Interessen der

Frauen berücksichtigt werden!", sagt eine kleine, dunkelhaarige Frau etwas atemlos.

„Meine Damen, das ist doch selbstverständlich. Bisher haben Frauen noch keine Rechte, ich möchte, dass bei uns in Wyoming damit angefangen wird. Es ist nur eine Frage der Zeit, bis das Selbstverständlichkeit sein wird."

Mit strahlenden Augen und leiser Diskussion untereinander verlassen die Frauen die Versammlung.

Samuel Bruhnke wendet sich an Mickey: „So ergeht es mir häufig, ich weiß aber, dass ich auf dem richtigen Weg bin."

„Ich bewundere deinen Durchsetzungswillen. Hast du keine Sorge um deine Wiederwahl?"

„Das ist nicht meine Sorge, irgendjemand muss den ersten Schritt machen. Und außerdem", er macht eine Pause, „rein von der Stimmenzahl ist das für mich ein Vorteil, die Frauen und die kleinen Siedler zusammen sind den Großgrundbesitzern zahlenmäßig weit überlegen."

Mickey sieht ihn nachdenklich an, dann fragt ihn Samuel Bruhnke: „Eine Art Leibwächter oder Bodyguard könnte ich mitunter gebrauchen. Du bist die perfekte Person für so eine Aufgabe. Was hältst du davon?"

Mickey sieht ihn verblüfft an und überlegt. „Ich habe einen Job, der wohl noch ein paar Monate dauern wird. Aber für später könnte ich mir das ganz gut vorstellen."

„Das freut mich. Wenn du nach deiner Arbeit bei der Eisenbahn noch Lust hat, ich wohne in Cheyenne in der Morrill Street 5, das ist direkt am Minnehaha Park."

Nachdenklich geht Mickey nach der Veranstaltung nach Hause. Soll er sich schon wieder verändern? Seine Arbeit bei der Eisenbahn ist doch nicht schlecht. Aber so richtig eine Lebensstellung ist es auch nicht, da könnte sich mit Hilfe von

Samuel Bruhnke vielleicht noch etwas Anderes ergeben. Vorerst wird er bei der Union Pacific bleiben.
In den nächsten Monaten gibt es noch Arbeit für die drei Troubleshooter. Die Baustellen werden aufgelöst und die Lager der Bauarbeiter werden abgebaut. Die Dampflokomotiven sind immer noch unvermindert im Einsatz, nur wird jetzt hauptsächlich in Richtung Osten transportiert, anstatt nach Westen.

Der nachlassende Baubetrieb gibt Mickey Zeit, sich in Laramie umzusehen. Der Ort hat jetzt etwa achthundert Einwohner, es ist noch sehr übersichtlich. Mickey sieht die Hauptstraße entlang. Dort, wo die Bebauung der Straße durch Häuser endet, erstreckt sich ein hügeliges, immer bergiger werdendes Land.
Ein Pferd müsste er jetzt haben, in so einem weiten Land kann man nicht zu Fuß gehen. Er sollte seine Kollegen fragen, wo man am besten ein Pferd kaufen kann.
Zur Fertigstellung der Bahn gab es einen Monatslohn extra, und zusammen mit dem Geld, das er eisern zusammengehalten hat, hat er ein ordentliches Polster. Vor ihm, am Gehsteig, ist ein Gunshop. Es kommt ihm eine Idee und er betritt den Laden. Der Inhaber kommt von hinten aus seiner kleinen Werkstatt. Mickey zeigt auf seinen Revolver. „Haben Sie ein weiteres Holster und einen dazu gehörenden Revolver?"
Der Waffenschmied nickt. „Selbstverständlich, junger Mann. Diese Waffe von Colt ist mein meistverkaufter Revolver. Warten Sie einen Moment, ich bin gleich wieder zurück."
Als Mickey das Holster auf den Gürtel schiebt und die zweite Waffe an ihren Platz steckt, sieht ihn der Waffenverkäufer an. „Junger Mann, sind Sie nicht »Fast Cally«?"
Mickey ist überrascht, sein vermeintlich unbedeutender Zweikampf hat sich also schon herumgesprochen. „Ja, der bin ich – ob ich es will oder nicht", seufzt er.

„Dann passen Sie nur auf sich auf, solche Leute wie Sie, werden leicht das Opfer von anderen Revolvermännern, die prüfen möchten, ob sie nicht doch schneller sind."
Mickey nickt, von diesem merkwürdigen Teufelskreis hat er schon gehört. An den Lagerfeuern während des Viehtriebs haben die älteren Kameraden immer wieder Geschichten von diesen schnellen Revolvermännern erzählt, die offenbar nichts anderes im Sinn hatten, als neue Gegner zu finden, mit denen sie sich messen konnten. „Ich verspreche Ihnen, auf mich achtzugeben." Er verlässt den Gunshop, der Besitzer sieht ihm nachdenklich hinterher.
Mickey steht wieder draußen, jetzt ist er stolzer Besitzer von zwei Revolvern. Es ist nicht so, dass er die Absicht hat, mit beiden Waffen gleichzeitig zu schießen, nein, es verdoppelt nur die Anzahl sofort verfügbarer Schüsse, ohne nachladen zu müssen. Er sieht sein Spiegelbild in der Schaufensterscheibe an. Ja, so sieht es gut aus, schön symmetrisch.

Heute ist ein schöner Tag, die Sonne scheint aus einem fast völlig blauen Himmel. Ein leichter Dunst in der Ferne verhüllt ein wenig die Gipfel der Rocky Mountains.
Da klingt es wie Glockengeläut an sein Ohr. Nein, es ist keine Glocke, es ist das Ping-Ping aus einer Schmiede in der Nähe. Eine Schmiede? Das ist doch eine Möglichkeit, sich nach einem Pferd zu erkundigen.
Mickey geht dem Geräusch nach und hat die Schmiede auch bald gefunden. Ein Pferd steht davor und wird gerade neu beschlagen. Es scheinen zwei Schmiede dort zu arbeiten. Der ältere, der gerade mit dem Reiter des Pferdes spricht, scheint der Besitzer zu sein. Am Pferd arbeitet ein Anderer, ein Mann Mitte zwanzig. Er hat seinen Oberkörper entblößt, es ist sehr

warm heute. Er ist fertig, lässt den Huf des Pferdes los und tätschelt dem Pferd den Hals. Der Besitzer, ein Mann Ende zwanzig, steigt auf und reitet fort.

Der junge Schmied wendet sich an Mickey. Er ist ein starker Kerl, vielleicht zwei Zoll kleiner als Mickey, aber erheblich kräftiger. So starke Arme und so einen breiten Brustkorb hat Mickey noch nie gesehen. „Was haben Sie auf dem Herzen?"

„Ich möchte mir ein Pferd kaufen. Können Sie mir jemanden empfehlen?"

Der starke Mann mustert Mickey. „Was soll es denn sein, ein Hengst, eine Stute oder vielleicht besser ein lahmer Wallach? Haben Sie besondere Vorstellungen hinsichtlich der Fellfärbung? Also rein schwarz oder rein braun, gescheckt oder nur eine Blesse?"

Mickey bekommt den Eindruck, dass ihn der Schmied verkohlen will, er mustert ihn neugierig. Nein, der Mann sieht sehr ernsthaft aus. Dann fragt der Schmied weiter: „Wie groß soll das Pferd denn sein? Eventuell ein Pony?"

Nein, jetzt redet er wirklich Blödsinn. Mickey grinst und boxt ihn auf den Arm. „Ein Pony! Wie soll das wohl mit mir aussehen? Ich, mit meinen 6 1/2 Fuß Größe."

Der Schmied verzieht keine Miene. „Nein, im Ernst, das hat Vorteile, Sie könnten in schwierigen Passagen mitlaufen."

Dann kann der starke Mann sich nicht mehr halten, er lacht laut los und freut sich über Mickeys verwunderten Blick. Dann halten sich die beiden Männer den Bauch vor Lachen. Als sie sich beruhigen, sagt der Schmied: „Es freut mich, dich kennengelernt zu haben. Mein Name ist Peter O'Connell, ich bin der Gehilfe hier in der Schmiede."

Mickey ergreift die angebotene riesige Pranke und drückt fest zu. „Es freut mich ebenfalls. Ich bin Mickey Callaghan, ich bin neu hier."

Peter O'Connell grinst immer noch, dann sagt er: „Das mit dem Pferd, das geht schon klar. Mein Schwiegervater züchtet Pferde. Am besten ist, du kommst mal mit zu uns nach Hause, dann kannst du dir ein geeignetes Pferd aussuchen."
„Ja, das klingt sehr gut. Wie komme ich denn dort hin? Denn jetzt habe ich noch kein Pferd."
„Aha", der Schmied macht eine Pause, „ich komme mit einem Wagen hierher. Am besten ist es, du kommst morgen nach der Arbeit zu mir, dann fahren wir zur Ranch meines Schwiegervaters."

Am nächsten Abend ist Mickey rechtzeitig an der Schmiede. Er begrüßt den Gehilfen und wartet, bis dieser seine Arbeit beendet hat. Die Farm ist nicht weit von Laramie entfernt. Peter und seine Frau wohnen in einem kleinen Häuschen neben dem Farmhaus des Schwiegervaters. Als die beiden Männer die Farm erreichen, kommt ihnen ein kleines Mädchen entgegengelaufen. Peter springt vom Wagen und nimmt sie auf den Arm.
„Hallo, meine kleine Clara! Ich habe dir einen Bekannten mitgebracht, der will sich die Pferde von Großvater ansehen."
Mickey folgt dem Schmied, der das Kind auf dem Arm trägt und betritt hinter ihm das Haus. Die Frau vom Schmied ist eine große, schlanke Frau mit langen braunen Haaren und grünen Augen, mit denen sie Mickey neugierig ansieht.
Sie heißt Ruby und ist sehr freundlich zu Mickey. Er erzählt bereitwillig, wo er herkommt und was er bisher gemacht hat.
„Ich habe etwas zum Abendessen vorbereitet. Peter hat mir gestern angekündigt, dass er heute einen Bekannten mitbringt, der an den Pferden meines Vaters interessiert ist. Ich schlage vor, dass Sie jetzt zu ihm gehen und sich die Pferde ansehen, bevor es dunkel wird."

Peter O'Connell geht mit Mickey zur Ranch hinüber. Der Vater war schon informiert worden und kommt ihnen entgegen.
„Vater, darf ich dir Fast Cally vorstellen, den schnellsten Revolverschützen aus Laramie?"
Peter O'Connell lacht über Mickeys dummes Gesicht. „Ja, mein Freund, solche Geschichten verbreiten sich schnell."
Der Schwiegervater sieht ihn schmunzelnd an. „So gefährlich sehen Sie nicht aus, junger Mann. Wofür benötigen Sie denn ein Pferd? Doch nicht etwa zum Weglaufen?" Dann lacht er laut und Peter O'Connell und Mickey stimmen mit ein.
„Nein, ich hoffe nicht, dass ich einmal flüchten muss. Es soll kräftig sein, es kann auch gerne noch etwas wild sein, ich habe ausreichend Erfahrung mit Pferden."
Am Ende wird es ein eineinhalb Jahre alter, schwarzer Hengst mit einer großen weißen Blesse auf der Stirn. Ein Name ist schnell gefunden, Mickey nennt es Brighty, wegen der hell leuchtenden Blesse.
Sein neues Pferd ist noch etwas ungestüm und manchmal bockig. Mickey hat sein bisheriges Leben auf Pferden verbracht, sodass er seinen neuen Weggefährten bald gut erzogen hat.
In Peter O'Connell hat er einen echten Freund gefunden. Immer, wenn es ihre Arbeit erlaubt, besuchen Sie sich und schwatzen über Gott und die Welt. Manchmal wird Mickey zu Peter nach Hause eingeladen und ist bald ein gern gesehener Gast im Hause der O'Connells.

Es kommt der Tag, an dem Mickey sich von seinen Freunden verabschieden muss. Er hat sich entschlossen, den Job eines Beschützers und Organisators bei Samuel Bruhnke anzunehmen. Seine Arbeitskollegen Tim und Pat sind traurig, noch trauriger sind Peter O'Connell und dessen Frau Ruby. Mickey verspricht allen, sie bei Gelegenheit zu besuchen.

„Freut euch, dass es jetzt die Bahn gibt. Die siebzig Meilen von Cheyenne nach Laramie macht der Zug in drei Stunden."
Und wieder sitzt Mickey im Zug. Sein Brighty muss mit, er steht jetzt im Güterwagen, gemeinsam mit einem anderen Pferd. Es ist Ende Juli 1869.
Mickey lässt zum wiederholten Male sein bisheriges Leben Revue passieren. Er hat bisher immer eine Arbeit gehabt, er hat sich sogar etwas Geld sparen können. Aber wie soll es weitergehen? Immer nur herumziehen und nie eine Heimat haben?
Er freut sich auf die Arbeit bei Samuel Bruhnke. Am Bahnhof in Cheyenne befreit er sein Pferd aus der Box und führt es auf die Straße. Die Adresse von Samuel Bruhnke, die Morrill Street 5, ist schnell gefunden. Sie liegt am Rande der kleinen Stadt, sofern man bei nicht ganz eineinhalbtausend Einwohnern schon von Stadt sprechen kann. Die kleine Straße blickt auf den Minnehaha Park hinaus, das ist ein kleiner Park mit einem See. Wenn er an das Chaos des nur zweihundert Yards entfernten Stadtzentrums denkt, mit seinen Saloons und Bordellen, wo Schießereien an der Tagesordnung sind, dann sieht es hier sehr friedlich aus. Vor dem Haus Nummer 5 bindet er sein Pferd an, Brighty beginnt sofort im Gras am Rande des Parks zu grasen.
Neben der Tür ist ein Namenschild befestigt, Mickey klopft an. Eine junge Frau öffnet die Tür, sie sieht gut aus, ist klein und hat lange blonde Haare, die zu einem Zopf geflochten sind. Sie mag etwa dreißig Jahre alt sein. „Guten Tag, was wünschen Sie bitte?"
„Mein Name ist Mickey Callaghan. Ist Samuel Bruhnke zu Hause?"
„Nein, im Moment ist er im Rathaus, Ich erwarte ihn aber innerhalb der nächsten Stunde zurück. Was haben Sie denn auf dem Herzen?"

„Mister Bruhnke ist ein Kriegskamerad von mir, ich sollte wegen einer Arbeitsstelle bei ihm vorsprechen."
Die junge Frau öffnet die Tür weit und bittet Mickey herein. „Setzen Sie sich doch zu mir ins Sekretariat, ich bringe ihnen eine Tasse Kaffee. Oder möchten Sie etwas anderes trinken?"
„Nein, nein. Kaffee ist in Ordnung." Mickey setzt sich auf den angebotenen Stuhl und sieht sich um. Das Zimmer ist recht groß, außer einem großen Schreibtisch stehen mehrere mit Akten gefüllte Schränke darin. Er sitzt jetzt an einem Tisch, auf dem eine Schale mit Keksen steht.
Die junge Frau kommt mit zwei Tassen Kaffee zurück und nimmt auf dem zweiten Stuhl Platz.
„Ich erledige alle schriftlichen Arbeiten für den Gouverneur, ich führe seinen Terminkalender und plane seine Reisen." Sie macht eine Pause und zeigt auf die Schale mit den Keksen. „Sie können gerne von den Keksen nehmen, die habe ich gebacken."
Mickey nimmt einen Keks und steckt ihn in den Mund, dann spricht ihn die junge Frau wieder an: „Wie haben Sie denn den Gouverneur kennengelernt?"
Mickey erzählt seine Geschichte. „Mister Bruhnke ist mir zum ersten Mal vor acht Jahren über den Weg gelaufen, damals war ich vierzehn Jahre alt. Später sind wir uns dann immer wieder während des Krieges begegnet, eine Zeitlang ist er als junger Lieutenant mein Zugführer gewesen."
Die junge Frau sieht ihn aus strahlenden blauen Augen interessiert an. „Da wird er sich sicher freuen, Sie wiederzusehen."
„Das hoffe ich doch", sagt Mickey und lächelt die junge Frau an.
Die lächelt zurück und sagt: „Entschuldigen Sie bitte, ich vergaß mich vorzustellen. Ich heiße Emma Havecost."
„Es freut mich Sie kennenzulernen, Miss."

„Nein, ich bin verheiratet. Mein Mann arbeitet bei der Union Pacific in Julesburg."
„Julesburg? Das ist nicht gerade um die Ecke."
„Nein, das geht schon, er kommt zweimal im Monat nach Hause." Sie fügt hinzu: „Bei »nach Hause« fällt mir ein, haben Sie schon eine Unterkunft?"
„Nein, bisher noch nicht, können Sie mir etwas empfehlen?"
„Ja, in der vierundzwanzigsten Straße West ist eine kleine Pension, da wohnt man sehr hübsch. Ein Stall für ihr Pferd ist dort auch."

Die Tür öffnet sich, und der Gouverneur des Territoriums Wyoming tritt ein. Als er Mickey sieht, strahlen seine Augen. „Mein lieber Mickey, ich freue mich, dass du dich entschlossen hast, für mich zu arbeiten!" Er macht eine Pause und wendet sich zu einer offenen Tür. „Komm, wir setzen uns in mein Büro."
Er wendet er sich an seine Sekretärin: „Emma, bringen Sie uns doch bitte noch von ihren Keksen, die Sie so wunderbar zubereiten."
Das Büro ist groß und vornehm eingerichtet. Die Möbel sind aus dunklem Holz, an der Decke hängt ein Kristallleuchter. Er erklärt Mickey dessen zukünftige Aufgabe. „Ich bekleide einen wichtigen Posten in diesem Land. Wie du bereits mitbekommen hast, sind meine Ansichten nicht unumstritten. Ich brauche jemanden, der sich um meine Sicherheit kümmert. Du sollst mich bei meinen Reisen begleiten, du musst bei öffentlichen Auftritten prüfen, ob ein Anschlag auf mich verübt werden könnte. Ich möchte mich ungezwungen bewegen können und mich vollständig auf meinen Auftrag konzentrieren, ohne mir über mögliche Attentate Sorgen machen zu müssen."
Er sieht Mickey an. „Ist das so in deinem Sinne?"

Mickey nickt. „Das klingt sehr interessant. Ich freue mich darauf, dich beschützen zu dürfen. Ich hoffe nur, dass ich das zu deiner Zufriedenheit erledigen kann."
„Mache dir darüber keine Gedanken, wenn es irgendjemand kann, dann du."

Fortan weicht Mickey kaum noch von der Seite seines Freundes. Die Fahrten, auf denen er den Gouverneur bewacht, führen sie nach Laramie und Rawlins. Laramie ist leicht mit der Bahn zu erreichen, nach Rawlins, einem Bergarbeiterdorf, kommt man von Laramie aus mit der Postkutsche. Einmal hat er ihn nach Washington begleitet, das war eine zweiwöchige Reise inklusive des Aufenthaltes. In Washington war Mickey während des Bürgerkrieges in der Kaserne Ethan Allen gewesen und einen Tag in der Stadt. Während Samuel Bruhnke einer Versammlung im Kongress beiwohnt, nutzt Mickey die Gelegenheit, sich die Hauptstadt der Vereinigten Staaten von Amerika anzusehen. Die Stadt ist immer noch so schmutzig wie früher, als er hier gewesen war, Dreck liegt überall umher und es gibt immer noch kein Abwassersystem, sodass es überall etwas faulig riecht.

Die Arbeit ist interessant, aber nicht so umfangreich, sodass Mickey immer wieder etwas freie Zeit hat. Häufig reitet er an den Stadtrand von Cheyenne und übt sich im Schießen. Immer wieder, mal mit dem Repetiergewehr oder mit den Revolvern. Als Leibwächter muss er schnell eingreifen können, so kann er im Notfall seinen Chef wirkungsvoll verteidigen.
Es passiert nie etwas, oder liegt es daran, dass seine bloße Anwesenheit abschreckend wirkt? Er genießt die relativ ruhige Arbeit und die viele Freizeit, die sich daraus ergibt. Immer wieder arbeitet er mit der Sekretärin zusammen, das Ausarbeiten von

Reisen, ist immer wieder so eine Gelegenheit. Immer mehr lernt er die kluge und tüchtige Frau schätzen.

Eines Tages im Büro, der Tag ist lang geworden, Samuel Bruhnke hat bis in den späten Abend mit Emma Havecost an einer neuen Rede gearbeitet, schließlich noch an einem langen Brief an einen Kongressabgeordneten.

Die Arbeit ist beendet, es ist bereits dunkel. Mickey bleibt bei diesen Gelegenheiten im Büro, für alle Fälle. Jetzt kommt der Gouverneur zu ihm. „Mickey, kannst du bitte Emma nach Hause begleiten. Es ist nur ein kurzer Weg, aber ich fühle mich wohler, wenn sie bei Dunkelheit nicht alleine gehen muss."

„Klar, wenn es weiter nichts ist."

Mickey setzt sich in den Stuhl im Empfang und prüft, ob seine beiden Revolver geladen sind. Dann dreht er sich eine Zigarette, zündet sie an und wartet bis Emma kommt.

Emma sieht gut aus, sie hat sich eine Jacke übergezogen und eine Haube auf ihr blondes Haar gebunden. Sie lächelt Mickey an. „So, ich bin fertig, wir können jetzt gehen."

Mickey hält ihr die Tür auf und begleitet sie nach draußen. Ehe er es sich versieht, hat sie ihren Arm in seinen gehängt und geht neben ihm her.

Sie kommen an einem Saloon vorbei, davor stehen einige Männer im Schein einer Petroleumlampe und unterhalten sich lebhaft. Gerade als Mickey und Emma an der Tür vorbei gehen wollen, wird diese aufgestoßen und zwei Männer kommen herausgelaufen. Schüsse krachen hinter ihnen her, sie halten einen Revolver in der Hand und schießen durch die Hin und Her schwingende Tür zurück in den Saloon. Bei jedem Schuss zucken gelbe und rote Flammen aus den Waffen und erzeugen ein unheimliches Licht, in Verbindung mit dem Knall des Schusses einem Gewitter nicht unähnlich.

Mickey bleibt sofort stehen und drückt Emma an die Wand des Saloons, sie drängt sich ängstlich an ihn. Schnell ist der

Spuk vorbei, die Männer sind in der Dunkelheit verschwunden, Pulverdampf liegt wie Nebel in der Luft. Mickey wartet noch einen Moment, ob die Männer zurückkommen, aber alles bleibt ruhig und sie können ungehindert weitergehen.
„Ich bin so froh, dass du bei mir bist", sagt Emma und drückt sich fester an Mickey.

Sie wohnt in einer kleinen Wohnung auf der Rückseite eines der Häuser. Sie öffnet die Tür zum Hinterhof und Mickey geht voraus. Es ist hier finster, wenn nicht der Mond etwas Licht geben würde, könnte man nichts erkennen. Mickey geleitet sie noch bis zu ihrer Tür und reicht ihr die Hand zum Abschied, da zieht Emma Mickey ganz an sich heran. Sie legt ihre Arme um ihn und senkt ihren Kopf auf seine Brust.
„Ich bin so froh, dass du bei mir bist. Ich bin immer so allein, jeden Abend."
Mickey druckst etwas herum. „Aber Emma, was willst du von mir, du bist doch verheiratet?"
Emma sagt nichts, stattdessen stellt sie sich auf die Zehenspitzen und gibt ihm einen Kuss, ein flüchtigen, so als hätte Mickeys Lippen ein Schmetterling gestreift. Dann ergreift sie ganz zart Mickey Hand und zieht ihn hinter sich her.

Am nächsten Morgen im Büro scheint es so, als wäre nichts gewesen. Emma lächelt Mickey an wie immer, nur manchmal, wenn es niemand sieht, kneift sie ihm ein Auge und Mickey streckt ihr dann seine Zunge raus.
Wochen vergehen, ab und zu besucht Mickey die Sekretärin vom Gouverneur und sie genießen ihre Zweisamkeit. Er besucht sie immer nach dem Dunkelwerden, damit sie als Ehefrau eines Anderen keine Schwierigkeiten bekommt. Mickey fängt bald an, sich auf die netten Nächte zu freuen.

Eines Morgens ruft Samuel Bruhnke Mickey zu sich ins Büro. Er hat ein schlechtes Gewissen, ist sein Chef etwa hinter ihr Verhältnis gekommen?
„Mickey, ich habe ein paar Neuigkeiten für dich. Es ist noch nicht ganz so weit, ich sage es dir jetzt schon, damit du nicht später davon überrascht wirst."
Mickey sieht seinen Chef etwas entspannter an, die Beziehung zu seiner Sekretärin ist also noch nicht entdeckt worden.
„Es ist Folgendes: Ich bin zum Senator in den Kongress berufen worden. Das wird wohl erst in einem Vierteljahr stattfinden. Ich stelle dir selbstverständlich frei, ob du mitkommen möchtest oder nicht. Meinen Posten als Gouverneur wird jemand anders hier fortführen."
„Oh, das ist tatsächlich eine Neuigkeit." Mickey ist doch sehr überrascht. Was soll er machen, soll er Samuel als Senator folgen? „Gibt es in Washington eine ähnliche Tätigkeit für mich wie diese?"
Samuel Bruhnke überlegt kurz. „Hier bist du auf meine Initiative hin eingestellt worden. In Washington gibt es so einen Posten nicht, außer ganz allgemein in einer Sicherheitsabteilung."
Mickey zögert einen Moment. „Kann ich mir das noch überlegen?
„Sicher, das ist kein Problem. Ich muss nur bis zu meiner Abreise von dir Bescheid bekommen."

Es ist etwa zwei Wochen später. Mickey ist wieder in Emmas Wohnung. Er sitzt auf der Kante ihres Bettes und greift gerade nach seiner Hose, die vor dem Bett liegt. Emma liegt neben ihm und legt jetzt ihre Arme um seinen Körper.
„Mickey?
„Ja, Liebes?"
„Ich fürchte, wir werden uns eine Weile nicht mehr sehen können."

Mickey grinst. „Was meinst du mit »sehen«?"
Emma knufft ihn in die Rippen. „Du weißt genau, was ich meine." Doch dann wird sie wieder nachdenklich und fährt fort. „Ich habe Sorge, dass unser Verhältnis eines Tages doch noch auffliegen könnte. Deshalb schlage ich vor, dass wir uns eine Weile nicht mehr sehen." Bei dem Wort »sehen«, zwinkert sie vielsagend mit einem Auge.
Mickey ist nicht nach Spaß zumute. „Was verstehst du unter »eine Weile«?"
„Na ja, erst einmal, bis ich dich wieder bitte, zu mir zu kommen."
Mickey ist doch einigermaßen erschrocken, auch ein wenig traurig. Schade, es war so schön mit Emma gewesen.

Die nächste Zeit im Büro erledigen sie beide ihre Arbeit wie zuvor. Mickey versucht immer wieder, Emma ein Lächeln zu entlocken, sie reagiert nicht darauf und steckt ihre Nase nur noch tiefer in ihre Arbeit.
Mickey fällt an Emma eine Veränderung in ihrem Verhalten gegenüber dem Gouverneur auf. Irgendwie sind die beiden vertrauter als früher. Einmal verlässt Emma nach einem Diktat das Zimmer von Samuel Bruhnke, da kommt es ihm so vor, als wenn sie ein erhitztes Gesicht hat. Auch sind ihre Haare ein wenig unordentlich.
Später wird Mickey von Samuel Bruhnke in sein Büro gerufen. Der Gouverneur und Emma stehen nebeneinander da, Samuel Bruhnke sieht seiner Sekretärin in die Augen und hält ihre Hand. Was wird das denn jetzt, denkt Mickey. Ein ungutes Gefühl beschleicht ihn und er fühlt sich plötzlich ganz schlecht.
Der Gouverneur sieht zu ihm und sagt: „Mein lieber Mickey, du sollst es als Erster von uns erfahren."

Er blickt zu Emma und fährt fort: „Emma Havecost und ich werden bei der nächsten Gelegenheit heiraten. Die Scheidung von ihrem Mann ist vor kurzem beantragt worden."
Mickey fühlt sich, als wäre er von einem Pferd getreten worden. Emma hat ihn betrogen, ihn und auch ihren Mann. Warum hat ihm Emma nichts davon erzählt? Er hätte es vielleicht verstanden. Sie sieht Mickey mit einem verzweifelten Ausdruck in den Augen an, so als wolle sie ihn bitten, jetzt bloß nichts zu sagen. Mickey sagt nichts. Etwas mühsam bringt er hervor: „Das freut mich für euch beide. Ich wünsche euch, dass ihr glücklich werdet."

Was ist mit seinem Glück? Wann kann er wieder ein bisschen Glück erfahren? Mickey ist fast etwas verzweifelt. Aber er wäre nicht Mickey Callaghan, wenn dieser Zustand lange anhalten würde. Er muss handeln, möglichst bald, jetzt kann er es allerdings mit Emma nicht mehr gemeinsam in einem Büro aushalten.
Zwei Tage später ist er bei Samuel Bruhnke in dessen Büro und übermittelt ihm die Entscheidung, sein Arbeitsverhältnis auflösen zu wollen.
„Ich glaube, dass es mir in Washington nicht gefallen wird. So eine Arbeit ist nichts für mich, ich arbeite lieber unter freiem Himmel auf dem Rücken meines Pferdes."
„Was willst du stattdessen machen?"
„Ich gehe zuerst nach Laramie zurück, dort habe ich Freunde", er denkt dabei an Peter O'Connell und dessen Familie.
„Wenn das so ist, dann will ich dich nicht aufhalten. Ich wünsche dir für die Zukunft nur das Beste!"

Der Deputy

Es ist im Sommer 1871, Mickey ist jetzt 24 Jahre alt. Vor ein paar Tagen hat er seine Tätigkeit bei dem künftigen Senator aufgegeben und sich von Emma verabschiedet. Es war ein trauriger Moment für ihn und ein noch unangenehmerer Moment für sie gewesen.
Der Abschied war kurz gewesen. Er hatte ihr die Hand gegeben, sie hatte ihm aber nicht in die Augen gesehen. „Warum Emma, hast du mir nichts davon gesagt? Warum warst du nicht ehrlich zu mir?" Dann, nach einem Moment: „Ich hoffe doch sehr, dass du meinem Freund Samuel eine ehrliche Frau sein wirst, denn das hat er verdient!"
Sie blickte weiterhin nach unten, ganz leise weinte sie vor sich hin. Mickey verließ ihr Zimmer, ohne sich noch einmal zu ihr umzusehen.

Jetzt reitet er auf dem staubigen Weg nach Laramie. Seit der Inbetriebnahme der Eisenbahn fährt hier keine Postkutsche mehr. Die Firma Wells Fargo hat die Zeichen der Zeit erkannt und stellt mit ihren Kutschen jetzt die Verbindung mit den Eisenbahnstationen und den kleinen Orten im Hinterland her. Deshalb ist Mickey alleine unterwegs, niemand begegnet ihm. Er hat sich entschlossen zu reiten, anstatt die Bahn zu benutzen. Er hat jetzt lange genug auf einem Stuhl gesessen, jetzt muss es wieder ein Sattel sein. Er freut sich an dem Spiel der Muskeln von Brighty, das er mit seinen Beinen spürt. Er beugt sich zu dem Kopf seines Pferdes hinunter und flüstert dem Hengst einen Kosenamen ins Ohr, Brighty wirft den Kopf hoch und wiehert. Ja, dass gefällt ihnen beiden. Brightys gemütlicher Schritt führt sie langsam nach Westen, in drei Tagen werden sie auf diese Weise Laramie erreichen.

Dort angekommen, führt ihn sein Weg zuerst zur Schmiede. Der ältere Besitzer steht drinnen an der Esse und hält mit einer langen Zange ein Hufeisen in die Glut. „Sie wollen zu Peter O'Connell? Da kommen Sie zu spät."
„Wie, zu spät? Was meinen Sie damit?"
Der alte Schmied sieht ihn sichtlich betrübt an. „Sie haben gar nichts davon mitbekommen?"
„Wovon?", fragt Mickey. Es beschleicht ihn das unangenehmes Gefühl, weitere schlechte Nachrichten zu erhalten.
„Peters Frau und das Kind sind vor einem halben Jahr in ihrem Haus von Indianern überfallen worden. Beide sind nicht mehr am Leben."
„Indianer? Ich denke, die haben sich zurückgezogen?" Mickey kann es noch gar nicht fassen.
„Ja, das haben wir auch alle gedacht. Aber nachdem sich die Bauarbeiter zurückgezogen haben und hier Ruhe eingekehrt ist, haben sie sich wieder in die Nähe der Stadt getraut und dann ist es irgendwie passiert, niemand weiß genau, was da genau geschehen ist. Peter kam nach Hause und fand die beiden tot vor."
„Und wo ist Peter jetzt?" Verzweiflung liegt in Mickeys Stimme.
„Das weiß niemand. Nur wenige Tage nach dem Tod seiner Familie war er plötzlich verschwunden. Von einem Tag auf den anderen, selbst sein Schwiegervater hat keine Ahnung, wohin er gegangen ist."

Mickey ist wie betäubt, er kann es noch gar nicht fassen. Er hatte sich schon sehr auf Peter O'Connell und dessen nette Familie gefreut, und nun erhält er diese Schreckensnachricht. Er setzt sich auf den Gehsteig, die Stiefel im Staub der Straße und stützt den Kopf auf seine Hände. Seine Augen brennen, beinahe kommen ihm Tränen. Was soll jetzt werden? Für diesen

Fall hat er gar keinen Plan, vielleicht wäre es besser gewesen, wenn er mit Samuel Bruhnke nach Washington gegangen wäre. Er steht auf und geht nachdenklich in den nächsten Saloon. Es sind erst wenige Gäste dort, die ihn neugierig ansehen. Mickey ist mit seinen trüben Gedanken beschäftigt und geht wie in Trance an die Theke. Er bestellt sich einen Whisky, dann noch einen. Er greift in seine Hemdtasche, er holt das Päckchen mit dem Tabak heraus und dreht sich eine Zigarette. Gedankenverloren sieht er dem grauen Rauch hinterher. Auch ein drittes Glas mit Whisky verbessert seinen Zustand nicht, es bewirkt eher das Gegenteil. Sein armer Freund, er hat es im Grunde noch schlechter als er selbst, seine Bekannten leben noch alle, er ist nur von einer Frau hintergangen worden. Dagegen ist Peters Familie ausgelöscht worden, das ist, wenn überhaupt, dann höchstens vergleichbar mit dem Verlust seiner geliebten Alice Granger, damals in New Orleans.

Ein Mädchen setzt sich zu ihm an die Bar. Sie trägt die typische Kleidung eines der Mädchen aus dem Saloon, ein enggeschnürtes Korsett und einen Rock, der vorne bis zu den Knien reicht und hinten länger ist. Sie sieht nett aus, sie hat lange, fast schwarze Haare, die zu einem Knoten gesteckt sind. „Hallo, Cowboy! Du siehst so traurig aus, kann ich dir helfen?"
„Mir kann keiner helfen, schon gar nicht ein Mädchen."
„Gefalle ich dir nicht?"
„Ob du mir gefällst, tut im Moment nichts zur Sache. Du kannst es später mal wieder versuchen, im Moment ist mir nicht danach."
„Okay, wie du willst. Ich vergesse dich aber nicht!" Sie dreht sich fort und setzt sich zu einer Gruppe von Männern an einen anderen Tisch. Als der Barkeeper wieder mal mit einem schmutzigen Lappen in seine Nähe kommt, fragt Mickey: „Vermieten Sie Zimmer?"

„Für wie lange soll es denn sein, Fremder? Eine Stunde oder länger?"
Mickey ist nicht nach Späßen zumute. Missmutig sieht er den Mann an. „Nein, für mindestens eine ganze Nacht, eventuell auch länger, je nachdem, was Sie mir für einen Preis machen können."
Mickey wird sich mit dem Mann einig und bucht günstig ein Zimmer für eine Woche, dann geht er die Treppe hinauf. Das Zimmer ist ein Raum, wie er ihn schon häufig gesehen hat. Es steht ein Bett darin und eine Kommode mit einer Schüssel und einem Krug dabei. Die Toilette ist draußen auf dem Hof, etwas Licht fällt durch ein kleines, gardinenloses Fenster.
Die Luft ist stickig von der Hitze des vergangenen Tages, Mickey öffnet das Fenster und lässt etwas von der kühlen Abendluft herein. Er zieht seine Stiefel aus, legt die Revolver ab und lässt sich auf das Bett fallen. Der Whisky zeigt seine Wirkung, er schläft auf der Stelle ein.
Am nächsten Morgen wacht er mit einem brummenden Schädel auf. Er geht zuerst nach unten auf die Toilette, wäscht und rasiert sich dann später auf dem Zimmer. Mit einem immer noch dicken Schädel geht er später in den Saloon. Der Raum ist leer, nur der Barkeeper steht hinter der Theke und wäscht ein paar Gläser. Die Luft riecht schal nach kaltem Tabakrauch.
„Meister", sagt Mickey, „wo kann ich etwas zu essen bekommen?"
Der Barkeeper überlegt einen Moment. „Auf der anderen Seite der Straße und dann einhundert Schritte nach Westen, dort ist ein Gasthaus, da können Sie ab sechs Uhr essen." Mickey bedankt sich und geht in die angegebene Richtung.

Die Gaststätte ist gut besucht. An jedem der vier Tische sitzen mehrere Gäste, auch Mickey sitzt jemand gegenüber. Es ist ein junger Mann, etwas älter als er. Sie kommen ins Gespräch. „Ich

habe hier eine Nacht zugebracht, nachher fährt mein Zug nach San Francisco", erfährt Mickey von dem jungen Mann. „Ich komme aus Kentucky, dass man jetzt mit der Bahn bis an die Westküste fahren kann, ist schon ein toller Fortschritt."
Mickey erzählt ihm, dass er vor kurzem bei der Union Pacific angestellt gewesen ist, so ergibt sich ein Gespräch, das plötzlich unterbrochen wird.
Der Lärm mehrerer Schüsse dringt von draußen herein. Dreimal kracht es aus Revolvern. Im Gastraum springen zwei Männer auf und laufen an die Tür. Zwei Frauen sind unter den Gästen, sie sind blass geworden und halten sich erschrocken ihre Serviette an den Mund.
Einer der beiden Männer kommt von der Tür zurück und sagt: „Das war wieder die Wolski Bande - es wird mal Zeit, dass endlich etwas gegen das Pack unternommen wird!"
Mickey dreht sich zu dem Mann um. „Wer sind denn die Wolski Bande?"
„Das sind fünf Männer, die drei Brüder Wolski und zwei Cousins."
„Warum tut denn niemand etwas dagegen?", fragt Mickey.
„Das hat man versucht! Das Problem ist, dass vier von denen sehr gute Schützen sind. Darüber hinaus sind sie skrupellos und sehr gerissen. Das ist eine Kombination, die unser Marshall noch nicht knacken konnte."
„Wie ist es denn mit einer Posse?"
„Vor zwei Tagen haben sie den Deputy erschossen, seitdem traut sich da niemand mehr ran. Unser Marshall hat nicht den richtigen Mumm, ich kann es ihm nicht verdenken…"
Mickey gehen verschiedene Gedanken durch den Kopf. Er hat das Gefühl, dass er hier eingreifen muss. Was hat er schon zu verlieren? Sein Leben erscheint ihm im Moment nicht mehr besonders lebenswert zu sein. „Wo ist denn das Büro des Marshalls?", erkundigt er sich.

Das ist am Ende der Pine Street, da müssen Sie die Straße rechts hinuntergehen, dann können Sie es schon sehen."

Mickey bezahlt sein Frühstück und geht in die angegebene Richtung. Das Büro ist nicht zu verfehlen, er tritt ein und begrüßt den Marshall. „Guten Tag, mein Name ist Mickey Callaghan. Ich bin an dem Posten des Deputy interessiert."
Der Marshall stutzt einen Moment, dann gibt er Mickey die Hand. „Es freut mich, dass Sie die gefährliche Aufgabe interessiert. Übrigens, mein Name ist David Crawford."
Der Marshall ist ein Mann in den Vierzigern. Er hat eine mittlere Größe, ist sehr hager und braungebrannt. Sein Haar ist schon etwas dünner und zeigt erste graue Strähnen. Ein schwarzer Schnurrbart bedeckt seinen Mund, der Mann wirkt etwas müde und abgespannt. Plötzlich leuchten seine Augen.
„Callaghan, habe ich das richtig verstanden?"
„Ja, wieso ist das wichtig?"
„Sind Sie etwa »Fast Cally«?"
„Ich glaube, der bin ich. Obwohl ich nicht weiß, wie ich zu der Ehre gekommen bin. Das war eigentlich nur ein Witz von meinen Freunden."
„Nur keine falsche Bescheidenheit, junger Mann. Seit dem Duell vor einem Jahr hat man Sie nicht vergessen."
„Wie auch immer, ich hoffe, ich kann Ihnen helfen." Dann fügt er hinzu: „Ich denke, wir sollten uns duzen, ich bin Mick oder Mickey."
„Das freut mich, Dave für dich, wie für die meisten hier in der Stadt."

Der Marshall geht zu seinem Schreibtisch und holt einen Stern heraus. „Hier Mick. Ich hoffe, dass er länger an dir hängen wird, als bei deinem Vorgänger."

Mickey grinst, dann sagt er „Den Sermon mit dem Eid kannst du weglassen, als früherer Marschall von Abilene kenne ich den zur Genüge."

Und wieder staunt der Marshall. „Mit dir habe ich anscheinend das große Los gezogen. Dann lass uns mal mein im Moment größtes Problem angehen."

„Du meinst die Wolski Bande?"

„Ja, hast du schon von denen erfahren?"

„Gehört, würde ich sagen." Er denkt an die Schüsse von heute Morgen und grinst den Marshall an.

Der beginnt zu berichten. „Die haben sich in dem Werkstattgebäude der Eisenbahn draußen vor der Stadt verschanzt, von dort führen sie ihre Raubzüge aus."

„Kann man sie dort nicht festnehmen?"

„So einfach ist es nicht. Vom Haus aus ist eine gute Sicht nach allen Seiten, dazu sind es hervorragende Schützen."

„Das habe ich schon gehört. Ich denke, ich werde mir das Haus mal ansehen."

Mickey steigt auf sein Pferd Brighty und reitet vor die Stadt in Richtung Cheyenne, immer an der Bahn entlang. Nach etwa einer Meile kann er es sehen. Es ist eine Werkstatt, die noch aus der Zeit des Eisenbahnbaus hier steht, nun dient sie als Ersatzteillager. Nach jeder Seite ist ein paar hundert Schritte nichts im Weg, lediglich ein paar Gleise führen auf beiden Seiten vorbei. Das Lager hat ein zweites Stockwerk, oben gibt es Fenster nach allen Seiten.

Wie Mickey so steht und das Haus aus sicherer Entfernung beobachtet, kommt ein Zug aus Cheyenne angefahren. Schwarz ist der Qualm schon aus der Ferne zu sehen. Der Zug kommt näher und fährt auf einem Gleis direkt an dem Gebäude vorbei. Mickey kommt eine Idee, er reitet in einem großen Bogen um

das Haus herum. Richtig, die Gleise führen direkt an dem Gebäude vorbei, auf der ihm zugewandten Seite befindet sich eine Entladerampe und darüber zwei Türen. Der Haupteingang befindet sich auf der gegenüberliegenden Seite, von dort führt auch ein Weg zum Ort Laramie. Langsam nimmt seine Idee Gestalt an, er wendet sein Pferd und reitet in die Stadt zurück. Dem Marshall erklärt er seinen Plan. „Dafür brauche ich die Unterstützung von mehreren Männern, die aus der Ferne das Haus unter Beschuss nehmen können."
„Für so eine einfache Aufgabe finde ich ein paar, vor allem das »aus der Ferne« wird die Männer überzeugen, das ist kein Problem."
„Zuerst brauche ich jemanden, der das Gebäude so genau kennt, dass er mir das Innere erklären kann."
Der Marshall überlegt. „Der alte Martin wäre der Richtige. Ich gehe gleich los und hole ihn."

Mickey sitzt im Stuhl und streckt seine Arme, er freut sich über den Eifer das Marshalls. Nach einer halben Stunde ist er zurück. Bei ihm ist ein alter Mann, der auf einem Maultier angeritten kommt und nun absteigt. Der alte Mann ist Martin Briggs. Er hat früher in dem Lager gearbeitet, nun ist er im Ruhestand. Er hebt seine Hände hoch, sie sind krumm und knotig. „Rheuma ist das, junger Mann. Das verdammte Rheuma. Seien Sie froh, wenn Sie davon verschont bleiben!"
Mickey fragt ihn nach Einzelheiten über das Materiallager aus. Er erfährt, dass unten ein großer Raum ist, im Obergeschoss sind mehrere Büros, die über eine Treppe von innen erreicht werden können.
„Ich habe draußen Türen gesehen, kann man die verschließen?", fragt Mickey.
„Ja, die sind beide mit einem Schloss versehen." Er macht eine Pause und kichert vor sich hin. „Als man mich vor zwei Jahren

entlassen hat, habe ich mir einen Satz Schlüssel mitgenommen." Er kichert wieder und sieht Mickey triumphierend an. Der Marshall fragt ihn verblüfft: „Was wolltest Du mit den Schlüsseln, Martin?" Der Alte meint listig: „Man kann nie wissen."
Mickey grinst den alten Martin an. „Das ist ausgezeichnet. Ich benötige einen Schlüssel für eine der beiden Türen."
„Das lässt sich machen, ich muss nur mit meinem Muli wieder nach Hause." Der alte Mann verlässt das Büro und reitet auf seinem Maultier, das noch älter als sein Besitzer zu sein scheint, davon.

Zwei Tage später ist es soweit. Dave Crawford hat fünf Männer aufgetrieben, die nun in dem kleinen Büro stehen. Mickey erläutert seinen Plan. „Ihr habt nur die Aufgabe, aus sicherer Deckung die Vorderseite des Lagerhauses unter Beschuss zu nehmen und mir so Feuerschutz zu geben. Ich werde mich von hinten dem Haus nähern und auf den Zug warten. Wenn er kommt, laufe ich direkt bis hinter den vorbeifahrenden Zug. Sobald er die Laderampe freigibt, springe ich darauf und öffne eine der Türen. Das ist der Moment, in dem ihr das Haus unter Feuer nehmen müsst."
„Für dich ist das eine gefährliche Lage, oder sehe ich das falsch?", fragt ein Mann aus der Posse.
Mickey nickt. Der Mann hat Recht, er setzt sein Leben aufs Spiel. Aber was ist sein Leben schon wert? Er schiebt die trüben Gedanken vorbei und blickt den Mann an: „Ihr müsst nur viele Schüsse auf die Tür und die Fenster abgeben, dann wird man mich nicht bemerken."

Die Männer der Posse haben sich hinter einem Stapel Bahnschwellen, etwa einhundert Schritt vor dem Lagerhaus, Deckung verschafft. Mickey reitet einen großen Bogen und bindet

sein Pferd etwa dreihundert Schritt hinter dem Gebäude an. Ein letzter Blick gilt seinen Revolvern. Bei beiden sind die Trommeln mit sechs Schuss geladen, das muss reichen. Mickey wartet in dem Gebüsch, in dem er auch sein Pferd versteckt hat, auf den Zug.
Der Zug kommt eine halbe Stunde später als angegeben. In dem Moment, in dem die Lokomotive den Blick auf das Lagerhaus verdeckt, springt Mickey aus seinem Versteck und läuft über das Feld bis vor den Zug, der nun einen Schritt vor ihm entfernt vorbeifährt. Als die Puffer des letzten Wagens an ihm vorbeiziehen, springt Mickey auf die Laderampe und drückt sich zwischen die beiden Türen an die Wand. Anscheinend hat noch niemand bemerkt, dass er sich hier draußen befindet. Er greift in seine Hosentasche und holt den Schlüssel von dem alten Martin heraus.

Jetzt beginnen die Männer von der Vorderseite aus, auf das Haus zu schießen. Mickey hört eine der Scheiben klirren. Er steckt den Schlüssel in das Schloss und öffnet vorsichtig die Tür. Er blickt er sich um, der Raum ist mit Ersatzteilen, kompletten Radachsen mit Rädern und anderen großen Teilen gefüllt. Neben einem der Fenster sieht er einen Mann der Bande stehen. Mickey zieht die Tür zu und duckt sich hinter einem etwa hüfthohen Stapel Räder. Er greift sich einen Revolver und zielt darüber hinweg. Sein Schuss trifft den Mann am Fenster, der zusammensackt. Mit diesem Schuss hat er sich aber zu erkennen gegeben. Nur einen Moment später kommen aus Richtung der Treppe einige Kugeln geflogen, die mit schrillem Geräusch von den Metallteilen abprallen und hinter ihm einschlagen, Mickey hat den Mann auf der Treppe bereits im Visier, er richtet sich kurz auf, schießt und trifft.
Das waren jetzt zwei, wenn die Berichte stimmen, dann müssen noch drei weitere im Haus sein. Vorsichtig sieht sich

Mickey um, von oben hört er Schüsse. Die restlichen Mitglieder der Bande scheinen sich im Obergeschoss zu befinden. Mickey hastet zur Treppe und sieht hinauf. Es ist niemand zu sehen. Treppen sind immer heikel, so geht er vorsichtig, Stufe für Stufe, die Treppe hinauf. Als er mit den Augen in der Höhe des oberen Fußbodens ist, sieht er sich um und erkennt zwei Männer an den Fenstern stehen. Sie haben Winchester-Gewehre in den Händen und antworten auf die Schüsse, die von der Posse herüberkommen. Das ist günstig für Mickey, denn mit den langen Läufen sind sie hier oben in dem kleinen Raum im Nachteil. Er springt die letzten Stufen nach oben. Einer der beiden sieht ihn schon und schwenkt sein Gewehr herum.
„Pass auf, Eddy, an der Treppe!", ruft er seinem Kollegen zu. Das war zu spät, der lange Lauf der Winchester stößt beim Schwenken der Waffe gegen den Fensterrahmen, in selben Moment schlägt die .36 Kugel aus Mickeys Revolver in seine Brust. Laut kracht der Schuss in dem Raum, der mit Pulverqualm gefüllt ist. Der vierte Mann wendet sich zu Mickey, der hat ihn bereits im Visier. Mit äußerster Präzision arbeiten seine Reflexe, jedes Quäntchen Verstand, wie zum Beispiel eine Frage nach Vorsicht oder Gefahr, wird unterdrückt. Mickeys Revolver kracht erneut und hat einen weiteren Toten zur Folge.
Wo ist der fünfte Mann? Denkt Mickey. Er sieht und hört nichts, schließlich bemerkt er ihn. Am Ende des Raumes liegt ein Mann. Ein Zufallstreffer von draußen hat ihn in die Schulter getroffen, er liegt auf der Seite und sieht Mickey an. „Tun Sie mir nichts!", fleht er ihn an. Mickey befindet sich in einem Gefühlstaumel aus Mordlust und Verzweiflung. Er sieht nur Kimme und Korn, sein Verstand verbirgt sich hinter blutrotem Pulverqualm. Er erhöht bereits den Druck auf den Abzug, da dringt die Stimme des Mannes wieder an sein Ohr."
„Schießen Sie nicht, bitte! BITTE!"

Mickey erwacht wie aus einem bösen Traum. Er gibt den Druck auf den Abzug frei und senkt den heiß geschossenen Revolver. Er schüttelt seinen Kopf, um die dunklen Gedanken zu verscheuchen. War das jetzt das Erbe seines Vaters? Dann steckt er den Revolver ein und geht langsam die Treppe hinunter. Er springt von der Laderampe hinunter und geht zu seinem Pferd zurück.

Mit lauten Freudenrufen wird Mickey empfangen. „Fast Cally, er soll leben!", ruft einer von ihnen. Sie scharen sich um ihn und klopfen ihm auf die Schulter.
„Seid ihr unverletzt?", erkundigt er sich.
„Ja, wir sind in Ordnung", antwortet der Marshall, der die Posse anführt. „Für uns ist es ein Wunder, dass du unverletzt bist!"
Mickey beantwortet das nicht. Soll er von den Dämonen, die ihn getrieben haben, erzählen? Besser nicht.

Der neue Deputy und der Marshall haben nun leichtes Spiel. Gelegentlich gibt es Schlägereien in den Saloons und einige übermütige Revolverschwinger, doch die sind schnell wieder zur Ruhe gebracht.
Mickey sitzt wieder in einem der Saloons, vor einem Glas Whisky, die Selbstgedrehte in der Hand. Er sieht aus dem Augenwinkel, wie sich ein Mädchen zu ihm setzt. Es ist dieselbe, die er vor ein paar Wochen fortgeschickt hatte.
Sie lächelt ihn an. „Hallo, Fast Cally! Wie wäre es denn heute mit uns beiden?"
„Hallo, liebe Sünde! Heute kommst du zur rechten Zeit!"
Mickey erfährt, dass sie Amanda heißt und achtundzwanzig Jahre alt ist. Er spendiert ihr einen Whisky, den sie jedoch ablehnt.

„Wenn ich alles das trinke, was mir den ganzen Tag angeboten wird, dann wäre ich schon am Nachmittag betrunken." Sie kichert. „Trinke du ihn, dann siehst du leichter über meine Fehler hinweg."
„Du hast doch keine Fehler!", beteuert Mickey und hakt sie unter. Lachend folgt sie ihm zur Treppe zum Obergeschoss.

Es ist Winterzeit in Laramie. Hier herrscht trockenes Klima, es ist kalt mit wenig Schnee. Es ist wenig los auf den Straßen der Stadt. Marshall Crawford kommt an manchen Tagen nicht ins Büro und überlässt es Mickey, die Stellung zu halten. Da es Mickey zu langweilig ist, den Tag in dem tristen Büro zu verbringen, hält er sich häufig im Saloon auf. Da ist er sozusagen im Zentrum des Geschehens, wenn denn etwas geschehen würde...
Amanda leistet ihm dann oft und gerne Gesellschaft.
Jetzt sitzt sie neben ihm und sie unterhalten sich. Mickey gibt ihr eine von seinen Selbstgedrehten. „Hast du eigentlich Kinder?", möchte er wissen.
Amanda nickt und sieht mit trübem Blick auf die Theke. „Ja, es sind zwei, von vergangenen Kunden. Sie leben irgendwo im Osten, ich habe sie zur Adoption freigegeben. Außerdem gab es noch zwei weitere Schwangerschaften ...." Sie zögert und Mickey versteht.
Er ist betroffen und legt seine Hand auf ihren Arm. „Hast du je überlegt zu heiraten?"
„Na, du bist gut! Jeden Tag kommt mir der Gedanke. Aber wer nimmt mich denn, eine Prostituierte? Würdest du mich denn nehmen?"
Mickey schluckt. „Äh, ich muss ehrlich sein, ich denke überhaupt nicht daran, zu heiraten."
„Niemals, auch nicht später?"

Mickey überlegt eine Weile, er nimmt einen Schluck von seinem Whisky und antwortet: „Meine Erfahrungen mit euch Frauen sind sehr gespalten, ich werde daher noch abwarten."
Er fasst ihre Hand und sieht in ihre schwarzen Augen: „Aber du kannst mich auf andere Gedanken bringen. Ich weiß, dass du mich jeden Tag betrügst, darüber muss ich mir also keine Gedanken machen." Er greift nach ihrer kleinen Hand und zieht sie hinter sich her.

Es ist wieder Frühjahr in Laramie, April 1872. Der letzte Schnee ist verschwunden und die Tage werden wieder wärmer. In Mickeys Holster glänzen zwei neue Revolver. Stolz zeigt er sie seinem Chef. Er hat sie gestern im Gunshop hier in Laramie erstanden.
Er hatte vorher lange Zeit mit dem Inhaber des Gunshops, Jeff Butler, diskutiert. Der hatte von einem neuen Revolver erfahren, der bei Colt in der Entwicklung ist, und zu Beginn 1873 auf den Markt kommen soll. Es ist ein sechsschüssiger Hinterlader geplant, der erstmals mit Metallpatronen geladen werden soll. Schließlich konnte er ihn überzeugen, ein Telegramm an Tom Wilson, seinen alten Bekannten in Vermilionville, zu schicken. Der ist ein sehr rühriger Händler mit guten Kontakten zu Colt in Hartford, er kennt ihn noch aus seiner Zeit als Gehilfe des Vertreters von Winchester in New Orleans.
Zwei Wochen später lässt ihn der Inhaber des Gunshops benachrichtigen. Sehr gespannt sucht Mickey ihn auf.
„Junger Mann, für Sie ist ein großes Paket aus Vermilionville angekommen."
Aufgeregt packt Mickey es unter den neugierigen Blicken von Jeff Butler aus. Er packt zwei Revolver aus, die sorgfältig in ölgetränkten Tüchern eingepackt sind. Ein großer Teil der Kiste ist mit Munitionsschachteln gefüllt. Ein Brief liegt dabei, mit zitternden Fingern öffnet Mickey ihn.

»Junger Freund! Nach langem Drängen hat man mir aus Hartford zwei der neuen Revolver überlassen. Es handelt sich um Vorserien-Modelle, gehen Sie bitte sorgfältig damit um. Wenn jemand diese neuen Waffen als erster benutzen sollte, dann Sie. Mögen Sie Ihnen bei Ihrem weiteren Lebensweg von Nutzen sein! Ich habe noch viele der neuen Patronen eingepackt, da diese noch nicht erhältlich sind. Herzlichst, Ihr Tom Wilson.«

Ein Gefühl tiefer Zuneigung zu dem alten Herrn überkommt ihn. Dank seines Ratschlages und seiner Unterstützung, hatte er an dem Vieh-Trail nach Abilene teilgenommen. Kurz tauchen Bilder aus New Orleans auf, die ihn an die schöne Zeit dort erinnern. Er schüttelt den Kopf und verscheucht aufkommende traurige Bilder.

Aufgewühlt verlässt er den Laden von Jeff Butler mit zwei neuen Waffen im Holster und zweitausend Schuss Munition in einer Kiste.

Mickey sitzt mit Dave in dessen Büro und sieht sich mit ihm die neuen Steckbriefe durch, die er vorhin vom Bahnhof geholt hat.

Sie hören draußen Hufgetrappel. Ein junger Mann kommt eilig angeritten und springt vom Pferd. Die Tür wird aufgerissen und er stürzt herein. „Marshall!", ruft er. „Marshall, Sie müssen kommen!"

„Mein Junge, beruhige dich und erzähle ganz langsam, was passiert ist.

„Sie kennen doch die Farm von den Williams?"

Ja, sicher doch, mein Junge", und zu Mickey gewandt erklärt er: „Das ist eine Familie mit etwa fünfhundert Rindern im Osten von hier, vielleicht vier Meilen entfernt."

Der Junge nickt und fährt fort: „Gestern sind ihnen etwa achtzig Rinder gestohlen worden. Der Cowboy, der die Diebe gestört hatte, ist erschossen worden."
„Weiß man, wer es getan hat?"
„Nein, die Diebe sind nicht erkannt worden, vielleicht sind sie aus Colorado hierhergekommen."
„Gut, mein Junge. Wir werden uns sofort darum kümmern. Du kannst auf deinem Rückweg schon mal bei den Hendersons und den Walkers vorbeireiten und ihnen ausrichten, dass wir eine Posse zusammenstellen werden."
„Okay, Marshall!" Der Junge stürzt hinaus zu seinem Pferd und ist bald in einer Staubwolke verschwunden.
„Ich reite zu den Williams und versuche noch mehr Einzelheiten zu erfahren. Wir müssen wissen, um wie viele Männer es sich handelt, du kannst hier im Ort schon mal die Leute ansprechen, die bei der letzten Posse dabei waren. Geh auch beim Sheriff vorbei, das ist eigentlich sein Zuständigkeitsbereich, er muss informiert werden."

Mickey reitet zum Sheriff, der als Lawman dem County von Albany vorsteht und ein Büro nur ein paar Straßen weiter besitzt. Ein Zettel an der Tür weist darauf hin, dass er für voraussichtlich zwei Tage nicht zu erreichen ist. Na gut, dann eben ohne ihn, sie müssen jetzt schnell handeln.
Am nächsten Morgen reitet die Posse aus Laramie hinaus. Mickey hat sich zusätzlich zu den neuen Revolvern die Winchester, das Geschenk von Curt Hemsworth, mitgenommen.
Die Spuren auf der Ranch zeigen, dass es sechs Reiter gewesen sind. Die Posse besteht aus neun Mann, das sollte ausreichen. Auf der Farm der Williams fehlt jetzt einer der drei Cowboys, die Stimmung ist entsprechend schlecht. Die beiden übrig gebliebenen Männer schließen sich spontan der Posse an.

Den Spuren ist leicht zu folgen, die etwa achtzig Rinder haben eine deutliche Fährte hinterlassen. In flottem Tempo folgt die Posse den Hufabdrücken der Rinder, sodass sie sich sicher sind, sie bald eingeholt zu haben. Als es dunkel wird, machen sie eine Rast und schlafen, so gut es geht.
Früh am nächsten Morgen reiten sie weiter. Die Sonne schickt ihre ersten Strahlen durch die Wolken und löst die Nebel auf, die grau über den Wiesen liegen. Die Männer sprechen nur wenig. Gottseidank hat es nicht geregnet, sodass ihnen die gut sichtbare Spur erhalten geblieben ist.

Gegen Mittag nähern sie sich einem Gebirgszug, der Weg wird schmal und führt durch eine Schlucht. Einer von ihnen wird ausgewählt, um voraus zu reiten und die Lage auszukundschaften. Vorsichtig reitet der Mann los, beobachtet sorgfältig den Hang über sich und verschwindet hinter der Biegung. Es dauert über eine Stunde, bis er wiederkommt, die Männer sind schon ungeduldig geworden.
„Wir sind froh, dass du wieder da bist. Was hast du denn herausgefunden?"
„Das glaubt ihr nicht. Hinter der Felswand ist ein großes Tal, da sind bestimmt über tausend Rinder."
„Tausend Rinder!", entfährt es dem Marshall.
„Ja, ich konnte es selbst kaum glauben. Überall grasen sie. Das Problem ist aber, dass im Tal verteilt bestimmt fünfzehn Männer sind. Damit haben wir mit unseren wenigen Leuten ein Problem."
„Haben sie dort ein Lager oder etwas Ähnliches?", möchte Mickey wissen.
„Ja, im hinteren Teil des Tales ist ein Haus, dort befindet sich eine weitere Gruppe von ihnen."

Die Männer der Posse beraten sich über eine mögliche Vorgehensweise. Einige wollen erst Verstärkung holen, andere wollen darauf nicht warten.

Mickey meldet sich zu Wort. „Wir sollten sie umzingeln. Überall am Rande des Tales sollten sich Gruppen mit je zwei von uns verstecken. Ich nehme mir das Haus vor. Wenn ihr damit einverstanden seid, werde ich mich gleich auf den Weg machen und mich so nah wie möglich anschleichen. Sobald ihr morgen den ersten Schuss von mir hört, schießt ihr mit den Gewehren auf die Männer bei den Rindern."

„Na gut, wir halten deinen Teil des Planes für ein Himmelfahrtskommando. Aber wenn es klappt, dann werden wir Erfolg haben", sagt der Marshall besorgt.

Ja, wenn er denn klappt, denkt Mickey. Auf was hat er sich jetzt wieder eingelassen? Es ist egal, er hat nichts zu verlieren. Er steigt auf sein Pferd und reitet los. Vorsichtig sucht sich sein kluges Tier einen Pfad durch das Geröll. Als es zu dunkel ist, um weiter zu reiten, legt er eine Rast ein und rollt seine Decke aus. Am nächsten Morgen wacht er früh auf, der harte Felsboden hat ihn schlecht schlafen lassen. Er trinkt etwas Wasser aus seiner Feldflasche, kaut an dem trockenen Brot, das er mitgenommen hat und setzt seinen Weg fort. Eine Stunde später findet er einen kleinen Pfad zwischen den Felsen, der über den Kamm zu führen scheint. Er macht einen Versuch und hat Glück, nach einer Viertelstunde mühsamen Vorantastens kann er das Tal sehen. Es hat eine halbe Meile im Durchmesser, Felshaufen und Baumgruppen sind über die Talsohle verteilt. Nur zweihundert Schritte entfernt ist das Haus, welches ihr Kundschafter erwähnt hatte. Es ist nicht nur ein Haus, sondern ein kleiner Hof, bestehend aus Wohnhaus und einem Geräteschuppen.

Mickey sucht nach einer Möglichkeit, ungesehen das Haus zu erreichen. Zahlreiche Felsblöcke und Büsche sind bis zum

Haus hin vorhanden und zur Deckung ausreichend. Er bindet sein Pferd so an, dass es nicht gesehen werden kann, und bewegt sich auf das Gebäude zu. Hinter jedem Felsen und jedem Busch sichert er und beobachtet die Vorgänge vor dem Haus. Dort hat noch niemand Verdacht geschöpft. Es sind etwa sechs oder sieben Männer, die auf dem Hof oder bei den Pferden stehen. Immer wieder kommt jemand oder es reitet jemand fort. Mickey sieht auch eine Frau bei den Männern, vielleicht gehört sie zu den Bewohnern des Hauses. Er schleicht sich noch ein wenig weiter vor, bis er den letzten großen Felsen vor den Gebäuden erreicht hat. Jetzt ist er so dicht am Haus, dass er die Männer hören kann, jedoch ohne sie zu verstehen.
Er nimmt seine Winchester und legt sie ganz langsam auf den Felsen. Er visiert einen der Männer an, er zielt genau und schießt. Der Krach hallt als Echo durch das Tal und kommt von den Felswänden zurück. Der Mann, auf den er gezielt hatte, liegt am Boden. Die anderen Männer spritzen augenblicklich zu den beiden Gebäuden hin. Nur wenige Sekunden später kommen erste ungezielte Schüsse in seine Richtung. Die Männer schießen auf Verdacht, gesehen hat ihn noch niemand. Die Männer der Posse am Rande des Tales beginnen jetzt zu schießen. Von allen Seiten sind Schüsse zu hören. Überall schießen sie und schrecken die Cowboys auf. Die Rinder werden unruhig und fangen an zu brüllen.
Mickey wird als Ziel wieder uninteressant, die Männer wenden sich den unbekannten Schützen zu. Er legt seine Winchester hinter den Felsen und greift nach einem seiner neuen Revolver. In Mickeys Kopf melden sich widerstreitende Stimmen. Es ist Blödsinn, was ich jetzt vorhabe, der schiere Leichtsinn! Was soll es, sagt eine andere Stimme in ihm, jetzt einen Heldentod sterben, dann hast du alles hinter dir.

Dann denkt nichts mehr in ihm. Er stürmt vorwärts auf das Haus zu, seine scharfen Augen beobachten genau, keine noch so kleine Bewegung entgeht ihm. Er schießt auf die Männer auf dem Hof. Er hat gelernt, keine Kugel zu vergeuden, er schießt schnell und genau. Er nähert sich dem Hof bis auf wenige Schritte, jetzt hat er den Letzten auf dem Hof entweder getötet oder in eines der Gebäude gescheucht. Er lehnt sich schwer atmend mit dem Rücken an die Wand des Schuppens und beobachtet einen Moment. Er hört Schüsse aus dem Tal kommen. Sie fallen gleichmäßig, das sind die Männer der Posse, sie sind in Deckung und schießen gezielt. Aus dem Tal kommen auch Schüsse, es werden weniger. Es hört sich so an, als ob die Männer der Posse Erfolg haben und die Cowboys nun vertreiben.

Er lauscht in Richtung der beiden Gebäude, es muss noch jemand dort sein, es ist jedoch nichts zu hören und zu sehen. Ein paar Sprünge bringen ihn in die offene Tür des Schuppens, in die er sofort verschwindet. Ein Schuss kracht und schlägt kurz hinter ihm in das Holz. Aha, mindestens einer ist noch am Leben. Er sieht sich im Schuppen um, langsam gewöhnen sich seine Augen an das Dämmerlicht. Nein, hier ist niemand, so geht er an der Wand entlang zur Tür und sieht vorsichtig hinaus. Im selben Moment schlägt eine Kugel neben ihm in das Holz. Splitter fliegen, einer bleibt ihm in der Wange stecken. Mickey hat den Schützen erkannt, er springt hervor, schießt und läuft sofort weiter in das Haus hinein. Ein Mann liegt regungslos am Boden, am Ende des Flurs ist eine Bewegung an der Tür. Bevor sein Gegner ihn erkannt hat, kracht Mickeys Revolver zum letzten Mal. Er steckt ihn weg und zieht blitzartig den zweiten Revolver heraus.

In dem Raum hinter ihm ist noch jemand. Mickey wirbelt herum und hebt seine Waffe. Vor ihm steht ein Junge, der ihn aus schreckhaft geweiteten Augen ansieht.

Verdammt! Mickey traut seinen Augen nicht. Ist er jetzt völlig wahnsinnig geworden? Sein Verstand beginnt zu arbeiten und hilft ihm, die Situation zu erkennen. Vor ihm steht Mickey Callaghan, Mickey Callaghan, wie er leibt und lebt. Das kann doch nicht sein!
Doch! Es ist ein großer Junge, kräftig und mit schwarzem Haar und schwarzen Augen.

„Wer bist du denn?", fragt Mickey.
Der Junge ist zu Tode erschrocken. Langsam fängt er an zu sprechen. „Ich bin Benjamin Lawrence. Ich wohne hier mit meinen Eltern."
Mickeys wieder erwachter Verstand ist noch nicht zufrieden. „Wie alt bist du?"
„Ich bin fünfzehn Jahre alt." Dann fängt er an zu weinen. „Bitte tun Sie mir nichts, bitte."
Mickey steckt seine Waffe weg. Sein Unterbewusstsein gaukelt ihm vor, dass er beinahe sein eigenes Ich erschossen hätte. Er sieht den Jungen vor sich noch einmal genau an. Verdammt, diese Ähnlichkeit!

Draußen im Tal ist es still geworden. Mickey hält zur Sicherheit seinen Revolver in der Hand und geht vor das Haus. Er sieht, wie die Männer der Posse von den Hängen herunter geritten kommen. Gottseidank, dieses Abenteuer ist offensichtlich zu einem guten Ende gekommen. Er wartet vor dem Haus, bis ihn die Männer erreichen. Sie führen fünf andere Reiter mit sich, denen die Hände auf den Rücken gebunden sind.
Die nun folgende Bestandsaufnahme ergibt, dass im Tal noch vier Tote liegen, im Haus und in der Umgebung des Hauses sind sieben Männer tot, in einer Kammer des Hauses findet sich eine völlig verstörte Frau.

Die Männer der Posse sind zufrieden, sie haben nur einen einzigen Verletzten zu beklagen, abgesehen von Mickeys blutender Wange.

Mickey ist in tiefes Nachdenken versunken. In was für einen Strudel von Gewalt hat er sich treiben lassen? So kann er nicht weitermachen. Immer wieder sieht er vor seinem inneren Auge die vor Schreck aufgerissenen Augen des Jungen. Dem Jungen, der seinem jugendlichen Ich auf so merkwürdige Weise so sehr ähnlich sieht. So, als hätte ihm irgendein Schicksal eine Botschaft schicken wollen.

Am selben Abend packt Mickey seine wenigen Sachen und bindet sie auf sein Pferd. Er schläft noch eine Nacht in Laramie. Er schläft unruhig, immer wieder wacht er auf und träumt, wie er immer wieder einen Mann erschießt, der vor ihm steht und ihm wie ein Zwilling gleicht.

Am Morgen führt ihn sein Weg zum Marshall. Der sieht ihn erstaunt an. „Was hast du denn vor? Was willst du mit dem Gepäck?"

„Ja, Dave, das ist eine seltsame Geschichte. Ich hatte ein merkwürdiges Erlebnis, irgendeine Vorsehung wollte mir mitteilen, dass ich mein Leben ändern muss. Die Zeiten eines Fast Cally sind jetzt unwiderruflich vorbei."

Der alte Marshall schüttelt den Kopf. „Ich verstehe das zwar nicht und verliere dich nur ungern, aber ich wünsche dir viel Glück für deine Zukunft."

„Das ist nett von dir. Grüße alle, die nach mir fragen und sage ihnen, sie sollen nicht nach mir suchen."

Er winkt dem Marshall noch zu und reitet fort. In seinem Holster steckt nur noch ein Revolver. Den anderen hat er tief in seiner Gepäckrolle verschwinden lassen.

Heute ist ein schöner Tag, der Himmel ist fast wolkenlos. Es ist Frühjahr, die Bäume grünen und von allen Seiten ist Vogelgezwitscher zu hören. Mickey reitet nach Norden in den frühen Tag hinein. Er hat kein Ziel, er will nur irgendwo hin, wo ihn niemand kennt und er ganz von vorne anfangen kann.

Nachwort

Hat Ihnen das Buch gefallen? Oder auch nicht? Möchten Sie Vorschläge abgeben? Oder haben Sie Fragen zum Wilden Westen?

Dann kontaktieren Sie mich unter der E-Mail Adresse:

    Allan.Greyfox@online.de

Auf der Webseite:
    www.Allan-Greyfox.de
erfahren Sie mehr über meine Helden

Wenn es Sie interessiert, geschätzte Leserinnen und Leser, wie das Leben unseres jungen Helden weitergeht, und wie es sich

doch noch zu einem glücklichen Ende wendet, so empfehle ich Ihnen die Lektüre der Fortsetzungen:
- Der Mann aus Laramie
- Das Tal der Siedler
- Die Minenstadt

Interessieren Sie sich für den Enkel von Mickey Callaghan? Dann könnten die folgenden Romane interessant für Sie sein:

- Töchter des Stahls

Ein ereignisreicher Streifzug durch das Amerika von 1922 bis 1947
- Der Tod im Paradies
- Schwarze Weihnachten in Manhattan
- Mit dem Fahrstuhl kam der Tod

Die Bücher spielen in Manhattan in der Mitte des vorigen Jahrhunderts. Der Privatdetektiv Mike Callaghan, der Enkel des Revolverhelden aus Wyoming, seine schöne Freundin und Partnerin und mehrere gute Freunde bilden ein sympathisches Ermittlerteam.

Unter dem richtigen Namen des Autors- Peter Eckmann - sind bisher zwei lokale Kriminalroman erschienen. Es sind die Fälle des Kommissar-Gespannes Krüsmann und Hansen. Sie spielen in der Niederelberegion zwischen Stade und Cuxhaven.

- Der Kreidestrich

    ist ein Krimi, der vor fünfzig Jahren handelt, die Zementfabrik in Hemmoor spielt eine wichtige Rolle. Hier findet eine vor den Schergen ihres Zuhälters geflohene Prostituierte Arbeit. Dieser Roman ist der erste Fall der Kommissare Krüsmann und Hansen.

- Fähre ins Jenseits

    Der zweite Fall der Kommissare Krüsmann und Hansen. Auf der Schwebefähre in Osten wird der ehemalige Kommandant eines Konzentrationslagers von einem früheren Häftling wiedererkannt. Um der Bestrafung zu entgehen, beginnt eine Spirale des Todes.